Regina Jennings

Der vertauschte Bräutigam

Über die Autorin

Regina Jennings hat Englisch und Geschichte studiert. Sie hat in ihrem Leben schon vieles ausprobiert: für eine Zeitung gearbeitet und in einer Kirchengemeinde – aber auch auf diversen Viehauktionen. Sie lebt mit ihrem Ehemann und den vier gemeinsamen Kindern in der Nähe von Oklahoma City.

Mehr über die Autorin: www.reginajennings.com

Der *vertauschte* Bräutigam

Roman

Aus dem Englischen
von Elke Wiemer

GerthMedien

Für meine Eltern.

Obwohl ihr so verschieden seid,
hat eure ungewöhnliche Ehe über die Jahre standgehalten.

Kapitel 1

Februar 1865
Gefängnis in der Gratiot Street, St. Louis, Missouri

„Zuerst werden Sie meiner Liebsten einen Abschiedsbrief schreiben und dann heiraten Sie mich.“ Das Lächeln des Gefangenen stand im Widerspruch zu den Schweißperlen auf seiner Stirn.

Abigail Stuart wrang den Lappen mit dem lauwarmen Wasser aus und tupfte ihm die Stirn ab. „Ich werde Ihrer Julia nicht schreiben, um ihr mitzuteilen, dass ich jetzt ihren Platz einnehmen werde. Sie haben offenbar schon Fieberträume. Romeo war jedenfalls kein flatterhafter Liebhaber.“

Eine Fliege ließ sich auf seinem Kinn nieder. Der Gefangene hob seinen Arm – oder was noch davon übrig war. Er schien vergessen zu haben, dass er sich mit dem eitrigen Stumpf nicht ans Kinn fassen konnte. Abigail verscheuchte den Plagegeist und wünschte, sie hätte eine Decke, um seinen Schüttelfrost etwas zu lindern. Nachdem sie zwei Jahre lang kriegsgefangene Südstaatensoldaten gepflegt hatte, die im Sterben lagen, machte ihr der Anblick von entstellten Körpern nichts mehr aus. Aber über das sinnlose Leid dieser jungen Männer kam sie nicht hinweg.

„Sie werden doch hier nicht glücklich, Miss Abby, so ganz ohne einen Stall voller Pferde“, sagte er. „Und genau das kann ich Ihnen bieten. Sie müssen dieses Gefängnis doch leid sein."

„Meine Pferde sind weg. Die Krankenpflege ist das Einzige, was mir geblieben ist."

Der Mann fuhr sich mit der Zunge über die Lippen. „Wenn Sie mich heiraten, müssen Sie keinen Tag länger hierbleiben. Eine Farm, Vieh, die besten Pferde in der Gegend – all das gehört dann Ihnen. Wenn das das Letzte ist, was ich in diesem Leben tun kann …"

Dr. Jonson warf Abigail einen Blick zu. Sie hatte schon viel zu lange bei ihrem Lieblingspatienten verweilt, aber sie bereute es nicht. Er war freundlich zu ihr. Gleichgültig, welche Farbe seine Uniform vorher gehabt hatte, er hatte sie abgelegt. Sie schleuderte den Lappen in die Schüssel. Durch den Wundbrand litt er nun an einer Blutvergiftung. Ihr blieb nicht mehr viel Zeit. Ihm ebenso wenig.

„Und was ist mit Ihrer Verlobten? Warum vermachen Sie ihr nicht die Farm?"

„Meine Liebste?" Sein Blick wurde sanft, trotz der Schmerzen. Er schloss die Augen und atmete tief ein. Es war, als atme er den Duft von frischem Heu ein und nicht den Gestank der Krankenstation. Mit seiner gesunden Hand trommelte er auf die dünne Matte, auf der sein ausgemergelter Körper lag. „Meine Verlobte kommt schon allein zurecht. Dieser Krieg wird sie nicht aufhalten. Ich mache mir Sorgen um … um meine Schwester. Rachel ist nicht sehr kräftig – schon seit sie dieses Fieber hat. Sie sind Krankenschwester und könnten ihrer Mutter auf der Farm helfen. Das ist die perfekte Lösung."

In Abigails Herz glomm ein kleiner Hoffnungsschimmer auf. Konnte das der Ausweg sein, um den sie Gott gebeten hatte? „Und wenn es mir in den Ozark Mountains nicht gefällt? Oder wenn Ihre Familie keinen Yankee in ihrem Haus will?"

„Dann gehen Sie halt einfach wieder."

Sie ergriff seine Hand und war wieder einmal überrascht, wie warm diese trotz der Kälte des Raums war. „Sie wissen ja nicht einmal Ihren richtigen Namen, Romeo. Oder ist Ihr Gedächtnis inzwischen wieder zurückgekehrt?"

Er schauderte, als ihn ein weiterer Schüttelfrostanfall überkam. Schnell hatte er den Schmerz wieder unter Kontrolle und sein Lächeln kehrte zurück.

„Mein Name ist Jeremiah Calhoun, Captain Jeremiah Calhoun."

Sie hatte schon vermutet, dass ihm der Gedächtnisverlust recht gelegen gekommen war. Genau wie sie hatte auch er seine Gründe, weshalb er seine Vergangenheit verschwieg.

„Und was soll ich Ihrer Julia sagen?"

„Die Wahrheit." Dabei grinste er störrisch. „Sie wird vielleicht wütend werden, vor allem wenn eine große blonde Frau bei ihr auftaucht – genau das, was sie nicht ist. Aber wenigstens ist Rachel dann versorgt. Ihr fühle ich mich verpflichtet."

Verpflichtet. Abigail wusste nur zu gut, wozu falsch verstandenes Pflichtgefühl führen konnte. In den Gräbern draußen vor dem Gefängnis lagen Unzählige von Soldaten, denen dieses fehlgeleitete Pflichtgefühl den Tod gebracht hatte.

„Wie werden Sie sich entscheiden, Miss Abby? Spannen Sie mich nicht auf die Folter. Für eine lange Verlobungszeit bleibt mir keine Zeit mehr."

Sie stellte die Schüssel auf den Steinboden und trocknete sich die Hände an ihrer Schürze ab. Die Südstaaten würden nicht mehr lange standhalten. Der Krieg wäre bald vorüber. Seit der Belagerung von Vicksburg hatte Abigail unzählige Heiratsanträge einsamer Patienten abgewehrt. Aber bald würden die Überlebenden zu ihren Familien heimkehren. Schon bald wäre sie ganz allein in einer Welt, in der es kaum noch unversehrte Männer und noch weniger Arbeitsmöglichkeiten gab. Nach Hause konnte sie nicht. Dort war sie nicht länger willkommen. Wenn sie all den Wirrwarr bedachte, den dieser Krieg mit sich gebracht hatte, dann sollte sie sein Angebot vielleicht doch überdenken, gleichgültig, wie riskant es war. Schließlich hatte er recht: Wenn es nicht gelang, hatte sie nichts verloren.

„Captain Calhoun, erlauben Sie mir, ein Blatt Papier zu besorgen. Wenn ich zurück bin, können wir Ihrer Verlobten einen Brief schreiben. Derweil habe ich Zeit, über Ihr Angebot nachzudenken."

„Sie sollten sich vielleicht auch gleich ein wenig frisch machen", sagte er mit einem schelmischen Zwinkern. „Ich möchte, dass meine Braut so hübsch wie möglich ist."

März 1865
Hart County, Missouri

Der Bahnhofsvorsteher hatte zwar gesagt, dass es bis zur Farm noch acht Meilen Fußweg waren, aber nicht, dass der Weg steil bergauf führte. Trotzdem genoss Abigail die Anstrengung an der frostigen Luft, vor allem nach dem langen untätigen Herumsitzen im Zug.

Zwischen den Kieseln auf dem Weg hatte sich Feuchtigkeit angesammelt. Unter dem Druck ihrer Schuhsohlen bildeten sich kleine Pfützen, die aber schon beim nächsten Schritt wieder verschwanden. Sie spürte die Anstrengung in Körperteilen, über die Damen gewöhnlich nicht sprachen. Mit Felsen durchsetzte Wälder wechselten sich ab mit ebenen Weideflächen und Farmen – Zeugnisse für den heldenhaften Versuch der Menschen, unwirtliches Land urbar zu machen.

Das überraschte sie jedoch wenig. Obwohl er für die falsche Seite gekämpft hatte, hatte ihr Romeo heldenhaft standgehalten. Er hatte Stärke bewiesen, als er den Verlust seines Armes hingenommen hatte, und war schon kurz nach der Amputation die 250 Meilen von Westport nach St. Louis marschiert. Unablässig hatte er an der Überzeugung festgehalten, dass es ihm bald wieder gut genug gehen würde, um in seine Heimat und zu seiner großen Liebe zurückzukehren. Aber die Infektion, die er sich unterwegs zugezogen hatte, hatte seine Pläne über den Haufen geworfen.

Inzwischen hatte seine Verlobte sicher von seinem Tod erfahren. Sie sollte seinen Brief und seine Familie die Nachricht vom Gefängnishospital erhalten haben. Abigail wollte jedoch nicht, dass seine Angehörigen von der Heirat erfuhren, weil sie sich noch nicht sicher war, ob sie Jeremiah Calhouns „Geschenk" wirklich in Anspruch nehmen würde. Wie schwer musste es sein zu erfahren, dass der Geliebte eine andere geheiratet hatte. Vor allem, wenn er verstorben war, bevor man ihm die Meinung dazu sagen konnte. Aber Abigail durfte seine Schwester nicht vergessen – die Schwester, die er so sehr geliebt hatte, dass er seiner Verlobten den Laufpass gegeben und aufgehört hatte, sich vorzumachen, er würde wieder gesund und könnte seiner Verantwortung selbst nachkommen. Zumindest ehrte sie Jeremiahs letzten Willen, wenn sie jetzt nach seiner Mutter und seiner Schwester sah. Wenn es ihnen gut ging, würde sie nicht bleiben. Aber es war ihr immer noch ein Rätsel, wohin sie dann gehen sollte.

Seit ihre Mutter wieder geheiratet hatte, hatte Abigail kein wirkliches Zuhause mehr gehabt. Nach der Hochzeit wurde alles das Eigentum von John Dennison – angefangen bei ihrem neuen Hengstfohlen bis hin zum alten Schreibtisch ihres Vaters. Aber statt sich auf die Zunge zu beißen und mit ihrer Meinung hinter dem Berg zu halten, hatte Abigail deutlich zum Ausdruck gebracht, was sie davon hielt, dass John alle Tiere verkaufte. Aber er hatte sich für ihre Worte gerächt. Abigail verdrängte die traurigen Erinnerungen. Sie wollte die Vergangenheit hinter sich lassen. Sie hatte keine Vergangenheit mehr. Sie wollte nur noch nach vorn schauen.

Die Äste einer Akazie wuchsen weit über den Weg. Abigail raffte ihren hellgrünen Rock zusammen, um ihn nicht an den Dornen des Baumes zu zerreißen. Vielleicht hätte sie lieber Trauerkleidung tragen sollen. Aber es erschien ihr nicht weise, ihre Kleider schwarz zu färben, bevor sie entschieden hatte, ob sie sich überhaupt als Witwe zu erkennen geben wollte. Und da sie sich kein neues Kleid hatte leisten können, seit sie ihrem Elternhaus den Rücken gekehrt hatte, konnte sie auch keines opfern.

Der Weg wurde ebener und am anderen Ende der Lichtung tauchte eine grob gezimmerte Blockhütte auf. Aus dem Kamin stieg Rauch, und ein Hund kam unter der Veranda hervor, um ihre Ankunft anzukünden.

Sie vernahm laute Stimmen, die versuchten, den Hund zum Schweigen zu bringen. Ein Kind fing an zu weinen. Abigail presste ihre Umhängetasche an sich und beschleunigte ihre Schritte, um das unbekannte Haus möglichst schnell hinter sich zu lassen.

„Wohin wollen Sie?"

Sie blieb abrupt stehen, konnte den Fragenden aber nirgends entdecken.

„Ich bin hier oben." Ein dreckverschmiertes Gesicht sah zwischen den kahlen Zweigen zu ihr herunter. Sie konnte einen Jungen mit einer Zahnlücke zwischen den Schneidezähnen ausmachen. „Sie sind neu hier."

War sein Gesicht zerkratzt oder nur schmutzig? Abigail konnte es nicht erkennen. Der Junge ließ sich vom Baum fallen. Es schien ihm nichts auszumachen, als seine bloßen Füße auf dem steinigen Weg landeten.

„Pa!“, rief er. „Wir haben Gesellschaft.“

„Nein, ich bleibe nicht hier“, erwiderte Abigail. „Ich will zur Farm der Calhouns.“

„Zu den Calhouns?“ Ein Mädchen mit großen Augen und unterschiedlich langen Zöpfen kam zwischen den Bäumen hervor. „Hätten wir uns denken können, so schick wie Sie angezogen sind.“

„Ich? Schick angezogen?“ Abigail blickte an ihrem Reisekostüm hinunter und dann auf das Unterkleid des Mädchens. „Vielen Dank, aber ich kann nicht bleiben. Ich muss etwas Wichtiges –“

„Sie wollen zu den Calhouns?“ Ein Mann mit einem langen Bart kam aus der Hütte. „Schätze, wir können Ihnen den Weg zeigen.“

„Aber die Farm liegt doch direkt an der Straße, oder? Der Bahnhofsvorsteher sagte, ich könnte mich nicht verlaufen.“

„Keine Sorge.“ Er steckte den Kopf in die Hütte und rief: „Irma, ich komm gleich wieder. Pass auf den Maisbrei auf.“ Dann nahm er einen abgetragenen Filzhut vom Haken und sprang die Stufen der Veranda hinunter. Rutschend kam er vor ihr zum Stehen. „Ist das Ihr ganzes Gepäck?“

Er war gewiss einer dieser Bergbewohner, vor denen man sie gewarnt hatte, aber als seine Kinder auf seinen Rücken kletterten und sich an seiner Hand festhielten, wusste Abigail, dass sie nichts zu befürchten hatte. Sogar der Hund sprang fröhlich um ihn herum, wedelte mit dem Schwanz und bellte verspielt.

„Der Rest wird morgen gebracht.“

„Ja, natürlich. Finley wird Ihre Sachen mit der Post mitbringen, oder? Natürlich wollen Sie Ihre Sachen nicht durch die Berge tragen. Nicht so eine feine Lady wie Sie.“

Und dabei hatte sie sich Gedanken darüber gemacht, ob ihre Kleider nicht zu altmodisch waren. Sie ließ ihren

Blick über diesen bunten Haufen gleiten. Was, wenn Jeremiah übertrieben hatte? Was, wenn seine wunderschöne Pferdefarm am Ende nur aus einer Hütte und ein paar Maultieren bestand? Die Schmetterlinge in ihrem Bauch verwandelten sich in wild flatternde Vogelschwärme. Sie steckte die Hand in ihre Jackentasche und berührte den Glückspenny ihres Vaters. Jeremiah hatte gesagt, dass seine Schwester sie brauche. Konnte Abigail sie da in einer verfallenen Hütte zurücklassen, nur weil sie das Leben auf einem wohlhabenden Gut gewohnt war?

„Was wollen Sie denn bei den Calhouns?" Mit einem Blinzeln zog der Mann eine Maispfeife aus seiner Westentasche und steckte sie in den Mund.

„Ich will Mrs Calhoun besuchen. Ich habe ihren Sohn gepflegt, als er in Gefangenschaft war."

Feindselige Blicke trafen sie von allen Seiten.

„Mr Jeremiah war im Gefängnis?"

„Sie haben ihn eingesperrt?"

„Sind Sie so ein Jayhawker?"

Bei diesem Wort war die Anspannung bei den Kindern spürbar. Sogar der Vater sah sie misstrauisch an.

„Ich weiß nicht, was ein Jayhawker ist", erwiderte Abigail. „Ich bin Krankenschwester. Ich habe mich um die gefangenen Rebellen gekümmert."

„Es gibt keine Jayhawker mehr, mein Sohn", fügte der bärtige Mann hinzu. „Alle Untergrundkämpfer haben sich der Unionsarmee angeschlossen."

„Aber sie hat auch für die Yankees gearbeitet." Der Junge spuckte auf den Boden.

„Josiah!", sagte sein Vater mit ernster Stimme. „Benimm dich in der Gegenwart einer Dame. Sie war Krankenschwester und hat unseren Soldaten geholfen. Misch dich nicht in die Angelegenheiten anderer ein." Ohne seinen eigenen Rat zu befolgen, wandte er sich nun wieder an Abigail: „Waren Sie bei Jeremiah, als er starb?"

Sein sanfter Tonfall weckte in Abigail überraschend ein Gefühl der Nähe. Es gefiel ihr, dass sie Menschen getroffen hatte, die Jeremiah genauso schätzten, wie sie es getan hatte. „Ja, Sir, ich war bei ihm. Ich hielt seine Hand, als er im Sterben lag, und habe auch an seiner Beerdigung teilgenommen. Es war ein Vorrecht, ihn kennen zu dürfen, auch wenn es nur für kurze Zeit war."

„Jeremiah war ein guter Mensch. Ich weiß gar nicht, was seine Familie ohne ihn machen soll."

Seine zerrissenen Hosen schlugen ihm bei jedem Schritt gegen das Bein. Und da machte sich dieser Mann Sorgen, dass die Calhouns nicht zurechtkommen würden?

„Wie geht es seiner Schwester?", fragte Abigail. „Er hat sich bis zuletzt Sorgen um ihre Gesundheit gemacht."

Er kratzte sich am Bart. „Miss Rachel kränkelt. Wir sollten sie nicht verurteilen."

„Sie mag es nicht, wenn wir ins Haus kommen", meldete sich eine selbstsichere Stimme zu Wort. „Wir müssen ihre Sachen immer auf die Treppe am Hintereingang legen."

„Und wir dürfen nicht pfeifen, wenn wir den Weg heraufkommen. Das vertragen ihre Nerven nicht."

Der Mann nickte. „Aber sie hat auch viel einstecken müssen. Ihr Vater hat damals schon an diesem rheumatischen Fieber gelitten, das jetzt auch ihre Gesundheit zerstört. Seither ist sie nicht mehr die Gleiche. Gott sei der armen Mrs Calhoun gnädig."

Er hatte mehr Mitleid mit der Mutter als mit der kranken Schwester? Abigail kaute nachdenklich auf ihrer Unterlippe. Was hatte Jeremiah ihr verschwiegen?

Der Weg erreichte den höchsten Punkt des Hügels und führte wieder hinunter bis zu einer Lichtung, die mehrere Hektar groß war. Kahle Winterschösslinge wuchsen entlang eines Weidezauns, der auf ein elegantes Steinhaus zuführte, das sich ins Tal schmiegte.

Abigail stellte sich auf die Zehenspitzen, um die Farm besser sehen zu können und vor allem den Stall. Er war zwar bei Weitem nicht mit den eleganten Ställen zu Hause zu vergleichen, aber das große Steingebäude sah stabil aus. Es war groß genug, um eine ansehnliche Herde den Winter über zu beherbergen. Vielleicht hatte Jeremiah ihr letztlich doch etwas Gutes getan.

Die Kinder quiekten vor Aufregung und der Hund trug seinen Teil zu dem Durcheinander bei. Abigail konnte mit Miss Rachels Nerven mitfühlen. Als der Holzzaun von massiven, wild zusammengestückelten Steinpfeilern abgelöst wurde, blieb sie stehen. „Jetzt kann ich es wohl nicht mehr verfehlen. Danke, dass Sie –", aber es war schon zu spät. Sie sah nur noch die dreckverschmierten Fußsohlen, als ihre jungen Begleiter den Weg entlang davonrannten.

„Kinder, Kinder." Mit unglaublicher Geschicklichkeit beförderte der Mann seine Pfeife von einem Mundwinkel zum anderen, ohne sie dabei zu berühren. „Sie können wirklich rennen."

„Oh ja."

Sie folgten den Kindern zu dem zweistöckigen Haus, dessen weiß umrandete Türen und Fenster sich von den Steinwänden abhoben und so dem unruhigen Muster etwas Ordnung verliehen. Die Kinder hämmerten an die Eingangstür, und noch bevor Abigail die Veranda betreten hatte, öffnete eine würdevolle grauhaarige Dame.

„Kinder, bitte, seid ein wenig leise. Ihr wollt doch nicht, dass Miss Rachel euch hört."

Falls sie erwartet hatte, irgendeine Ähnlichkeit zwischen ihrem Romeo und dieser Frau zu entdecken, so wurde Abigail enttäuscht. Die Frau war füllig, hatte breite Wangenknochen und volle Lippen, die so gar nicht aussahen wie das schmale Gesicht des Soldaten. Aber hatte Jeremiah die Frau nicht als „Rachels Mutter" bezeichnet?

Sie war bestimmt seine Stiefmutter gewesen. Die ältere Dame trug Trauer und stand mit einer Schere in der erhobenen Hand da, als hielte sie einen kaputten Sonnenschirm. Sie hatte auf den ersten Blick nichts von der Unbekümmertheit, für die Romeo oder besser gesagt Jeremiah im Gefängnis bekannt gewesen war.

Sie beäugte Abigail von oben bis unten und versuchte wohl, sie zuzuordnen.

„Mrs Calhoun." Abigail deutete einen höflichen Knicks an. „Ich hoffe, mein Besuch kommt Ihnen nicht ungelegen. Ich bin weit gereist, um Sie zu treffen."

Die Frau neigte den Kopf zur Seite. „Ganz und gar nicht. Ich freue mich über unerwartete Besucher. Sind Sie eine Bekannte der Huckabees?"

Der Huckabees? Abigail blickte zu dem Mann an ihrer Seite. Sie hatten sich nicht einmal einander vorgestellt.

„Nein, Ma'am", warf Mr Huckabee ein. „Wir haben sie unterwegs getroffen und dachten, wir zeigen ihr den Weg. Das ist das Mindeste, was wir für unsere Nachbarn tun können. Aber bevor ich jetzt zu Mrs Huckabee und den Kleinen zurückgehe, könnte ich noch nach Ihren Tieren sehen, wenn es Ihnen recht ist."

„Gerne. Die Kuh wollte heute nicht richtig Milch geben. Ich weiß nicht, wie Sie das schaffen, so viel aus ihr herauszukriegen."

„Zuversicht, Ma'am." Dabei machte er eine weite, ziehende Bewegung mit der Hand, um zu zeigen, wie er melkte.

Mrs Calhouns Doppelkinn wackelte fröhlich, als Mr Huckabee seine Kinder von der Veranda scheuchte. Abigail bedankte sich bei ihm und folgte Mrs Calhoun in einen unaufgeräumten Salon. Der Duft von Zitronenwachs und der große Kamin, in dem ein Feuer loderte, verliehen dem ansonsten unordentlichen Raum einen Anschein von Ordnung.

Auf dem Sofa lagen ein Haufen zerknitterter Wäsche und ein leerer Korb. Auf einem kleinen runden Tisch mitten im Raum lagen Stapel von Frauenzeitschriften, die bereits eine bedenkliche Höhe erreicht hatten. Mrs Calhoun legte die schwere Schere auf einen Stapel von Zeitungsausschnitten, die wegzuflattern drohten, als sie vorbeieilte.

„Nehmen Sie doch Platz", sagte sie. „Ich habe heute nicht mit Gästen gerechnet, aber ich mache uns schnell einen Kaffee."

„Das wäre wunderbar." Abigail brauchte etwas Zeit, um ihre Gedanken zu ordnen. Sie nahm ihren Hut ab, zog den Mantel aus und legte beides auf einen Stuhl.

Endlich hatte sie die Farm erreicht. Abigail glättete die Manschetten ihres grünen Kleides, während Mrs Calhoun in die Küche ging. Was sollte sie nur sagen? Wie sollte sie das Thema ansprechen? Sollte sie die scharfe Schere vielleicht lieber außer Reichweite ihrer Schwiegermutter legen, bevor sie ihr die große Neuigkeit mitteilte? Abigail griff in die Tasche ihres Kleides und berührte den Penny ihres Vaters. Sie wandte sich zu einer Sammlung von Glöckchen um, die in einem staubigen Kabinett standen, um ihre Rede einzuüben.

„‚Als ich Jeremiah kennenlernte, war er ein Kriegsgefangener'", flüsterte Abigail. „Nein, das passt nicht. Wie wäre es mit: ‚Jeremiah bat mich, mich um seine Schwester Rachel zu kümmern. Es war sein letzter Wille, dass ich hierherkomme.'?" Das stimmte zwar, aber sollte sie seinen Heiratsantrag verschweigen? Bei all ihren Überlegungen war ihr noch keine zufriedenstellende Idee gekommen, wie sie auf das Thema ihres Familienstandes zu sprechen kommen sollte.

„Ma", rief eine Stimme von oben, „was wollte denn die Huckabee-Horde an unserer Tür?"

Abigail erstarrte. Aus der Küche kam keine Antwort.

„Ma?“

Wenn das seine Schwester war, dann war sie es offensichtlich nicht gewohnt, überhört zu werden.

Im Stockwerk über ihr vernahm man leise Schritte, die dann die Treppe herunterkamen. Augenblicke später betrat Rachel Calhoun den Raum. Sie ging tief gebeugt, wie eine alte Frau. Die Gelenke ihrer Finger waren rot und geschwollen und sichtlich entzündet. Mr Huckabee hatte mit dem rheumatischen Fieber also recht gehabt.

Als sie den unbekannten Gast sah, richtete das Mädchen sich auf. „Entschuldigung.“ Sie warf ihren kastanienbraunen Zopf über die Schulter ihres Hauskleides und vermittelte dabei gar nicht den Eindruck, als wolle sie sich für irgendetwas entschuldigen. „Und wer sind Sie, wenn ich fragen darf?“

Abigail trat einen Schritt vor. „Hallo, ich bin gerade erst angekommen –“

„Offensichtlich.“ Die junge Frau hatte tiefe Falten um den Mund, als sei sie ständig in Sorge.

„Ja. Ich bin eine Freundin von Captain Calhoun. Ich habe ihm versprochen vorbeizuschauen.“

„Eine Freundin meines Bruders?“ Rachel verschränkte die Arme. „Und Ihr Name ist?“

„Abigail …“ Sie zögerte. Wann sollte sie den beiden Frauen die Wahrheit sagen? War es noch zu früh dafür?

Als Abigail zögerte, schnaubte Rachel verächtlich. „Wer auch immer Ihre Familie ist, Sie sind wohl nicht sehr stolz auf sie. Meine Familie ist zwar nicht gerade vornehm, aber ich schäme mich wenigstens nicht für sie.“

Angesichts dieser Zurechtweisung aus dem Mund eines einfachen Mädchens vom Land biss Abigail die Zähne zusammen und hob das Kinn. Sie war stolz auf den Namen Stuart, auch wenn ihre Mutter ihn jetzt nicht mehr trug und er auch nicht am Eingang der Farm stand, die sie so liebte. Wenn sie hart arbeitete, konnte sie sich außerdem vielleicht eines Tages auch mit einem neuen Namen Respekt verschaffen.

Abigail holte tief Luft und straffte die Schultern. Ihr neues Leben hatte nun einen neuen Namen, und sie sollte besser anfangen, ihn auch zu benutzen.

„Mein Name ist Calhoun … Abigail Calhoun. Ich bin Jeremiahs Frau.“

Kapitel 2

„Jeremiahs Frau?"

Abigail beobachtete ihr Gegenüber genau. Die jüngere Frau riss die Augen auf und ihr blasses Gesicht verfärbte sich grünlich. Rachel taumelte einen Schritt nach vorn und streckte Hilfe suchend ihre Hände nach dem Sofa aus.

„Lassen Sie mich Ihnen helfen", sagte Abigail.

Rachel ließ sich in die Kissen sinken, ohne der Wäsche Beachtung zu schenken, die jetzt auf den Boden fiel. Sie streckte sich auf dem Sofa aus und legte ihren Arm mit einem hörbaren Seufzer übers Gesicht.

Das Fieber hatte ihr Herz geschwächt. Das hatte jedenfalls Jeremiah gesagt. Abigails Blicke glitten über die Frau, und sie versuchte, ihren Zustand einzuschätzen. Die junge Frau atmete flach und hatte offensichtlich Schmerzen und steife Gelenke – und einen ausgesprochenen Hang zum Dramatischen. Vielleicht hätte Jeremiah Abigail davor warnen sollen, dass das auffälligste Leiden seiner Schwester ihre scharfe Zunge war.

Hinter ihr erklang ein Klirren. Mrs Calhoun hatte ein Tablett mit Kaffeetassen auf den ohnehin schon überfüllten Tisch in der Mitte des Raumes geschoben und dabei ihr Nähkästchen und den Stapel Zeitungsausschnitte vom Tisch gekippt.

„Hattest du einen Anfall? Was machst du denn hier unten?" Sie kniete sich neben ihre Tochter. „Du solltest dich nicht so anstrengen, vor allem nicht, wenn die Huckabees gerade deine Nerven so strapaziert haben."

„Sie ist eine Betrügerin. Sie lügt", stieß Rachel hervor. Das waren starke Worte für eine so schwache Stimme.

Mrs Calhoun warf Abigail einen nervösen Blick zu. „Beruhige dich bitte, Rachel. Wie kannst du so etwas sagen? Das ist unhöflich!"

„Hast du sie gefragt, wer sie ist? Hat sie dir überhaupt ihren Namen verraten, bevor du sie hereingelassen hast? Mit ihren schicken Kleidern und ihrem feinen Gerede ..."

„Reg dich nicht auf. Denk an deine Gesundheit", sagte ihre Mutter.

Offensichtlich bekam Rachel jetzt wieder genug Luft. Abigail versuchte, die besorgte Frau zu beruhigen. „Ihr geht es gut, Mrs Calhoun. Nachdem sie den ersten Schock überwunden hat, hat sie wieder Farbe bekommen. Ich bin Krankenschwester, und ich glaube nicht, dass sie in unmittelbarer Gefahr ist."

„Das ist wahrscheinlich auch eine Lüge. Sie sind zu jung, um Krankenschwester zu sein." Rachel hielt sich weiterhin den Arm vors Gesicht, wahrscheinlich, damit Abigail nicht sah, dass es ihr wieder gut ging.

„Ich habe eine Zulassung von einer örtlichen Hilfsorganisation", sagte Abigail. „In der Not spielen Qualifikationen keine Rolle, vor allem nicht, wenn man unter Gefangenen arbeitet."

„Ich ... ich verstehe nicht, worüber ihr euch streitet." Mrs Calhoun wandte sich an Abigail. „Bitte entschuldigen Sie meine Tochter. Es geht ihr sehr schlecht."

An Temperament mangelte es der jungen Frau augenscheinlich nicht. Abigail arbeitete aber lieber mit schwierigen Patienten als mit solchen, die sich selbst aufgegeben hatten.

„Mrs Calhoun, bitte setzen Sie sich, dann erkläre ich Ihnen, was Miss Calhoun so beunruhigt hat."

„Sollten wir Rachel nicht zuerst wieder nach oben helfen?“

„Ich glaube, sie würde das Folgende auch gerne hören. Es geht um Ihren Sohn Jeremiah.“ Abigail setzte sich. Ihr drehte sich der Magen um, als sie versuchte, die richtigen Worte zu finden.

„Entspricht der Brief vom Gefängnis etwa nicht der Wahrheit?“ Mrs Calhoun ließ sich auf einen einfachen Stuhl fallen. „Bitte sagen Sie, dass er nicht der Wahrheit entspricht. Sagen Sie mir, dass Jeremiah noch lebt.“

Neid kam in Abigail auf. Ob sich ihre Familie überhaupt noch an sie erinnerte? Aber hier ging es um Jeremiah, also konzentrierte sie sich auf die Frau, die ihre Kinder offensichtlich über die Maßen liebte. „Ich wünschte, das wäre es, was ich Ihnen sagen will, aber leider … Die Benachrichtigung hat Sie ja über die Fakten bereits in Kenntnis gesetzt. Aber ich war in seinen letzten Tagen an seiner Seite. Ich dachte, Sie wollen vielleicht Genaueres erfahren.“

„Wir wissen nur, dass er in Westport gefangen genommen wurde und im Gefängnis gestorben ist. Mehr haben sie uns nicht gesagt.“

Sie konnte den beiden noch viel mehr erzählen, aber würden sie ihre Beweggründe verstehen? Abigail wollte so gern helfen. Sie wünschte sich so sehr einen Ort, an dem sie dazugehörte, und eine Familie, die sie lieben konnte. Sie hoffte nur, dass sie ihr wegen seines ungewöhnlichen Plans keine Vorwürfe machen würden. Andererseits waren unbegründete Vorwürfe nichts Neues für sie.

„Bevor er in Gefangenschaft geriet, wurde Jeremiah verletzt“, sagte Abigail. „Sie haben ihm im Feldlazarett den Arm amputiert und ihn dann ins Gefängnis nach St. Louis marschieren lassen.“

„Quer durch Missouri?“ Mrs Calhoun zog ein zerknittertes Taschentuch aus dem auf dem Boden liegenden Wäscheberg. „Wie muss er dabei gelitten haben!“

Der Anblick von Mrs Calhouns Tränen ließ auch Abigails Augen feucht werden. Sie wünschte sich so, sie hätte Jeremiah hier kennengelernt, gesund, und nicht krank im Gefängnis. „Aber er hat sich tapfer geschlagen. Obwohl er sich unterwegs eine Infektion zugezogen hatte und große Schmerzen litt, mochte ihn jeder, der ihm begegnete, sofort. Selbst als er auf die Krankenstation getragen wurde, ließ er die Träger anhalten, damit er einen niedergeschlagenen Mann aufmuntern konnte."

„Ach, Jeremiah", seufzte seine Mutter. „Siehst du, Rachel. Ich wusste, dass er sich ändern würde."

Von dort, wo sie saß, konnte Abigail sehen, dass Rachel sich nicht bewegte, aber die junge Frau hatte aufmerksam zugehört. Abigail versuchte, ihre Stimme unter Kontrolle zu bekommen, bevor sie ihnen die große Neuigkeit mitteilte.

„Ihr Sohn war mir der liebste von allen Soldaten, die ich dort im Krieg kennengelernt habe. Zunächst dachte er nur an seine Verlobte. Aber als sich die Lage änderte und ihm klar wurde, dass er nicht wieder gesund werden würde, übertraf seine Sorge um seine Schwester alles andere." Die Stille des Hauses lag schwer auf ihnen, während sie jedes Wort dieser Geschichte eines geliebten Menschen aufsogen – eines Menschen, den sie nie wieder sehen würden. „Als er erfuhr, dass ich sowohl mit Pferden als auch als Krankenschwester Erfahrung hatte, bat Jeremiah mich, hierherzukommen, um für Rachel zu sorgen und mich um die Farm zu kümmern."

„Das hat er für uns getan?", sagte Mrs Calhoun kopfschüttelnd. „Aber wir können Sie nicht bezahlen."

Rachel griff nach der Rückenlehne des Sofas und zog sich hoch. „Sie will keine Bezahlung, Ma. Das ist nicht das, worauf sie aus ist. Sie will alles – die ganze Farm. Wenn wir ihre Geschichte glauben, wird sie alles besitzen und kann uns in die Wildnis hinausjagen. Du weißt genauso gut wie ich, dass Jeremiah niemals eine Fremde heiraten würde."

„Heiraten?" Das Taschentuch glitt zu Boden. In Mrs Calhouns Gesichtszügen war ein ganzes Lexikon voller Gefühlsregungen zu lesen, als sie jetzt aufstand. „Sie sind Jeremiahs Frau?"

Ganz gleich, wie wenig es ihr zustand: Die Heiratsurkunde war rechtskräftig. Abigail nickte, schielte nach der Schere und wartete auf die Reaktion ihrer Schwiegermutter. Mrs Calhouns Kinn begann zu zittern und schließlich breitete sie die Arme aus.

„Mein liebes Kind, willkommen daheim."

In Abigails Kopf drehte sich alles. Sie hatte sich solche Sorgen gemacht, war sich so unsicher gewesen, aber Gott war treu geblieben. Er hatte sie an einen Ort geführt, an dem sie sicher war. Abigail sprang auf und warf sich in die Arme der Frau.

„Sie sind nicht wütend?"

„Meine Liebste, Sie sind in seiner Leidenszeit bei meinem Sohn geblieben. Ich danke Gott, dass er Sie zu Jeremiah geschickt hat, damit er nicht allein sein musste." Mrs Calhoun trat einen Schritt zurück und nahm ihre Hände. „Dafür kann ich Ihnen niemals genug danken."

Rachel stöhnte auf. „Ma, Jeremiah hätte niemals geheiratet, ohne uns in einem Brief davon zu erzählen. Nicht, nachdem er offenbar ständig von mir gesprochen hat."

„Er hatte keine Zeit mehr, Sie zu benachrichtigen", sagte Abigail. „Und er hätte mich niemals geheiratet, wenn er geglaubt hätte, wieder gesund zu werden. Er hat sogar beinahe zu lange gewartet. Er hatte noch nicht einmal mehr die Zeit, seiner Verlobten in seinem letzten Brief alles zu erklären. Er schrieb nur, dass er sie liebte."

„Nun, sie hat nie wirklich getrauert", erwiderte Mrs Calhoun. „Wahrscheinlich ist es ein Segen, dass sie ihr Leben einfach weitergelebt hat. Ich rechne jeden Tag damit, dass Laurel und Dr. Hopkins ihre Verlobung bekannt geben."

Laurel? Jeremiah hatte sie immer „Julia" genannt. Er hatte Abigail sogar gebeten, sie in seinem letzten Brief so anzureden. Wie würde sie wohl reagieren? Wenigstens hatte sich Laurel schon genug gefangen, um sich einem anderen Verehrer zuzuwenden. Hoffentlich würde sie Abigails Erscheinen genauso gnädig aufnehmen, wie Mrs Calhoun es getan hatte.

Schließlich sah Rachel ihr in die Augen und sagte: „Sie haben nicht zufällig noch andere Männer aus Jeremiahs Division getroffen? Wurden viele von ihnen gefangen genommen?"

„Ich glaube schon. Aber die meisten Gefangenen aus der Gratiot Street wurden nach Osten verlegt. Jeremiah blieb nur dort, weil er nicht mehr weitergehen konnte."

Rachel klammerte sich an die Armlehne, um ihr Gleichgewicht zu halten. „Aber von wem hat er sonst noch gesprochen? Hat er einen Alan White erwähnt? War Alan auch Ihr Patient?"

„Alan White? Nein, ich erinnere mich an niemanden, der so hieß."

„Mach dir keine Sorgen", ermahnte Mrs Calhoun ihre Tochter. „Alan hat in seinem letzten Brief nicht gesagt, wo er war, und seither hatte er sicher kaum Zeit, um noch einmal zu schreiben – vor allem jetzt, wo der Krieg zu Ende geht. Du wirst sicher bald von ihm hören."

Wie viele ungeweinte Tränen verbargen sich wohl hinter den dunklen Ringen unter Rachels Augen? Sie starrte Abigail an und war mit ihrer Geschichte offensichtlich nicht zufrieden. „Wenn das, was Sie sagen, wahr ist, dann hatte Jeremiah nichts zu verlieren. Aber was ist mit Ihnen? Haben Sie keine Familie oder Verehrer oder sonst irgendjemanden, der sich sorgt, wenn Sie nicht wieder nach Hause kommen? Warum sollten Sie sich darauf einlassen, bei Fremden unterzukommen, und nicht bei Ihren Freunden?“

Abigail ging zu dem Schrank, den sie zuvor betrachtet hatte. Glöckchen aus Keramik, Glöckchen aus Kristall, Glöckchen aus Messing … In ihrem Kopf klingelte es vor Anschuldigungen und Entschuldigungen. Sie würde noch einmal ganz von vorn anfangen, wenn sie sie ließen, aber man würde sie fragen, wer sie war, woher sie kam und warum sie bei ihrer Familie nicht mehr willkommen war. Die Wahrheit war nicht schön. Es war wohl besser, die Geschichte in Ordnung zu bringen, bevor sie noch weiter nachhakten.

„Mein Vater starb durch einen Reitunfall und meine Mutter hat dann …“ Sie fügte ihre eigenen Fingerabdrücke zu denen hinzu, die sich schon auf der Glasscheibe des Schrankes befanden. „Ich vermisse sie. Ich habe niemanden mehr, also bin ich nach Westen gegangen.“

So. Das sollte genügen. Sie hatte beschlossen gehabt, dass sie bei Tagesanbruch wieder gehen würde, wenn sie sie nicht aufnahmen. Dann hätte sie nichts verloren. Aber jetzt, nachdem sie einen kleinen Eindruck von einem Zuhause, einer Familie, einer Farm bekommen hatte, war sie nicht bereit, dies wieder aufzugeben.

„Siehst du Rachel, Abigail hat allen Grund, bei uns zu bleiben.“ Mrs Calhoun setzte sich neben ihre Tochter und legte ihr den Arm um die Schulter. Abigail stellte zu ihrer Überraschung fest, dass Rachel auch beschämt dreinschauen konnte.

„Ich will nicht, dass sie dir Ärger macht, Ma. Du hast schon genug damit zu tun, dich um mich zu kümmern. Wenn sie nicht ihren Teil beiträgt …“

… dann sollte sie jetzt langsam damit anfangen. Abigail wandte sich den beiden Frauen zu. „Bevor ich Krankenschwester wurde, habe ich auf einer Pferdefarm gelebt. Ich habe meinem Vater bei allen Aufgaben geholfen, und ich verspreche Ihnen, ich werde härter arbeiten als jeder andere, der je für Sie gearbeitet hat. Ich kann es kaum erwarten, mich umzuschauen und das Vieh zu sehen."

Mrs Calhoun, die tief in ihre Erinnerungen versunken war, nickte. „Das wäre schön."

Abigail sah zu der Kaffeetasse, die nie ihren Weg zu ihr gefunden hatte. Aber sie konnte es kaum erwarten, den Stall zu sehen. Sie nahm ihren Mantel.

Mrs Calhoun erhob sich. „Ach, Abigail, ich weiß, dass Sie Ihre Mutter sehr geliebt haben, und ich will auch nicht ihren Platz einnehmen, aber es wäre mir eine Ehre, wenn du mich mit ‚Ma' anreden würdest, wenn das nicht zu viel verlangt ist."

Obgleich sie ihrem Sohn äußerlich nicht sehr ähnlich sah, hatten ihre Herzenswärme und Güte doch auf ihren Sohn abgefärbt.

„Ich würde Sie nur zu gerne als meine Mutter betrachten", sagte Abigail. „Ihr seid die einzige Familie, die ich noch habe."

Abgesehen von den Besuchen seiner Pfleger war der von oben hereindringende Lichtstrahl seine einzige Verbindung zur Außenwelt. Bald würde er aus diesem Gefängnis, diesem Versteck herauskommen. Dann konnte er endlich nach Hause gehen.

Nach Hause.

Er hatte einen Fehler gemacht, und nun konnte es sein, dass sein Zuhause nie wieder dasselbe sein würde. Er betete, dass es noch nicht zu spät war, es wiedergutzumachen. Wenn er erst frei war, würde er die Sache in Ordnung bringen, niemand müsste länger leiden. Wenn sie ihn nur dieses eine Mal noch ließen, würde er sich um alles kümmern.

Er sog das letzte bisschen Mark aus dem Hühnerknochen und war dankbar für jede Mahlzeit, die sie sich für ihn vom Munde absparten. Hoffentlich gab Gott ihm die Kraft, seinen Verpflichtungen nachzukommen. Er würde nicht aufgeben, bis seine Familie in Sicherheit war und ihr altes Leben wiederhatte. Aber wenn er allein nach Hause kam, würde das gar nichts nützen. Sie würden ihm nie vergeben.

Der Stall schmiegte sich an einen Hügel auf der Südseite des Hauses. Da sie noch keinen Schluck Kaffee getrunken hatte, ging Abigail zum Wassertrog. Sie leerte den Wassereimer aus, pumpte frisches Wasser hinein und trank die Kelle in einem Zug leer. Mit einem Schmatzen wischte sie sich mit dem Handrücken den Mund. Schlechte Erziehung? Ihre Mutter hatte ihr beigebracht, wie man sich im Salon benahm, und ihr Vater, wie man sich im Stall verhielt. Manieren waren nichts anderes als die Fähigkeit, andere durch das eigene Verhalten zu beruhigen, und sie hoffte sehr, etwas Ruhe in all die Sorgen hier zu bringen.

Nachdem sie eine weitere Kelle Wasser getrunken hatte, fühlte sich Abigail in der Lage, sich die Pferde anzuschauen. Zumindest würden sie sich nicht so danebenbenehmen wie Jeremiahs Schwester.

Die Weide schien einigermaßen gepflegt. Trotz der hier und da wachsenden Sträucher waren der Zaun intakt und der Stall stabil. Sie ging zu einem kleinen Tor, das sich zwischen zwei Steinpfosten befand. Die Angeln waren etwas rostig, aber das Tor ließ sich mit einem leichten Knarren öffnen.

Ein Brauner hob bei dem Geräusch den Kopf. Auch das graue Pferd stellte die Ohren nach vorn. Abigail hielt sich schützend die Hand über die Augen, um besser sehen zu können, und war zufrieden mit dem Anblick, der sich ihr bot. Ein breiter Brustkorb, kräftige Flanken und feingliedrige Fesseln und Köpfe. Die Pferde sahen sogar auf diese Entfernung sehr vielversprechend aus. Dann registrierten ihre wachsamen Ohren ein noch interessanteres Geräusch als das des Tores. Mr Huckabee kam aus dem Stall und hatte einen klappernden Eimer voller Mais in der Hand.

„Oh.“ Abigail holte tief Luft, als die beiden Pferde in einem eleganten Galopp die Weide überquerten. Wären da nicht die nassen Erdbrocken gewesen, die ihre Hufe aufwirbelten, hätte sie glauben können, sie schwebten über dem Boden. Jeremiah hatte nicht übertrieben. Auf diese Pferde würde sie stolz sein können.

Sie schloss das Tor hinter sich und ging vorsichtig auf die beiden zu.

„Ich dachte, Sie wollen sie vielleicht näher betrachten.“ Der Hengst drängte sich vor, um die Nase zuerst in den Eimer zu stecken, während er mit dem Schweif schlug. „Ich bin übrigens Calbert Huckabee. Haben Sie Miss Rachel schon kennengelernt?“

Abigail erinnerte sich an ihre Stall-Manieren, streckte ihm die Hand hin und war froh, als er sie, ohne zu zögern, nahm. „Ja, das habe ich. Und nennen Sie mich bitte ‚Miss Abigail‘. Darf ich?“, fragte sie mit einem Nicken in Richtung Eimer.

„Bitte.“

Sie griff mit beiden Händen in die staubigen Maiskörner und war überrascht, als vertraute Erinnerungen in ihr aufstiegen. Die leichten Körner, die ihr durch die Finger rieselten, erinnerten sie mit ihrem süßlichen Geruch an glücklichere Zeiten, die seit der Wiederverheiratung ihrer Mutter der Vergangenheit angehörten.

Mit zwei Händen voller Maiskörner trat sie zur Seite, um den Hengst anzulocken und näher betrachten zu können. Der Braune schien ihre Absicht zu erraten. Seine Augen blitzten. Er warf den Kopf hoch und stolzierte zu ihr herüber.

„Er ist stolz", sagte sie.

„Das sollte er auch sein. Er kommt aus Texas und wurde von Steel Dust gezeugt."

„Tatsächlich?" Sie hielt dem Tier die flachen Hände hin. Die samtige Pferdeschnauze strich schnaubend über ihre Handflächen und der vertraute Geruch stieg ihr in die Nase. „Wie konnte ich nur ohne meine Pferde leben?"

Calbert lächelte. „Wie lange werden Sie bei Mrs Calhoun bleiben?"

„Das hier ist mein neues Zuhause." Sie hatte eine neue Heimat gefunden und würde alles tun, um diese zu behalten. Abigail kraulte den Hengst an der Stirn, während er die letzten Maiskörner aus ihrer Hand fraß. „Sie kennen die Pferde gut. Sind Sie der Pferdepfleger?"

„Ich wüsste nicht, dass ich so einen hochtrabenden Titel hätte. Die meiste Zeit hab ich bei mir zu Hause zu tun. Aber ich versuche, ein wenig nach Mrs Calhoun zu schauen. Einfach so, unter Nachbarn. Ich glaube, das bin ich Jeremiah schuldig. Gott sei seiner Seele gnädig. Nachdem sein Vater gestorben war, hat er sich abgerackert, um die Farm zu halten."

Aber Abigail schmiedete bereits Zukunftspläne. Ein Hengst und ein Wallach – das war zwar kein Vermögen, aber es waren ausgezeichnete Pferde. Wenn sie wieder im Haus war, würde sie nach ihren Papieren fragen. Eigentlich war das nicht wichtig, denn man konnte ihre gute Abstammung mit bloßem Auge erkennen. Welche bekannten Namen würde sie dort wohl finden? Ob einer der beiden wohl auch das Blut von Pferden aus der Stuart-Zucht in sich trug?

Mr Huckabee beobachtete sie so genau wie sie die Pferde. „Sie sagten, dass Sie Jeremiah kannten."

Abigail sollte sich lieber daran gewöhnen, ihre ungewöhnliche Geschichte zu erzählen und dabei so überzeugend wie möglich zu klingen. „Ich habe Captain Calhoun geheiratet."

Mr Huckabee riss sich den Hut vom Kopf und schlug sich damit gegen das Bein. „Ich wusste es! Von dem Moment an, als ich Sie zum ersten Mal gesehen habe, dachte ich: ‚Das wäre eine Frau für Jeremiah. Sie hätten sicher ein gutes Paar gegeben.'" Er besann sich. „Wenn er doch nur wieder nach Hause gekommen wäre."

„Wenn er damit gerechnet hätte, wieder nach Hause zu kommen, hätte er mich nicht geheiratet."

„Wie bitte?"

Abigail klopfte sich die staubigen Hände ab und barg sie dann in ihren Manteltaschen. „Für ihn war es eine rein praktische Lösung. Ich wusste nicht, was mich auf seiner Farm erwarten würde, aber jetzt kann ich es kaum erwarten, mich in diesen Ort zu verlieben."

„Und die Krönung haben Sie noch gar nicht gesehen. Sie muss ein wenig für sich bleiben, wenn Sie verstehen, was ich meine." Mr Huckabee schüttete die restlichen Körner in einen Trog, wischte sich die Hände an der Hose ab und ging in Richtung Stall.

Abigail hätte beinahe Freudensprünge gemacht, als sie ihm in den Stall folgte. Die steinernen Mauern speicherten die Wärme der Tiere. Die Schweine im Pferch drängten sich aneinander, und ein Ziegenbock sprang von einem Tisch, als sie vorbeigingen. Die Fensterläden waren geschlossen, und es roch ein wenig muffig, aber für Abigail hatte der Stallgeruch nichts Unangenehmes. Ein Wiehern zog ihre Aufmerksamkeit auf sich, noch bevor sich ihre Augen an das Zwielicht gewöhnt hatten. Ein sanftes Gesicht mit einer schwarzen Mähne, die über das gelbliche Fell fiel, beobachtete sie, als sie näher kam. Es war Liebe auf den ersten Blick.

„Sie heißt Josephine Bonaparte. Lancaster da draußen hat sie gezeugt." Mr Huckabee beschrieb ihren Gang, ihre Klugheit, aber er musste sie gar nicht anpreisen. Abigail war bereits überzeugt.

„Ich vermute, sie ist rossig." Abigail kraulte ihre Wange. „War sie schon einmal trächtig?"

„Nein, Ma'am. Aber Laurels Vater hat einen Hengst für sie gekauft. Er sollte ein Hochzeitsgeschenk sein, wenn Jeremiah aus dem Krieg zurückkommen würde."

Laurel, die Verlobte ihres Mannes. Abigail sah, wie sich ihr Gesicht in den sanften Augen von Josephine spiegelte. Die Stute blinzelte, als verstünde sie, und stieß mit der Schnauze gegen ihre Hand. Abigail lächelte. Sie hatte zwar die elterlichen Pferde verloren, aber vielleicht hatte Gott sie gesegnet und ihr diese Gelegenheit geschenkt. Mit Laurel zu sprechen würde zwar unangenehm werden, aber sie musste es ja erfahren. Wenn sie das unangenehme Gespräch hinauszögerte, würde sie sich das Einleben in ihrer neuen Heimat nur erschweren. Und im Moment sehnte sie sich vor allem nach einer Sache: die Weiden mit Pferden zu bevölkern. So konnte sie ihrer neuen Mutter und Rachel am besten helfen.

Romeo hatte sich auf sie verlassen und sie wollte ihn nicht enttäuschen.

„Wie weit befindet sich dieser Hengst denn von hier entfernt?" Josephine spielte mit einer blonden Locke, die sich aus Abigails Frisur gelöst hatte.

„Er befindet sich auf der anderen Seite des Flusses, etwa eine Meile von der Furt entfernt."

„Könnten wir Josephine morgen auf einen Besuch mitnehmen?"

Mr Huckabee zupfte sich am Bart. „Ich habe nur auf Ihre Erlaubnis gewartet."

Am nächsten Morgen saß Abigail am Küchentisch und atmete das Aroma des warmen Kaffees in ihrem Keramikbecher ein. Seit sie Ohio verlassen hatte, hatte sie ihr Reitkostüm nicht mehr getragen. Der Wollrock und die Jacke waren perfekt für die kühle Märzluft. Sie wartete nur noch, ob Mutter Calhoun ihre Hilfe brauchte, bevor sie sich auf den Weg machte. Am Vortag waren ihre Gebete noch vage gewesen. Sie hatte nur um Führung in diesem Durcheinander von Möglichkeiten gebetet. Jetzt hatte sie ganz konkrete Bitten und hoffte, dass es Gott nicht störte, dass sie so genau wusste, was sie wollte.

Sie betete, dass Napoleon, Laurels Pferd, nicht mehr als einen Meter sechzig Stockmaß hatte, lebhaft und gutmütig war. Sie betete, dass die Familie Wallace ihr die Deckgebühren erlassen würde, nahm aber ihren letzten Krankenschwesterlohn zur Sicherheit mit. Sie betete, dass Laurel nicht zu heftig auf ihr Auftauchen, ja, auf ihre Existenz überhaupt reagieren würde und dass Rachels Gesundheit und ihre Laune sich bessern würden. Sie betete, dass ihre eigene Mutter Johns falsche Anschuldigungen durchschauen und sich auf die Suche nach ihr begeben würde, obwohl Abigail nicht die leiseste Ahnung hatte, wie sie sie in Hart County, Missouri, finden sollte. Seit ihre Mutter auf ihren ersten Brief nicht geantwortet hatte, war Abigail nicht mehr danach zumute gewesen, ihr noch einmal zu schreiben. Trotzdem betete sie, dass sie sich eines Tages versöhnen würden. Mit einem kurzen Dank für Mutter Calhoun beendete Abigail ihr Morgengebet.

„Stehst du immer so früh auf?" Ma schlurfte im Nachthemd in die Küche. Sie hatte ihr weißes Haar mit Nadeln zu Locken hochgesteckt.

„Es tut mir leid, wenn ich Sie geweckt habe. Ich dachte, dass Sie mich nicht hören, wenn ich hier unten schlafe."

„Bleib nur dort. Jeremiah wäre es recht, dass du sein Zimmer nimmst." Sie setzte sich auf einen Stuhl an den

Tisch und schob den Salzstreuer und die Zuckerschale so lange hin und her, bis sie gleich weit von der Butterschale entfernt waren. „Ich hoffe, du verurteilst Rachel nicht. Ich sehe ihre Fehler sehr wohl, aber wenn meine Zurechtweisung ihr Leben verkürzt, dann will ich lieber ein schlecht gelauntes Kind als gar keine Kinder mehr."

Abigail versuchte, Mutter Calhouns Lage zu verstehen. Aber da sie keine Kinder hatte, fiel ihr dies schwer. Und „dann will ich lieber einen schlecht gelaunten Mann als gar keinen Mann" traf es nicht ganz. Und dem konnte sie auch nicht zustimmen.

„Sie war nicht immer so", fuhr Ma fort. „Das Fieber hat sie verändert. Es hat uns alle verändert. Und je länger sie nichts von Alan hört, desto mehr geht es mit ihr bergab."

Abigail griff nach der Kaffeekanne und füllte einen zweiten Becher für Mutter Calhoun. „Wer ist Alan?"

„Alan ist Rachels Verehrer. Zumindest denke ich, dass wir ihn so nennen können. Jeremiah ließ nicht zu, dass wir ihn so nannten, obwohl alle es wussten." Sie nahm den Becher entgegen, den Abigail gefüllt hatte. „Als Mr Calhoun starb, übernahm Jeremiah alle Aufgaben seines Vaters. Er war eigentlich zu jung dafür, aber er tat, was er konnte. Er musste nicht nur die Farm bewirtschaften, sondern sich auch noch um Rachel sorgen, und er wollte nicht, dass ihr irgendetwas zustieß, solange sie in seiner Obhut war. Alan tauchte etwa zu der Zeit auf, als die anderen Mädchen in Rachels Alter ihre ersten Freunde hatten. Wenn ich raten müsste, würde ich sagen, dass Alan sich von Rachels Gebrechlichkeit angezogen fühlte. Er tat alles für sie, und sie blühte unter seiner Fürsorge förmlich auf, aber das war nicht genug. Jeremiah wollte nicht, dass Rachel eine Beziehung hatte, solange sie nicht wieder gesund war. Als Jeremiah Alans Absichten durchschaute, verbot er ihm, Rachel zu besuchen."

„Das klingt so gar nicht nach Jeremiah. Ich gebe zu, dass ich ihn nicht sehr gut gekannt habe, aber ich kann mir nicht vorstellen, dass er die beiden trennen wollte."

Mrs Calhoun tätschelte ihren Arm. „Es tut gut, das zu hören. Als er und Alan zur Kavallerie gingen, beteten Rachel und ich, dass Alan ihn überzeugen würde, damit er es sich anders überlegt. Rachel hat in ihrem Leben nicht viel Gutes erlebt, und die Aussicht, auf Alans Liebe verzichten zu müssen, war für sie unerträglich. Der letzte Brief von Alan klang sehr düster und Rachel hat kaum noch Hoffnung."

„Jeremiah erlaubte ihr nicht, Alans Liebe anzunehmen, aber er selbst heiratete eine völlig Fremde? Kein Wunder, dass sie mich nicht mag."

Ma zog eine Augenbraue hoch. „Wenn sie und Jeremiah sich doch nur versöhnt hätten, bevor er zu den Missouri-Milizen ging. Jetzt quälen sie Schuldgefühle, und sie weiß nicht, wie sie damit umgehen soll."

„Ich habe nichts falsch gemacht." Rachel stand in der Tür und hielt eine schmale Pfeife in den Fingern. „Jeremiah war im Unrecht. Er ist herumstolziert und wir mussten uns ihm fügen. Er hätte sich schämen sollen." Trotzig nahm sie einen kräftigen Zug aus der Pfeife.

Mrs Calhoun ließ den Kopf sinken. „Wenn Alan hiergeblieben wäre, hätte man ihn gezwungen, in der regulären Armee zu kämpfen, und du weißt genau, dass er das niemals getan hätte. Du würdest so oder so auf ihn warten, also kannst du auch fröhlich auf ihn warten. Alan wird es gar nicht gefallen, wenn er sieht, dass du das Andenken deines Bruders nicht ehrst."

Und was würde Alan von der Pfeife halten? Abigail hatte bisher nur in Karikaturen, die sich über die Südstaatler lustig machten, von Pfeife rauchenden Frauen gelesen. Sie hätte sich niemals vorstellen können, einmal eine Schwägerin zu haben, die dieser Gewohnheit frönte.

Rachel blies den Rauch langsam direkt in Abigails Gesicht. „Was ist los? Hast du deine Pfeife nicht dabei?“

Abigail unterdrückte ein Husten. „Was sagt dein Arzt zu deiner Pfeife?“

„Dr. Hopkins?“, sagte sie lachend. „Solange Dr. Hopkins sich an Laurel heranmacht, tritt er hier auf ganz leisen Sohlen. Er will keinen Ärger mit der Familie.“

Ach ja. Sie hatten erwähnt, dass Jeremiahs Verlobte von einem Arzt umworben wurde, aber dass es der Arzt von Rachel war … Das war wirklich unangenehm. Rachel stieß eine weitere Rauchwolke aus. Aber vielleicht hatte Rachel ja eine Schwäche für unangenehme Situationen.

„Nun ja, die Sonne ist aufgegangen.“ Abigail stellte ihren Kaffeebecher ab. „Ich will Josephine heute Morgen zur Wallace-Farm bringen. Es ist sinnlos, Zeit zu vertrödeln. Wir müssen anfangen, unsere Herde zu vergrößern.“

„*Unsere* Herde? Denkst du nicht, dass du da etwas voreilig bist?“, fragte Rachel.

„Ich übernehme die Verantwortung für diese Entscheidung. Diese Tiere sind gutes Kapital, aber sie verlieren an Wert, wenn sie sich nicht vermehren. Ihr könnt nicht immer mehr davon verkaufen, ohne die Herde wieder aufzustocken. Warte, ich hole dir eine Tasse Kaffee.“

Abigail stand auf, zog einen Stuhl unter dem Tisch vor und drehte sich dann um, um noch einen Becher zu holen. Sie war stolz darauf, dass ihre Hände ruhig waren, obwohl ihr Herz wild pochte. Sie wollte sich Rachels Vertrauen und ihre Freundschaft verdienen, aber sie merkte, dass Rachel niemanden mochte, den sie nicht respektierte.

„Ich nehme an, du wirst Laurel sagen, wer du bist.“ Mutter Calhouns Tasse klirrte, als sie sie auf den Tisch stellte. „Du wirst wohl nicht drum herumkommen. Die Ärmste. Ich war schon immer der Meinung, dass sie und Jeremiah nicht zusammenpassen, aber sie waren so ineinander verliebt, dass ich nicht den Mut hatte, ihnen zu widersprechen. Es wird ein schwerer Schlag sein."

„Ma, wenn Jeremiah diese Frau tatsächlich geheiratet hat, wie kannst du dann sagen, dass er Laurel geliebt hat? Das ergibt doch keinen Sinn."

„Jeremiah hat das getan, was er für das Beste hielt. Dass er Abigail geheiratet hat, hatte nichts mit seinen Gefühlen für Laurel zu tun."

Jeremiah liebte Laurel. Alan liebte Rachel. Nur um Abigail warb niemand. Sie legte ihre Finger um den Kaffeebecher und dachte an die unzähligen Männer, die ins Gefängniskrankenhaus eingeliefert worden waren. Einige von ihnen hatten bereits das Zeitliche gesegnet, bevor man sie identifizieren konnte. Wenn Gott einen Ehemann für sie hatte, wie standen angesichts des Krieges und der entsetzlichen Verluste ihre Chancen, dass er noch am Leben war? Hatte ihr Traummann vielleicht in einem Krankenhausbett gelitten, und sie hatte die Gelegenheit versäumt, sich von ihm zu verabschieden – oder ihn überhaupt kennenzulernen?

Sie hatte schon immer etwas für hoffnungslose Fälle übriggehabt. Jetzt war sie vielleicht selbst so ein hoffnungsloser Fall.

Kapitel 3

Da sie keinen Damensattel hatte, zupfte Abigail immer wieder ihren Rock zurecht, damit ihre Knöchel nicht sichtbar waren. Dann konnte sie genauso gut auch Pfeife rauchen und eine richtige Bergbewohnerin werden. Sie duckte sich, als sie unter den tief hängenden Zweigen einer Zeder hindurchritten. Josephine wedelte mit dem Schweif. Das Pferd trottete den steilen Weg so sicher hinauf wie eine Bergziege.

„Ist sie schon einmal Rennen gelaufen?", fragte Abigail über die Schulter.

„Nein", antwortete Calbert Huckabee. „Sie war im Grunde noch nicht einmal eingeritten, als Jeremiah fortging. Ich habe sie hin und wieder geritten, aber ich habe nicht so mit ihr gearbeitet, wie sie es bräuchte. Aber auf der Weide fliegt sie förmlich." Das Maultier, auf dem Calbert ritt, zwickte Josephine und bekam dafür einen Tritt versetzt. „Da vorne beginnt das Land von Hiram Wallace. Dort können Sie es ja mal versuchen."

Das musste er Abigail nicht zweimal sagen. Sobald sie auf der Lichtung waren, stellte sie ihre Füße fest in die Steigbügel und rief dem Pferd ein aufmunterndes „Heia!" zu.

Mehr war auch nicht nötig.

Josephine zuckte mit den Ohren und rannte los. Sie galoppierte so plötzlich los und war so schnell, dass Abigail gerade noch daran denken konnte, die Zügel locker zu lassen. Als sie das tat, legte Josephine ein noch atemberaubenderes Tempo hin. Ihre Hufe flogen über den unebenen Boden und Abigails Körper schwang im Rhythmus mit. Sie musste den Mund zusammenkneifen, um keine Fliegen zu verschlucken, aber ein Grinsen konnte sie sich dennoch nicht verkneifen.

Abigail legte die Finger fester um die Zügel. Seit sie Chillicothe verlassen hatte, hatte sie nicht mehr geritten. Wie hatte sie das nur ertragen können? Josephine war so aufmerksam, dass sie sofort in einen leichten Galopp fiel, als Abigail auch nur daran dachte, langsamer zu werden. Abigail war sehr zufrieden mit dem Pferd, und ihre Entschlossenheit, solche stolzen Tiere zu züchten, wuchs. Josephine sollte die Stammmutter vieler ausgezeichneter Pferde sein, und es lag an Abigail, dafür zu sorgen.

Das war der einzige Grund, der sie zu den Wallaces führte. Da Abigail jetzt ein Ziel vor Augen hatte, würde es wohl das Beste sein, die Hindernisse auf dem Weg dorthin direkt anzugehen. Wie zum Beispiel Jeremiahs Verlobte. Wenn Abigail Laurel nicht bald traf, würde Rachel sie benachrichtigen, und Laurel hatte es verdient, etwas einfühlsamer über Abigails Situation aufgeklärt zu werden.

Calbert nahm die Zügel, während Abigail zur Tür ging. Aber noch bevor sie klopfen konnte, kam ein Mann um die Hausecke.

„Das nützt nichts, wenn Sie an die Tür klopfen. Wir sind draußen." Die beginnende Glatze des Mannes war vom kalten Wind gerötet. Er trat auf die windgeschützte Terrasse. Sein Ausgehhemd mit Biesen passte irgendwie nicht ganz zu der Leinenhose und den Hosenträgern, aber es waren eben harte Zeiten.

„Hiram, das ist Mrs Abigail Calhoun." Calbert kratzte sich am Bart. „Sie will etwas Geschäftliches mit dir besprechen."

„Sehr erfreut." Der Mann zog ein Taschentuch aus der Gesäßtasche, um sich die Finger abzureiben. „Als ich gesehen habe, dass Sie Josephine reiten, habe ich mir schon gedacht, dass Sie von den Calhouns kommen. Ich hoffe, Mrs Calhoun und Rachel geht es gut."

„Ja, Sir. Sie lassen grüßen."

„Wir teilen Grüße und Probleme miteinander. Dazu sind Nachbarn doch da, oder? Und was kann ich für Sie tun?"

Abigail sah zu Calbert. Sie hatte nicht damit gerechnet, so schnell zum geschäftlichen Teil zu kommen, aber Mr Wallace machte den Eindruck, als wolle er möglichst schnell wieder mit seiner Arbeit fortfahren.

Calbert ergriff das Wort. „Es wird höchste Zeit, dass wir dieses wunderbare Zuchtpaar nutzen, das wir uns zugelegt haben. Miss Abigail kümmert sich um Mrs Calhouns Angelegenheiten, und wir sind der Meinung, dass es jammerschade ist um jedes Jahr, in dem Josephine nicht trächtig wird."

Wallace lächelte. „Da stimme ich zu. Welche Form von Partnerschaft bieten Sie mir an?"

Abigail atmete erleichtert auf. Endlich befand sie sich auf vertrautem Boden. „Zuerst würde ich Napoleon gerne einmal sehen."

„Natürlich. Aber Sie werden keine Mängel finden. Er ist ein ausgezeichnetes Pferd und hat schon einige wunderschöne Fohlen gezeugt."

Es war offensichtlich, dass die Menschen hier im Hart County mehr Geld für Pferde als für Kleidung ausgaben. Sie hatte nicht im Geringsten damit gerechnet, hier so erlesene Tiere zu finden. Abigail konnte zwar gut handeln, aber sie würde niemals ein Tier schlechtmachen, nur um den Preis zu drücken. Wenn Napoleon so herausragend war, wie alle sagten, würde sie nicht vorgeben, enttäuscht zu sein.

„Wenn ich ihn gesehen habe, würde ich Ihnen das Miteigentumsrecht am Fohlen anbieten. Josephine wurde noch nie gedeckt und wir würden unser Geld nicht gerne zum Fenster hinauswerfen …“

„Ich habe kein Interesse an einem halben Pferd. Es würde ja noch ein Jahr dauern, bis es auf die Welt kommt, und es wäre ein Wunder, wenn Sie die Stute bis dahin noch haben. In dieser Gegend werden Tiere leider nicht durch das Gesetz geschützt. Ich fürchte, ich muss die Bezahlung vorab verlangen.“

Einen Versuch war es wert gewesen, aber sie hatte nichts anderes erwartet. Schließlich kannten sie sich nicht näher und genau deshalb hatte sie ihr Erspartes mitgebracht.

Ein Rascheln richtete Abigails Aufmerksamkeit auf einen ausgetretenen Pfad, der hinters Haus führte. Eine junge Frau mit einem Korb voller Kiefernzapfen tauchte dort gerade auf. Unter ihrem Strohhut lugte pechschwarzes Haar hervor. Ihre Augenbrauen bildeten einen deutlichen Kontrast zu den kornblumenblauen Augen. Sie hatte das Pferd sofort gesehen.

„Vater, ist das nicht Josephine?“

Sie hatte einen strahlenden Teint, ein ausdrucksstarkes Gesicht und zierliche Finger, die aus den Ärmeln eines ausgefransten Pullovers hervorschauten. Neben ihr kam Abigail sich blass und plump vor. Kein Wunder, dass Jeremiah von der jungen Frau so hingerissen gewesen war.

„Ja, meine Liebe. Das ist Mrs Calhoun, die jetzt hier bei ihrer Familie leben möchte.“

„Ich glaube, wir kennen uns noch nicht. Ich bin Laurel Wallace.“ Sie hängte sich den Henkel des Korbes in die Armbeuge, neigte den Kopf zur Seite und lächelte Abigail an. „Hübsches Kleid. Sie müssen aus Springfield sein.“

„Nein, weiter aus dem Osten.“ Abigails Blick huschte zu Calbert. Dieser nickte und sein langer Bart glitt dabei auf seiner Brust auf und ab. Wenn sie noch länger wartete, würde es auch nicht einfacher werden. „Ich muss gestehen, dass mir vor unserem Treffen nicht ganz wohl war, wegen der Neuigkeiten, die ich für Sie habe."

Auf Laurels Stirn bildeten sich Falten. „Schlechte Nachrichten für mich?" Sie trat dichter zu ihrem Vater. „Worum geht es?"

Laurels beunruhigter Blick trug nicht gerade dazu bei, Abigail die Sorge zu nehmen. Sie konnte nur beten, dass Abigail mehr Verständnis zeigte als Rachel. „Ich habe Ihren Verlobten, Captain Calhoun, kennengelernt, nachdem er in Westport verwundet worden war. Er sprach ständig in den höchsten Tönen von Ihnen."

Laurel senkte den Kopf und zog den Pullover enger um sich. „Nun ja, er hat noch nie halbe Sachen gemacht. Er hat doch nicht … Ich hoffe nur, dass er nicht zu sehr gelitten hat."

„Er hat seine Verletzung ehrenhaft ertragen. Er war mutig, fröhlich und hat immer nur an andere gedacht, sogar als klar war, dass er sterben würde. Er war der Liebling aller Männer und hat versucht, die anderen mit seinen Witzeleien aufzumuntern."

„Jeremiah?", sagte Hiram stirnrunzelnd. „Jeremiah war nie ein Spaßvogel."

„Der Krieg verändert die Menschen, Sir. Er bringt sie dazu, Dinge zu tun, die man nie von ihnen erwartet hätte." Abigail war Laurel eine persönliche Erklärung schuldig. Wenn sie die Nachricht erst preisgegeben hatte, würde sie sich von allein verbreiten. Sie holte tief Luft. „Was ich Ihnen jetzt erzählen will, ist nicht leicht. Er hat Sie geliebt, Miss Wallace. Denken Sie nur an seine Gefühle für Sie, die er in seinem letzten Brief zum Ausdruck gebracht hat …"

„Bitte nicht." Laurels Blick wanderte zu ihrem Vater und dann wieder zu Abigail. „Ich weiß, dass es schwer sein wird, über seinen Tod hinwegzukommen, aber Jeremiah würde nicht wollen, dass ich endlos trauere."

Endlos? Sein Tod war gerade mal einen Monat her. Dann erinnerte Abigail sich an die Sache mit dem Arzt.

„Jeremiah wäre damit einverstanden, dass Sie Ihr Leben leben, und er hoffte, dass Sie seine eigene rein praktische Entscheidung verstehen. Als Jeremiah merkte, dass sein Tod unausweichlich war, wollte er sicherstellen, dass seine Schwester und Mrs Calhoun versorgt sind. Da er wusste, dass ich Krankenschwester und auf einer Pferdefarm aufgewachsen bin, bat er mich hierherzukommen. Und um sicherzustellen, dass ich rechtmäßige Entscheidungen für die Calhoun-Farm treffen konnte", dabei sah sie vom Vater zur Tochter, „hat er mich zu seiner Frau gemacht."

Laurel stand mit offenem Mund da. „Seine Frau? Und ich habe mir die ganze Zeit Sorgen gemacht, weil ..." Sie stemmte die Hände in die Hüfte. „Sind Sie ganz sicher? Jeremiah ist nicht die Art ... *war* nicht die Art von Mann, der schnell seine Meinung änderte."

„Er hat seine Meinung nicht geändert, ganz und gar nicht. Es war eine rein praktische Entscheidung. Falls das ein Trost für Sie ist, kann ich Ihnen sagen, dass wir kein einziges Mal für uns allein waren. Er ist Ihnen bis zum Schluss treu geblieben."

Der Korb rutschte von ihrem Arm und kullerte zu Boden. „Ich ... ich weiß nicht, was ich sagen soll. Ich hatte gedacht, er hätte in seinen letzten Minuten an mich gedacht."

Abigail konnte den Schmerz in Laurels Gesicht nicht länger ertragen und sah auf die am Boden liegenden Kiefernzapfen. „Das hat er auch. Sie und Rachel waren die einzigen Menschen, die ihm wichtig waren. Ich bin nur hergekommen, um seinen letzten Wunsch zu erfüllen."

„Ich hatte gedacht, Sie wären eine Cousine oder so." Hiram steckte die Hände in die Hosentaschen. „Aber die

Frau eines Verstorbenen bringt nur Ärger. Können Sie sich vorstellen, wie gedemütigt Laurel sein wird, wenn die Leute erfahren, dass Jeremiah Sie geheiratet hat?"

„Ich werde das Ganze so oft erklären, wie Sie wünschen", erwiderte Abigail. „Ich will bei den Leuten keinen falschen Eindruck erwecken."

„Aber was mich betrifft, so gilt unsere Abmachung wegen der Pferde nicht länger. Die Pferde sollten ein Hochzeitsgeschenk sein ..."

„Vater ..." Laurel schob sich eine Locke hinters Ohr. „Nicht so hastig. Die Situation gefällt uns zwar nicht, aber wenn wir Mrs", sie schluckte, „Mrs Calhoun jetzt das Leben schwermachen, bringt das gar nichts. Wenn Jeremiah mich vor dem Krieg geheiratet hätte, dann müsstest du jetzt beide Farmen unterhalten. Also ist es nur gut so. Außerdem könnten wir das Geld gut gebrauchen."

Sie hätte wissen müssen, dass Jeremiahs Julia eine tapfere Frau war. Hatte er ihr das nicht gesagt?

„Ich wäre sehr dankbar für Ihre Unterstützung", sagte Abigail. „Ich bin bereit zu zahlen und Josephine heute hierzulassen."

Hiram erklärte sich murrend einverstanden. Laurel war weiterhin bedrückt, aber Abigail fand, dass sie sich in Anbetracht der Umstände heldenhaft verhalten hatte. Sie stand in der Schuld der jungen Frau, weil sie ihr die Sache nicht schwerer als nötig gemacht hatte, und sie würde es ihr bei jeder Gelegenheit danken.

Nachdem Abigail Napoleon gesehen hatte, verhandelten sie und Hiram über den Preis und kamen bald zu einer Einigung. Josephine sollte einige Wochen auf der Ranch der Wallaces bleiben. Die Gebühr blieb die gleiche, gleichgültig, ob die Stute trächtig wurde oder nicht, und Abigail übergab den kleinen Samtbeutel mit ihrem Ersparten in dem Wissen, wie wenig noch in der Schreibtischschublade auf der Farm übrig blieb.

„Vielen Dank, Mrs Calhoun." Hiram reichte den Beutel seiner Tochter. „Ich hoffe, dass Sie in einem Jahr ein gesundes, makelloses Fohlen haben. Aber noch mehr hoffe ich, dass Ihre Geschichte Laurels Erinnerungen an Jeremiah nicht trüben wird."

Abigail nickte. Solange sie seine Farm hatte, konnte Laurel gerne die Erinnerungen an ihn haben.

April 1865
St. Louis, Missouri

Obwohl die meisten Patienten weg waren, erfüllte der Gestank, der aus den Backsteinwänden und dem Dielenboden drang, weiterhin die Gefängniskrankenstation im dritten Stock. Wo die Männer alle begraben waren, wollte er sich gar nicht vorstellen. Er hatte genug Mühe mit denen, für die er verantwortlich war. Er war meilenweit gereist, hatte Unterlagen durchforstet, Soldaten befragt und war kein bisschen weiter als in Westport, wo er ihn zum letzten Mal gesehen hatte.

Die Krankenschwester bot ihm einen Stuhl an. Er lehnte ab, obgleich es ihn Kraft kostete. Es würde schwer sein, den Krieg hinter sich zu lassen, solange er die schmerzhaften Erinnerungen daran mit sich trug. Aber wenn er nicht wollte, dass sein Verstand genauso krank wurde wie sein Körper, durfte er dem, was geschehen war, nicht länger nachhängen.

„Hier ist das Verzeichnis, Sir. Ich habe nach den Angaben gesucht, die Sie genannt hatten, konnte den Namen aber nicht finden." Die Krankenschwester trug keine Dienstuniform, aber andererseits trug auch er keine. Sie hielt ihm das Buch hin, und als ihr seine missliche Lage bewusst wurde, legte sie es offen auf den Tisch. „Ehrlich gesagt sind wir nach 1864 mit den Aufzeichnungen nicht mehr ganz nachgekommen. Aber sehen Sie doch selbst nach", sagte sie und deutete mit ihrem abgebrochenen Fingernagel auf die richtige Zeile. „Sie müssen hier anfangen."

Ob die Schwester blieb oder wegging, bekam er nicht mit. Die Namen, die sich auftürmten wie Leichen in einem Gemeinschaftsgrab, brannten sich in sein Gedächtnis.

Sherman, Matthew. Smythe, Thaddeus. Pettey, Oliver.

Es gab keine festgelegte Reihenfolge, keine Logik. Er konnte es sich nicht erlauben, auch nur einen Namen zu überspringen. Er musste jeden einzelnen lesen – etliche davon waren ihm bekannt, einige davon hatten ihm nahegestanden. Nein, er musste jeden einzelnen lesen und die Erinnerungen ertragen.

Stevens, Edwin. Grisham, Clement. Calhoun, Jeremiah.

Ihm wurde eiskalt. Er blinzelte und beugte sich tiefer über den Tisch, um den Finger auf die Stelle der Aufzeichnungen zu legen, wo dieser entsetzliche Fehler mit fleckiger Tinte festgehalten worden war. „Calhoun, Jeremiah. Gestorben am 23. Februar 1865."

Seine Hand zitterte. Er fiel gegen den Tisch, der daraufhin quietschend über den Boden glitt. Die Schwester eilte sofort herbei.

„Fühlen Sie sich nicht wohl? Ich helfe Ihnen, setzen Sie sich doch."

Er winkte ab. Sein Blick war starr auf das Buch gerichtet.

„Jeremiah Calhoun" war nicht der Name, den er gesucht hatte. Er war zutiefst erschüttert. Aber noch wichtiger als dieser Fehler war, dass er den Mann finden musste, dem er Unrecht getan hatte.

Er betete, dass es nicht schon zu spät war.

Zwei Wochen später
Hart County, Missouri

Abigail wusste schon, dass sie eine Ablehnung erwartete, als Varina Helspeth sie mit einem höhnischen Gesichtsausdruck ansah. Die Frau musste noch nicht einmal ein Wort sagen.

„Es ist mir egal, ob Jeremiah Sie geheiratet hat. Ich will nicht, dass eine Yankee-Frau sich um meinen Sohn kümmert."

Das Gesicht der Frau war so unscheinbar wie eine leere Papiertüte und nun auch genauso ausdruckslos. Ein dünner Damenbart stand auf ihrer Oberlippe. Abigail hatte das Gefühl, dass die Lippen der Frau wohl eher platzen würden, als sich zu einem Lächeln zu verziehen.

Dr. Hopkins hob seine Arzttasche auf. „Kommen Sie, Mrs Calhoun. Hier werden unsere Dienste nicht gebraucht." Er setzte seinen Hut auf seinen dichten Haarschopf und wirbelte herum.

Wieder abgelehnt. Abigail machte der Frau keine Vorwürfe. Wenn nicht einmal ihre eigene Mutter ihr vertraute, warum sollte es dann eine wildfremde Frau tun?

Sie hatte schon einen Fuß auf den unbefestigten Weg gesetzt, als Varina grummelnd eingestand: „Aber Sie müssen ihm helfen, Doktor. Wir müssen die Kugel aus seinem Rücken holen."

„Ich arbeite nicht ohne meine Krankenschwester. Wenn Sie ihre Hilfe nicht brauchen, dann brauchen Sie meine auch nicht."

Sollte sie ihren Sohn sterben oder Abigail ins Haus lassen? Dass es so lange dauerte, bis sie eine Entscheidung gefällt hatte, bewies einmal mehr, wie verhasst Fremde und vor allem Nordstaatler in diesen Wäldern waren.

Ohne ein Wort zu sagen, verschwand Varina im Haus und ließ Abigail und Dr. Hopkins draußen stehen. War das ein Nein? Als könne er ihre Gedanken lesen, beugte sich Dr. Hopkins zu ihr und flüsterte: „Sie hat die Tür offen gelassen. Eine freundlichere Einladung bekommen wir nicht."

Mit einem Lächeln folgte sie dem Arzt mit dem spitzen Kinn nach drinnen.

Die Verletzungen des jungen Mannes waren nicht sehr ernst. Er hatte bei einem harmlosen Jagdunfall eine Ladung Schrot abbekommen. Wenn man die Wunde sauber hielt, würde sie schnell heilen. Da die Hütte der Helspeths sich auf dem gleichen Berg befand wie das Haus der Calhouns, war es für Abigail naheliegend, dass sie nach dem Jungen schauen würde, damit Dr. Hopkins sich wichtigeren Aufgaben zuwenden konnte – wie zum Beispiel bei den Wallaces auf der Verandaschaukel zu sitzen.

„Nehmen Sie Calbert mit", schlug Dr. Hopkins vor, als sie gingen. „Hier lungern gefährliche Männer herum. Wir hatten schon Probleme, bevor der Krieg begann, und sie werden nicht vorbei sein, nur weil der Krieg vorüber ist."

Es war nicht schwer zu glauben, dass in den bedrohlich wirkenden Wäldern verborgene Gefahren lauerten. Trotz der wunderschön blühenden Frühlingssträucher schienen ihre finsteren Klüfte Geheimnisse zu bergen. Wenn sie schon von aufrichtigen, hart arbeitenden Menschen so vor den Kopf gestoßen wurde, wozu waren dann erst die Gesetzlosen in der Lage?

Abigail schauderte. Sie brauchte nicht viel Fantasie, um zu wissen, wozu Menschen in der Lage waren. Sie hatte es an den Kriegsverletzungen gesehen und auch bei den Verwundeten, die sie gepflegt hatte.

„Haben Sie mit Jeremiah zusammen gedient?", fragte Abigail, als die Pferde sich ihren Weg zurück auf die andere Seite des Berges bahnten, wo die Calhouns wohnten.

„Ja, Ma'am." Hopkins hatte eine krächzende Stimme, die eigentlich zu einem viel älteren Mann zu gehören schien. „Wir waren in der Miliz von Missouri, um unseren Staat vor dem Eindringen von fremden Truppen zu schützen, aber General Fremont hat uns zu Verrätern erklärt. Man konnte sich nicht ergeben, es gab keine Gefangenen. Männer, die im Kampf gefangen genommen wurden, wurden wie gewöhnliche Verbrecher gehängt. Unsere Truppen haben sich nach und nach der Armee der Konföderierten angeschlossen, wo immer sich die Gelegenheit ergab, damit wir wie reguläre Soldaten behandelt wurden. 1862 hat Jeremiah sich der West-Armee unter Generalmajor Price angeschlossen. Ich blieb bei Colonel McBride, als der nach Arkansas zog."

„Aber Sie waren doch zu Hause ..." Abigail bemerkte zu spät, dass man ihre Worte auch als Vorwurf verstehen konnte. „Verzeihen Sie, ich will nicht neugierig sein."

Er hob das Kinn. „Es gibt nichts, wofür ich mich schämen müsste. Ich habe bis '64 als Arzt in der Armee gedient, bis General McBride meine Dienste dann für sich persönlich in Anspruch nahm. Er kränkelte und wollte weiter nach Süden gehen, in der Hoffnung, dass er im wärmeren Klima die Lungenentzündung überwinden würde, die er sich zugezogen hatte. Als er starb, wusste ich, dass ich keine Chance hatte, mich einer Truppe anzuschließen, da Arkansas unter der Kontrolle der Nordstaaten war. Also beschloss ich, nach Hause zu gehen und den zurückgebliebenen Familien zu helfen."

Abigail gefiel der ernsthafte junge Mann, dem Heilen offensichtlich wichtiger war als Länder zu erobern.

„Natürlich war es nie meine Absicht gewesen, mich in Laurel zu verlieben", fuhr er fort. „Der Gedanke, dass ich ihre Gesellschaft genoss, während Jeremiah kämpfte ... und starb, quälte mich. Aber jetzt sind Sie hier und ich danke Ihnen. Offensichtlich glaubte sogar Jeremiah, dass vier Jahre eine zu lange Zeit waren, um auf ihn zu warten."

Er zog seinen Hut etwas tiefer ins Gesicht. Wenigstens ein Mensch, der dankbar war, dass sie da war – zwei, wenn man Mrs Calhoun mitzählte. Sie brachte es nicht übers Herz, dem Arzt zu erzählen, dass Jeremiah nie aufgehört hatte, Laurel zu lieben. Wenn sie in letzter Zeit etwas gelernt hatte, dann, dass die Menschen nicht immer die Wahrheit wissen wollten, und das war ihr gerade recht.

Kapitel 4

Mai 1865

Das Leben auf der Calhoun-Farm war in eine angenehme Routine verfallen. Vor Abigails Ankunft war Rachel völlig von ihrer Mutter abhängig gewesen, und das bedeutete, dass die Hausarbeit vernachlässigt wurde. Aber Abigail hatte dies schon bald im Griff. Obwohl die einfache Ausstattung des Hauses sich ganz und gar nicht mit der in dem Haus vergleichen ließ, in dem Abigail aufgewachsen war, war sie doch stolz auf die gemütlichen, ordentlichen Zimmer. Wenn sie mit den Hausarbeiten fertig war und ihre Runde mit Dr. Hopkins beendet hatte, verbrachte Abigail jeden Nachmittag damit, die Pferde zu striegeln, zu füttern und zu bewegen. Anfangs sträubten sie sich, die verschiedenen Gangarten zu üben, aber bald schon akzeptierten sie die tägliche Routine. Wenn doch nur Rachel ihre Pflege genauso annehmen würde.

Rachel. Abigail leerte einen Eimer Hafer in den Futtertrog. Wenn ihre Schwägerin gesund wäre, würde man vermutlich sagen, dass sie eine echte Nervensäge war. Aber wenn sie nicht krank wäre, würde man ihr Verhalten auch nicht durchgehen lassen. Abigail stellte den Eimer vorsichtig auf den obersten Balken des Zaunes und rieb sich die Hände an ihrem baumwollenen Alltagskleid ab. Wenn sie nur wüsste, wie sie Rachels harte Schale durchdringen konnte. Dem Ausmaß ihrer Symptome nach zu urteilen, konnte ein weiterer Fieberschub für sie das Ende bedeuten. Hatte Rachel schon einmal darüber nachgedacht, wie sie den Menschen im Gedächtnis bleiben wollte?

Die Pferde waren gefüttert, aber Ma würde das Abendessen frühestens in einer Stunde fertig haben. Die Sonne schien auf die Baumwipfel am hinteren Ende der Weide. Das war auch ein Bereich, den sie noch nicht erkundet hatte. Da sie die Pferde nicht beim Fressen stören wollte, ging Abigail zu Fuß los. Sie hielt inne, um eine Dreschmaschine zu begutachten, die ungenutzt und rostend am Zaun lehnte.

Ja, sie würden bald ein Feld umpflügen und Gerste säen müssen. Ein Fohlen pro Jahr brachte nicht genug ein, um davon leben zu können. Die Farm konnte mehr Ernte einbringen, als Ma in den Kriegsjahren zusammengekratzt hatte.

Während sie den Hügel hinaufging, pflückte Abigail eine Schafgarbe. Sie blieb am höchsten Punkt stehen und blickte ins Tal hinunter. Ihr war noch nicht aufgefallen, dass die Straße, auf der man zur Farm kam, auch am hinteren Ende des Geländes entlangführte. Es überraschte sie nicht wirklich. Die Fahrwege hier in den Ozark Mountains schlängelten sich durch die Niederungen wie Würmer im Sand. Sie spielte mit der Schafgarbe in ihrer Hand, während sie den steilen Hang hinunterging, und dabei auf die losen Steine achtete, die vor ihr den Hang hinunterrollten.

Es war kein Wunder, dass dieses Gelände noch nicht gerodet war. Es war zu steinig, um darauf zu reiten, und zu steil, um es zu bestellen. Der einzige Nutzen dieses Stückes Land bestand darin, dass es eine Schutzzone zwischen der Farm und der Straße bildete. Wenn diese Strauchdiebe, von denen sie ständig hörte, nicht gerade auf Bergziegen ritten, konnten sie sich nicht von hinten ans Haus heranschleichen.

Abigail nutzte die Tatsache, dass sie ganz allein auf der Anhöhe stand, raffte ihren Rock hoch, kletterte über das Weidegatter und rutschte die letzten Meter zur Straße hinunter, die sich durch das enge Tal schlängelte. Wenn sie recht hatte, dann war es nicht weit bis zum Haupteingang der Farm, und es war bedeutend einfacher, als wieder auf der unwegsamen Seite über den Hügel zu steigen. Außerdem konnte sie dann auch den Zaun begutachten, um zu sehen, ob es irgendwelche Beschädigungen oder noch mehr Gerätschaften gab, die hier draußen verrosteten.

Hier im Tal war die Nachmittagssonne zu schwach, um klare Schatten zu werfen. Stattdessen wirkte alles etwas diesig, und es war nicht klar zu erkennen, wo das Unterholz aufhörte und die Dunkelheit begann. Abigail ertappte sich dabei, wie sie angestrengt in die Erdspalten starrte und sich fragte, ob es wirklich Höhlen waren oder nur überhängendes Gestrüpp. Aus den schroffen Felsspalten konnten sie jede Menge Augen beobachten – von Menschen oder von Tieren. Sie erinnerte sich an Dr. Hopkins' Warnung. Sie sollte sich nicht zu weit vom Haus entfernen.

Die Straße führte um einen Felsvorsprung herum. Der Weg verengte sich – eine gefährliche Biegung für einen Buggy. Abigail dachte gerade, dass sie daran denken musste, hier langsam zu fahren, als plötzlich ein Mann vor ihr auf dem Weg stand.

Er hatte eine Hand auf den Sattelknauf gelegt und eine hinten auf den Sattel, um aufzusteigen, und erstarrte, als er sie sah. Sein Pferd tänzelte nervös auf ihn zu, und er machte einen seltsamen Hüpfer nach hinten, um nicht umgestoßen zu werden. Der Unbekannte wandte sich wieder seinem Pferd zu und versuchte, sich am Sattelknauf hochzuziehen, ohne den Fuß in den Steigbügel zu setzen. Bei der ungewohnten Gewichtsverlagerung machte das Pferd wieder einen Schritt zur Seite und er rutschte erneut zu Boden.

Der Mann landete geschickt auf einem Bein, aber das andere Bein berührte nie den Boden. Offensichtlich schonte er es. Abigail sah, dass er Mühe hatte. Eines seiner Beine war kürzer und konnte sein Gewicht nicht tragen. Das Pferd musste still stehen bleiben, damit er aufsteigen konnte.

Ob er wohl gefährlich war? Vielleicht, aber bis jetzt ließen die berüchtigten Strauchdiebe sie mehr an die Geschichten vom Schwarzen Mann aus ihrer Kindheit denken. Dieser Mann zeigte keinerlei Interesse an ihr, saß nicht zu Pferd und konnte ganz bestimmt nicht rennen. Ihr Mitgefühl war größer als ihre Angst und sie ging vorsichtig auf ihn zu.

„Ich halte sie für Sie fest." Sie lächelte, damit er nicht so verlegen sein musste.

Er neigte den Kopf, sodass sie nur seinen Hut sehen konnte. „Wenn sie still stehen würde, käme ich allein klar. Ich wollte nur sehen, was mein Bein macht, bevor ich nach Hause komme. Meine Familie weiß nicht ..."

Abigail griff nach den Zügeln und streichelte die Schnauze des Pferdes. Wie viele ihrer Patienten waren wohl noch auf dem Heimweg, auf dem Weg in eine Zukunft mit ähnlichen Schwierigkeiten? „Ihr Pferd sieht müde aus – als ob es schon eine harte Reise hinter sich hätte. Sie könnten bestimmt beide eine Rast gebrauchen, wenn Sie schon den ganzen Tag unterwegs sind." Als sie das Pferd unter Kontrolle hatte, nickte sie ihm zu. Diesmal war sein Versuch aufzusteigen erfolgreich, ja, sogar elegant. Seine Brust wölbte sich, als er erst einmal im Sattel saß. Auf dem Rücken des Pferdes verschwand seine Verlegenheit; er schien sich wegen seines Gesundheitszustands nicht länger zu schämen. Hätte sie nicht gesehen, wie er sich abgemüht hatte, wäre sie nie auf den Gedanken gekommen, dass er irgendwelche Schwächen hatte – außer vielleicht Stolz.

„Vielen Dank für Ihre Hilfe." Erst jetzt, wo er auf dem Pferd saß, sah er ihr ins Gesicht. Wache Augen blickten ihr aus ausgeprägten Gesichtszügen entgegen. Sie sahen sie offen und ehrlich an, wenn auch nicht gerade geduldig. Dunkle Augenbrauen rahmten seine durchdringenden Augen ein. Seine Nase – nun ja, man könnte sie höflich gesprochen als griechisch bezeichnen.

Er schüttelte die Zügel, um sie daran zu erinnern, dass sie loslassen und ihn nicht länger anstarren sollte. Sie spürte, wie ihr Gesicht heiß wurde. War sie schon so lange in den Bergen, dass sie vergessen hatte, wie man sich einem Herrn gegenüber verhielt? Wortlos trat sie zur Seite, damit er weiterreiten konnte. Nach wenigen Schritten drehte er sich um.

„Es wird schon dunkel. Wie weit haben Sie es noch?"

Abigail berührte ihr Haar und wünschte sich plötzlich, sie hätte es richtig hochgesteckt, statt es in einem Zopf herunterhängen zu lassen. „Gar nicht weit. Da drüben ist mein Zuhause." Bei diesen Worten deutete sie auf den Bergrücken zu ihrer Linken.

Er sah sich um, als wolle er sich vergewissern, wo er war, dann richtete er seinen durchdringenden Blick wieder auf sie.

Diesmal klang seine Stimme rau. „Leben die Calhouns nicht mehr dort?"

„Doch. Sind Sie ein Nachbar?"

Sein Lachen klang freudlos. „Ich bin kein Nachbar. Ich bin Jeremiah Calhoun, und mich würde interessieren, welchen Anspruch Sie auf meine Farm erheben."

Er hatte sie noch nie zuvor gesehen, so viel war sicher. Diese gertenschlanke blonde Frau, die ihn gerade stirnrunzelnd ansah, hätte Jeremiah bestimmt nicht vergessen. Sie starrte ihn weiter an, aber diesmal starrte sie nicht auf sein Gesicht, sondern auf seine Hände. Schließlich richtete sie sich auf und schien zu einem Entschluss gekommen zu sein.

„Sie sind ein Lügner." Ihre Stimme hallte von dem felsigen Hang wider. „Jeremiah Calhoun ist tot."

Jeremiahs Kehle schnürte sich zu. Seit er seinen Namen dort im Gefängnis im Register der Todesfälle gefunden hatte, hatte er sich gefragt, wer wohl überrascht sein würde, ihn zu sehen. Aber trotzdem standen ihm bei diesen Worten die Haare zu Berg.

„Meine Familie glaubt das vielleicht, aber sie werden überglücklich sein, wenn sie erfahren, dass sie sich getäuscht haben."

„Was für eine Frechheit!" Ihr schlanker Körper zitterte, als sie näher trat. Ihre Augen waren nur noch zwei blaue Schlitze, als sie ihn wütend anstarrte. „Wagen Sie es ja nicht, mit einer trauernden Familie Ihre Spielchen zu treiben! Sie werden sofort als Scharlatan enttarnt werden. Ich kannte Jeremiah nur wenige Wochen, aber es ist offensichtlich, dass Sie nicht er sind."

Schlagartig war auch der letzte Rest von Jeremiahs Dankbarkeit für ihre Hilfe verflogen. „Ich habe es nicht nötig, dass mir eine Fremde sagt, wer ich bin."

„Ich bin keine Fremde. Fragen Sie doch Ma. Alle hier kennen mich, sogar Laurel."

Sein Herz schlug höher. Seit er Alan verloren hatte, hatte er ihren Namen nicht mehr gehört.

„Laurel ..." War es ungehörig, dass er ihren Namen wie ein Gebet hauchte? Jeden Morgen war er mit der Frage aufgewacht, ob er wohl den Abend noch erleben würde. Jeden Abend war er mit der Frage eingeschlafen, ob er die große Liebe seines Lebens wohl noch einmal sehen würde. „Sie haben Laurel getroffen?“ Aber er unterbrach sich selbst. Er hatte schon genug Zeit mit dieser Frau verschwendet, die mit den Händen in den Hüften und aufgeblähten Nasenflügeln dastand.

„Vielen Dank für Ihre Hilfe“, sagte er, „aber jetzt wartet meine Familie auf mich.“

Wutschnaubend ging sie von der Straße, raffte ihre Röcke zusammen und stieg über den Zaun. Ihre weißen Unterröcke blitzten hervor – vornehmere Unterröcke, als er je gesehen hatte. Nicht, dass ihm solche Dinge schon oft aufgefallen wären. Erst als sie bereits auf halbem Weg den Hügel hinauf war, fiel ihm auf, dass sein Unterkiefer herunterhing. Wenn er jetzt nicht losritt, würde sie das Haus vor ihm erreichen.

Er trieb sein Pferd noch ein letztes Mal an und versuchte, sie zu vergessen. Er war zu Hause. Bei all der Verwüstung, die er gesehen hatte, bei all den zerstörten Menschenleben, Gliedmaßen und Gütern hatte Jeremiah am meisten um seine eigene Farm gefürchtet. Er hatte Geschichten von Untergrundkämpfern gehört, die Häuser zerstört und Unschuldige überfallen hatten. Aber als er jetzt durch das Tor seiner Farm ritt, fiel ihm eine unbeschreibliche Last vom Herzen. Abgesehen von ein paar unerwünschten Sträuchern, dem normalen Verfall der Scheune und einer wütenden Frau, die den Hügel hinterm Haus hochkam, sah noch alles so aus, wie er es verlassen hatte.

Jeremiah ließ sich vom Pferd gleiten, zog seine Krücken heraus und humpelte auf die Veranda hinauf. Er wusste zwar, dass seine Mutter ihn herzlich willkommen heißen würde, aber er fürchtete sich vor der Begegnung mit seiner Schwester. Wie viele Briefe hatte er angefangen und dann wieder zusammengeknüllt und ins Feuer geworfen? Es tat ihm leid, dass sie so krank war, dass sie nicht so leben konnte wie andere junge Frauen in ihrem Alter, aber er war immer noch überzeugt, dass sie nicht heiraten sollte.

Aber vielleicht hatte Alan es vor ihm nach Hause geschafft. Es war durchaus möglich, dass Alan und Rachel schon glücklich verheiratet waren.

Er hörte, wie sich Schritte der Tür näherten, und dann war es still. Ob Rachel wohl aus dem Fenster sah und sich fragte, wessen alter Gaul dort am Pfosten stand? Versuchte seine Mutter, sich in den Salon zu schleichen, damit sie schauen konnte, wer der unbekannte Besucher war? Er hämmerte an die Tür. „Ma, mach auf. Ich bin's – Jeremiah."

Ein Schrei durchschnitt die Luft. Die Tür wackelte, als sie am Schloss herumfummelte und den Schlüssel verfluchte, den Türknauf und alles andere, was zwischen ihr und ihrem einzigen Sohn stand.

Da das Licht von hinten kam, konnte Jeremiah ihr Gesicht nicht erkennen, aber danach zu urteilen, wie schnell sie sich in seine Arme warf, konnte er annehmen, dass die vergangenen Jahre es mit seiner Mutter besser gemeint hatten als mit ihm.

„Jeremiah! Jeremiah! Ein Wunder!" Die Tränen liefen ihr über die Wangen und ihr Gesicht war nass. „Du lebst. Gott sei Dank!" Sie küsste ihn auf beide Wangen, tätschelte ihn, umarmte ihn und küsste ihn wieder.

Er schlang seine Arme um ihre Schultern, hielt sie fest und war froh, dass er zur Abwechslung einmal Freude gebracht hatte. Ein vielversprechender Anfang.

„Ich dachte schon, ich würde nie lebend nach Hause kommen", sagte er.

„Jetzt lasse ich dich nicht wieder gehen." Sie schlang ihre Arme enger um ihn. „Ich lasse dich jetzt nicht mehr aus den Augen."

Jeremiah musste beinahe lachen. „Ich glaube, Laurel hat da andere Pläne. Wie geht es ihr?"

Das Lächeln seiner Mutter verblasste. Sie wischte sich das Gesicht ab und trat einen Schritt zurück. Sie zögerte. „Laurel geht es gut. Sie wird natürlich überrascht sein, dich zu sehen ... genau wie Rachel."

„Tatsächlich?" Seine Mutter hatte die Krücke unter seinem Arm noch nicht bemerkt und auch nicht, dass er sich bei ihr abstützte, um nicht umzukippen. „Der letzte Brief, den ich von ihr bekommen habe, war nicht allzu höflich. Ich hoffe, ihre Haltung hat sich verändert."

„Sie ist auf Gnade angewiesen, genau wie wir alle. Du warst vier Jahre weg. Es wird vielleicht ein bisschen dauern, bis ihr euch wieder aneinander gewöhnt habt."

„Ich bezweifle, dass er sich auch nur ein bisschen verändert hat." Rachel trat vor die Tür.

Jeremiah richtete sich auf, bereit, sie in die Arme zu schließen, wenn sie es zuließ. Er sehnte sich so sehr danach, die Meinungsverschiedenheiten beizulegen, aber sie kam keinen Schritt näher.

„Ist Alan da? Hast du etwas von ihm gehört?", fragte er.

„Ist er nicht bei dir?"

In diesem Augenblick hätte Jeremiah alles gegeben – seine Farm, sein Leben, sein zweites Bein –, um seinen besten Freund an seiner Seite zu haben. „Ich habe es versucht, Rachel. Ich habe überall nach ihm gesucht. Deshalb hat es so lange gedauert, wieder nach Hause zu kommen."

Der letzte Funke Leben, der noch in ihren Augen geleuchtet hatte, erlosch. Sie ließ ihre Arme herabhängen, und erst jetzt sah man, wie knochendürr sie geworden war. „Es ist dir also gelungen, Alan und mich noch weiter voneinander zu trennen, während du dich schon darauf freust, deine Abigail wiederzusehen?"

Abigail? Ihre Mutter stellte sich zwischen sie. „Meine beiden Kinder sind daheim und in Sicherheit. Wenn doch nur euer Vater ... Aber wir sollten zufrieden sein, dass

Jeremiah zurück ist. Meine ganze Familie ist endlich wieder unter einem Dach zusammen."

„Apropos Familie", sagte Jeremiah, „ich habe eben eine Frau getroffen, die verrückt zu sein scheint. Ich vermute, sie ist euer Gast, aber haltet sie bitte fern von mir. Heute Abend will ich nur noch eine warme Mahlzeit und dann in einem richtigen Bett schlafen."

Rachel zog eine Augenbraue hoch. „Das wird sie dir nicht vorenthalten, solange du nicht schnarchst. Immerhin schläft sie in deinem Zimmer."

Sie blickte ihn genauso selbstgefällig an wie damals, als sie ihn mit neun Jahren dabei ertappt hatte, wie er Zuckerwürfel stahl. Aber diesmal war er unschuldig.

„Es gibt noch andere Zimmer."

„Aber deine Frau wird erwarten, dass du das Zimmer mit ihr teilst."

„Meine Frau?" Wovon redeten die beiden? War das wieder eine von Rachels Machenschaften?

„Mein Gott! Was ist denn mit deinem Bein passiert?" Seine Mutter packte ihn am Arm.

Aber er wollte jetzt nicht über sein Bein sprechen. „Ich weiß nicht, wer diese Frau ist, aber ich werde Laurel heiraten und nicht irgendeine Fremde."

„Abigail ist ein nettes Mädchen, Jeremiah", sagte seine Mutter. „Sie hat uns sehr geholfen."

„Und dem nach zu urteilen, was sie sagt, bist du schon anderweitig vergeben", erwidert Rachel.

Sie wollten ihn wohl zum Narren halten. Aber Rachels hämisches Grinsen sah echt aus. Und diese Abigail lief gerade über die Wiese hinter dem Haus und war schon fast bei ihnen angelangt. Vergeblich ging er in Gedanken alle Frauen durch, die er gesehen hatte, seit er von hier weggegangen war. Aber eine so groß gewachsene, schlanke Frau konnte man eigentlich unter keinen Umständen vergessen. Dann blieb nur noch eine Möglichkeit offen.

Und dabei hatte sie *ihn* einen Lügner genannt.

Aller Augen waren auf sie gerichtet, als sie auf die Veranda trat.

„Es tut mir leid, Ma", sagte sie. „Ich habe versucht, ihn aufzuhalten. Ich werde Calbert rufen, dann sind wir ihn ganz schnell los."

„‚Ma'?! Sie nennen sie ‚Ma'?", fragte Jeremiah.

Rachel lächelte. „Abigail, meine Liebe, warum willst du Calbert rufen?"

Abigail hielt inne. Es war ganz offensichtlich, dass sie Rachel nicht traute. Jetzt blickte sie seine Mutter fragend an. War sie wirklich verwirrt?

„Wie Sie sehen, ist meine Familie glücklich über meine Rückkehr, Miss", sagte er.

„Du erkennst Abigail nicht?" Das Gesicht seiner Mutter wurde so grau wie ihre Haare. „Aber sie war doch bei dir im Gefängnis."

„Das ist nicht der Jeremiah, den ich kenne. Jeremiah war am Arm verletzt, nicht am Bein. Das ist nicht dein Sohn."

Seine Arme spannten sich an. Er ballte die Hände zu Fäusten.

„Jeremiah, denk nach, bevor du etwas Unfreundliches sagst." Seine Mutter legte ihre Hand sanft auf seinen Arm. „Es könnte auch tatsächlich eine Verwechslung sein."

Nach Rachels wenig damenhaftem Schnauben zu urteilen, waren sie sich ausnahmsweise einmal einig.

Die Frau nahm Rachel die Laterne ab und hielt sie ihm ins Gesicht. „Ich weiß, dass ihr gerne glauben würdet, er sei zurückgekommen, aber seht ihn doch an: Er ist ein Betrüger."

Da stand er nun auf seiner eigenen Veranda und wurde vertrieben wie ein streunender Hund. Jeremiah stieß die Laterne zur Seite. „Meinen Sie nicht, dass meine eigene Mutter mich wiedererkennt?"

Seine Mutter runzelte die Stirn. „Oh je, jetzt gibt es Ärger. Lasst uns doch nach drinnen gehen."

„Ich komme gleich", brummte er, „sobald ich das Pferd versorgt habe."

„Ich kümmere mich hier um die Pferde." Die Frau nahm ihm die Zügel ab. Mit dem Pferd ging sie sanft um, obwohl sie bislang eher abweisend wie ein Stachelschwein gewesen war. Sie warf ihm einen letzten verwirrten Blick zu und trottete zum Stall.

Zum Donnerwetter, glaubte sie jetzt auch noch, er könne nicht laufen? Dummes Bein. Jeremiah wandte sich zu seiner Mutter um, die sich die Augenbrauen rieb.

„Es muss irgendeine logische Erklärung geben", sagte sie.

„Natürlich", meldete Rachel sich zu Wort. „Sie hat gelogen, um uns die Farm zu nehmen. Das ist Grund genug."

„Urteile nicht so schnell. Bis wir die Sache geklärt haben, ist Abigail mein Gast. Und überhaupt: Warum können wir uns nicht einfach darüber freuen, dass Jeremiah nach Hause gekommen ist? Lasst uns das nicht verderben, indem wir eine unschuldige junge Frau vor die Tür setzen."

Solange seine mitfühlende Mutter dabei war, konnte er die Sache nicht klären. „Ich kümmere mich darum." Jeremiah stapfte über den Hof zum Stall.

Obwohl ihn hier Unannehmlichkeiten erwarteten, war es gut, wieder zu Hause zu sein. Es war gut, die Befehle zu erteilen, statt sie nur auszuführen. Es war gut, auf dem offenen Feld stehen zu können, ohne Angst haben zu müssen, dass einem der Kopf von einer Kugel durchlöchert würde. Es war gut, das eigene Leben wieder im Griff zu haben.

Mehr oder weniger.

Er betrat den vertrauten Stall und bemerkte sofort, dass die Boxen leer waren. Natürlich. Ma hatte das Vieh verkauft oder geschlachtet. Sie hatte in ihren Briefen davon geschrieben, dass sie ums Überleben gekämpft hatten, aber dass die Tiere weg waren, erschütterte ihn trotzdem.

Die fremde Frau hatte die Laterne an einen Haken gehängt und die Bürste zur Hand genommen. Sie musste ihn doch bemerkt haben, schließlich war er wütend wie ein wilder Eber und hatte sich keine Mühe gegeben, leise zu sein. Trotzdem stand sie tief in Gedanken versunken da, während sie dieses Klappergestell von einem Pferd bürstete, das ihn nach Hause getragen hatte.

Und sie wirkte auch wie jemand, dem man alles zutrauen konnte: Sie war hübsch genug, um ihren Raubzug durchzuziehen, und selbstbewusst genug, um zu denken, sie könne damit durchkommen. Selbst jetzt dachte sie sich wahrscheinlich noch irgendeine Geschichte aus, um ihn hereinzulegen. Seine Mutter konnte man vielleicht leicht hinters Licht führen, aber ihn nicht. Nur gut, dass er gerade jetzt nach Hause gekommen war.

„Wollen Sie mein Pferd stehlen?“

Sie sah nicht auf, sondern bürstete mit ruhigen Bewegungen weiter. „Wenn ich das vorhätte, dann würde ich nicht das hier nehmen, obwohl auch sie ihren Wert hat.“ Die Frau strich mit ihren langen Fingern durch die Mähne des Tieres. „Wenn man ihre breite Brust mit Lancasters Kraft kombinieren würde, käme ein gutes Arbeitstier dabei heraus. Sie würde natürlich kein feines Rennpferd hervorbringen, aber die Menschen hier müssen Felsblöcke und Baumstümpfe ziehen und keine Wetten gewinnen.“

Jeremiah blinzelte. Sie verstand etwas von Pferden. Welche Pläne sie auch immer schmiedete, damit hatte er nicht gerechnet.

Sie drehte sich um und starrte unverhohlen auf seine Hände. Ihr Blick war viel zu listig für ihr sanftes Gesicht. „Ein Mann, der im Gefängnis sitzt, hat wenig Ähnlichkeit mit einem Mann auf der Straße. Ich würde nicht unbedingt damit rechnen, dass ich Jeremiah Calhoun wiedererkennen würde, wenn er ordentlich angezogen, herausgeputzt und ansehnlich vor mir stünde. Aber ich würde erwarten, dass er mich erkennt. Und ich würde erwarten, dass ihm ein Arm fehlt."

„Tut mir leid. Soll ich mir für Sie einen abhacken? Wenn ich gewusst hätte, dass ich Ihre Pläne durchkreuze, wäre ich tot geblieben, so wie man es von mir erwartet hat."

Sie verzog verächtlich den Mund. „Ich bin hierhergekommen, weil ich es einem sterbenden Mann versprochen habe. Er erzählte mir von seiner Schwester Rachel und von seiner Pferdefarm. Er hat mich hierhergeschickt. Und wenn Sie das nicht waren, wer war es dann?"

„Leider ist mir das völlig gleichgültig. Sie haben diese Geschichte doch nur erfunden. Netter Versuch, aber es ist vorbei. Ziehen Sie doch mit den Truppen der Union nach Westen, und suchen Sie sich ein anderes Opfer, das –"

Die Frau war augenscheinlich nicht bereit, seinen Vorwürfen noch länger Gehör zu schenken. Sie nahm die Laterne vom Haken und stapfte aus dem Stall in den dunklen Abend hinaus. Er blickte über den Hof und sog das warme Licht in sich auf, das aus dem steinernen Farmhaus drang. Sein Haus. Er sehnte sich so sehr danach, sich auszuruhen. Er wollte nichts essen, nichts erzählen – er wollte sich einfach nur an einem sicheren Ort hinlegen. Doch er musste noch ein Hindernis aus dem Weg räumen, damit sein Haus wieder sicher war.

„Wo gehen Sie hin?", rief er ihr nach.

„In mein Zimmer."

„Das ist nicht Ihr Zimmer, das ist *mein* Zimmer!" Jeremiah versuchte hinkend, sie einzuholen.

„Ich kann sonst nirgends hin und ich bin müde. Ich bin heute Morgen früh aufgestanden, um zu den Wallaces zu gehen und –"

„Zu den Wallaces?", sagte Jeremiah und stolperte. „Was haben Sie dort gemacht?"

Sie ging entschlossen weiter. Wenn er nicht vorsichtig war, glitt seine Krücke auf den Kieselsteinen ab, aber Jeremiah musste das Risiko eingehen, um sie einzuholen.

Rasch fügte sie hinzu: „Ich musste mit Dr. Hopkins über einen seiner Fälle sprechen, und ich wusste, dass ich ihn dort finden würde."

Dr. Hopkins war bei den Wallaces? War Hiram krank? Noch bevor er nachhaken konnte, fuhr sie schon fort. „Ich mag Laurel übrigens wirklich. Wir verstehen uns großartig."

Jeremiah blieb wieder stehen. Diese Frau verdiente eine Tracht Prügel. Er knirschte mit den Zähnen. Die Vorstellung, dass Laurel ihren Lügen Glauben schenkte, brachte ihn fast um den Verstand. Er würde nicht zulassen, dass diese Betrügerin auch nur einen Augenblick länger hier blieb als unbedingt nötig.

Er sah ihr nach, als sie zum Haus stolzierte, und beneidete sie um ihre Fähigkeit, so schnell gehen zu können. Aber er würde nicht zulassen, dass sie ihm auf der Nase herumtanzte. Jahrelang hatte er von dem Augenblick geträumt, an dem er nach Hause kommen und Laurel zur Frau nehmen würde. Er würde es nicht zulassen, dass sich ihm so ein durchtriebenes Yankee-Weib in den Weg stellte.

Abigail knallte die Zimmertür hinter sich zu und lehnte sich dagegen. Wer war das?! Sie knöpfte ihren Kragen auf und rang nach Luft. Ma und Rachel zufolge handelte es sich bei dem Mann, dessen Stimme ihr jetzt durch die geschlossene Tür einen Vortrag hielt, um Jeremiah. Aber wen hatte sie dann geheiratet? Wer war Romeo wirklich gewesen?

In ihrem Kopf hämmerte es. Wie oft hatte sie von den Menschen hier Dinge über Jeremiah gehört, der andere angeblich so schnell verurteilte, etwas, das so gar nicht zu dem heiteren Romeo passte, den sie kennengelernt hatte? Die braunen Augen, seine breiten Wangenknochen und sogar die markante Nase dieses Mannes waren den übrigen Familienmitgliedern sehr ähnlich, wie sie jetzt erkannte. Wie konnte sie all die Unstimmigkeiten nur übersehen haben?

Erst als sie Mutter Calhouns sanfte Stimme hörte, die versuchte, ihren Sohn zu beschwichtigen, trat Abigail einen Schritt von der Tür zurück.

Wenn hier irgendjemand im Unrecht war, dann war sie es. Sie versuchte, sich in seine Situation zu versetzen: wie er nach vier Jahren verletzt und müde nach Hause kam und dann als Lügner bezeichnet wurde und sich sagen lassen musste, er sei tot. Abigail ließ sich aufs Bett sinken und vergrub ihr Gesicht in den Händen. Was für einen Empfang sie ihm bereitet hatte. Als ob Rachel und Ma ihren eigenen Bruder und Sohn nicht wiedererkennen würden! Sie musste das in Ordnung bringen. Sie musste sich bei ihm entschuldigen.

Abigail goss sich aus dem Krug auf ihrem Nachttisch etwas Wasser ein. Die Flüssigkeit schwappte über, als sie das Glas in die Hand nahm und zum Mund führte. Das Zittern wollte einfach nicht aufhören. Wenn er wirklich Jeremiah war, hatte sie kein Recht, hier zu sein. Die Pferde, die Farm, das gemütliche Steinhaus – all das würde sie nie wiedersehen. Und was war mit Ma? Wie konnte Abigail ihre neue Familie aufgeben? Es hatte ihr schon das Herz zerrissen, als sie zum ersten Mal ihre Familie hatte verlassen müssen. Sie konnte es nicht noch einmal tun. Nicht, nachdem sie endlich Menschen gefunden hatte, die sie brauchten. Sie konnte Captain Calhoun sicher überzeugen. Sie konnte ihm sicher beweisen, dass sie eine große Bereicherung war.

Dem Klang seiner Stimme nach zu urteilen, war er nicht gewillt, ihr sein Zimmer zu überlassen. Sie stellte das Glas ab, öffnete die Tür und fand einen finster dreinblickenden Mann vor, der weiterhin auf seine Mutter einredete, damit diese sie hinauswarf.

„Captain Calhoun", sagte sie, „kann ich mit Ihnen sprechen?"

Er sah sie durchdringend an. „Ich hoffe für Sie, dass ich das nicht bereuen werde."

Abigail trat ins Zimmer zurück, um ihn hereinzulassen.

Er klopfte mit seiner Krücke an den Türrahmen. „Sie sind nicht meine Frau. Glauben Sie ja nicht, dass ich mich hereinlegen lasse und Sie wirklich heirate, um Ihren Ruf zu retten. Ich würde keinen Augenblick zögern, Sie aus der Stadt jagen zu lassen."

„Ich will Sie nicht hereinlegen. Alles, was wir im Salon besprechen, kann man oben hören, und ich würde gerne unter vier Augen mit Ihnen reden, wenn es Ihnen nichts ausmacht."

Jeremiah sah fragend zu seiner Mutter. Abigail verdrehte die Augen. Als ob sie es auf seine Unschuld abgesehen hätte. Mal ehrlich.

Offensichtlich dachte auch Ma, dass er nicht in Gefahr sei, denn er trat ein. Er sah sich begierig im Zimmer um. Als ihr klar wurde, dass er sein Zimmer seit Jahren nicht mehr gesehen hatte, ließ sie ihm einen Augenblick Zeit. Er nickte, als sei er zufrieden, es so vorzufinden, wie er es in Erinnerung hatte, bis er ihren smaragdgrünen Taftumhang am Haken hängen sah. Da verschwand sein Wohlgefallen.

„Captain Calhoun, ich möchte mich bei Ihnen entschuldigen. Ich zweifle nun nicht länger daran, dass Sie Jeremiah Calhoun sind."

„Endlich machen wir Fortschritte."

„Aber wir sind es Ihrer Familie schuldig herauszufinden, wer mich hierhergeschickt hat. Der Mann, den ich in der Gratiot Street geheiratet habe, hat mir detaillierte Anweisungen gegeben –"

„Mal ehrlich, Miss … wie heißen Sie eigentlich richtig?"

„Hier nennen mich alle Mrs Calhoun, aber Sie sollten mich wohl besser ‚Abigail' nennen."

Er sah aus, als würde er lieber ein Kleid anziehen und die „Lustige Witwe" zum Besten geben, als sie mit dem Vornamen anzusprechen.

„Wie lange sind Sie schon hier?"

„Zwei Monate."

„Sie hatten zwei Monate Zeit, Ihre Geschichte überall zu verbreiten und allen weiszumachen, Sie seien meine Frau?"

„Ich weiß nicht, ob ich alle getroffen habe …"

Er warf seinen Hut auf die Kommode. „Wenn Sie seit zwei Monaten hier leben, dann hat es sich herumgesprochen. Wie gedenken Sie das wieder in Ordnung zu bringen?"

Sie hielt sich vor Augen, dass er völlig zu Recht wütend war. Sie konnte ihm keinen Vorwurf machen, obwohl sie sich wünschte, er würde nicht so dicht vor ihr stehen und sie wütend anstarren. Abigail versuchte, einen Schritt zurückzuweichen, aber ihre Knie stießen an ihr Bett.

Sein Bett.

Und obwohl sie sehr groß war, konnte sie ihren Blick nicht von seinem Mund abwenden. Ein ziemlich schöner Mund, wenn er sie nicht so missbilligend angesehen hätte.

„Ich verstehe, dass das alles sehr verwirrend für Sie sein muss", sagte sie. „Ich bin auch verwirrt. Ich weiß nicht, wie mir dieser Fehler unterlaufen konnte, aber vielleicht gibt es eine Erklärung dafür. Der Jeremiah Calhoun, den ich gekannt habe, behauptete, durch eine Kopfverletzung sein Gedächtnis verloren zu haben, und hat uns erst ganz zum Schluss seinen Namen verraten. Wir dachten, er hätte uns etwas vorgemacht, aber vielleicht haben wir uns ja getäuscht. Vielleicht waren seine Erinnerungen wirklich durcheinander. Ich kann das nicht erklären. Ich kann nur sagen, dass ich Ihnen und Ihrer Familie nichts Böses will. Wir werden das bald geklärt haben."

„Aber Sie bleiben bei Ihrer Geschichte? Sie verheimlichen uns nichts?"

Abigail würde niemals jemandem von den Vorwürfen ihres Stiefvaters oder dem Verrat ihrer Mutter erzählen – sie musste ja nicht noch mehr Misstrauen wecken. Auch wenn das für ihn schon einen Betrug darstellen könnte. Deshalb begnügte sie sich mit der Antwort: „Ich sage die Wahrheit." Zumindest was diese Geschichte anging.

Er nahm die Uhr vom Nachttisch und drehte sie in seinen Händen. Als er so mit gesenktem Kopf dastand, erinnerte er sie an einen kleinen Jungen, der einen Schatz begutachtete. „Ich bin so müde. Ich will nicht länger kämpfen. Ich will keine Feinde mehr. Ich wollte nach Hause kommen und in Frieden leben, aber wenn es den nicht gibt, dann kämpfe ich eben weiter. Vielleicht ist der Kampf das Einzige, wofür ich noch gut bin."

„Der Krieg ist vorbei ..."

„Wirklich? Sind meine Familie und meine Farm in Sicherheit?" Er kniff die Augen zusammen und betrachtete sie beiläufig von Kopf bis Fuß. „Mutter sagte, dass Sie gerne in ihrem Zimmer schlafen können – zumindest für eine Nacht. Vielleicht habe ich ja morgen die Kraft, Sie anständig hinauszuwerfen."

Zufriedenheit schwang in seinen letzten Worten mit. Er stapfte an ihr vorbei und ließ sich aufs Bett fallen, während sie ihre Nachtgewänder aus dem Kleiderschrank nahm. Als sie den Umhang vom Haken nahm, schnarchte er bereits sanft.

„Nur für eine Nacht?" Abigail legte die Kleider über ihren Arm. Sie hatte beschlossen, auf dieser Farm zu bleiben, aber das Erscheinen des echten Jeremiah Calhoun hatte ihre Pläne über den Haufen geworfen. Doch sie hatte in seinen Besitz investiert und sie würde auf keinen Fall mit leeren Händen gehen. Morgen würden sie miteinander reden und vielleicht konnten sie dann zu einer Einigung finden. Aber wenn Captain Calhoun sie wirklich hinausschmeißen wollte, dann sollte er sich besser auf eine letzte Schlacht vorbereiten.

Kapitel 5

Zu Hause. Während er jahrelang Schützengräben ausgehoben, im Sattel geschlafen und wurmstichigen Schiffszwieback gegessen hatte, hatte er an sein Zuhause gedacht. Zu Hause, wo geliebte Menschen auf ihn warteten, wo er gesund werden und Dinge in Ordnung bringen konnte, statt sie zu zerstören. Aber jetzt war er hier und wusste nicht, was er tun sollte. Jeremiah hatte sein verwundetes Bein angezogen, saß auf der Steintreppe vor dem Haus und sah zu, wie die Sonne hinter dem Hügel aufging.

Der Herr ist mein Fels und meine Festung … meine Stärke, auf ihn vertraue ich. Und jetzt, wo er ein Krüppel war, brauchte er jede Menge Stärke. Ob Gottes Angebot immer noch galt, obwohl sich Jeremiah einiges hatte zuschulden kommen lassen?

Er hatte Blut an den Händen, aber Gott hatte auch Soldaten gebraucht. Das Alte Testament war voll davon. Das einzige Problem war, dass er nicht gegen heidnische Kanaaniter oder gotteslästernde Römer gekämpft hatte. Wie richtete Gott wohl seine Kinder?

Und dann waren da noch Rachel und Alan – obwohl Gott ihn dafür nicht mehr bestrafen musste. Jeremiah fühlte sich schon gestraft, und für den Fall, dass er nicht hart genug mit sich ins Gericht ging, schien es, als würde Rachel die Bestrafung fortführen.

Ob er also mit Gott im Reinen war, konnte er nicht sagen. Er konnte ihm nur dafür danken, dass er ihn nach

Hause gebracht hatte und dass er für seine Mutter, seine Schwester und Laurel gesorgt hatte, während er weg gewesen war. Und er betete, dass sie bald etwas von Alan hören würden.

Was seine Aufgaben hier betraf, nun, sie waren mit dem Pflanzen etwas spät dran. Seine Mutter hatte einen Garten angelegt, der aber viel kleiner war als der, den sie vor dem Krieg gehabt hatten. Ob er in der Lage sein würde, das Feld zu pflügen? Es blieb ihm wohl nichts anderes übrig. Rachel war nicht dazu in der Lage und Jeremiah konnte sich seine Mutter nicht hinter einem Pflug vorstellen. Wo war Alan nur, wenn er ihn brauchte?

Ja, wo war Alan?

Zwischen den Bäumen bewegte sich ein Schatten. Wahrscheinlich nur ein Reh, aber ob er wohl je diesen Drang ablegen konnte, Alarm zu schlagen, sobald sich irgendwo etwas bewegte? Ein komischer Kauz kam zwischen den Zweigen hervor, warf einen Blick auf Jeremiah und stolperte dann einen Schritt zurück.

Jeremiah lächelte. „Komm schon, Calbert. Du siehst kein Gespenst."

Der Neuankömmling riss sich den Hut herunter und kratzte sich am Kopf. „Irgendwie wusste ich, dass du zurückkommen würdest. Ich konnte mir einfach nicht vorstellen, dass du wirklich für immer weg sein solltest." Er schlenderte den Fahrweg herauf, und Jeremiah hatte seine Krücke gerade noch rechtzeitig zur Hand, um den Mann mit einer kräftigen Umarmung zu begrüßen. Nach dem Tod von Jeremiahs Vater war Calbert Huckabee in die Bresche gesprungen und hatte sich alle Mühe gegeben, damit Jeremiahs Erziehung nicht vernachlässigt wurde. Jeremiah verdankte ihm viel, und wenn er sich die Farm ansah, dann war offensichtlich, dass Calbert sich in der Abwesenheit des jungen Mannes weiter darum gekümmert hatte.

„Die Farm sieht gar nicht übel aus“, sagte Jeremiah, „und ich weiß, dass ich das dir zuzuschreiben habe.“

Calbert sah mit strahlenden Augen lächelnd zu ihm auf, als er abwinkte. „Deine Mutter hat hier gewerkelt. Sie brauchte nur hier und da ein bisschen Hilfe.“

„Wie zum Beispiel beim Melken jeden Morgen? Ich hätte wissen müssen, dass Ma das nicht macht.“

„Nein, in letzter Zeit hat Abigail das erledigt. Sie ist eine viel größere Hilfe als deine Mutter oder deine Schwester. Und sie kann hart arbeiten.“

Wenn sie so hart arbeiten konnte, warum verdiente sie sich dann nicht eine eigene Farm, anstatt zu versuchen, ihm seine wegzunehmen? „Calbert, ich weiß nichts von dieser Frau. Ich habe sie noch nie zuvor gesehen und ich habe sie todsicher nicht geheiratet.“

Calbert kratzte sich an der Brust. „Abigail würde nicht lügen. Ich habe ziemlich viel Zeit mit ihr verbracht … Aber ich vermute mal, dass es nichts nützt, mit dir darüber zu streiten. Doch du solltest deine Haltung vielleicht noch mal überdenken. Du hättest es auch viel schlechter treffen können.“ Calbert bemerkte die Verletzung an seinem Bein und wandte den Blick ab. „So habe ich das nicht gemeint.“

Jeremiah fasste seine Krücke fester. „Ich weiß.“

„Ich wollte gerade in den Stall gehen. Sag Abigail, dass ich schon mal mit der Arbeit anfange.“

„Noch mal danke für alles, Calbert. Ohne dich hätte Ma es nicht geschafft.“ Jeremiah ging die zwei Schritte zur Veranda, verfluchte dabei erneut, dass er auf eine Krücke angewiesen war, und humpelte zur Tür. Bei Tageslicht fielen ihm auch die Stapel von Zeitungsausschnitten auf, die seine Mutter gesammelt hatte, sowie ihre Glöckchen-Sammlung und das Spinnrad. Alles stand an seinem Platz – vielleicht nicht ganz so verstaubt, wie er es in Erinnerung hatte, aber Erinnerungen veränderten sich mit der Zeit.

„Das sieht Jeremiah gar nicht ähnlich, dass er so lange schläft." Er konnte Rachels Stimme durch die Küchentür hören. „Du hast ihn doch gestern Nacht nicht wach gehalten, Abigail, und die Rechte einer Ehefrau eingefordert, oder?"

Sein Magen machte einen kleinen Satz.

„Was für eine gemeine Unterstellung, Rachel." Abigails Stimme klang angespannt. „Ich muss mich doch sehr über dich wundern."

Er verzog den Mund. Wenigstens wagte diese Abigail es, sich gegen Rachel zur Wehr zu setzen. Andererseits, wenn sie sich ihm widersetzt hatte, vor wem würde sie dann Halt machen?

„Suchst du mich, Rachel?" Er ließ die Tür hinter sich zufallen und streckte seiner Mutter einen Arm entgegen, um ihre Begrüßung zu erwidern. Abigail drehte sich am Herd um. Ihr blaues Kleid leuchtete mehr als alles andere in dieser eintönigen Küche … abgesehen von ihren Augen. Er sollte sich lieber auf seine Mutter konzentrieren.

„Ich werde nie wieder aufhören, dich in den Arm zu nehmen." Seine Mutter schniefte.

„Na gut, du hast noch ein paar Tage, Ma. Danach musst du aufhören, in meine Hemden zu weinen." Aber er meinte es nicht ernst. Sollte sie ruhig die Tränen weinen, die in seinem Herzen verschlossen waren, vielleicht würde er sich dann auch besser fühlen.

Als könne sie seine Gedanken lesen, wurde Abigails Blick sanfter. Sie neigte den Kopf zur Seite und ein Lächeln umspielte ihren Mund. Vielleicht bedeutete ihr seine Mutter wirklich etwas. Diese sanfte Frau musste man einfach lieben. Oder sie war die perfekte Schauspielerin. Und obendrein eine Lügnerin. Auf jeden Fall war sie nicht *seine* Frau.

Jeremiah drückte seine Mutter noch einmal und ließ sie dann los.

„Jetzt setz dich eine Weile zu uns und erzähl uns von diesem schrecklichen Krieg", sagte sie. „Das Letzte, was ich gehört habe, war, dass du in der Nähe von Marshall gekämpft hast, und dann kam nichts mehr. Das war wahrscheinlich, als du dir diese Verletzung zugezogen hast."

Jeremiah schwang sein Bein zur Seite und ließ sich auf einen Stuhl sinken. „Ich habe Hunger, Ma. Mir ist gerade nicht danach, über all das zu sprechen." Und wahrscheinlich würde ihm nie danach sein.

Sie lächelte ihn an und tätschelte seine Wange. „Dann setz dich, und nimm dir etwas von dem, was Abigail gekocht hat. Du hast dir einen großen Gefallen getan, als du sie geheiratet hast."

„Ma!", entgegnete er warnend, während er einen Teller mit Rühreiern und Würstchen entgegennahm. Das Essen roch so köstlich, dass ihm das Wasser im Mund zusammenlief. Mit der Gabel zerteilte er die Wurst und sah zu, wie das Fett auf den Teller lief. Er biss hinein und schloss die Augen. Himmlisch.

Und als er sie wieder öffnete, stand dieser wunderschöne Engel vor ihm, der all das möglich gemacht hatte. Jeremiah hätte sich beinahe verschluckt, als er merkte, dass er schwach wurde. Wie Esau, der sein Erstgeburtsrecht für eine Schüssel Linsensuppe verkauft hatte. Plötzlich konnte er den Mann verstehen.

Er aß einen weiteren Bissen und beschloss, das unangenehme Gespräch gleich hinter sich zu bringen. „Wie viel Gepäck haben Sie, Miss? Können Sie alles selbst zum Bahnhof tragen oder müssen Sie sich den Wagen leihen?"

„Jeremiah!" Seine Mutter schlug ihn auf den Arm. „Abigail geht nirgendwo hin."

Er schob sich etwas Ei in den Mund. „Doch, das tut sie. Es tut mir leid, dass sich die Dinge nicht so entwickelt haben, wie sie es gehofft hatte, aber sie kann uns nun nicht länger ausnutzen."

Jetzt platzte der Engel beinahe vor Empörung. „Ich habe überhaupt niemanden ausgenutzt! Sie hätten die Farm mal sehen sollen, als ich hier ankam! Fragen Sie Ma. Keine Frau hat je so hart gearbeitet wie ich. Aber wenn ich gehe, dann nicht mit leeren Händen." Dabei wedelte sie mit einer zweizackigen, verdächtig spitzen Gabel in seine Richtung. „Gestern Abend waren Sie zu müde, um zu reden, aber wir müssen noch die Sache mit meinem Fohlen besprechen."

„Von welchem Fohlen reden Sie da?"

„Von dem Fohlen, für das ich bezahlt habe. Das, mit dem Josephine trächtig ist."

„Josephine wurde gedeckt?", zischte er. „Von wem?"

„Von Napoleon. Ich habe Hiram dafür mit meinem eigenen Geld bezahlt."

„Sie haben sie ohne meine Erlaubnis decken lassen?!"

„Da ich Ihre Witwe bin, brauchte ich Ihre Erlaubnis nicht."

„Aber Sie sind nicht ..." Er presste die Lippen zusammen. Zog seine Farm unverschämte Frauen an oder wurden sie erst so, nachdem sie hierhergekommen waren? „Dafür habe ich jetzt keine Zeit. Ich muss zu Laurel, bevor sie von jemand anderem erfährt, dass ich noch am Leben bin." Er kratzte die letzten Reste des Rühreis zusammen.

„Du kannst nicht einfach ohne Vorwarnung zu den Wallaces gehen." Seine Mutter hielt ihm den Brotkorb hin. „Du musst Laurel vorbereiten. Die Ärmste glaubt, du seist tot."

„Dann wird es Zeit, ihre Trauer in Freude zu verwandeln", stieß er zwischen zwei Bissen hervor.

Worüber machte Ma sich Sorgen? Verstand sie denn nicht, dass er Laurel schrecklich vermisst hatte und sie ihn auch?

„Lass ihn gehen." Rachel tupfte sich den Mund mit der Serviette ab. „Jeremiah braucht unseren Rat nicht."

Doch auch Abigail mischte sich nun ein. „Sie sollten auf Ihre Mutter hören. Sie will Sie nur beschützen."

„Mich vor Laurel beschützen? Die würde keiner Fliege etwas zuleide tun." Er trank seinen Kaffeebecher leer und stellte ihn mit einem lauten Krachen auf den Tisch. War diesen Frauen gar nicht klar, mit welchen Gefahren er in den vergangenen Jahren konfrontiert gewesen war? Verstanden sie nicht, dass er Männer unter seinem Kommando gehabt hatte? Warum glaubten sie, sie könnten *ihm* sagen, was er zu tun hatte?

Jeremiah stützte sich auf seine Krücke, stand auf und verließ das Haus. Nach vier Jahren Krieg brauchte er keine Frauen, die auf ihn aufpassten. Je schneller er Laurel sah, desto schneller würde sein Leben wieder beginnen.

Jeremiah sattelte die alte Stute, auf der er gekommen war. Laurel würde zwar von seinem Reittier wenig beeindruckt sein, aber er hoffte, dass die Tatsache, dass er immer noch am Leben war, seine einfache Erscheinung wettmachen würde. Jetzt wünschte Jeremiah sich, dass er ihr geschrieben hätte. Nachdem er angeschossen worden war, hatte er sich einfach nicht überwinden können, nach Hause zu schreiben. Er wusste nicht, wie das Leben für ihn weitergehen würde, wenn es überhaupt weitergehen würde. Außerdem sollte die Familie, die ihn versteckt hatte, nicht ihr Leben für einen Brief riskieren müssen. Ein mit einer fremden Handschrift verfasster Umschlag hätte den dortigen Postmeister vielleicht veranlasst, unangenehme Fragen zu stellen. Und er war nicht ihr einziger „Gast" gewesen.

Jeremiah klopfte sich auf den Schenkel, um sich durch den Schmerz daran zu erinnern, dass er nicht träumte. Er ritt tatsächlich zu der Frau, nach der er sich so sehr gesehnt hatte. Er hatte es sich so oft vorgestellt, dass er fürchtete, wieder auf einer Matte in einem dunklen Keller aufzuwachen. Der junge Mann sog die frische Morgenluft in seine Lungen und roch den herben Zederduft. Nie wieder. Er würde sich allem stellen, was ihm begegnete, aber er würde sich nie, nie wieder verstecken. Das schwor er sich.

Als er den vertrauten Weg entlangritt, erinnerte er sich an die Herbsttage, als er mit Alan die Ernte zum Markt gebracht hatte. Sie hatten ihren Sonntagsstaat angezogen, etwas Haarwasser benutzt und wollten die Töchter ihrer Nachbarn mit ihrem Charme und Witz betören. Er hatte heimlich hinter der Post Küsse geraubt und auf dem Deckel eines Holzfasses Geschäfte gemacht. Auf dem Heimweg hatten er und Alan sich dann über ihre Abenteuer ausgetauscht.

Das Leben war so einfach gewesen, und das Einzige, was sich daran nicht verändert hatte, war Laurel.

Der Weg in die Stadt schlängelte sich an der Farm der Wallaces vorbei. Aus dem Kamin des weißen Schindelhauses stieg langsam Rauch auf. Was würde Laurel wohl von seinem Bein halten? Er hatte an diesem Morgen seine beste Kniebundhose angezogen, aber die Krücke konnte er nicht verbergen. Er lenkte das Pferd auf den Stall zu. Das Reiten bereitete ihm keine Probleme, aber das Gehen fiel ihm immer noch schwer. Er stieg besser irgendwo vom Pferd, wo ihn niemand sehen konnte.

Jeremiah wickelte die Zügel seines Pferdes um den Zaun. Lachen drang an sein Ohr und wärmte sein Herz. Er räusperte sich, strich seine Haare glatt und ging dem verführerischen Klang nach.

In diesem Augenblick trat Laurel aus der Haustür. Mit einem Lächeln auf dem Gesicht und den Händen in den Hüften stand sie da. Die Rüschen an ihrem rosa-weißen Rock flatterten im Wind. Er konnte ihr Rosenparfüm förmlich riechen. Jeremiah hielt inne und wartete darauf, dass sie auf ihn zurannte, aber sie drehte sich lachend um und rannte ins Haus zurück.

Wollte sie es erst ihrem Vater erzählen? Die Ärmste war wahrscheinlich völlig außer sich. Wenigstens hatte sie gelacht. Also hatte er sie zumindest nicht erschreckt. Jeremiah ging zur Haustür. Wer weiß, wie er in einer solchen Situation reagieren würde, also sollte er sie nicht verurteilen.

Die Haustür war angelehnt und Laurel konnte also nicht weit sein. Vielleicht war sie auch drinnen in Ohnmacht gefallen. Er wollte nicht länger warten, um es herauszufinden.

Jeremiah stieß die Tür auf. Laurel war nicht zu sehen, aber er hörte ihr freudiges Rufen. „Das ist nicht fair. Du solltest es doch verstecken, während ich draußen war."

Jeremiah runzelte die Stirn. Hatte sie ihn gar nicht gesehen? Er sah an seinem Anzug, seinen Stiefeln, seiner verhassten Krücke herab. Er war doch nicht unsichtbar, oder?

„Ich hab's doch versteckt. Du hast dir den Preis noch nicht geholt." Die Stimme eines Mannes. Jeremiahs Stirnrunzeln vertiefte sich weiter.

„Ich werde es finden." Sie lachte gerade, als Jeremiah durch die Tür in den Salon trat.

Dr. Hopkins stand mit den Händen hinter dem Rücken da. Sein Mund blieb offen stehen, als er Jeremiah sah, und seine Augen fielen ihm fast aus dem Kopf. Laurel war so sehr damit beschäftigt, um den Arzt herum nach seinen Händen zu greifen, dass sie Jeremiah nicht bemerkte. Es sah fast aus, als umarme sie ihn.

Als sie merkte, dass ihr Gegenüber sich versteifte, wich sie zurück. „Was ist los?" Dann drehte sie sich langsam um und folgte dem entsetzten Blick des Arztes.

„Jeremiah? Das kann nicht sein." Statt zu ihm zu laufen, klammerte Laurel sich an den Arm des Arztes. Statt vor Schreck blass zu werden, lief sie rot an. Statt vor Freude zu strahlen, sah sie betreten zu Boden.

Vielleicht hätte er doch auf seine Mutter hören und sie vorher benachrichtigen sollen.

„Du lebst?“ Sie sah wieder zum Arzt, lächelte halbherzig und reagierte dann endlich wie erwartet.

Sie sank ohnmächtig zu Boden.

Er kniete sich neben sie und hielt seine geliebte Laurel im Arm. Endlich entwickelte sich seine Heimkehr so, wie er es sich vorgestellt hatte. Wenn nur dieser lästige Arzt verschwinden würde. Wieso musste er sich überhaupt in ihr Wiedersehen einmischen?

„Sie ist nur ohnmächtig geworden. Sie braucht keinen Arzt!“

„Das kann ich wohl besser beurteilen!“

Laurel begann sich wieder zu rühren. Beide Männer beugten sich gleichzeitig über sie und stießen mit den Köpfen zusammen.

„Gibt es denn keine anderen Kranken, um die Sie sich kümmern müssen?“, wollte Jeremiah wissen.

„Jeremiah?“ Laurel berührte sein Gesicht.

„Ich bin hier, mein Schatz.“

Sie lächelte sanft … bevor sich ihre pechschwarzen Augenbrauen zusammenzogen und ihre Augen wieder zufielen. „Du bist *nicht* hier, Jeremiah Calhoun. Du bist tot. Tot, und wage ja nicht, mir das Gegenteil zu beweisen.“ Sie schlug ihm gegen die Brust.

Er lachte. „Ich bin ausgesprochen lebendig, Laurel, und nur der Gedanke an dich hat dafür gesorgt, dass es so ist.“

„In meinem Kopf bist du aber tot, also erwarte lieber nicht, dass ich –“ Sie riss ihre Augen weit auf. „Jetzt erinnere ich mich wieder: Du bist verheiratet! Du hast Abigail geheiratet.“ Sie schlug ihn noch einmal, entwand sich seiner Umarmung und glitt zu Boden. „Du hattest keine

Zeit, mir zu schreiben, aber du hattest Zeit, irgendeine Krankenschwester zu heiraten?"

„Ich bin nicht verheiratet. Das ist ein Missverständnis."

„Das behauptest du … genauso wie du behauptest, dass du am Leben bist. Ich … ich weiß nicht mehr, was ich glauben soll." Sie hielt sich die Hand an die Stirn und wandte sich dem Arzt zu. „Newton, mir ist wieder schwindelig. Ich glaube, ich brauche deine Hilfe."

Nach Jeremiahs laienhaftem Verständnis sollte ein Arzt wissen, dass man eine Patientin, die sich gerade von einer Ohnmacht erholt hatte, nicht gleich auf die Beine zerrt. Und vor allem nicht in seine Arme.

„Es war ein schrecklicher Schock, meine Liebste. Warte, ich hole dir ein Glas Wasser."

„*Schrecklich?* Dass ich noch am Leben bin, ist *schrecklich*?" Jeremiah zog sich an seiner Krücke auf die Beine und war viel zu wütend, um sich über Laurels mitleidvollen Blick aufzuregen. „Und haben Sie sie gerade ‚meine Liebste' genannt?"

„Ich bitte dich, Jeremiah", flehte Laurel. „Ich will nicht grausam sein, aber ich hatte nicht damit gerechnet, dich wiederzusehen. Es hieß, du seist schon seit Monaten tot. Als dann das Gefängnis in St. Louis deine Familie benachrichtigt hat, hatten wir Gewissheit. Und als Abigail dann –"

„Oh ja, Abigail. Ich kenne sie nicht einmal."

Laurel zog eine Augenbraue hoch.

„Ich schwöre es. Sie ist mir völlig fremd."

„Die Sache ist aber die, dass ich dachte, du wärst tot. Und ich freue mich zwar sehr, dich lebend zu sehen …" Ihr Blick wanderte wieder zu dem Arzt.

„Jeremiah", mischte sich nun auch dieser ein, „Miss Wallace schätzt es sehr, dass Sie gekommen sind, um ihr diese Neuigkeiten zu bringen, aber vielleicht wäre es besser, ihr etwas Zeit zu lassen, um darüber nachzudenken."

„Worüber nachzudenken?“ Seit wann war der Arzt ihr Aufpasser? Jeremiah hatte noch nie erlebt, dass Hopkins sich in anderer Leute Angelegenheiten einmischte.

Und dann überrollte ihn die Erkenntnis wie eine Lawine. Dr. Hopkins und Laurel …

„Wie konntest du so etwas tun?“

Laurel rang die Hände. „Bitte, Jeremiah. Du warst so lange weg.“

„Nicht lange genug, um dich zu vergessen.“

„Was sollte ich denn tun? Du warst tot, und dann kam Abigail und sagte, sie hätte dich geheiratet.“

„Und du hast ihr das geglaubt? Kennst du mich so schlecht? Ich würde niemals –“

„Es reicht!“ Hopkins stellte sich schützend vor Laurel. „Ich verstehe ja, wie Sie sich fühlen müssen, aber Sie müssen jetzt aufhören. Wenn sie Zeit hatte, über alles nachzudenken, können Sie mit ihr sprechen. Bis dahin lassen Sie sie bitte in Ruhe.“

Jeremiah sah auf den dürren Mann hinunter und spürte, wie eine seiner letzten Stützen unter ihm zusammenbrach. Er wandte sich an Laurel. „Entspricht das auch deinen Wünschen?“

Ihr Kinn zitterte. Sie konnte ihm nicht in die Augen sehen. Genauer gesagt konnte sie den Blick nicht von seinem verkrüppelten Bein lösen. „Ich freue mich, dich zu sehen, Jeremiah, aber du solltest jetzt erst einmal gehen.“

Er blinzelte, als hätte sie ihm Sand in die Augen gestreut. Er hatte damit gerechnet, sie zu bewundern, sich jede Einzelheit ihres Kleides, ihres Lächelns einzuprägen und die echte Laurel mit dem Traumbild zu vergleichen, das ihn über so viele Jahre begleitet hatte. Er hatte nicht gedacht, dass seine Betrachtungen so schnell zu einem Ende finden würden.

Jeremiah hinkte allein hinaus und wünschte sich, er könnte seine Krücke an der Hauswand zertrümmern und ohne sie davongehen. Er zog sich in den Sattel hinauf, und es war ihm jetzt gleichgültig, wer seine unbeholfenen Bemühungen sah. Nachdem er angeschossen worden war, hatte er sich gefragt, was für ein Leben ihn wohl erwartete. Wäre da nicht der Gedanke gewesen, dass Laurel auf ihn wartete, wer weiß, ob er so entschieden um sein Leben gekämpft hätte? Aber vielleicht war sie ja nur überrascht. Wer weiß, welchen Druck der Arzt auf sie ausgeübt hatte? Er trieb das Pferd zum Trab an. Wenn sie wieder bei Sinnen war, würde sie schon zu ihm zurückkommen. Wenn sie sich erst einmal an den Gedanken gewöhnt hatte, dass er wieder zu Hause war und nie wieder weggehen würde, würde sie schon klarer sehen. Und er würde tun, was er konnte, um ihr dabei zu helfen.

Kapitel 6

Ma hatte Abigail zwar nicht gebeten, Jeremiahs Kleidung zu waschen, aber nach dieser langen Reise würde nicht einmal ein Stinktier den Gestank aushalten. Und in gewisser Weise war sie ja als seine „Frau“ dafür verantwortlich. Während er weg war, um Laurel zu beglücken, schlich Abigail sich in sein Zimmer und sammelte die schmutzige Wäsche ein, die in der Ecke lag. Sie war froh um den Wäschekorb, der verhinderte, dass sie die Wäsche auf den Armen tragen musste, und ging zum Waschkessel, in dem schon das Wasser dampfte.

Die Straße, die vom Haus wegführte, führte leicht bergab, stieg dann wieder an und verschwand im Wald. Aus diesem Wald kamen nun zwei barfüßige Schmutzfinken – Calberts Kinder, die ihr einen ihrer regelmäßigen Besuche abstatteten. Sie entdeckten sie sofort, tuschelten kurz miteinander und kamen direkt auf sie zu. Bevor sie in diese Gegend gekommen war, hatte Abigail noch nie so dreckige Kinder gesehen. Sie sahen mehr nach schlammigen Maden aus als nach menschlichen Wesen, und sie hegte den Verdacht, dass das nicht nur an den Entbehrungen durch den Krieg lag.

Die beiden stellten sich neben ihren Wäschekorb und das Mädchen grub verschämt seinen schmutzigen großen Zeh in die weiche Erde.

„Guten Morgen, Josiah und Betsy“, sagte Abigail. „Was habt ihr vor?“

„Nichts, Ma'am." Aber Abigail war der warnende Blick, den Josiah seiner Schwester zuwarf, nicht entgangen. „Wir dachten nur, dass wir als freundliche Nachbarn mal vorbeikommen und schauen, was ihr so macht."

Abigail deutete auf die Wäsche. „Waschen."

Betsy zeigte auf den Korb mit Jeremiahs Kleidung, der neben ihr stand. „Ist die sauber oder schmutzig?"

„Natürlich schmutzig. Schau nur, wie braun der Kragen ist."

„Gute Güte", stieß Betsy hervor, als sie die Kleidung durchwühlte, „bei Ma wären sie noch gut genug für Sonntag."

Der Junge kniete sich hin, um die Kleidung selbst unter die Lupe zu nehmen. „Mrs Calhoun muss genauso pingelig sein wie Miss Rachel, wenn sie will, dass Sie die waschen."

Abigail biss sich auf die Unterlippe. Da die beiden mittlerweile ausgesprochen selbstzufrieden dreinblickten, hatten sie bestimmt etwas angestellt. Aber was? Höchstwahrscheinlich enthielt der Wäschekorb die Antwort auf ihre Frage.

Das oberste Hemd sah recht unverdächtig aus. Abigail riss es mit einer schnellen Bewegung aus dem Korb und darunter kam eine schwarz-gelbe Strumpfbandnatter zum Vorschein.

Sie griff sich erschrocken an den Hals und machte einen Satz nach hinten. Die Kinder quiekten bei diesem Schauspiel vor Vergnügen.

„Schämt euch!" Abigail versuchte zu schimpfen. „Mich so zu erschrecken!"

Josiah hielt sich mit einer Hand den Bauch und deutete mit der anderen auf sie. „Sie hätten mal Ihr Gesicht sehen sollen. Ihre Augen waren so groß wie Walnüsse."

Betsy hatte ihre kleine Nase gerümpft. „Es war lustig, Ma'am. Ich hoffe, Sie sind uns deshalb nicht böse."

„Doch, das bin ich. Stellt euch nur einmal vor, was passiert wäre, wenn ich die ganze Ladung Wäsche auf einmal hochgehoben hätte."

„Ach was, die kleine Schlange hätte Ihnen nicht wehgetan", sagte Josiah.

Es war ihr noch nie so schwer gefallen, ein Lächeln zu unterdrücken. Abigail kniete sich zum Korb hinab. „Wenn ich sie nicht rechtzeitig gefunden hätte, dann hätte ich das arme Ding vielleicht ins kochende Wasser geworfen. Ihr wollt doch nicht, dass eurer Schlange etwas passiert, oder?"

Noch bevor die Kinder wussten, wie ihnen geschah, hatte sie schon nach der Schlange gegriffen und warf sie nach dem schadenfrohen Paar. Mit einem Kreischen duckten sie sich und bedeckten ihre Köpfe.

„Eure Augen waren gerade so groß wie Walnüsse", sagte Abigail lachend.

In Josiahs Augen war Respekt zu lesen. „Sie sind so komisch, junge Mrs Calhoun. Oh ja, das sind Sie."

Auf der anderen Seite des Weges wurde gerade die Tür des Stalls geöffnet. Abigail strich sich eine Haarsträhne aus dem Gesicht und sah, dass Jeremiah herauskam. Beim Frühstück war ihr aufgefallen, dass er sich zurechtgemacht hatte. Er hatte die Sonntagskleider angezogen, die sie in seiner Kommode gesehen hatte. Erst jetzt sah man, dass er breite Schultern hatte, die den Eindruck erweckten, als könnten sie mit allem fertig werden. Wenn man ihn ein bisschen mästete, würde er eine gute Figur abgeben. Aber dann stützte er sich auf seine Krücke und der Eindruck war dahin. Abigails Herz schlug langsamer. In diesem Augenblick wünschte sie sich nichts sehnlicher, als ihn gesund zu sehen, damit er wieder der Mann sein konnte, der er früher gewesen war. Sie hatte zwar schon immer eine Schwäche für hoffnungslose Fälle gehabt, aber für ihn gab es vielleicht wirklich Hoffnung. Wegen der schlechten Ernährung und der mangelnden Hygiene hatte sie im Gefängnis nie erlebt, dass Dr. Jonsons Methode funktioniert hätte. Aber jetzt hatte sie vielleicht eine Möglichkeit. Wenn Jeremiah nur einwilligen würde.

Jeremiah erwischte sie dabei, wie sie ihn anstarrte. Er stapfte auf Abigail zu und schenkte den beiden Kindern, die vor ihm und seiner plötzlichen Auferstehung immer noch Angst hatten, kaum Beachtung.

„Kinder, euer Vater ist im Stall. Vielleicht wollt ihr ja mal zu ihm gehen", sagte Abigail.

Aber sie standen wie angewurzelt da. Der Junge sah Jeremiah mit leuchtenden Augen an. „Captain Calhoun, wir freuen uns, dass Sie wieder zu Hause sind. Und ich würde mal sagen, Sie haben sich da eine Mordsfrau geangelt. Sie hat nicht mal Angst vor Schlangen."

Jeremiah schob das Kinn vor. „Sie ist nicht meine Frau, Josiah. Sie hat mich mit jemandem verwechselt."

„Sie kennt ihren eigenen Ehemann nicht?", gab Betsy lachend zurück. „Niemand kann so verwirrt sein. Außerdem lebt sie doch mit Ihnen zusammen, oder? Wenn sie nicht Ihre Frau ist, dann sagen Sie das lieber nicht Ma, denn die findet so was gar nicht gut."

Seine Augenbrauen senkten sich immer tiefer, bis sie seine Nase zu berühren schienen. Das war vielleicht etwas übertrieben, aber Abigail musste zweimal hinschauen, um sicher zu sein.

„Eure Mutter ist eine gute Frau, und ihr solltet auf sie hören, aber Miss … äh …"

„Miss Stuart", ergänzte Abigail.

„Miss Stuart ist ein Gast meiner Mutter und sie wird nicht lange bleiben."

Der Junge sah sie an und wartete darauf, dass sie seine Worte bestätigte. „Ich werde so lange hierbleiben, bis mein Fohlen zur Welt kommt. Danach schauen wir dann, was Gott will."

Als sie ihm widersprach, spannte Jeremiah die Kiefermuskeln an. „Die Kinder werden Sie sicherlich vermissen, deshalb wäre es vielleicht am besten, wenn Sie gehen, bevor sie zu sehr an Ihnen hängen."

Abigail winkte Betsy zu sich und legte fröhlich den Arm um sie. „Oh, wir hängen schon aneinander, Captain Calhoun. Josiah und Betsy gehören zu meinen engsten Freunden."

„Das stimmt." Betsys Grinsen war so schief wie ihre Zöpfe. „Wir haben Mrs Calhoun lieb – vor allem die junge."

„Komm", sagte Josiah, „wir suchen Pa und lassen Miss Abigail die Wäsche von ihrem Mann waschen."

Mit einem letzten Grinsen rannten sie davon, als wäre der Leibhaftige hinter ihnen her. Sie hatten offenbar vergessen, dass Jeremiah sie nicht fangen konnte, selbst wenn er es gewollt hätte.

Der heiße Dampf aus dem Waschkessel ließ Abigail den Schweiß über den Rücken laufen. Sie zupfte an ihrem Mieder, um es von ihrem klebrigen Körper wegzuziehen. Dann nahm sie eine von Jeremiahs Hosen, ließ sie in den Kessel fallen und suchte in Gedanken nach einem anderen Gesprächsthema.

„Wie geht es Laurel?", fragte sie.

„Es wird Zeit, dass Sie gehen." Er versuchte, sich nicht länger auf die Krücke zu stützen, sondern stellte sich aufrecht vor sie hin. „Ich besorge das Geld für die Fahrkarte, Ihre Reisekosten, was auch immer Sie wollen. Es wird viel Arbeit sein, alles wieder so herzurichten, wie es vor dem Krieg war, und Sie halten mich definitiv davon ab."

„Sie können nicht wieder zurück", sagte sie. „Der Krieg hat alles verändert. Ist es nicht viel besser, wenn ich Ihnen hier helfe?"

Er zog eine Augenbraue hoch. „Was ist mit Ihrer Familie? Haben Sie niemanden, der Sie aufnimmt?"

Wieder lief ein Schweißtropfen Abigails Rücken hinunter. Wie hatte sie nur glauben können, sie könne den Leuten vortäuschen, dass ihre Vergangenheit blütenrein war? Wenn dieser Mann erfuhr, warum sie zu Hause nicht willkommen war, würde er ihr niemals erlauben zu bleiben.

„Es gibt niemanden." Nicht nach dem Krach.

„Keine Tante? Keinen Bruder? Ein entfernter Cousin?" Sein schneidender Blick warnte sie, ihn nicht anzulügen.

„Niemanden." Abigail versuchte, ihm in die Augen zu sehen, vermochte es aber nicht. Sie hatte eine Familie, aber für diese war sie im Grunde gestorben. „Ich könnte bei Laurel bleiben."

„Halten Sie sich von Laurel fern!" Er lockerte seine Krawatte. „Schauen Sie, ich will nicht unhöflich sein, aber wie soll ich denn einer Dame den Hof machen, wenn eine Frau mit mir unter einem Dach lebt, die behauptet, meine Ehefrau zu sein? Betsys Mutter wird nicht die Einzige sein, die das für unpassend hält." Jeremiahs Gesicht war jetzt genauso rot wie ihres und er stand nicht einmal am kochenden Waschkessel.

Abigail drückte die Hose mit dem hölzernen Paddel unter Wasser und stöhnte dabei vor Anstrengung. „Ich kann nicht ohne mein Fohlen gehen."

„Was das angeht, so gehört Josephine erstens mir. Also gehört Ihnen das Fohlen höchstens zur Hälfte. Und zweitens: Wenn ich Ihnen für die vergangenen zwei Monate Kost und Logis berechnen würde …"

Sie schnappte nach Luft. „Wagen Sie es ja nicht! Wenn überhaupt, dann schulden Sie mir etwas für all die Arbeit, die ich hier hineingesteckt habe."

„Aber jetzt bin ich wieder zu Hause und Sie werden hier nicht mehr gebraucht."

Das Wasser kochte, und es stiegen langsam weiße Blasen auf, zerplatzten und spritzten sie voll. *Nicht gebraucht*.

Würde sie denn immer abseits stehen – ausgeschlossen, verjagt?

Er beugte sich zu ihr, versuchte, ihr in die Augen zu schauen, und sagte mit sanfter Stimme: „Schauen Sie, ich weiß nicht, wer Sie sind oder warum Sie hier sind, aber Sie können mich nicht für irgendwelche Versprechen verantwortlich machen, die ein anderer Jeremiah Calhoun Ihnen gegeben hat. Gehen Sie zurück nach St. Louis und sehen Sie selbst in den Büchern nach. Vielleicht wurde ein anderer Calhoun versehentlich meiner Division zugeschrieben. Sie können es gern überprüfen, aber Sie werden feststellen, dass ich nichts damit zu tun hatte. Ich bin unschuldig."

Abigail zog das Paddel aus dem Kessel und stellte es auf den steinigen Boden. „Jeremiah Calhoun, ich bitte Sie nicht um Erlaubnis, hierbleiben zu dürfen. Ich bin hierhergekommen und habe eine Familie gefunden, die mich braucht. Ich habe in diese Farm investiert und ich werde diese Investition nicht zurücklassen. Wenn Sie mich vom Hof jagen, nehme ich das Pferd mit. Sie können ja vor Gericht gehen, dann werden wir sehen, was die sagen."

„Netter Versuch, aber hier in der Gegend gibt es kein faires Gericht. Niemand, der gegen die Union gekämpft hat, darf Geschworener sein oder wählen."

„Dann lassen wir eben die Unions-Sympathisanten den Fall entscheiden, wenn Sie das wollen. Meine Arbeit hier sollte meine Aussage bestätigen."

Seine Kiefermuskeln spannten sich an. „Ich habe im Krieg gekämpft, um Eindringlinge von meinem Staat fernzuhalten. Irgendein Vertrag in Washington mag zwar besagen, dass ich verloren habe, aber diese Farm werde ich nicht aufgeben."

Seine Schultern spannten sich unter seinem abgetragenen Anzug an. Abigail versuchte, sich einzureden, dass es seine Entschlossenheit war, die sie bewunderte, und nicht sein muskulöser Körperbau. Aber sollte denn nicht gerade sie verstehen können, was es bedeutete, einen Eindringling in der Familie zu haben?

Sie holte tief Luft. „Ich will Ihre Farm nicht. Ich will nur, dass ich das zurückbekomme, was ich hineingesteckt habe. Ich würde gehen, wenn ich es könnte, aber ich werde nicht mein Erspartes aufgeben."

„Wenn Josephine gefohlt hat, könnte ich das Fohlen verkaufen und Ihnen das Geld schicken", sagte er.

Versuchte er wirklich so verzweifelt, sie loszuwerden? Aber Ma wollte, dass sie blieb. Sie hatte immer noch Ma … und das Versprechen, sich um Rachel zu kümmern. Außerdem brauchte dieser arrogante Mann sie wirklich. Vielleicht musste sie ihn nur daran erinnern.

Sie hielt ihm das Paddel hin. „Das würde von meiner Seite ziemlich viel Vertrauen erfordern, oder? Einfach wegzugehen und zu glauben, dass Sie mir irgendetwas schicken würden, geschweige denn den richtigen Betrag. Aber wenn Sie vorhaben, die Farm ohne mich zu unterhalten, dann sollten Sie schon mal üben. Also waschen Sie doch Ihre Wäsche selbst. Die Wäscheschleuder steht auf der hinteren Veranda. Ich gehe rein und kümmere mich ums Abendessen."

Wenn er ein paar Flecken übersehen hatte, dann sollte seine Familie ihre Kommentare lieber für sich behalten. Jeremiah hatte noch nie im Leben Wäsche gewaschen, und das hier würde das erste und auch das letzte Mal sein. Mit den Wäscheklammern im Mund, wie er es bei seiner Mutter gesehen hatte, schüttelte er das tropfnasse Leintuch aus. Wozu die Mühe mit der Wäscheschleuder? Die Sonne würde die Sachen schon trocknen. Mit der Krücke unter einem Arm war es gar nicht so einfach, das schwere

Leintuch über die Leine zu hängen, aber er schaffte es. Dann hängte er seine Hose auf. Dazu brauchte er drei Wäscheklammern pro Hosenbein. Wolle konnte ganz schön viel Wasser aufsaugen.

Jeremiah hatte gerade ein Tischtuch über die Leine geworfen, als seine Welt zusammenbrach, oder besser gesagt die Wäscheleine. Die sauberen Sachen fielen auf den schmutzigen Boden und die ganze Arbeit war umsonst gewesen.

Hab Erbarmen! Die Sachen mussten noch einmal gewaschen werden – und wenn möglich von jemand anderem. Rachel konnte das natürlich nicht. Sie kommandierte den ganzen Tag seine Mutter herum und ließ ihr keine freie Minute. Sie brauchten mehr Unterstützung, vor allem im Haushalt. Er musste … Nun ja, er musste einfach Laurel dazu bringen, ihn zu heiraten, aber die war von dieser Vorstellung nicht allzu begeistert. Noch nicht.

Wie lange würde es noch dauern, bis Josephine das Fohlen bekam? Neun Monate? Würde es ihm gelingen, diese verführerische Frau in Schach zu halten, wenn er ihr erlaubte, bis Februar zu bleiben? Jeremiah betrachtete zähneknirschend die auf der Erde liegenden zerknitterten Sachen, die wieder schmutzig wurden. Seine Mutter, Rachel, Laurel und Abigail – vermutlich war seit Salomo kein Mann so von lästigen Frauen belagert worden.

„Jeremiah?“ Der junge Mann hob den Blick und sah einen Freund seines Vaters auf sich zuschlendern. „Wir dachten, du seist tot.“

Er dachte gerade noch daran, die Wäscheklammern aus dem Mund zu nehmen, bevor er antwortete. „Ein weit verbreiteter Irrtum.“

Caesar Parrow zog seine Hose über seine knochige Hüfte und nickte. „Ich wünschte, ich würde mich öfter irren. Ich musste einfach mal herkommen und mich selbst davon überzeugen.“

Caesar war auch bei der Miliz von Missouri gewesen, war aber einer anderen Division zugeteilt worden, als diese sich dann den Konföderierten angeschlossen hatte. Er hatte lange Zeit bei der Artillerie verbracht, was seine Schwerhörigkeit erklärte.

„Freut mich zu sehen, dass du nach Hause gekommen bist", sagte Jeremiah laut.

„Was heißt heute schon ‚zu Hause'? Die Gefahr ist noch nicht vorbei." Der Mann kam näher und runzelte beim Anblick der im Gras liegenden Kleidungsstücke die Stirn. „Wäschst du etwa, mein Junge?"

Jetzt zeigte sich, dass auch Jeremiah ein paar Probleme mit den Ohren hatte. Er stieg über die nassen Kleidungsstücke und ging auf seinen Gast zu. „Hattest du auf dem Weg hierher irgendwelche Schwierigkeiten?"

Caesar nickte. „Seltsame Spuren. Hunde, die nachts bellen. Herumstreunende Soldaten sowohl aus dem Norden als auch aus dem Süden, die sich für den Heimweg viel Zeit lassen."

Jeremiahs Herz stockte, als ein Mann auf einem dürren Maultier aus dem Wald kam. Es war der Postmeister mit einer Satteltasche randvoll mit Post.

„Ich glaub's ja nicht. Jeremiah Calhoun. Ich hatte nicht geglaubt, dich noch mal zu sehen." Er stieg ab und nickte den beiden zu.

„Du solltest mich nicht allzu schnell abschreiben, Finley." Jeremiah versteifte sich. Er hatte den gerissenen Mann noch nie gemocht.

„Nun ja, wenn deine Frau sagt, dass sie gesehen hat, wie du beerdigt wurdest, muss ich ihr wohl glauben." Finley überreichte Caesar einen fettigen Umschlag.

„Ach, Mrs Calhoun?" Caesar steckte den Umschlag in sein nur zur Hälfte zugeknöpftes Hemd. „Die hab ich beim Hufschmied getroffen. Sie ist wirklich außergewöhnlich hübsch."

Jeremiah schüttelte vehement den Kopf. „Miss Stuart und ich sind nicht verheiratet. Sie ist nur für ein paar Monate hier."

„Wenn sie erst mal ein paar Monate bei dir gewohnt hat, wird es dir sehr leidtun, wenn sie wieder geht", meinte Caesar lächelnd.

Die beiden Männer schnaubten vergnügt. Jeremiah zählte leise bis zehn. Und dann noch ein zweites Mal. „Ich habe mich noch nicht entschieden, ob ich ihr erlaube, so lange zu bleiben, aber sie hat keine Familie. Sie kann nirgends hin. Was soll ich da machen?"

Finley strich sich über den Bart. „Keine Familie, sagst du? Kümmern diese Yankees sich denn gar nicht um ihre Angehörigen?"

„Ich wusste nicht, dass sie eine Waise ist." Caesar nahm seinen Schlapphut ab und kratzte sich am Kopf. „Das tut mir wirklich leid für sie."

„Vor allem, da ihr Ehemann so tut, als würde er sie nicht kennen", sagte Finley mit schmollend herabhängender Unterlippe.

Sehr witzig. Die beiden dachten wohl, sie seien witzig.

Jeremiah sammelte die nasse Kleidung auf und warf sie wieder in den Waschkessel. Sie musste verschwinden. Vielleicht würde er das Wäschewaschen ja noch lieben lernen.

Abigail fühlte sich nie so sehr wie eine Krankenschwester, wie wenn sie ein Tablett mit Essen trug. Sie stieg die Treppe in den ersten Stock hinauf, die so schmal war, dass ihr blauer Rock auf beiden Seiten die Wand streifte, und klopfte an Rachels Zimmertür.

„Wer ist da?", fragte Rachel.

„Ich bringe dir das Abendessen."

Sie vernahm ein Brummen, was zwar nicht wirklich eine Erlaubnis war einzutreten, aber immerhin ein Lebenszeichen. Also trat Abigail ein. Rachel trug Kniestrümpfe, hatte ihre Füße auf einem Schemel hochgelegt und fächelte sich mit einer Zeitschrift ihrer Mutter Luft zu.

Abigail schnüffelte kurz und sah ihre Schwägerin missbilligend an. „Du kannst den Rauch vielleicht aus dem Zimmer wedeln, aber nicht aus deinen Lungen." Sie stellte das Tablett auf dem Bett ab und zog die noch warme Pfeife unter dem Kopfkissen hervor. „Und außerdem könntest du damit einen Brand entfachen."

„Ist Post gekommen?" Rachel hatte feuchte Augen vom Rauch. Unter ihrem Kragen war rötlicher Ausschlag zu sehen. Kein Wunder, dass sie nicht nach unten gekommen war. Die gleiche rheumatische Entzündung, die bereits auf ihrer Haut zu sehen war, würde auch ihre Gelenke befallen.

„Mr Finley ist nicht zum Haus gekommen, also wahrscheinlich nicht." Abigail entleerte den Pfeifenkopf in einen feuchten Blumentopf und steckte die Pfeife in ihre Tasche. „Wie geht es dir?"

Rachel schielte zu ihrer Tasche. Ihre Lippen waren so fest zusammengepresst, dass sie blass wurden. „Gut, nehme ich an. Das Rheuma ist heute im Knie, und mir wird schwindelig, wenn ich aufstehe. Aber was soll ich auch erwarten?"

„Vor allem, wenn du dir die frische Luft nimmst." Abigail nahm Rachels Hand von der Stuhllehne, drückte mit dem Daumen auf die Oberseite des Handgelenks und überprüfte dann ihre Fingernägel.

„Das macht Dr. Hopkins auch", sagte Rachel mit zusammengekniffenen Augen. „Wonach suchst du?"

„Ich weiß ehrlich gesagt nicht viel über deine Krankheit. Bei den Gefangenen hatten wir es hauptsächlich mit Kriegsverletzungen, Lungenentzündung und Ruhr zu tun. Aber Dr. Hopkins hat mir von deinem rheumatischen Fieberanfall und dem Verlauf der Krankheit erzählt. Bei dir schwellen nicht nur deine Gelenke an, was dir Schmerzen bereitet, sondern auch deine Herzklappen sind betroffen. Diese schwarzen Punkte unter deinen Nägeln sind Blutungen, die von dort kommen."

„Und jedes Mal, wenn das Fieber wiederkommt, wird es schlimmer. Das wusste ich schon", sagte sie und machte eine wegwerfende Handbewegung. „Bitte sag mir, dass deine Krankenschwesterausbildung mehr beinhaltet hat als deine Unterhaltungen mit Dr. Hopkins."

Schmerzen und Angst brachten die dunkelste Seite eines Menschen zutage. Aber selbst wenn Rachel sich unausstehlich verhielt, so konnte Abigail doch auch bewundernswerte Dinge an der Frau entdecken. Ihre Entschlossenheit und ihr Galgenhumor waren Eigenschaften, die Abigail anzogen. Obwohl sie Rachel immer pflegen würde, ganz gleich, wie diese sich ihr gegenüber verhielt, so sehnte sie sich doch nach einem winzigen Anzeichen von Respekt von Rachel.

Die junge Frau griff nach dem Marmeladenglas. Die Muskeln an ihrem Hals spannten sich an, als sie versuchte, es zu öffnen. Abigail lächelte. Genau wie ihr Bruder war auch Rachel auf ihre Unterstützung angewiesen, aber das würde sie nie zugeben. Abigail wandte sich um, als wolle sie gehen.

„Du hast vergessen, das Marmeladenglas aufzumachen", rief Rachel ihr nach.

„Wie bitte?" Abigail hielt inne. „Wolltest du mich um etwas bitten?"

Rachel hielt ihr das Glas hin. „Du hast vergessen, das Marmeladenglas zu öffnen. Ma macht es immer für mich auf."

„Deine Mutter – ein echtes Goldstück! Und ich helfe dir gerne, wenn du mich darum bittest."

Rachels Brustkorb dehnte sich und ihre Lippen wurden wieder rot. Sie knallte das Marmeladenglas auf das Tablett, nahm eine trockene Scheibe Toastbrot und biss wütend hinein. Vielleicht würden sie nie Freunde werden, aber Rachel sollte merken, dass Abigail nicht so gefügig war wie ihre Mutter. Abigail konnte ein leises Kichern nicht unterdrücken, als sie ging, aber sie hatte nicht damit gerechnet, dass am unteren Ende der Treppe jemand stehen würde.

„Laurel?“, flüsterte Abigail. Sie bedeutete der jungen Frau grinsend zu schweigen und schob sie in den Salon.

„Ich habe Jeremiah draußen gesehen und habe mich hinten reingeschlichen.“ Die Wollfransen an ihrem Schal schwangen hin und her, als sie unruhig im Raum auf und ab ging.

„Er wäscht immer noch?“ Abigail sah, dass das Mädchen verstört war. Die Ärmste. Sie musste einen ziemlichen Schock bekommen haben. „Setz dich, Laurel. Du siehst gar nicht gut aus. Soll ich Ma holen?“

„Nein.“ Sie warf einen Blick aus dem Fenster. „Er kam heute Morgen, um mich zu besuchen, und unsere Begegnung hat ihm gar nicht gefallen.“

„Er hat sehr hohe Erwartungen.“

Abigail hatte noch nie eine Frau so anmutig schnauben hören. „Und was ist mit *meinen* Erwartungen? Er sollte eigentlich tot sein.“

„Das habe ich ihm auch gesagt.“

Laurels schmale, schwarze Augenbrauen zogen sich zusammen. „Und verheiratet! Du hast mir gesagt, er sei verheiratet.“

„Es hat sich herausgestellt, dass ich wohl doch nicht diesen Jeremiah Calhoun geheiratet habe. Ich weiß nicht, wen ich geheiratet habe, aber wenn der Betreffende nicht schon tot wäre, würde ich ihm ordentlich die Meinung sagen.“

Laurel legte sich eine Hand auf die Stirn und schien in sich zusammenzusacken. „Was soll ich nur tun? Ich habe nie aufgehört, Jeremiah zu lieben, aber er war so lange fort. Und dann war Newton so nett zu mir, und ich dachte, Jeremiah kommt nie wieder zurück, und Newton fing an, mich zu besuchen, und Mrs Calhoun erhielt diesen Brief von der Armee, in dem stand, dass Jeremiah tot war, und dann …"

Die Arme. Zwei Männer waren in sie verliebt und sie musste sich zwischen den beiden entscheiden. Abigail konnte sich gar nicht vorstellen, wie sich das anfühlen musste. Leider.

„Du hättest dich also eigentlich gar nicht mit Dr. Hopkins abgegeben, aber du dachtest, du wärst frei?"

„Ich habe mich nicht *für* ihn statt für Jeremiah entschieden. Jeremiah war tot. Aber jetzt bin ich mir nicht mehr sicher, ob ich Newton gehen lassen will." Sie nahm eine von Mutter Calhouns Stricknadeln und klopfte sich mit der Spitze auf den Finger. „Ich bin nicht mehr dieselbe wie früher. Ich habe mich verändert. Wir müssten ganz von vorne anfangen."

„Aber bist du es ihm nicht schuldig, ihm diese Gelegenheit zu geben?" Warum half sie Jeremiah? Schließlich war *sie* ihm nichts schuldig.

„Was soll Newton denn von mir denken?"

„Dass du vernünftig und rücksichtsvoll bist. Dass du erst wissen willst, wie es in deinem Herzen aussieht, bevor du es für immer verschenkst."

„Du hast recht. Jeremiah verdient es, eine Chance zu bekommen. Aber er muss auch verstehen, dass es Konsequenzen hat, wenn man sich für tot erklären lässt. Wir können nicht so tun, als sei er nie weg gewesen oder als seien die letzten Monate nicht geschehen." Laurel seufzte. „Danke, Abigail. Ich hatte nicht damit gerechnet, dass ich dich bezüglich deines dann doch nicht verstorbenen

Ehemannes um Rat fragen würde." Sie verdrehte in gespieltem Entsetzen die Augen. „Unser Leben ist schon seltsam. Aber bevor ich gehe, sollte ich vielleicht noch Rachel besuchen. Meinst du, es würde ihr etwas ausmachen?"

Als Antwort deutete Abigail in Richtung Treppe und folgte Laurel dann nach oben.

„Laurel?" Rachel runzelte mit ehrlicher Überraschung die Stirn. „Was machst du denn hier?"

„Ich wollte eigentlich schon früher vorbeischauen, aber du weißt ja, wie viel Arbeit es in der Pflanzzeit gibt."

Wie glatt Laurel eine Ausrede über die Lippen ging. Und wie schnell Rachel diese durchschaut hatte.

„Und ich dachte, dass du mir jetzt vielleicht freundlicher gesinnt bist, wo Jeremiah wieder da ist."

Laurel besaß den Anstand, rot zu werden. Sie spielte nervös mit Rachels Erinnerungsstücken, die auf ihrer Kommode lagen. Abigail hatte gerade Rachels Geschirr eingesammelt, als Laurel einen Miniatur-Bilderrahmen öffnete. Das Sonnenlicht spiegelte sich auf dem goldenen Innenrahmen, als Laurel ihn aufklappte. Ein Lichtstrahl traf Abigail.

„Du hast noch nichts von Alan gehört, oder?" Laurels dunkler Zopf fiel ihr über die Schulter, als sie sich über den Bilderrahmen beugte.

„Nein, seit seinem letzten Brief nichts mehr."

Eine seltsame Vorahnung jagte Abigail eine Gänsehaut über den Rücken. Das Geschirr klapperte, als sie das Tablett unsanft auf die Kommode stellte und zu Laurel ging. Sie sah ihr über die Schulter und betrachtete das Lederetui in ihrer Hand.

„So ein gut aussehender Mann", meinte Laurel, „und so fröhlich. Wir beten immer noch dafür, dass er nach Hause kommt."

Der Soldat auf dem Bild hielt einen Säbel und eine Pistole steckte in seinem Gürtel. Sein dichter Schnauzbart kräuselte sich stattlich über seinem freundlichen Mund, der nicht aussah, als könne er jemals ernst bleiben, nicht einmal für die Dauer einer Fotografie. Seine Augen ließen Abigail nicht los. Sie musste daraufstarren, bis sie seine Botschaft verstand. Musste starren, bis sie die Wahrheit erkannte …

Die junge Frau hielt sich die Hand vor den Mund.

„Was ist los?“ Rachel sah Abigail stirnrunzelnd an und zupfte dann an Laurels Kleid, damit diese einen Schritt näher kam. „Was ist damit?“ Sie starrte ebenfalls auf die Fotografie.

Abigails Zunge war wie gelähmt und ihr Hals zugeschnürt. Sie schüttelte wortlos den Kopf. Romeo hatte ihr nie den wahren Namen seiner großen Liebe genannt. Erst ganz zum Schluss hatte er seine Schwester erwähnt. Abigail faltete die Hände und schloss die Augen. Sie hätte wetten können, dass Romeos Liebe zu Rachel alles andere als rein brüderlicher Natur gewesen war.

Und Rachels vermisster Verehrer würde niemals heimkehren.

Kapitel 7

„Er erinnert sie wahrscheinlich an ihren Freund zu Hause." Tränen standen in Laurels Augen, als sie das Etui wieder zuklappte. „Ich hätte mir denken können, dass du auch einen lieben Menschen verloren hast. Haben wir das nicht alle?"

Abigail zwang sich zu einem Lächeln. Sie nickte und nahm das Tablett wieder auf.

Alan White. Der Name wollte einfach nicht zu dem Bild passen, das sie gesehen hatte. „Jeremiah Calhoun" passte besser. Und „Romeo" noch viel mehr.

Aber warum hatte er sie geheiratet? Wollte er Rachel das Herz brechen?

Irgendwie gelang es ihr, in die Küche zu gehen. Ihre Gedanken waren völlig durcheinander. Bosheit konnte nicht sein Motiv gewesen sein. Das konnte sie einfach nicht glauben. Wenn er Rachel wirklich geliebt hatte, warum sollte er sich dann als ihren Bruder ausgeben?

Der Wasserhahn tropfte. Abigail fing die Tropfen in ihrer Hand auf. Sie glitzerten, während sie durch die Linien in ihrer Hand flossen und sich in ihrer hohlen Hand sammelten.

Liebe. Vielleicht hatte er nicht gelogen, was sein Motiv anging. Er wollte, dass für Rachel gesorgt war, aber er selbst hatte im Sterben gelegen. Wenn er Abigail als „Alan White" geheiratet hätte, was hätte ihm das genützt? Stattdessen nahm er Jeremiahs Identität an – vermutlich hatte er mit angesehen, als dieser angeschossen wurde, und hatte angenommen, er sei tot. Als Jeremiahs Frau wäre sie moralisch an den Besitz, die Farm, gebunden und verpflichtet, sich um Rachel zu kümmern.

Abigail ließ sich vornübersinken und stützte sich auf die Pumpe. Armer Romeo. Er würde seine Julia nie wieder sehen, dennoch galten seine letzten Gedanken ihr.

Aber wie würde Rachel reagieren, wenn sie erfuhr, dass Alan nie zurückkehren würde und dass er sich in seinen letzten Minuten mit Abigail verbunden hatte?

„O Romeo ... Alan ... wie auch immer du heißt", flüsterte Abigail, während sie aus dem Fenster starrte. „Dein Plan hätte wunderbar funktioniert, wenn Jeremiah tot geblieben wäre."

„Was war das?!"

Abigail fuhr herum. Jeremiah hatte die Hand zur Faust geballt. Seine Stimme zitterte. „Ihr Plan hätte funktioniert, wenn ich tot geblieben wäre?" Er deutete zur Tür. „Raus!"

„Das habe ich nicht gemeint."

„Ich hatte nie vor, Sie direkt anzuklagen, aber ich hatte schon einen Verdacht. Ihre Geschichte hat von Anfang an keinen Sinn ergeben, und ich werde nicht warten, bis Sie sich eine bessere Geschichte ausgedacht haben. Sie waren lange genug hier." Er kam zu ihr herüber, sodass Abigail nur noch ein Ausweg blieb, die Hintertür.

Sie hob abwehrend die Hand. „Ich weiß jetzt, wer der Soldat war. Ich weiß, wer mich geheiratet hat."

Er packte ihr Handgelenk mit festem Griff. „Verschwinden Sie! Ich suche Ihre Sachen zusammen und werfe Sie Ihnen hinaus."

„Ich bin mir ganz sicher. Es ergibt Sinn." Ihre Finger berührten sein Hemd.

„Und stellen Sie sich nicht unters Fenster, sonst könnten Sie etwas auf den Kopf bekommen."

„Alan. Rachels Verehrer. Ihr Freund Alan."

Seine Augen blitzten gefährlich auf und er schwankte zwischen Wut und Verletzlichkeit. Er wägte ab, ob er sie noch einmal zu Wort kommen lassen sollte. Abigail konnte spüren, wie sein Herz unter ihrer Handfläche pochte. „Sie lügen."

„Ich habe gerade in Rachels Zimmer sein Bild gesehen. Das ist der Soldat, dem ich im Gratiot-Gefängnis zugeteilt war. Er nannte sich selbst ‚Romeo' und hat mir Geschichten von Julia, seiner Verlobten daheim in Hart County, erzählt." Während sie sprach, wurden die Einzelheiten noch klarer. „Erst nachdem er erkannt hatte, dass er sterbenskrank war, nannte er mir den Namen ‚Jeremiah Calhoun'. Er erzählte mir, dass er bereit sei, seine Verlobte aufzugeben, um dafür zu sorgen, dass seine Schwester versorgt sei. Wer sonst würde das alles auf sich nehmen, um Rachel zu schützen?"

„Warum sollte ich Ihnen das glauben?"

„Welchen Vorteil hätte ich denn, wenn ich jetzt die falsche Behauptung aufstelle, dass ich Alans Frau sei? Ich will nur die Wahrheit wissen."

Er sah ihr prüfend ins Gesicht, als wünschte er sich, dass sie nicht die Wahrheit sagte. Schließlich konnte er es nicht länger leugnen. „Romeo. Julia. Ein Paar, dessen Liebe unter einem schlechten Stern steht." Jeremiahs Griff lockerte sich und dann ließ er ihre Hand los. „Alan war derjenige, der seinen Arm verloren hat … und dann starb?"

„Ich war bei ihm, als er starb. Ich habe das Begräbnis und den Grabstein von meinem Lohn bezahlt. In St. Louis gibt es einen Grabstein mit Ihrem Namen darauf …"

Er schwankte auf sie zu. Diesmal legte sie ihre Hand auf seine Brust, um ihn zu stützen.

„Ich habe nach ihm gesucht", sagte er. „Rachel glaubt mir das zwar nicht, aber ich habe es wirklich getan. Ich hätte schon vor Monaten zu Hause sein können, aber ich wollte nicht ohne ihn zurückkommen."

Er legte seine Hand auf die ihre und war offensichtlich in so düstere Gedanken versunken, dass er nicht darüber sprechen wollte. Aber er brauchte jemanden, mit dem er darüber reden konnte, oder?

„Jeremiah?“ Laurel hatte unbemerkt den Raum betreten.

Abigail riss ihre Hand zurück und Jeremiah richtete sich auf. Hoffnung stand jetzt anstelle des Schmerzes in seinen Augen.

Sie war zu ihm gekommen. Laurel stand in seiner Küche. Ihre blauen Augen entführten ihn in eine Zeit zurück, bevor die Welt aus den Fugen geraten war. Sie suchte ihn auf, und das allein war ein Wunder und Grund zur Freude.

Er wollte sich gar nicht bewegen und stand so reglos da wie ein scheues Reh. „Ich bin froh, dass du hier bist.“ Warum, war ihm gleichgültig. Allein die Möglichkeit, sie wiederzusehen, war wie ein Schatz, den es zu bewahren galt.

„Ich würde gern mit dir sprechen.“

Er war immer noch wie benommen und folgte Laurel in den Salon. Er wünschte, er könnte ihr sein Herz ausschütten und ihr von den schlimmen Nachrichten erzählen. Aber Rachel musste es zuerst erfahren. Sein Magen zog sich zusammen, als er versuchte, den Gedanken an Alan zu verdrängen. Wenn jemand ihn bei dem, was ihm bevorstand, trösten konnte, dann war es Laurel. Er brauchte sie an seiner Seite, jetzt und für immer.

Sie ging langsam, wahrscheinlich aus Sorge, er könne nicht mithalten. Was würde Jeremiah dafür geben, wenn er diese verhasste Krücke nie wiedersehen würde! Sein Leben lang nie wieder jagen zu gehen! Jedes einzelne

Pferd in seinem Stall! Leider hatte er nicht viel zu geben. Er setzte sich neben sie auf das Sofa. Es war ein wenig eng, aber sie hatte sich früher nie beklagt. Doch jetzt schob sie ihren Rock unter sich, damit sie ihn nicht berührte.

„Ich glaube nicht, dass dir gefallen wird, was ich dir zu sagen habe." Sie fingerte an dem hölzernen Knopf an ihrem Kleid.

Jeremiah wappnete sich. Was auch immer sie ihm zu sagen hatte, konnte nicht schlimmer sein als das, was er bereits gehört hatte. „Leg los."

„Als du weg warst und ich dachte, du seist tot, habe ich mich vielleicht in Dr. Hopkins verliebt ..."

Jeremiah zuckte zusammen. „Aber du bist dir nicht sicher, ob du ihn liebst?"

Sie betrachtete ihre Fingernägel. „Das ist das Problem. Wenn du nicht zurückgekommen wärst, wäre ich mir meiner Gefühle sicher gewesen. Aber jetzt bist du da." Sie holte tief Luft und sah ihn durch ihre dichten Wimpern von unten herauf an. „Ich will ihm keinen Korb geben, aber ich bin dennoch froh, dass du wieder da bist."

Selbst von Jagdhunden hatte er schon eindeutigere Liebeserklärungen bekommen. Aber da er wusste, dass ihm ein noch unangenehmeres Gespräch mit Rachel bevorstand, sehnte sich Jeremiah nach etwas Ermutigung. Er beugte sich vor und stützte seine Arme auf die Knie.

„Ich war sehr lange weg, daher ist es wohl verständlich, dass du verwirrt bist. Aber es ist schön, dass du hierhergekommen bist. Wir kriegen das schon wieder hin."

Sie hob das Kinn. „Ich weiß nicht, ob ich es wieder hinkriegen will. Das wollte ich damit sagen. Ich war damit zufrieden, Newtons Freundin zu sein, und vielleicht bin ich es immer noch. Ich habe nichts dagegen, dass du vorbeischaust, aber bitte steigere dich nicht zu sehr in deine Gefühle hinein. Wenn du nach all der Zeit irgendwelche Zweifel an deinen Gefühlen für mich hast, dann geh ruhig. Ich werde dich nicht an irgendwelche Versprechen von damals binden."

Als ob sie das Recht hätte, ein Versprechen zu lösen, das er ihr gegeben hatte. „Ich will dich heiraten! Und wenn ich dein Herz von Neuem gewinnen muss, dann werde ich das tun." Er starrte auf ihre blütenzarten Lippen. Normalerweise würde er jetzt daran denken, sie zu küssen, aber ihm gingen ernstere Dinge im Kopf herum. „Wenn du meine Frau wirst, dann sollst du dir sicher sein, dass es keinen anderen gibt. Lass dir Zeit und überdenke alles. Du wirst schon wieder klar sehen."

Das würde sie. Gott hatte sie davor bewahrt, sich durch Heirat an einen anderen zu binden, als sie von seinem Verschwinden erfahren hatte. Er hatte sie für Jeremiah aufbewahrt und Jeremiah gesund nach Hause gebracht, auch wenn nicht jeder Teil seines Körpers so funktionierte wie früher. Wenn er an das dachte, was er durchgemacht hatte, und das, was ihm noch bevorstand, war es seine kleinste Sorge, noch ein paar Wochen auf Laurels Entscheidung zu warten.

Abigail nahm einen nassen Lappen und schrubbte damit eine schon abgenutzte Stelle der Küchentapete. Es gab nur einen einzigen Weg aus der Küche, und dieser führte durch den Salon, und sie wollte Laurel und Jeremiah lieber nicht unterbrechen. Ihr war immer noch schwindelig angesichts der Entdeckung, die sie gemacht hatte, und als die kleinen Blumen an der Tapete vor ihren Augen verschwammen, hockte Abigail sich hin. Rachel hatte die ganze Zeit auf ein Zeichen von Alan gewartet und nach ihm Ausschau gehalten. Doch während all dieser Zeit hatte er in einem kalten Grab gelegen, und es war Abigail gewesen, die an seiner Beerdigung teilgenommen hatte.

Wie tragisch war es doch, wenn man auf jemanden wartete, ohne zu wissen, ob er jemals kommen würde. Ob ihre eigene Mutter wohl mehr als einen flüchtigen Gedanken an sie verschwendete? Wahrscheinlich nicht. Schließlich hatte sie zugelassen, dass ihr neuer Mann Abigail vertrieb. Außerdem hatte ihre Mutter sie schon fast vergessen gehabt, als sie noch unter einem Dach zusammengelebt hatten. Abigail hatte nie aufgehört, sie zu lieben, und würde es auch niemals tun; ihre Mutter hatte dagegen beschlossen, dass sie keine Tochter mehr hatte.

„Abigail, kannst du bitte kommen?"

Jeremiah stand in der Tür. Abigail erhob sich wieder, warf den Lappen in die Spüle und tastete nach dem Glückspenny in ihrer Tasche.

Ma half Rachel aufs Sofa und Jeremiah klopfte ungeduldig mit seiner Krücke auf den Boden.

„Meine Güte, es ist schon so spät. Wir müssen unsere abendlichen Pflichten erledigen …"

„Ma, setz dich", begann er. „Wir müssen dir etwas sagen."

Abigails Herz klopfte heftig. Sie schlang ihre Arme um sich und wusste, dass es ihre Aufgabe sein würde, seine Worte zu bestätigen. Mit ernstem Blick begleitete Jeremiah sie zum Schaukelstuhl.

„Was ist passiert?" Die dunklen Ringe unter Rachels Augen erweckten den Eindruck, als sei sie geschlagen worden. „Habt ihr etwas von Alan gehört?"

„Rachel" – beim Klang seiner Stimme wurde seine Schwester sichtlich zornig –, „Abigail hat heute etwas herausgefunden, das vielleicht schwer zu glauben und noch schwerer zu akzeptieren ist."

Rachel verzog den Mund zu einer hämischen Grimasse. Sie kniff die Augen zusammen. „Abigail hat also geheime Informationen preisgegeben, die mich betreffen? Wie interessant."

Es hätte keinen Sinn, beschwichtigend auf sie einzuwirken, aber Abigail wurde klar, dass Sarkasmus Rachels einzige Verteidigung war.

„Hätte ich es früher gewusst, hätte ich es dir gleich gesagt", begann sie, „aber es wurde mir erst klar, als ich in deinem Zimmer Alans Bild gesehen habe. Nachdem Alan White in Westport verletzt wurde, wurde er gefangen genommen. Sie haben ihn in das Gefängnis gebracht, in dem ich gearbeitet habe."

Rachel beugte sich vor und ihre Augen leuchteten auf. „Er war verletzt und wurde gefangen genommen? Nun, wenn er im Gefängnis sitzt, dann erklärt das, warum er noch nicht nach Hause gekommen ist."

Abigail sah zu Jeremiah. Die Traurigkeit stand ihm ins Gesicht geschrieben, aber er bedeutete ihr mit einem Nicken weiterzusprechen.

„Als er gefangen genommen wurde, weigerte er sich, seine Identität preiszugeben. Wir nannten ihn ‚Romeo', weil er immer nur von seiner großen Liebe sprach, die zu Hause auf ihn wartete."

Mrs Calhoun schniefte und nahm Rachels Hand, aber diese schüttelte sie ab. „Und?"

„Er hatte in der Schlacht seinen Arm verloren, und als er endlich zu uns kam, konnten wir nichts mehr für ihn tun. Die Ärzte haben ihr Möglichstes getan, aber Wundbrand hatte bereits eingesetzt." Rachels Gesichtszüge verhärteten sich. Abigail erzählte weiter: „Er wusste, dass sein Ende gekommen war. Da sagte er mir, sein Name sei Jeremiah Calhoun. Er bat mich, ihn zu heiraten, damit ich für seine Schwester sorgen konnte. Er versprach mir die Farm, wenn ich mich um dich kümmere."

Rachel sprang auf, schwankte ein paar Schritte vorwärts und klammerte sich an den Tisch. „Hast du denn überhaupt kein Gewissen? Zuerst behauptest du, du wärst Jeremiahs Frau, und als deine Lüge ans Licht kommt, beschmutzt du den Namen meines … des einzigen Mannes …“ Sie schwankte. Jeremiah umfasste ihre Schultern und führte sie zurück zum Sofa.

Sie deutete mit ausgestrecktem Finger auf Abigail. „Siehst du, wer sie ist? Sie ist Luzifer, der Anschuldiger, der mit dem Messer in unseren schlimmsten Wunden herumstochert. Wenn Alan nach Hause kommt, wird sie ihre Geschichte wieder ändern. Sie kann nicht hierbleiben …“

„Sie wird bleiben.“

Was hatte Jeremiah da gesagt? Abigail biss sich auf die Lippe und sah auf ihre Hände. Sie konnte den zornigen Ausdruck auf Rachels Gesicht nicht länger ertragen.

„Sie wird bleiben, weil wir sie brauchen“, sagte er. „Sie wird gehen, wenn das Fohlen geboren ist. Und ich glaube nicht, dass sie lügt. Welchen Vorteil hätte sie denn davon, wenn sie behauptet, dass sie Alan geheiratet hat eines Tages?“

„Sie würde mich verletzen.“

Ma wischte sich die Tränen aus dem Gesicht. „Rachel, Abigail will dich nicht verletzen. Denk doch nur an all das Gute, das sie für uns getan hat.“

Jeremiah kniete neben Rachel und nahm ihre Hand. „Es tut mir leid, Rachel. Alan war mein bester Freund, und ich will gar nicht so tun, als würde ich ihn genauso sehr vermissen wie du. Wenn ich die Zeit noch einmal zurückdrehen könnte, würde ich mich nicht mehr zwischen euch stellen. Ich würde ihn nicht davon abhalten, dich zu heiraten.“

Rachel entzog ihm ihre Hand. Mit versteinerter Miene wandte sie sich von ihrem Bruder ab. „Freund. Bruder. Wenn es wahr ist, was sie gesagt hat, dann gibt es nichts, womit du das je wiedergutmachen könntest. Du hast mir die letzte Gelegenheit genommen, glücklich zu sein, und ich glaube nicht, dass ich lange genug leben werde, um dir zu vergeben.“

Jeremiah zuckte zusammen. Aber dann war die gleiche Sturheit, die Abigail schon als typisch für diese Familie erkannt hatte, in seinem Blick zu lesen.

„Ich habe gesagt, dass es mir leidtut, und mehr kann ich nicht sagen. Du wirst mich nie wieder von ihm reden hören. Wenn du mich brauchst, werde ich für dich da sein. Ich kümmere mich um meine Familie. Das war auch damals alles, was ich wollte." Seine Krücke klackerte auf dem Holzboden, als er zur Tür stapfte.

Kapitel 8

Juni 1865

Er hatte gehört, dass harte Arbeit die Schönheit einer Frau verblühen, schwere Lasten ihre Jugend vergehen ließe, bis sie gebeugt ginge und ihre Haut faltig und braun würde wie die einer vertrockneten Walnuss.

Doch bist jetzt hatte die harte Arbeit Abigail nicht geschadet.

Zwei Wochen waren vergangen, seit Jeremiah beschlossen hatte, dass Abigail bleiben konnte, und er hatte diese Entscheidung schon häufig bereut. Jedes Mal, wenn die Sonne auf ihren blonden Zopf fiel, den sie wie eine Krone um den Kopf geschlungen hatte, jedes Mal, wenn sie über den Herd gebeugt dastand, jedes Mal, wenn sie nach einem Tag harter Feldarbeit erschöpft im Schaukelstuhl döste, rief Jeremiah sich ins Gedächtnis, dass sie nicht bleiben würde. Sie gehörte nicht auf seine Farm.

Warum hatte Alan von allen lästigen Frauen dieser Erde gerade sie zu ihm geschickt? Hatte er auch nur ein einziges Mal an den Ärger gedacht, den er ihm dadurch bescheren würde? Wenn ja, hatte sich sein Freund im Stillen darüber amüsiert, dass er für so viel Durcheinander sorgen würde? Jeremiah befestigte das Pferdegeschirr am Lastschlitten. Er hatte gesagt, er würde nicht mehr über Alan sprechen, aber das bedeutete nicht, dass er nicht an ihn denken würde. Jetzt musste er sich wenigstens nicht mehr vorstellen, Alan sei einsam auf dem Schlachtfeld gestorben. Es war doch besser, dass Alan seine letzten Tage mit einer mitfühlenden, fähigen Krankenschwester an seiner Seite verbracht hatte – einer Krankenschwester, der er offensichtlich zutraute, das Richtige für Rachel zu tun, auch wenn es unmöglich schien.

Und deshalb hatte Alan Abigail zu ihnen gesandt. Weil sie die perfekte Krankenschwester für Rachel war. Abgehärtet genug, um die Beschimpfungen der jungen Frau zu ertragen, aber auch geduldig genug, um für sie zu sorgen, und außerdem noch geschickt für die Arbeit auf der Farm. Jeremiah seufzte. Er war gerade erst mit dem Säen fertig geworden und dabei war schon Juni. Es war bereits zu viel Zeit vergangen, ohne dass er die Gelegenheit gehabt hatte, zu den Wallaces zu gehen und Laurel ernsthaft den Hof zu machen. Außerdem erreichten ihn von der anderen Seite des Waldes immer wieder Gerüchte über verschwundenes Vieh, er hörte nachts Geräusche und hatte seltsame Spuren entdeckt. Alle Bewohner der Gegend blieben in der Nähe ihrer Häuser. Das einzige Problem dabei war, dass in seinem Haus eine wunderschöne Frau lebte.

Jeremiah trieb das Pferd an. Der alte Gaul legte sich ins Geschirr und zog die Ladung unbearbeiteter Balken zum Zaun, wo Abigail ihn bereits erwartete. Die obersten beiden Knöpfe ihres Kleides hatten sich geöffnet, und ihr Kragen flatterte im Wind, sodass er ihren vor Schweiß glänzenden Hals sehen konnte. Jeremiah wischte sich mit dem Ärmel über die Stirn. Seltsam, dass Schweiß bei ihr so damenhaft wirkte und wie Weihnachtsschmuck glänzte. Warum führte Gott ihn so in Versuchung?

Andererseits hatte das alles vielleicht auch einen Vorteil. Er hatte Abigail Unterkunft und Verpflegung für acht Monate versprochen. Wenn Josephine ihr Fohlen zur Welt gebracht hatte, wollte er Abigail vor die Tür setzen. Aber sie hinauszuwerfen wäre, als wollte man das Kaffeepulver zurück in Kaffeebohnen verwandeln. Mit anderen Worten: Es war unmöglich. Jedenfalls, soweit es seine Mutter betraf. Wenn er sie also jemals loswerden wollte, musste er einen Platz für sie finden. Die beste Lösung war vermutlich, sie anderweitig zu verheiraten. Und dabei konnte ihr Aussehen nicht schaden.

„Wollen Sie den ganzen Tag auf dem Pferd sitzen bleiben oder kommen Sie runter und helfen mir?", fragte sie grinsend.

Wenigstens war sie hübsch. Abigails Direktheit wirkte auf einige Männer sicher abschreckend.

Jeremiah schwang sein verletztes Bein aus dem Sattel und stellte sich, so gut er konnte, darauf, bis er auch mit dem gesunden Bein auf der Erde stand. Er klemmte sich die Krücke unter die Achsel und ging zu ihr hinter den Schlitten. Sie bückte sich und griff mit beiden Händen nach einem Balken. Er konnte nur mit einer Hand helfen, aber die war genauso stark. Um nicht den Halt zu verlieren, hinkte er langsam zum Zaun und half ihr, den Balken daraufzulegen. Es wäre ihm lieber gewesen, wenn Abigail dabei nicht hätte rückwärts laufen müssen, aber er war mit der Krücke nicht dazu in der Lage.

„Wird Ihr Bein besser?", erkundigte sie sich.

„Es ist etwas besser als letzten Winter."

„Ich weiß, dass Sie bei Westport angeschossen wurden, aber was ist danach passiert? Sie haben nicht auf einer unserer Krankenstationen gelegen, sonst hätten wir Aufzeichnungen darüber gehabt und ich hätte Sie niemals geheiratet."

Er hob abrupt den Kopf. „Alan geheiratet, meine ich", korrigierte sie sich.

Im Gegensatz zu seiner Mutter und Laurel hatte Abigail eine Ahnung von den Schrecken des Krieges. Er musste ihr nicht alles erzählen, aber sie konnte die Wahrheit vertragen. Jeremiah trug einen weiteren Balken zum Zaun, bevor er zu einer Antwort ansetzte.

„Mein Pferd wurde getroffen und fiel auf mich drauf. Ich kroch gerade darunter hervor, als ich von hinten ins Bein geschossen wurde."

„In Ihren Oberschenkelmuskel?"

Er nickte. „Der Schuss ging von links nach rechts durch. Wir waren schon auf dem Rückzug, aber ich konnte nicht rennen und hatte kein Pferd mehr. Also schoss ich zurück, bis mir die Munition ausging, und versteckte mich dann." Er würde sich wohl immer fragen, ob es richtig gewesen war, sich zu verstecken. Es hatte etwas Feiges, aber sich zu ergeben, war in seinen Augen auch nicht besonders mutig.

Nachdem Abigail den Balken an die richtige Stelle gelegt hatte, klopfte sie sich die Hände ab. „Was war mit Alan?"

„Er wartete auf mich. Ich wusste, dass ich an diesem Tag nicht weiterkommen würde, aber er musste da raus. Das war ich Rachel schuldig." Als er Rachels Namen erwähnte, sah er zu dem Steinhaus. Sein Magen zog sich zusammen. Er wandte sich wieder dem Feld zu und lehnte sich gegen den halb fertigen Zaun. „Ich fiel zu Boden. Ich sagte ihm, dass er weitergehen solle. Er weigerte sich, also tat ich, als wäre ich tödlich verwundet. Bauchschuss. Ich sagte ihm, ich hätte noch meine Pistole und er solle mich im Kampf sterben lassen."

Abigail trat zu ihm und ließ den Blick über die Wildnis hinter dem Zaun gleiten. „Aber Alan hat Sie nicht zurückgelassen. Er erzählte mir, dass sein bester Freund beim Rückzug angeschossen und er selbst ebenfalls von einer Kugel getroffen wurde, als er zurückkam, um Sie zu suchen."

„Er wurde angeschossen, als er nach mir suchte?" Er sah sie fragend an, als könne Alan durch sie zu ihm sprechen, aber in ihren klaren blauen Augen sah er nur Mitgefühl.

„Wohin sind Sie dann gegangen?“, fragte sie.

Alan hatte auf der Suche nach Jeremiah seinen Arm und sein Leben verloren. Wenn Jeremiah doch nur ihre Auseinandersetzung auf der Veranda vergessen könnte, als Alan ihn um Erlaubnis gefragt hatte, Rachel regelmäßig sehen zu dürfen, und er es ihm verweigert hatte. Er hatte es nicht verdient, einen Freund wie Alan zu haben, und jetzt hatte er auch keinen mehr.

„Ich konnte mich vom Schlachtfeld bis an den Rand einer Weide schleppen, bevor ich ohnmächtig wurde. Dort hätten sie mich eigentlich finden müssen, aber der Farmer entdeckte mich zuerst und brachte mich ins Haus.“

„Konföderierten-Sympathisanten?“, fragte sie.

„Nein. Quäker, die sich auf keine Seite ziehen lassen. Sie verarzteten mich und versteckten mich aus christlicher Nächstenliebe.“

„Und die Soldaten haben Sie dort nicht gesucht?“

„Doch, aber die Quäker hatten Übung darin, Leute zu verstecken. Sie gehörten zu einem Netzwerk, das entflohenen Sklaven hilft.“

„Und sie haben Ihnen geholfen, einem konföderierten Soldaten?“

„Ich kämpfte genauso um meine Freiheit wie die Sklaven, denen sie halfen.“

Sie verzog den Mund und zog eine Augenbraue hoch. Sie trat einen Schritt zurück und machte sich gar nicht die Mühe, ihren unverhohlenen Blick auf sein verwundetes Bein zu verbergen.

„Sie sind also wieder gesund geworden, konnten sich aber während Ihrer Genesung nicht bewegen?“, stellte sie nüchtern fest.

„Ich konnte nicht hinausgehen und herumlaufen, wenn Sie das meinen.“

Sie nickte, während sie um ihn herumging und wenig damenhaft auf sein Hinterteil starrte. Jeremiah spürte, wie seine Ohren heiß wurden.

„Diese Quäker könnten mich vielleicht dazu inspirieren, mich auch ein wenig in christlicher Nächstenliebe zu üben", meinte sie schließlich.

„Ich bin froh, dass Sie ‚christlich' gesagt haben, denn ich kann mir nicht vorstellen, was Sie vorhaben."

„Der Arzt, dem ich assistiert habe, war Schwede. Dr. Jonson wurde jahrelang an einer berühmten Akademie in Stockholm bei Per Henrik Ling ausgebildet. Sein Bestreben war es, den Heilungsprozess durch Bewegung und Massage zu fördern."

„Klingt nicht sehr vielversprechend."

„Der arme Dr. Jonson hat auch tatsächlich nicht viele Fortschritte erlebt. Die Gefangenen, die wir pflegten, wurden in puncto Ernährung oder Medizin nicht sehr gut versorgt, und viele starben genau deshalb. Aber da die physische Behandlung kein Geld kostete und die Gefangenen ohnehin nichts anderes zu tun hatten, konnte er die Techniken verfeinern, die er gelernt hatte. Ich bin mir sicher, wenn Dr. Jonson hier wäre, könnte er etwas für Ihr Bein tun. Sie könnten irgendwann vielleicht ohne Krücke gehen."

Sein Herz machte einen Satz. Auch wenn Jeremiah es nicht zugeben wollte, es war nicht nur die Arbeit, die ihn davon abhielt, zu Laurel zu gehen. Er erinnerte sich nur zu gut an ihre Enttäuschung, als sie seine Verletzung bemerkt hatte. Wie sollte er sich gegen Dr. Hopkins behaupten, wenn er nicht einmal richtig laufen konnte? Aber er sollte sich lieber nicht zu viel Hoffnung machen.

„Und die Verantwortlichen haben ihn diese Quacksalberei an Menschen ausprobieren lassen?"

„An Gefangenen. Zugegeben, ich durfte nicht mit zu den kräftigeren Gefangenen, aber der Arzt hat mir berichtet, dass der Unterschied zwischen denen, die sich behandeln ließen, und denen, die sich nicht behandeln ließen, beträchtlich sei."

Er versuchte, sein verletztes Bein zu strecken, aber er konnte nur mit der Zehenspitze leicht den Boden berühren. Unmöglich. Es war zu spät, das wieder zu heilen. „Ich denke, ich komme ohne diese Experimente zurecht."

Sie verzog den Mund. „Dann tun Sie das auch endlich. Ihr verkrüppeltes Bein wird Sie nicht davon abhalten. Nicht wirklich."

Sie wartete beim Holzstapel auf ihn und hatte ihr Ende des Balkens schon in den Händen, als er angehumpelt kam.

„Ich werde doppelt so lange und doppelt so schwer arbeiten, wenn es sein muss." Er ergriff zwei Balken gleichzeitig und hob mit Leichtigkeit die doppelte Last.

Abigail ging steifbeinig ein paar Schritte. Sie atmete stoßweise, aber die Anstrengung hielt sie nicht vom Reden ab. „Laurel will ganz gewiss, dass Sie von morgens bis abends arbeiten. Jede Frau wünscht sich einen Mann, der zu viel zu tun hat, um Zeit mit ihr zu verbringen."

Jeremiah ließ die Balken abrupt fallen. Abigail schrie auf und machte einen Satz nach hinten, als sie den Halt verlor und die Balken ihr vor die Füße fielen.

„Wagen Sie es nicht, Laurel zu erwähnen!" Was war nur los mit dieser Frau? Seine Leute hatten ihn immer respektiert. „Vielleicht ist es Ihnen noch nicht aufgefallen, aber ich habe hier zu tun. Ich muss arbeiten, um meine Farm zu retten. Ich kann mir nicht einfach einen einsamen Soldaten suchen und mich in seine Familie einschleichen."

Sie spannte die Kiefermuskeln an und stemmte die Fäuste in ihre hübschen runden Hüften. „Glauben Sie allen Ernstes, ich hätte Alan betrogen? Ich hätte ihn irgendwie verführt?"

Er schluckte und war sich nicht sicher, ob er ihrer Verführung widerstehen könnte. „Warum gerade Sie? Warum hat er Sie hierhergeschickt, wenn er so viele andere hätte schicken können?"

„Vielleicht, weil ich ihm helfen wollte, genauso wie ich Ihnen helfen will. Muss es noch einen anderen Grund geben?"

Jeder hatte seine Gründe, oder nicht? „Es ist nicht normal. Das ist alles."

Sie zog die Augenbraue hoch. „Dann suchen Sie weiter, Captain. Lehnen Sie meine Hilfe ab, bis Sie herausgefunden haben, weshalb ich hier bin. In der Zwischenzeit können Sie das hier ja allein fertig machen." Sie drehte sich um und stapfte zum Haus.

Äußerst ärgerlich. Als ob es nicht schon genug Yankees gäbe, die in sein Land eingedrungen waren und ihn herumkommandiert hatten. War er nicht genau deshalb in den Krieg gezogen?

Und er hatte ihn verloren.

Jeremiah schwankte, als er sich bückte, um einen der Balken zu greifen. Als er den ersten Schritt nach hinten ging, entglitt ihm dieser jedoch sofort. Beim zweiten Versuch gelang es ihm immerhin, den Balken bis zum Zaun zu ziehen – eine langwierige Angelegenheit unter viel Schweiß und Stolpern. Dann musste er ein Ende auf den Zaun legen, während er zum anderen Ende humpelte, um den Balken hochzuheben. Auch wenn er doppelt so lange arbeitete, würde das zwei gesunde Beine nicht wettmachen.

Als er nach Hause gekommen war, war er bereit gewesen, sich Gottes Gnade zu überlassen und zu beten, dass er trotz seiner Verletzung seinen Alltag meistern würde. Aber was, wenn er etwas gegen diese Beeinträchtigung unternehmen konnte? Alle würden davon profitieren, wenn er gesund würde. Laurel, seine Familie, seine Farm.

Wenn er wieder gesund wäre, wären seine Ziele erreichbar. Vielleicht war Abigails Heilmittel ja Gottes Antwort?

Aber er würde niemals zulassen, dass diese dreiste Krankenschwester ihm seinen Platz streitig machte. Sie musste begreifen, wer hier das Sagen hatte. Und wenn sie ihm nicht helfen konnte, dann musste er so tun, als mache es ihm nichts aus. Er durfte seine Hoffnungen nicht zu sehr auf sie setzen. Er war schon zu oft enttäuscht worden.

Abigails Löffel klapperte in ihrer Schale. Über ihrem Kopf knarrte die Zimmerdecke. Ma blickte auf, wartete einen Moment und aß dann weiter.

Rachel war nicht danach zumute gewesen herunterzukommen. Seit sie von Alans Tod erfahren hatte, hatte sie sich noch mehr in sich selbst zurückgezogen, und die Sorge um sie forderte auch von Ma ihren Preis.

Abigail trank ihre Tasse Milch aus. Nach dem Abendessen wollte sie nach oben gehen und Rachel besuchen. Sie wollte gerne mehr über Alan erfahren, und vielleicht würde es Rachels Schmerz lindern, wenn sie über ihn sprechen konnte. Andererseits wäre sie auch nicht überrascht, wenn Rachel sie ausschließen würde.

Und wo sie gerade an Menschen dachte, die sie ausschlossen: Seit sie Jeremiah auf der Weide stehen gelassen hatte, hatte er kein Wort mehr mit ihr gesprochen. Abigail hätte sich auch genauso gut mit einem Buch an den Abendbrottisch setzen können – Jeremiah und Ma schwiegen sie beide an, wenn auch aus unterschiedlichen Gründen. Er sah auf und ertappte sie dabei, wie sie ihn beobachtete. Sie wandte den Blick ab, nahm ihre Serviette, wischte sich den Mund ab und versuchte, sich so normal wie möglich zu verhalten, aber es half nichts. Da sie seinem finsteren Blick nicht länger ausweichen konnte, sah sie ihm geradewegs in die Augen. Für einen kurzen Moment hatte sie den Eindruck, dass er etwas von ihr wollte, aber sie verstand nicht, was. Er brummte und senkte den Kopf wieder über seinen Suppenteller.

Als ihr Teller leer war, nahm Abigail sich eine weitere Scheibe Brot, nur damit sie etwas zu tun hatte. Er griff ebenfalls in den Brotkorb, doch nun war dieser leer. Als sie seine kantigen Wangenknochen sah, erinnerte sie sich wieder daran, wie sehr eine Verletzung einen Mann auszehren konnte.

„Bitte.“ Sie hielt ihm ihre Scheibe hin, in die sie nur ein Mal hineingebissen hatte. „Ich bin satt.“

Wieder sah er sie an. „Sicher?“

Sie nickte.

„Danke.“ Er nahm die Scheibe und bröselte sie in seinen Suppenteller, um die restliche Brühe aufzusaugen.

Ma erhob sich. „Ich räume ab. Gehst du wieder aufs Feld?“, erkundigte sie sich bei Abigail.

„Ich dachte, ich könnte mal nach Rachel sehen.“ Abigail stand auf und bereitete ein Tablett für Rachel vor.

Ma krempelte ihre Ärmel herunter. „Vielleicht ist es besser, wenn ich gehe. Ich weiß, dass du nichts dafür kannst, Abigail, aber es fällt ihr schwer zu verstehen, warum Alan dich geheiratet hat.“

Abigail hielt inne. Konnte Rachel nicht verstehen, dass Alan und auch sie ihr nur helfen wollten? Aber dazu musste Rachel endlich einmal ihren Verstand gebrauchen – was diese augenscheinlich nicht einmal versuchen wollte. „Ich schaue später mal nach ihren Schwellungen“, bot Abigail an. „Geh nur hoch, ich räume das Geschirr ab.“

Ma nahm Rachels Tablett und rauschte zur Tür hinaus, während Abigail sich an der Spüle zu schaffen machte. Sie würde schon etwas zu tun finden, aber sie würde Jeremiah nicht ihre Hilfe anbieten. Nicht, solange er nicht zugab, dass er ihre Unterstützung brauchte. Wie lange wollte er überhaupt noch am Tisch sitzen bleiben? Hatte er das letzte Stück Brot nicht schon längst aufgegessen?

Er räusperte sich. „Abigail?" Die Unsicherheit in seiner Stimme ließ ihren Magen kribbeln. Meine Güte, wenn er sich hin und wieder einigermaßen höflich verhielt, war er gar nicht so unsympathisch.

Sie wandte sich um. Am rechten Ärmel seines Hemdes hingen Dreckklumpen, vermutlich weil er versucht hatte, die Balken allein zu tragen. Er folgte ihrem Blick und versuchte, den Dreck abzuwischen.

„Haben Sie das ernst gemeint, als Sie sagten, dass mein Bein besser werden könnte? Wenn nicht, dann sagen Sie es gleich, denn ich will nicht –"

„Ich habe es ernst gemeint." Abigail setzte sich ihm gegenüber. Wollte er ihr eine Chance geben? Wenn es ihr gelänge, sein Bein zu heilen, würde er sie bestimmt nicht wegschicken. „Der Versuch kostet nichts – außer ein bisschen harter Arbeit."

Er hob den Kopf. „Ich fürchte mich nicht vor Arbeit."

„Ich auch nicht."

Das letzte bisschen Unsicherheit, das er an den Tag gelegt hatte, war verschwunden.

Er lehnte sich zurück und verschränkte die Arme vor der Brust. „Was genau haben Sie vor? Ich kann mir nicht vorstellen, wie Sie mich behandeln wollen, ohne dass es … unschicklich ist."

Unschicklich? „Sie mögen sich dabei vielleicht unwohlfühlen, aber ich versichere Ihnen, ich bin kein zartes Pflänzchen. Während ich mich um Ihre Kriegskameraden gekümmert habe, habe ich Dinge gesehen, die einem Fleischer den Magen umdrehen würden."

Seine Augen blickten ins Leere, und Abigail musste daran denken, dass er selbst auch Grausamkeiten erlebt, ja, sie vielleicht sogar an ihren Landsleuten verübt hatte. Er zog seine Krücke, die an der Wand lehnte, zu sich herüber und stand auf. „Dann morgen? Und wo? Im Stall?"

Sie nickte. „Wir treffen uns nach dem Frühstück dort."

„Und Sie dürfen niemandem davon erzählen."

„Das würde ich nie wagen."

Er ging zur Tür. Mit gesenktem Kopf fügte er hinzu: „Die Arbeit am Zaun geht sehr langsam voran."

„Das tut mir leid." Sie stand auf und nahm das Geschirrtuch. „Ich habe Ihrer Mutter versprochen, hier aufzuräumen."

Er drehte sich um. „Brauchen Sie Hilfe? Ich könnte Ihnen helfen, und wenn wir hier fertig sind, könnten wir vielleicht wieder zusammen nach draußen gehen ..."

Sie hoffte, dass er ihr Lächeln als Zeichen der echten Freude und nicht der Schadenfreude verstehen würde.

Kapitel 9

„Ich gehe jetzt in den Stall." Jeremiahs Wangen waren leicht gerötet, was Abigail noch nie bei ihm gesehen hatte. „Du brauchst doch nichts, Ma, oder?"

Ma nippte an ihrem Kaffee und blätterte in einem Frauenjournal. „Ich? Nein. Und wenn, dann weiß ich ja, wo ich dich finden kann."

Er machte Anstalten, sich zu erheben, und hätte beinahe das Tischtuch mitgerissen. „Ich will nicht, dass du extra rüberlaufen musst. Außerdem lasse ich mich nicht gern unterbrechen, wenn ich mit meiner Arbeit einmal angefangen habe."

Abigail biss sich auf die Lippe. Sie sammelte die leeren Frühstücksteller ein und musste sich dabei krampfhaft ein Lächeln verkneifen. Jeremiah hatte es ernst gemeint, als er gesagt hatte, dass niemand von ihrem Vorhaben erfahren dürfe. Aber sie konnte es auch verstehen. Was auf der Krankenstation eines Gefängnisses alltäglich war, würde im normalen Leben schockierend wirken, und die Übungen, die sie mit ihm machen würde, galten nicht einmal im Krankenhaus als normal. Zumindest noch nicht, wenn man Dr. Jonson Glauben schenken durfte. Sie hoffte, dass es noch nicht zu spät war, um Jeremiah zu helfen. Ihre Erfahrungen, so beschränkt sie auch waren, bezogen sich auf frische Verletzungen. Ob Dr. Lings Methode auch bei Muskeln funktionieren würden, die bereits schadhaft zusammengewachsen waren?

„Ich gehe nach oben zu Rachel“, sagte Ma. „Vielleicht hebt es ihre Stimmung etwas, wenn ich ihr aus diesem Magazin vorlese.“

Jeremiah hatte sich bereits aus dem Staub gemacht – ob er schlicht so schnell wie möglich anfangen wollte oder weil es ihm peinlich war, konnte sie allerdings nicht sagen. Aber sobald sie die Küche aufgeräumt hatte, ging sie hinüber in den Stall.

Er hatte das obere Fenster geöffnet, aber trotz des freundlichen Sonnenlichts, das hereinschien, wirkte Jeremiah etwas blass, als er über die Boxenwand zu ihr herübersah.

„Sind Sie sicher, dass das nötig ist? Wenn Laurel herausfindet, dass –“

„Sie will doch auch, dass Sie gesund werden. Wenn wir es schaffen, wird sie sich, glaube ich, nicht über die Methode beklagen.“

Er nickte, straffte die Schultern und trat aus der Box.

Abigail starrte ihn mit offenem Mund an. „Wo ist denn Ihre Hose?“

Jeremiah schnappte nach Luft. Er hatte die Zipfel seines Hemdes so weit wie möglich über seine Unterhose gezogen. „Sie haben doch gesagt … Sie haben gesagt, dass das Ganze nicht unschicklich wäre. Und dass Sie schon alles gesehen hätten.“

Sie konnte ein Kichern nicht unterdrücken. „Das heißt aber nicht, dass ich noch mehr davon sehen will.“ Abigail hielt sich die Hand vor den Mund, drehte sich weg und stolperte dabei über die Wagendeichsel. Als sie auf dem Boden landete, blieb ihr erst einmal die Luft weg, aber sie schüttelte sich vor Lachen. Schließlich stützte sie sich auf ihre Ellbogen und versuchte, wieder zu Atem zu kommen.

„Und ich dachte, Sie wären sauer, weil ich meine Unterhose anbehalten habe“, erwiderte er. Hörte sie da etwa einen Hauch von Humor bei ihrem verbissenen Captain Calhoun? Er war wieder in der Box verschwunden, lugte über die Boxenwand und lächelte sie dabei fast an. „Ich bin wirklich froh, dass ich Sie schon zur Verschwiegenheit verpflichtet habe. Werfen Sie mir bitte meine Hose rüber. Sie hängt am Pflug."

Aber noch bevor Abigail sich erheben konnte, hörte sie Schritte vor der Stalltür.

Hastig sprang sie auf die Beine. Mit dem Zeigefinger auf den Lippen duckte sich Jeremiah genau in dem Moment, als die Stalltür aufging und Calbert hereinkam.

„Abigail?" Calbert sah sich suchend im Stall um. „Wo ist denn Jeremiah? Haben Sie ihn gesehen?"

Sie hatte sogar recht viel von ihm gesehen. „Ja, aber er ist weg. Soll ich ihm etwas ausrichten?"

Er verzog das Kinn. „Geht es Ihnen gut? Sie sehen aus, als hätten Sie sich auf dem Boden gewälzt."

„Oh je. Ich bin gerade über die Wagendeichsel gestolpert." Sie zupfte sich das Stroh vom Rock. „Sehr unvorsichtig von mir."

„Normalerweise gibt es hier irgendwo einen Lappen ... falls Sie einen brauchen, um sich sauber zu machen."

Aber das einzige Stück Stoff, das Abigail sah, war Jeremiahs Hose, die über dem Pflug hing.

„Ist schon in Ordnung. Ich werde im Laufe des Tages noch schmutziger. Machen Sie sich keine Gedanken ..."

„Wo ist denn dieser Lappen?" Er wühlte in einem Eimer mit Werkzeugen, während das Licht durch das geöffnete Fenster genau auf das verräterische Kleidungsstück zu fallen schien. „Ich weiß, dass er hier irgendwo ist."

Abigail stellte sich schnell zwischen ihn und den Pflug. „Es ist wirklich alles in Ordnung. Aber ich werde die Augen offen halten. Er wird schon wieder auftauchen."

Er versuchte, an ihr vorbeizulugen. „Ist er das nicht, da hinter Ihnen?"

Abigail schnappte sich die Hose und knäulte sie zusammen. „Stimmt, danke."

Calbert blickte demonstrativ auf die Hosenträger, die an ihrem Bündel herunterbaumelten. Seine buschigen Augenbrauen bewegten sich lebhaft. Was sollte sie sagen? Sie sah ihm geradewegs in die Augen. Wenn er sie etwas fragen wollte, konnte er es genauso gut auch jetzt gleich tun.

Schließlich zuckte er mit den Schultern. „Ich wollte Sie fragen, ob Sie mit mir kommen können. Ein paar Strauchdiebe haben Mr Rankin bei Fulton's Bald angeschossen. Doktor Hopkins ist heute draußen bei Pine Gap. Wir brauchen Sie."

„Aber was ist, wenn die Verbrecher immer noch dort sind?"

„Ich werde die Augen offen halten." Er starrte auf die Hose. „Es gibt kaum etwas, das mir entgeht, Mrs Calhoun."

„Calbert, ich dachte, wir hätten das geklärt. Nennen Sie mich einfach ‚Miss Abigail'."

„Wie Sie wünschen, Ma'am. Ich warte draußen auf der Veranda und lasse Ihnen noch ein paar Minuten, um sich zu verabschieden … falls Sie Jeremiah irgendwo sehen, meine ich."

Was für eine Katastrophe. Gerade als er seine Zurückhaltung aufgegeben hatte und anfing, sich in ihrer Gegenwart wohlzufühlen, wurde alles so kompliziert. Jeremiah konnte sich vorstellen, welchen Verdacht Calbert hatte, und er wusste nicht, wie er es ihm je erklären sollte.

Seine Hose kam über die Boxenwand geflogen und landete auf seinem Kopf. „Dass ich auf Sie gehört habe, war der größte Fehler meines Lebens", sagte er, während er in die Hose schlüpfte.

„Kennen Sie die Rankinsens?", fragte Abigail.

Er senkte den Kopf, und das nicht nur, um die Knöpfe im Blick zu haben, während er sie schloss. „Ja, sie sind Unionsanhänger. Sie sollten also mit ihnen klarkommen. Er kann noch nicht viel länger zu Hause sein als ich."

„Er überlebt den Krieg und wird dann überfallen, nachdem der Friede verkündet wurde?"

Er zog sich die Hosenträger über die Schultern. „Friede? Ich fürchte, Friede ist für die Menschen hier ein Fremdwort."

„Aber das war nicht immer so. Mit der Zeit –"

„Das kann man nie sagen."

Als er aus der Box kam, war ihr das Lachen vergangen. Ihm ebenfalls. Vielleicht würde es eines Tages einen Ort geben, an dem Freude von Dauer war. Aber dieser Tag war nicht heute.

Sie sattelte Josephine. Er überprüfte die Gurte an dem alten Zaumzeug, sprach ein schnelles Gebet für die Rankinsens, für Abigails Sicherheit und auch für seine eigene, denn er wollte die suchen, die das getan hatten … selbst wenn er ein verkrüppeltes Bein hatte.

Über den Bergen waren Wolken aufgezogen, sodass sich die Hitze staute und es noch schwüler wurde. Abigail wischte sich einen Schweißtropfen weg, der ihr den Nacken hinunterlief, und dankte Gott, dass Calbert so anständig war, so zu tun, als hätte sich die Sache im Stall nie ereignet. Es würde noch genug Debatten geben, wenn sie erst einmal bei den Rankinsens waren.

„Ich hoffe, sie lassen zu, dass ich ihnen helfe", meinte sie.

„Natürlich. Es spricht sich allmählich herum, dass Sie Varinas Familie geholfen haben", erwiderte Calbert. „Die Menschen fangen an, Ihnen zu vertrauen."

Abigail verspürte einen stechenden Schmerz. Dieser Mann aus den Bergen hielt mehr von ihr als ihre eigene Mutter. Das war ein weiterer Grund, weshalb sie entschlossen war, hierzubleiben und nie wieder nach Hause zurückzukehren. Sie stützte sich auf den Sattelknauf. „Ich bin immer noch eine Außenseiterin. Ich bin hier aufgekreuzt und habe behauptet, Jeremiah sei tot und ich sei seine Frau, und dann ist er zurückgekehrt und hat alles geleugnet. Sie müssen ja misstrauisch sein."

Bevor Calbert etwas erwidern konnte, hatten sie die Hütte der Rankinsens bereits erreicht. Nach einem Klopfen an die grob gezimmerte Tür wurde ihnen auch sofort geöffnet. Der knochige Junge, der vor ihnen stand, hatte eine Schramme auf der Wange, was ihm einen Strich durch seinen Versuch machte, sich einen Bart wachsen zu lassen. Blonde Wimpern umgaben rotgeränderte Augen, die verzweifelt versuchten, seine Sorge nicht zu zeigen. „Pa hat gesagt, wir sollen Ihnen nicht vertrauen, weil Sie bestimmt nicht wirklich helfen können."

Calbert riss sich die Pfeife aus dem Mund und deutete damit auf den Jungen. „Sie hat für die Unionsarmee gearbeitet. Wenn das für euch nicht gut genug ist, dann weiß ich auch nicht."

Der Junge sah über seine Schulter in die Hütte. Er schluckte und drehte sich wieder zu ihnen. „Wir haben Dr. Hopkins gerufen und der ist ein richtiger Sezessionist. Außerdem will Pa nicht, dass eine Frau an ihm herummacht. Er möchte lieber in Würde sterben."

Wenn sie den Jungen nur überreden könnte – nicht aus Stolz, sondern um seines Vaters willen. „Ist es denn wirklich so schlimm?", fragte sie. „Ich will nur helfen. Ich bin zwar nicht so gut wie Dr. Hopkins, aber ich verstehe ein wenig von Medizin."

Der Junge zog die Tür hinter sich zu und sagte dann leise zu ihnen: „Es ist schlimm. Er hat schreckliche

Schmerzen und Fieber. Sein Atem rasselt. Es kommt auch ein bisschen Blut raus, aber nicht viel."

„Sieht es so aus, als hätte der Schuss die Lunge getroffen?"

„Ja, Ma'am." Er drehte sich um, als von innen sein Name gerufen wurde, und machte die Tür einen Spalt auf. „Ich schicke sie weg!"

Calbert kratzte sich am Kopf. „Du stehst vor einer schweren Entscheidung, Junge. Sollst du deinem Vater ungehorsam sein oder ihm die Chance auf ein Wunder nehmen?"

„Hilfe ist da", sagte sie. „Wenn ich sein Leben retten kann ..."

Abigail betete still, während der Junge überlegte. Ablehnung war für sie nichts Neues. Sie hatte sogar damit gerechnet. Aber sie wollte nicht, dass jemand leiden musste, weil man sie nicht für würdig erachtete.

„Kommen Sie rein", sagte er schließlich. „Wenn Pa überlebt, wird er mir sicher vergeben."

Calbert bedeutete ihr, ins Haus zu gehen. Sie stürmte an ihm vorbei und betete, dass die Verzögerung Mr Rankin nicht das Leben kosten würde.

Manchmal hasste er es, recht zu haben. Jeremiah hatte auf die geringe Chance gehofft, irgendetwas zu finden, das mit dem Überfall auf Mr Rankin zu tun hatte, und dort war es. Eine kleine Rauchwolke auf der Rückseite des Berges. Er rückte die Pistole in seinem Gürtel zurecht und wünschte sich wieder einmal, er hätte zwei gesunde Beine, um kämpfen zu können. Aber das hier war sein Zuhause, und es war seine Pflicht, sich den Gefahren zu stellen. Es waren Schwierigkeiten im Anzug, aber wenn das Land erst einmal von diesen Gesetzlosen befreit war, konnten die Frauen wieder sicher unterwegs sein. Abigail konnte sich dann auch weiter vom Haus entfernen, was gut wäre. Wenn er zu viel Zeit mit ihr verbrachte, wurde er gereizt, und ein weiterer Griesgram war nun wirklich das Letzte, was sein Heim gebrauchen konnte.

Noch bevor er auf der Anhöhe angekommen war, konnte Jeremiah das Feuer bereits riechen, und es war kein Lagerfeuer. Er rümpfte die Nase, als er den wohlvertrauten Gestank einatmete. Schwarzbrenner. Auf seinem Grundstück. Er folgte dem Geruch bis zu einer Felsspalte, die von dichten Zweigen verdeckt wurde. Zuerst ritt er in einem weiten Bogen um das Versteck herum und hielt Ausschau nach irgendjemandem, der die behelfsmäßige Kupferkonstruktion beaufsichtigte. Aber sie schien vor Kurzem verlassen worden zu sein. Das Feuer unter der Destillationsblase brannte hell und die Maische darin blubberte, aber es saß niemand daneben.

Jeremiah stieg ab. Er war wütend darüber, einen Beweis dafür gefunden zu haben, dass ein Fremder sein Land benutzte. Sie waren wahrscheinlich davongerannt, als sie ihn kommen sahen. Er humpelte zu der Destillierapparatur, holte mit der Krücke aus und kippte sie um. Nach ein paar weiteren Schlägen platzte die Kupferblase und die widerlich süßlich riechende Maische trat aus.

Er hatte jemanden verjagt, aber die Person, die Rankin angeschossen hatte, war vielleicht auf dem Rückweg, und Jeremiah würde auf ihn warten. Er band Lancaster an den nächsten Baum und kroch zu der Höhle, von der aus man die kleine Lichtung überblicken konnte. Ihm kam der Gedanke, dass sich vielleicht jemand darin versteckt hatte. Aber als er sich an der großen Zeder vorbeidrückte, die vor dem Eingang stand, sah er, dass die Höhle leer war.

Oder fast leer. Zwischen den Kalksteinspalten der Höhle befand sich eine Feuerstelle. Aber wenn er nicht auf die Schwarzbrennerei gestoßen wäre, hätte Jeremiah angenommen, dass hier seit Jahren niemand mehr gewesen war.

In seiner Kindheit war das hier eines seiner Lieblingsverstecke gewesen. Er kannte jede Mulde und jede Unebenheit und zwängte sich in sein Lieblingsversteck. Es war viel kleiner, als er es in Erinnerung hatte. Wenn es zu einer Schießerei kam, wäre er hier gefangen. Aber er konnte ja ohnehin nicht weglaufen. Hinter dem Absatz konnte er sich verstecken – ein netter Hinterhalt, wenn es nicht dauernd tropfen würde. Aber es war immer noch ein klug gewählter Ort, um jemandem aufzulauern. Er legte sein Gewehr bereit und streckte sich aus oder versuchte es zumindest, aber sein lahmes Bein wollte sich einfach nicht beugen.

Wenn doch nur … Wenn er doch nur seine Kraft wiederhätte. Wenn doch nur die Berge für anständige Menschen sicher wären. Wenn Laurel doch nur zur Vernunft kommen und ihn heiraten würde. Wenn Rachel doch nur gesund würde. Das waren seine dringlichsten Gebete. Darüber hinaus konnte er vielleicht auch noch ein Gebet für die Yankee-Krankenschwester sprechen – dass die Probleme, die sie zu Hause hatte, welcher Art auch immer sie waren, sich klären würden. Ihrer kurz angebundenen Art und ihren ausweichenden Antworten hatte er entnommen, dass irgendein Kummer ihr Sorgen bereitete. Sie war freundlich und konnte hart arbeiten, deshalb betete er, dass sie jemanden finden würde, der zu ihr passte. Sonst war er gezwungen, sich mehr Sorgen um sie zu machen, als schicklich wäre.

Minuten vergingen. Eine Viertelstunde. Jede Menge Zeit, um sich seine Zukunft auszumalen – die Pferde, die er verkaufen würde, die Wiesen voller Gras und Klee, blonde Kinder, die auf der Veranda spielten.

Jeremiah stutzte. Blond? Wie um alles in der Welt sollten er und Laurel blonde Kinder bekommen? Er rieb sich die Augen. Er saß schon so lange hier, dass er sogar auf seine Tagträume nichts mehr geben konnte.

Niemand war hier und wahrscheinlich würde auch niemand mehr kommen. Erst nachdem er sorgfältig gelauscht hatte, verließ Jeremiah sein Versteck. Er konnte zwar nicht einmal einem Kind davonlaufen, aber seine Sinne waren über die Jahre geschärft worden, sodass ihm nichts entging. Das raschelnde Laub, die Vögel und sogar der Geruch der Erde verrieten ihm irgendwie, dass niemand in der Nähe war. Er drückte die Büsche zur Seite, humpelte gebückt durch das Unterholz und ging zu Lancaster, der geduldig auf ihn wartete.

„Nichts, oder?", fragte er seinen alten Freund. „Niemand hat dir was getan?"

Lancaster blinzelte ihn mit einem drolligen Ausdruck an. Jeremiah ging um den zerstörten Destillationsapparat herum, band die Zügel los und schob die Krücke über Lancasters Widerrist. Wenn er sich weiter bemühte, würde er bald in den Steigbügel kommen. Dann wäre Schluss mit dem Gekrabbel, als klettere ein Junge über nasse Felsen.

Er griff nach dem Sattelknauf und Lancaster tänzelte zur Seite.

„Du etwa auch? Bei der alten Mähre habe ich ja damit gerechnet, dass sie ein wenig schwach auf den Beinen ist, aber du kannst mich doch tragen."

Jeremiah zog wieder an den Zügeln. Diesmal ging Lancaster zwei Schritte vorwärts und Jeremiah musste ihm hinterherhüpfen.

„Hoppla, Junge." Was stimmte denn nicht mit dem Pferd? Plötzlich spannte sich Lancasters Bauch an und er streckte den Rücken. Lancaster senkte den Kopf und stieß einen befriedigenden Rülpser aus. Da erst fiel Jeremiah auf, was mit dem Destillationsapparat geschehen war.

Der Kupferbehälter war vom Feuer weggeschubst und ausgeleert worden. Die Steine, die mit Maische bespritzt gewesen waren, waren alle sauber abgeleckt. Jeremiah starrte sein Pferd an. Lancaster stand mit gesenktem Kopf da wie ein schuldbewusster Junge.

Zucker, Maismehl, Hefe – kein Wunder, dass das Tier nicht widerstehen konnte und alles aufgeleckt hatte. Aber wie sollte er ihn jetzt nach Hause bekommen? Wenn er erst einmal den Schutz der Büsche hinter sich gelassen hatte, war Jeremiah ein leichtes Ziel. Er konnte unmöglich mit einem betrunkenen Pferd am Zügel den Berg hinunterhumpeln.

„Es ist mir egal, wie mies du dich fühlst, du musst mich jetzt nach Hause tragen." Jeremiah verkniff sich das „Lass dir das eine Lektion sein" gerade noch, mit dem sein Vater ihn bedacht hatte, als er das erste Mal eine Destille entdeckt hatte. Stattdessen zog er Lancaster zu einem Baumstamm. Diesmal blieb Lancaster ruhig stehen, als Jeremiah aufstieg. Er wollte vorsichtig den Berg hinunterreiten, langsam und leise. Aber der Berg war zu steil. Lancaster versteifte sich und versuchte, sich dagegenzustemmen, aber betrunken, wie er war, hatte er der Erdanziehung nichts entgegenzusetzen. Stolpernd und rutschend brach das Pferd durch die Zweige und wurde immer schneller. Jeremiah zog an den Zügeln, aber Lancaster war nicht in der Lage, eine langsamere Gangart einzuschlagen. Jeremiah konnte sich nur noch unter den Zweigen hindurchducken und versuchen, sich im Sattel zu halten.

Glücklicherweise waren keine Strauchdiebe in der Nähe, die sie entdeckten, als sie aus ihrem Versteck gestürmt kamen. Aber es wäre ohnehin schwer gewesen, sie zu treffen, da das Pferd stark schwankte.

Jeremiah gab es schließlich auf, sich irgendwo anzuschleichen, und machte sich auf den Heimweg. Armer Lancaster. Die Maische hatte ihn so benebelt, dass er geradewegs in einen Baum gelaufen wäre, wenn Jeremiah nicht aufgepasst hätte. Allerdings sorgte das leichte

Ziehen an den Zügeln dafür, dass er nicht nur seine Richtung korrigierte, sondern gleich auf das nächste Hindernis zuwankte.

Schließlich wurde der Weg ebener. Lancaster blieb stehen und keuchte. Jeremiah löste seine steifen Finger von den Zügeln. In seiner ganzen Zeit bei der Kavallerie hatte er nie einen so grauenvollen Ritt erlebt. Jetzt trieb er Lancaster ganz sanft an. Das Pferd ließ den Kopf hängen und schlich weiter, als müsse es sich zu jedem Schritt zwingen. Und natürlich wurden Abigail und Calbert Zeugen ihrer Ankunft, die gerade aus dem Stall kamen, als er eintraf. Die junge Frau blieb unvermittelt stehen und starrte ihn an.

„Komm schon, Lancaster. Versuch, nach Hause zu kommen, ohne dass es für uns beide noch peinlicher wird."

Aber Lancaster hatte den Kampf aufgegeben. Er ließ sich auf sein Hinterteil sinken und saß verwirrt blinzelnd wie ein Maultier da.

Jetzt war sogar seine Mutter aus dem Haus gekommen. Abigail kam auf ihn zugerannt und Calbert folgte ihr.

„Steh auf, du nutzloses Stück Pferdeleder", murmelte er. „Komm schon, steh auf."

Keuchend und rülpsend erhob sich Lancaster auf seinen wackeligen Beinen. Abigail öffnete das Stalltor für ihn.

„Was ist passiert? Wurde er angeschossen?"

Ma eilte herbei. „Angeschossen? Wurdest du angeschossen?"

„Niemand wurde angeschossen." Jeremiah versuchte, Lancaster in den Stall zu bugsieren, aber Abigail griff nach dem Zaumzeug und fing an, ihn selbst zu untersuchen.

„Was riecht denn hier so?" Sie beugte sich zu ihm. Jeremiah blieb regungslos stehen, als sie schließlich ihre Nase rümpfte. „Whiskey? Sie haben doch nicht etwa getrunken, oder?"

Seine Mutter stieß einen Schrei aus und hielt sich die Hand vor den Mund. Calbert nahm seinen Hut ab und kratzte sich am Kopf. Es sah ganz so aus, als würde er am liebsten in ein Loch kriechen.

„Nein, ich habe nicht getrunken. Es ist dieser elende Gaul. Ich habe eine Destille gefunden, und er hat die Maische aufgeleckt, während ich mich umgesehen habe."

„Das Pferd ist beschwipst?", fragte Calbert. „Na, das übertrifft ja alles."

„Versuch mal, auf einem betrunkenen Pferd den Berg hinunterzureiten", sagte Jeremiah.

„So wie der rülpst, braucht er vielleicht ein wenig frische Luft. Ich werde ihn absatteln und tränken." Dem leichten Schmollen nach zu urteilen, das Jeremiah auf ihren Lippen sah, war ihr Besuch bei den Rankins wohl nicht wie geplant gelaufen. Abigail strich dem Pferd noch einmal über den Hals und führte es in den Stall.

„Erschreck mich doch nicht so, Jeremiah. Ich dachte, du seist verletzt." Ma hob den Saum ihres schwarzen Rockes an und schlenderte zum Haus zurück.

„Eine Destille, sagst du?" Calbert sah blinzelnd Richtung Bergrücken. „Hast du irgendjemanden gesehen?"

„Nein, aber jemand hat das Feuer gehütet und ist offenbar geflüchtet, als er mich kommen hörte." Jeremiah warf einen Blick über seine Schulter. „Wie geht es Rankin?"

Calbert schüttelte den Kopf. „Als wir ankamen, war er schon viel zu schwach. Wir sind bis zu seinem letzten Atemzug geblieben."

„Und Abigail?"

„Sie nimmt es sich sehr zu Herzen. Die Rankins wollten ihre Hilfe nicht, und als sie sie dann doch zu ihm gelassen haben, ist er trotzdem gestorben." Calbert klopfte seine Hose ab. „Ich gehe jetzt besser nach Hause. Ich will nicht, dass meine Misses mit den Kleinen allein daheim ist, während ein Verbrecher draußen rumläuft."

Calbert stieg auf sein Maultier, und Jeremiah ging zurück in den Stall, wo er Abigail fand, die Lancaster mit den Fingern durch die Mähne fuhr.

„Calbert hat mir von Rankin erzählt", sagte er. „Das tut mir leid."

„Ich habe getan, was ich konnte. Niemand hätte ihn retten können." Ihre Finger strichen erneut über den Hals des Pferdes. Lancaster stand wie versteinert da.

„Das ist den Rankins sicher bewusst. Sie haben keinen Grund, an Ihren Fähigkeiten zu zweifeln."

„Jetzt schon. Und es hilft auch nicht, dass Sie meinen Ruf schon ruiniert hatten."

„Ich? Ich habe mit den Rankins nie über Ihre Fähigkeiten gesprochen."

Sie vergaß das Pferd und fuhr herum. „Aber allein schon, dass Sie hier sind, stellt meine Ehrlichkeit infrage. Vor allem, da ich allen erzählt hatte, ich sei Ihre Frau, und Sie dann gesagt haben, dass wir uns nicht kennen."

Eine wohlvertraute Wärme überkam ihn – die gleiche Wärme, die jedes Mal in ihm aufstieg, wenn sie auf ihre Ehe zu sprechen kamen. „Ich muss doch die Wahrheit sagen. Wir sind schließlich nicht verheiratet."

„Ich weiß, aber das kommt mir sehr ungelegen."

„Sie haben ja keine Ahnung ..." Er verlagerte sein Gewicht auf der Krücke, da sein Unterarm einzuschlafen drohte. Einen Patienten zu verlieren schmerzte sicher. Es war vermutlich fast so, als würde man einen seiner Männer verlieren. Bevor man sich versah, fing man an, an den eigenen Fähigkeiten und der eigenen Berufung zu zweifeln. Das war ihm nur allzu vertraut, aber er wusste, dass man nur darüber hinwegkam, indem man weitermachte, bis man wieder einen Sieg errang.

„Kommen Sie", sagte er, „unsere erste Sitzung wurde ja heute Morgen unterbrochen, warum wollen wir nicht jetzt damit anfangen?"

„Wirklich?“ Das kleinste Lächeln von ihr würde einen Dachs aus seinem Bau locken. „Sehr gerne.“

„Was muss ich tun?“

Sie nahm einen Lappen zur Hand und wischte den Schmutz von einem alten Tisch. „Dieser Tisch sollte reichen. Stellen Sie ihn bitte so hin, dass er mit dem schmalen Ende an der Wand steht.“

Das war nicht leicht, wenn man gleichzeitig eine Krücke halten musste, aber schließlich gelang es ihm doch. Er hob das Möbelstück an und schob es so hin, dass Abigail noch genug Platz hatte, um um den Tisch herumzugehen.

Als sie sah, dass eines der Beine wackelte, prüfte sie kurz, ob er stabil genug war. „Ich glaube nicht, dass er zusammenbrechen wird. Steigen Sie drauf.“

Sollte er es wirklich tun? Er musste daran denken, dass Laurel sein eigentlicher Beweggrund war. Sie hatte einen Mann verdient, der laufen und arbeiten konnte, der ihr die Treppen hinauf- und hinunterhelfen konnte und nicht auch selbst Unterstützung benötigte. Wenn es ihm half, Laurels Herz zu gewinnen, war er bereit, sich einmal Abigails neumodische Theorien anzusehen.

Jeremiah stellte die Krücke zur Seite, stemmte sich hoch und rutschte auf den Tisch, bis er mit dem Rücken zur Wand saß, wie Abigail ihn angewiesen hatte.

„Strecken Sie beide Beine durch, so gut Sie können.“

„Das ist ja das Problem, nicht wahr?“ Ein Bein lag flach auf. Beim anderen Bein war unter dem Knie genug Platz, dass ein Waschbär darunter hindurchkriechen konnte. „Es lässt sich nicht strecken.“

„Es *will* sich nicht strecken“, sagte Abigail. „Aber unsere Aufgabe ist es jetzt, es dazu zu bringen.“

Jeremiah hatte es ja versucht. Merkte sie denn nicht, wie sehr er es versucht hatte? Offensichtlich nicht. Sie nahm einen Melkschemel, stellte ihn neben den Tisch, stieg darauf und setzte sich neben ihn auf den Tisch.

Zu dicht für seinen Geschmack. Er rutschte ein Stück zur Seite, um für etwas Abstand zu sorgen, aber sie hielt ihn auf.

„Ich versuche, dichter an Sie heranzukommen. Hauen Sie doch nicht ab."

Er spürte, wie sein Gesicht warm wurde. „Was ist, wenn Calbert zurückkommt? Dann wird er ganz sicher wissen, dass hier irgendetwas nicht stimmt."

„Keine Sorge, wenn ich fertig bin, werden Sie solche Schmerzen haben, dass Sie mich hassen werden."

Jeremiah schluckte. „Hoffen wir es."

Sie drehte sich so, dass sie ihm gegenübersaß, und legte eine Hand unter sein Knie und eine darauf. „Ich werde hier ein bisschen draufdrücken. Sagen Sie, wenn es wehtut."

Er betrachtete ihre schlanken Finger auf seinem Hosenbein. Er versuchte, ihr zu helfen, über den Tod eines Patienten hinwegzukommen, aber wie weit war er bereit, dafür zu gehen? Eine Frau sollte wirklich nicht so vertraut tun. Das könnte einen Mann auf falsche Gedanken bringen. Aber dann schoss ihm der Schmerz in den Rücken. Er biss die Zähne zusammen und vergaß alles, was ihm bis zu diesem Augenblick an ihr gefallen hatte.

„Ich werde das Bein jetzt so halten und bis zehn zählen", sagte sie. „Versuchen Sie, Ihre Muskeln zu entspannen."

Er stöhnte.

„Atmen, Jeremiah. Öffnen Sie Ihre Fäuste. Sie kämpfen gegen den Schmerz an."

„Aber ich gewinne." Sein Rücken fühlte sich feucht an. Er schwitzte, ohne sich überhaupt zu bewegen.

Abigail ließ sein Knie los. „Ich habe doch gesagt, Sie sollen sich melden, wenn es wehtut." Sie griff mit der Hand unter sein Bein und berührte seinen Oberschenkelmuskel.

Er ergriff ihr Handgelenk und sein Puls ging schneller. Es gab Grenzen – zur ihrer eigenen Sicherheit und zu seiner. „Werden Sie nur nicht übermütig."

Sie funkelte ihn wütend an. „Ich denke nicht im Traum daran."

Jeremiah ahnte schon, dass seine Träume durchaus von dieser Begegnung handeln würden. Eine Strähne ihres blonden Haares strich über den Ärmel seines handgewebten Hemdes und löste sich, als sie an dem rauen Gewebe hängen blieb. Er schloss die Augen, während sie die Rückseite seines Beines abtastete.

„Bitte fahren Sie wieder mit dem schmerzhaften Teil fort", krächzte er.

Sie knetete die harte Stelle der vernarbten Wunde. „Spüren Sie das? Die Kugel hat den gesamten Muskel zerrissen. Er ist zwar wieder zusammengewachsen, so wie Gott es wollte, aber er ist jetzt kürzer."

„Wenn man bedenkt, dass ich mit dem Fuß kaum den Boden erreichen kann, hätte ich mir das auch selbst denken können." Sie saß so dicht bei ihm, dass er nicht wusste, wo er hinschauen sollte.

Sie griff nach seiner Ferse und schob seinen Fuß so weit nach vorn, bis es nicht weiterging. Diesmal legte sie die Unterseite ihres Armes auf sein Knie. Er konnte die Wärme ihres Körpers durch sein Hosenbein spüren.

„Danke, dass ich das mit Ihnen machen darf", sagte sie. „Es gibt mir das Gefühl, heute etwas Positives erreicht zu haben … wenn ich davon absehe, dass es für Sie unangenehm ist."

Ihre Hände waren überall und das Ganze war ihm weitaus mehr als nur unangenehm. Der Schmerz wäre ihm nur zu recht, wenn er die Versuchung vertreiben würde. Aber stärker als der Schmerz war die Angst, dass sein Muskel reißen würde. Er stellte sich vor, wie er zerreißen, sich lösen und zusammenziehen würde wie eine kaputte

Feder. Er presste die Ellbogen an seinen Oberkörper und bog den Rücken durch.

„Das tut weh.“ Die Worte kamen ihm wie ein Eingeständnis seiner Niederlage vor, so als gäbe er auf.

„Gut. Hören Sie auf, dagegen anzukämpfen. Atmen Sie.“ Sie lehnte sich weiter auf sein Bein, legte aber eine Hand auf seinen Brustkorb. „Locker lassen. Lehnen Sie sich an. Schultern locker.“

Sie strich ihm mit der Hand über die Arme und die sanfte Berührung jagte ihm Schauer über den Rücken. Nur gut, dass Laurel ihn nie so anfasste. Es war schon schwer genug, diese Fremde dabei zu ignorieren. Er sollte sich lieber auf sein Bein konzentrieren, das sich zu seiner Überraschung um eine Haaresbreite mehr strecken ließ. Eine neue Welle des Schmerzes durchfuhr ihn, und sein Magen zog sich zusammen, aber mit einiger Anstrengung brachte er seinen Körper dazu, dies hinzunehmen.

„Jede Wette, dass Sie das mit Alan nicht gemacht haben. Sonst hätte er Sie nie geheiratet.“

Sie zählte bis zehn und erhob sich dann von ihm. „Ich konnte keine Gliedmaßen behandeln, die nicht mehr da waren. Bei Ihnen gibt es mehr, womit man arbeiten kann.“

Er zog sein Knie an und schüttelte es, bis die Muskeln nicht länger brannten. „Ich weiß nicht, was ich erwartet hatte, aber das jedenfalls nicht.“

Abigail lächelte und tätschelte sein Bein – eine überraschend tröstliche Geste, wenn man bedachte, wie verwirrt er noch vor wenigen Sekunden gewesen war.

Er zog sein linkes Bein an und beugte es im gleichen Winkel, um beide Beine zu vergleichen, das starke und das verkrüppelte. Wenn es ihm gelingen würde, das Bein zu strecken, würde es auch wieder stärker werden. Vielleicht gab es doch noch Hoffnung.

„Machen wir das noch einmal“, sagte er.

Kapitel 10

Abigail nahm ihren Hut ab und fächelte sich damit Luft zu, während sie zum Haus ging. Nachdem sie schon mit den Pferden gearbeitet hatte, wandte sie ihre Aufmerksamkeit jetzt ihren Patienten zu, von denen sie mittlerweile zwei hatte. Offen gesagt hatte sie nicht damit gerechnet, dass Captain Calhoun ihren Anordnungen mit solcher Hingabe folgen würde. Am Vortag hatte es eine Viertelstunde gedauert, bis sie ihn davon überzeugt hatte, dass das, was sie in einer Sitzung erreichen konnten, begrenzt war. Gott sei Dank hatte er ihren Aussagen schließlich Glauben geschenkt, sonst wären sie jetzt noch im Stall – und was würde Calbert dann denken?

Abigail musste grinsen. Als ob Jeremiah Calhoun ihr den Kopf verdrehen könnte. Im Krieg hatte sie besser aussehende Patienten gehabt als ihn. Junge Kerle mit frischen Gesichtern und einem verwegenen Grinsen, die ihren ganzen Südstaaten-Charme versprühten, selbst als es mit ihnen schon zu Ende ging, und Männer, deren klassische Züge die Bildhauer der Renaissance inspiriert hätten. Dieser hinterwäldlerische Junge aus Missouri konnte ihnen nicht das Wasser reichen – mit seinem kantigen Kinn, seiner Adlernase und seinen … nun ja, mit seinen Augen stimmte etwas nicht. Ihre Schritte verlangsamten sich, als sie zum Haus kam. Weshalb gefielen sie ihr nicht? Vielleicht, weil sie alle anderen Dinge interessanter fanden als sie. Sogar gestern, als sie ihm aus reiner Güte geholfen hatte, hatte er lieber gelangweilt die Augen geschlossen, als sie anzusehen.

Egal. Seine Gleichgültigkeit war ihr Schutz. Im Gefängnis hatte Abigail gelernt, ihr Herz zu verschließen. Zu viele Männer waren gestorben. Wenn man jemanden mochte, hatte das seinen Preis. Aber sie war noch nie in einer Situation wie dieser gewesen – dass sie über Monate hinweg nur einen Patienten gehabt und mit dessen Familie zusammengelebt hatte. Eine schwächere Frau würde vielleicht auf die Idee kommen, Sorge mit Liebe zu verwechseln.

Als sie an der Treppe zum ersten Stock stand, vernahm Abigail Rachels Stimme. „Warum liest du diese Zeitschriften, Ma? Machen sie dich nicht traurig, weil du siehst, was du alles verpasst?"

„Natürlich nicht, meine Liebe. Die Zeitschriften ‚erweitern den Horizont', wie es auf dem Titelblatt heißt."

„Für mich heißt das, dass man sich ein anderes Leben wünscht."

Ma verstaute das Frauenjournal gerade neben sich auf dem Tisch, als Abigail hereinkam. Rachel war von einer Rauchwolke umgeben. Mit zwei Fingern nahm sie die Pfeife aus dem Mund und blies den Rauch langsam und gleichmäßig in Abigails Richtung.

„Meinst du, du tust mir weh, wenn du dich selbst krank machst?", fragte Abigail.

„Es geht nicht um dich. Ich mache nur, was mir Spaß macht."

Ma fächelte die Rauchwolke weg. „Du glaubst doch nicht, dass das Rauchen schlecht für sie ist, oder? Ich dachte, wenn es ihren Rheumatismus bessert, kann es nichts schaden."

„An ihren schmerzenden Gliedern wird sie nicht sterben", erwiderte Abigail, „sehr wohl aber an zu wenig Sauerstoff und der Tatsache, dass das ihr Herz unnötig belastet.“ Dieser Gedanke machte Ma traurig. Es wäre wohl am besten, wenn sie nach draußen ging und ihre Gedanken auf etwas Produktiveres richtete. „Ich dachte, du würdest vielleicht lieber im Garten arbeiten, solange es draußen noch kühl ist.“

Ma steckte sich eine weiße Haarsträhne hinters Ohr und erhob sich mühsam aus dem Sessel. „Das ist eine gute Idee. Ich sollte nicht warten, bis es brütend heiß wird.“

Rachels Augen wanderten von Abigail zu ihrer Mutter, als versuche sie, eine Entscheidung zu treffen. „Geh nur Ma“, sagte sie schließlich. „Ich kann auch allein hier sitzen.“

„Das brauchst du nicht. Abigail wird bei dir bleiben.“

„Das hatte ich befürchtet.“ Rachels schmaler Mund verzog sich und sie musste beinahe über ihre eigene schlechte Laune lächeln.

„Es wird ihr hier schon gut gehen.“ Als Ma den Raum verließ, setzte sich Abigail an Rachels Bett. „Oder wir gehen nach draußen. Nichts hindert dich daran, aus dem Haus zu gehen. Ich kann dir auch ein Lager im Schatten einrichten, wenn du einmal etwas anderes sehen möchtest.“

„Darf ich draußen rauchen?“

Abigail schüttelte den Kopf und hielt ihr die Hand hin. Unter viel Grummeln gab Rachel ihr die Pfeife. „Wenn du mir etwas sagen willst, dann lass es uns lieber hinter uns bringen.“

Abigail öffnete das Fenster, damit sich der Rauch verzog. Der warme Luftzug wehte die mit Blümchen übersäte Gardine gegen ihre Arme. „Ich wollte mit dir über Alan sprechen. Ich habe ihn nur ein paar Wochen gekannt und ich vermisse ihn. Ich wünschte, du würdest mir vielleicht gern mehr von ihm erzählen.“

Rachel legte eine Hand auf ihre Brust. Sie atmete schneller und ihre flachen Atemzüge verrieten ihr Missfallen.

„Diese Erinnerungen gehören mir. Vielleicht will ich sie ja gar nicht teilen, vor allem nicht mit dir."

Die Frau, die da vor ihr saß, war nichts anderes als ein verängstigtes Kind, das ihr das Leben schwermachen wollte und versuchte, das Einzige, das ihr noch blieb, zu kontrollieren. Aber Abigail würde sich von Rachels Missfallen nicht so leicht vertreiben lassen wie Ma.

„Wir haben alle kostbare Erinnerungen an Alan", sagte Abigail, „und ich dachte, du möchtest vielleicht davon erzählen. Er war ein guter Mensch und hat es verdient, dass wir ihn in Erinnerung behalten."

„Wenn wir über ihn reden, macht ihn das auch nicht wieder lebendig. Das hilft ihm kein bisschen."

Abigail nahm Mas Zeitschrift und faltete sie ordentlich zusammen. „Nein, wenn jemand gestorben ist, ist es zu spät. Und deshalb sollten wir nicht damit warten, unsere Liebe, unsere Bewunderung … und unsere Vergebung zum Ausdruck zu bringen."

Rachel schnaubte verächtlich. „Du bist Krankenschwester und kein Pfarrer. Du solltest mich lieber gesund machen, statt dich in Dinge einzumischen, die dich nichts angehen."

Abigail beugte sich vor. „Ich kann dich nicht gesund machen, Rachel. Das Fieber hat dein Herz geschädigt. Ich werde tun, was ich kann, um die Entzündung zu mildern und dich vor einem weiteren Fieberschub zu schützen, aber der nächste Anfall könnte dein letzter sein. Bitte lass deine Mutter und deinen Bruder nicht mit der Erinnerung daran zurück, wie wütend du warst. Nichts schmerzt so sehr wie ein feindseliger Abschied."

Abigail musste es wissen. Hätte sie damals geahnt, welchen Preis sie für ihre Verbannung zahlen musste, hätte sie mehr gekämpft, um ihre Unschuld zu beweisen.

„Wenn du wirklich wüsstest, was für ein feiner Mensch Alan war, würdest du verstehen, warum ich Jeremiah nicht vergeben kann, dass er ihn in den Tod geschickt hat."

„Du machst Jeremiah dafür verantwortlich?", fragte Abigail. „Alan hat das nicht getan. Er war verzweifelt darüber, dass er seinen Freund in Westport verloren hatte. Natürlich hat er Jeremiahs Namen nicht genannt, aber bei allem, was er erzählte, ging es entweder um seinen Freund oder um seine Julia."

„Hör auf!" Rachel schwang die Beine über die Bettkante. Sie warf Abigail schneidende Blicke zu. „Ich habe gesagt, dass ich nicht über ihn sprechen will. Du hast mir meinen Verehrer genommen, und jetzt versuchst du, dich in meine Familie einzuschleichen. Ich durchschaue deine Machenschaften. Du bist mit deiner Geschichte, dass du Mrs Calhoun wärst, aufgeflogen. Aber das heißt nicht, dass du nicht nach einer Gelegenheit suchst, sie doch noch Wirklichkeit werden zu lassen. Wenn du Jeremiah kriegst, kriegst du auch seine Farm, und hinter der warst du die ganze Zeit schon her."

Jeremiah kriegen? Nahmen Rachels absurde Behauptungen denn gar kein Ende? Abigail hielt ihrem Blick gerade lange genug stand, um zu zeigen, dass sie sich nicht einschüchtern ließ. „Alan hat mich hergeschickt, und ich bleibe, bis meine Arbeit getan ist. Und ich kann dir versichern, dass ich keinerlei Absichten habe, was deinen Bruder betrifft."

Mit ungläubigem Schnauben ließ Rachel sich wieder in ihr Kissen fallen. Abigail stand auf und strich die Überdecke glatt. Allein die Vorstellung machte sie schon wütend. Beim ersten Mal war sie verzweifelt genug gewesen, um einen Fremden zu heiraten, und ihre Situation hatte sich seither nicht verbessert. Aber einen Sterbenden zu heiraten war bei Weitem nicht das Gleiche, wie sich für immer an einen voreingenommenen Störenfried wie Jeremiah zu binden. Es gab Schlimmeres, als Witwe zu sein.

Sie wusste nicht, was sie tun sollte, aber sie wusste, was sie ganz sicher *nicht* tun würde. Je schneller Jeremiah Laurels Herz zurückerobert hatte, desto schneller würden sich alle wieder wohlfühlen.

Abigail bückte sich und legte Josephines Huf auf ihren Oberschenkel, um den Schlamm aus den Hufen zu kratzen. Sie hatte Rachel zwar noch nicht aufgegeben, aber Abigail brauchte diese Zeit bei den Pferden. Wenn sie mit ihnen arbeitete, erinnerte sie das an ihren Vater … und an eine Zeit, als sie noch geschätzt wurde.

Nach dem Tod ihres Vaters hatte Abigail sich vorgenommen, sich um ihre Mutter zu kümmern und dafür zu sorgen, dass es ihnen an nichts fehlte. Sie stand früh auf, beaufsichtigte die Stallburschen und zögerte nicht, selbst mit anzufassen und auszumisten, zu füttern oder zu satteln, wenn nötig. Wenn Käufer kamen, half sie ihrer Mutter, sie gebührend zu empfangen, und begegnete ihnen professionell, so wie ihr Vater es ihr gezeigt hatte. Sogar ihre großen Brüder, die damals schon ihre eigenen Farmen hatten, waren beeindruckt. Ihre Mutter lobte sie ständig vor ihren Freunden, weil sie so stolz war, dass ihre Tochter das große Anwesen ganz allein führen konnte. Aber als John Dennison ihr den Hof machte, brauchte ihre Mutter sie plötzlich nicht mehr.

Abigail nahm die Bürste und entfernte die letzten Steinchen aus dem Huf. John war ein Dieb. Er stahl ihr ihre Mutter. Er stahl ihre Farm und ihre Pferde, und als sie ihn zur Rede gestellt hatte, behauptete er, sie hätte seine goldene Taschenuhr gestohlen. Lächerlich. Niemand würde diese Lüge glauben – außer ihrer Mutter.

Als John damit drohte, sie vom Gut zu jagen, wenn sie sie nicht zurückgab, sagte ihre Mutter kein Wort. Abigail war kochend vor Wut auf ihr Zimmer gestapft, hatte ihre Kleider in eine Reisetasche gestopft und war gegangen. Sie hatte angenommen, sie würden ihr in die Stadt folgen und sie bitten zurückzukommen. Aber sie taten es nicht. Doch sie konnte auch starrköpfig sein. Wenn sie unerwünscht war, würde sie auch nicht zurückgehen.

Als sie gerade Josephines letzten Huf auskratzte, kam Jeremiah herein. Abigail sah auf und blies sich eine Haarsträhne aus dem Gesicht. „Ich bin gleich fertig." Sie machte sich gar nicht erst die Mühe zu fragen, ob er etwas brauchte. Offensichtlich wollte er ihre Gesellschaft ja nicht.

Er hob das Ende des Eichentisches und schob ihn an die richtige Stelle – gegen die Mauer des Stalles. Jeremiah hüpfte auf den Tisch und rutschte mit dem Rücken gegen die Wand.

„Dieses blöde Bein fühlt sich heute so schlecht an wie schon lange nicht mehr."

„Sie sollten sich nicht überanstrengen." Sie bürstete den Dreck und die Blätter aus dem Huf.

„Nichtstun hat auch nicht funktioniert. Also kann ich genauso gut auch Ihre Methode ausprobieren."

Abigail ließ Josephines Huf herunter und räumte ihre Sachen auf. „Sie sind dann wohl mein nächster Patient." Sie wischte sich die Hände ab und schob die bittersüßen Erinnerungen an ihre Familie zur Seite. Wenn sie sich nicht das Recht verdiente hierzubleiben, hatte sie kein Zuhause mehr. Ihr erstes Zuhause hatte sie zu schnell aufgegeben. Dieses hier würde sie nicht kampflos aufgeben.

Nachdem sie Josephine in ihre Box geführt hatte, kletterte sie neben Jeremiah auf den Tisch und konzentrierte sich gedanklich auf ihre Aufgaben als Krankenschwester. Ganz gleich, wie sehr er sie enttäuschte, wie sehr ihrer beider Leben momentan miteinander verbunden waren: Bei ihm durfte sie sich keine Gefühle erlauben. Er war ihr Patient. Was würde Rachel wohl von ihren heimlichen Treffen im Stall halten? Würde sie behaupten, es sei alles Teil von Abigails Plan, sich Jeremiah zu angeln? Wenn ja, dann kannte sie Abigail nicht. Zugegeben, Jeremiah sah gut aus und besaß eine gewisse Ausstrahlung, die man unmöglich übersehen konnte, aber Abigail war nicht der Typ Frau, der nach Aufmerksamkeit verlangte. Sie erledigte lieber ihre Arbeit und wurde nach ihrer Leistung beurteilt. Nie käme sie auf den Gedanken, jemanden zu betören und für sich einzunehmen. Sie wollte, dass er zugab, dass sie ein Gewinn war, und nicht, dass er blind war vor Verliebtheit. Leere Schmeicheleien hatten ihre Patienten noch nie geheilt. Können und Tüchtigkeit schon.

Allerdings roch er frisch gebadet und mit sauberer Kleidung sehr viel besser als all die anderen Männer, denen sie bislang geholfen hatte. Vorsichtig tastete sie die Rückseite seines Beins ab und fand die verhärtete Stelle tief unter der Haut.

„Zuerst lockern wir Sie mal."

Er räusperte sich und wandte den Blick ab, während sie sein Bein massierte. Offensichtlich war ihm ihre Nähe immer noch unangenehm. Vielleicht würde sein Unbehagen verschwinden, wenn sie sich erst einmal besser kennengelernt hatten.

Oder vielleicht auch nicht.

Sie schob seinen Fuß nach vorne und lehnte sich dann mit dem Arm auf sein Knie. „Sagen Sie mir, wenn ich fest genug drücke."

„Ich versuche, an etwas anderes zu denken." Er lehnte sich gegen die Wand, legte den Kopf zurück und schloss die Augen. „Aber ich kann an nichts anderes denken als daran, wie Sie mich quälen."

„Denken Sie an Laurel." Abigail hielt inne. „Erzählen Sie mir, wie Sie sich kennengelernt haben."

Sie schüttelte sein Bein sanft, um es zu lockern, bevor sie es wieder streckte.

„Wir sind am selben Berg aufgewachsen, damals als sie noch ein Mädchen war und barfuß und in kurzen Röcken herumrannte.“ Er verzog das Gesicht und fuhr dann mit zusammengebissenen Zähnen fort: „Hübsches kleines Ding. Wir haben eine Vereinbarung getroffen, bevor ich in den Krieg zog.“

„Haben Sie sich verlobt?“, fragte Abigail.

„Nicht wirklich. Ihr Vater fand, sie sei noch zu jung, also beschlossen wir, die Sache nach meiner Rückkehr zu regeln.“

Vor vier Jahren musste Laurel noch sehr jung gewesen sein. Sie kam Abigail immer noch sehr unreif vor, aber sie hatte nicht das Recht, das zu beurteilen. „Abzuwarten war wahrscheinlich für Sie beide das Beste.“

Er wand sich und seine Nackenmuskulatur spannte sich an. Wenn er nur endlich aufhören würde, gegen den Schmerz anzukämpfen. Sie hob die Hand und strich ihm mit den Fingern über den Nacken. Er öffnete die Augen und fuhr zusammen, als hätte sie ihn mit einem heißen Schürhaken berührt.

„Was sollte das denn?“

Abigail richtete sich auf. „Sie müssen sich entspannen. Wenn Sie solche Schmerzen haben, sollten wir langsamer machen.“

Er errötete. „Sie haben mich erschreckt. Das war alles.“

„Versuchen Sie, daran zu denken, dass das hier nur eine medizinische Behandlung ist, Captain Calhoun.“

Seine Mundwinkel verzogen sich leicht nach oben. „Wie würde es Ihnen denn gehen, wenn ich Sie überall anfassen würde?“

Abigail durchfuhr es wie ein Blitz. Nur zu gut konnte sie sich vorstellen, wie sie auf dem Tisch saß und er sich über sie beugte und seine starken Arme ihre Beine berührten. Rasch zog sie ihre Hände zurück. Vor dem Fenster war ein dumpfer Schlag zu hören. Als er Kichern und schnelle Schritte hörte, kniete Jeremiah sich auf den Tisch und zog sich zum Fenster hoch.

„Das sind die Huckabee-Kinder." Er rückte seinen Kragen zurecht. „Sie haben ein Fass unters Fenster geschoben und uns ausspioniert."

Abigail ging eilig zur Box. „Ich wende nur Techniken an, für die Dr. Ling aus Schweden weltberühmt wurde. Daran ist überhaupt nichts peinlich." Aber es war ihr dennoch peinlich.

„Diese ungezogenen Kinder werden ihre Geschichte schon an den Mann bringen."

Wie viele Männer hatte sie gewaschen und sauber gemacht? Bei wie vielen hatte sie die erniedrigendsten Aufgaben erfüllt, weil sie es nicht selbst tun konnten? Zusammenzuarbeiten war kein Verbrechen. Sie würde nicht vor der vagen Bedrohung zurückschrecken, dass jemand Gerüchte in die Welt setzen würde. Sie mussten sich auf ihr Ziel konzentrieren. Und sie durfte nicht länger an seine Hände denken.

„Dann wieder an die Arbeit", sagte sie. „Ihr Bein zu strecken ist wichtig, aber wir müssen es auch kräftiger machen."

„Das hört sich schon besser an. Ich will so viel Kraft haben wie ein Zugpferd."

„Dann setzen Sie sich dort auf den Boden." Jetzt hatten sie wieder ein unverfängliches Gesprächsthema, und Abigails Gedanken richteten sich auf das, was sie an diesem Morgen noch erreichen wollte, bevor es zu spät wurde und man sie beide vermissen würde. Sie packte den Zipfel eines schweren Futtersacks und zog ihn zu Jeremiah herüber.

„Ziehen Sie Ihr Knie so dicht wie möglich an den Körper."

Er zog sein verletztes Bein so weit er konnte an die Brust. Mit einer letzten Anstrengung schob Abigail den Sack vor seine Zehen.

Er hob die Augenbrauen. „Wollen Sie mich begraben?"

„Das bleibt noch abzuwarten." Sie bückte sich, um einen Melkschemel beiseitezuräumen. „Schieben Sie den Futtersack mit Ihrem verletzten Bein weg. Strecken Sie es, so weit Sie können."

Er presste die Lippen zusammen und in seinen Augen war wilde Entschlossenheit zu lesen. Sein Fuß machte eine Mulde in den prall gefüllten Sack, aber dieser rührte sich nicht vom Fleck. Er holte tief Luft und schob noch einmal. Nichts bewegte sich.

„Lassen Sie es uns mit einem leichteren Sack versuchen." Abigail ging an ihm vorbei, aber er packte sie mit eisernem Griff am Fußgelenk.

Seine Schultern wölbten sich nach vorn, sein Blick war geradeaus gerichtet, und er konzentrierte seine ganze Kraft auf den Futtersack. Die Entschlossenheit, die sie so sehr bewunderte, zeigte sich in ihrem ganzen Ausmaß. Sein Griff wurde fester, aber das schien ihm nicht aufzufallen. Er spannte sein Bein an, wieder und wieder. Der Sack wackelte bei jedem Versuch, bis er schließlich ein paar Zentimeter nachgab. Der junge Mann machte weiter, bis der Sack wieder ein paar Zentimeter nach vorn rutschte, so lange, bis sein Bein so weit ausgestreckt war, wie er es ausstrecken konnte.

Seine Augen leuchteten wild. Er brummte zufrieden und drückte ihr Fußgelenk und seine Finger strichen dicht oberhalb ihres Stiefels über ihr Bein. Dann zuckten seine Augenbrauen, er riss seine Hand zurück und setzte sich darauf, als könne er sie verstecken. Er hob nicht den Kopf und sagte kein Wort.

Abigail wich zurück und wünschte sich plötzlich eine große Kelle Wasser, um ihren trockenen Hals zu erfrischen. Sie konnte nicht mit ihm arbeiten, wenn sie weiterhin so unschickliche Gedanken hatte. Andererseits konnte sie auch nicht aufhören, wo er doch gerade Fortschritte machte.

Dieses Problem hatte sie noch nie zuvor gehabt.

Sie deutete mit der Zehenspitze auf den Futtersack. „Rutschen Sie ein Stück vor und machen Sie es noch einmal. Hören Sie auf, wenn Sie die Wand erreicht haben. Ich gehe jetzt erst einmal zum Aschetrichter, um Lauge zu holen."

Er hielt sie nicht auf, was auch gut war. Sie brauchte möglicherweise etwas Zeit, bevor sie wieder mit ihm arbeiten konnte. Zeit, sich selbst ins Gedächtnis zu rufen, dass er ihr Patient war … und dass ihr Patient eine andere Frau liebte.

Jeremiah konnte sich nicht mehr daran erinnern, wie es war, als er das erste Mal laufen gelernt hatte, aber dieses Mal war es gar nicht lustig. Seine Muskeln schmerzten. Seine unbeholfenen Gehversuche frustrierten ihn. Warum konnte sein Bein ihm nicht einfach gehorchen, so wie seine Männer ihm gehorcht hatten? Warum musste es sich so … widerspenstig verhalten?

Er hatte den Sack gerade von der Wand weggedrückt, um ihn wieder in die andere Richtung zu schieben, als er hörte, wie jemand seinen Namen rief.

„Jeremiah! Jeremiah, komm ins Haus." Die hastig hervorgestoßenen Worte verrieten ihm, dass Ma rannte.

Er griff nach seiner Krücke und drückte sich hoch. „Was ist denn los?"

Ma schob sich eine weiße Haarsträhne aus dem Gesicht. „Varina Helspeth ist da und macht Theater. Du musst mir helfen."

Varina? Was hatten sie getan, das sie wütend machte? Aber er hatte das Haus noch nicht einmal erreicht, als er sie schon herumschreien hörte.

„Tun Sie nicht so unschuldig. Sie haben jedes Mal von dem Pferd erzählt, wenn Sie nach meinem Sohn gesehen haben. Sie haben es richtig bewundert."

Jeremiah öffnete die Tür. Abigails ohnehin schon heller Teint hatte noch mehr Farbe verloren. Sie steckte die Hände in die Taschen und murmelte: „Ich wollte nur freundlich sein. Ich habe sonst keine Tiere gesehen, für die ich Ihnen ein Kompliment machen konnte, also habe ich versucht, etwas Nettes über das Pferd zu sagen."

„Nun, mein Pferd ist jedenfalls weg, und ich glaube, dass Sie dahinterstecken. Sonst war schließlich niemand bei uns oben", stieß Varina hervor.

„Guten Tag, Mrs Helspeth. Setzen Sie sich doch", sagte Jeremiah. Aber Varina würdigte ihn keines Blickes.

„Ich will mein Pferd zurück, und die Frau da weiß, wo es ist."

Abigail schlug ihre blonden Wimpern nieder. „Ehrlich, ich habe noch nie irgendetwas gestohlen, gleichgültig, was alle behaupten."

Alle? Jeremiah spitzte die Ohren. Hatte er etwas verpasst?

„Fehlt sonst noch etwas?", fragte er.

„Ist ein Pferd noch nicht genug?", schnaubte Varina. „Was muss denn noch verschwinden? Meine Hütte vielleicht?"

Der Vorwurf war lächerlich, aber Jeremiah verstand Varinas Wut und ihre Angst vor Fremden. Hatte er selbst Abigail nicht auch verdächtigt?

„Ich habe Ihr Pferd nicht gesehen", entgegnete er, „aber haben Sie noch irgendwelche anderen Gründe zu glauben, dass sie eine Pferdediebin ist, außer, dass ihr das Tier aufgefallen ist?"

Varina kaute auf ihrer Unterlippe. „Irgendjemand hat es gestohlen. Und sie ist die einzige Neue in der Gegend."

„Die einzige, die Sie kennen. In der heutigen Zeit können wir nicht wissen, wer hier sonst noch herumschleicht. Wissen Sie was, wenn Abigail das Pferd hier versteckt hat, werde ich es finden. Und wenn ich das tue, dann überlasse ich sie Ihnen und dem Gesetz. Was dann passiert, ist nicht mehr meine Sache. Sind Sie damit einverstanden?"

Abigail hatte die Hände vor sich gefaltet und sah mit ihren blonden Haaren aus wie eine nordische Märtyrerin.

Varina kniff die Augen zusammen und sah sie prüfend an. „Im Zweifel sollte ich ihr wohl glauben. Schließlich hat sie meinen Sohn versorgt."

„Das ist sehr anständig von Ihnen." Jeremiah ging zur Tür und hielt sie auf. „Ich verspreche, dass ich Ihnen Bescheid sage, sobald ich irgendetwas höre oder sehe. Sie haben mein Wort."

Mit einem letzten müden Blick ging Varina hinaus. Als die Tür hinter ihr ins Schloss fiel, ließ Ma sich aufs Sofa fallen, und Rachel rief von oben: „Wir hätten es wissen müssen!" Aber Abigail rührte sich nicht.

Wie war es zu dieser Anschuldigung gekommen, und warum hatte Abigail aufgehört, sich zu verteidigen? Statt wütend zu werden, war sie zurückgewichen. Warum?

Jeremiah ergriff ihren Arm und schob sie in die Küche. Sie blieb dort wie angewurzelt stehen, bis er ihr einen Becher Wasser in die Hand drückte.

„Das wird schon wieder", sagte er.

Waren das Tränen in ihren Augen oder warum blinzelte sie gerade? „Sie glauben mir? Sie glauben, dass ich unschuldig bin?"

„Natürlich."

„Und Sie werden mich nicht verjagen?" Sie stellte den Becher auf den Tisch.

„Haben Sie das Pferd gestohlen?"

„Nein“, erwiderte sie schniefend.

„Das ist alles, was ich wissen muss.“

„Einfach so? Mehr brauchen Sie nicht, um mir zu glauben?“ Ihr Gesicht bekam rote Flecken.

Etwas stimmte hier nicht. „Warum hat Varina Sie so aus der Fassung gebracht?“, fragte er. „Als ich auf Sie wütend war, haben Sie nur gelacht und mich einen Lügner genannt.“

„Ich dachte, Sie seien wütend, weil ich Sie als meinen Mann bezeichnet habe.“ Sie lächelte, obwohl ihre Stimme brach.

Lächeln und gleichzeitig weinen? Frauen! Aber wie immer ärgerte es ihn, wenn die Sprache darauf kam, dass sie behauptet hatte, mit ihm verheiratet zu sein. „Aber ich war wütend und Sie haben mir die Stirn geboten. Warum macht Ihnen also so viel aus, was Varina denkt?“

„Ich weine nicht wegen Varina, Sie Dummkopf. Ich weine Ihretwegen.“ Sie tupfte sich die ungeweinten Tränen weg und fand ihr Selbstvertrauen wieder.

Er verschränkte die Arme. „Jetzt bin ich wieder schuld. Ihnen kann man es einfach nicht recht machen.“

Ein Grinsen trat auf ihr Gesicht. Sie wischte sich ein letztes Mal über die Augen und drehte sich zum Waschbecken um, wo ein Berg von Kartoffeln darauf wartete, geschält zu werden.

„Gehen Sie nur“, sagte sie. „Sie haben noch etwas zu erledigen.“ Und dann summte sie vor sich hin, während sie nach dem Schälmesser griff.

Er kratzte sich am Kopf. Frauen waren ihm ein Rätsel, aber diese hier … nun, bei diesem Puzzle fehlten ein paar Teile, und er wollte zu gern herausfinden, welche das waren.

Kapitel 11

Juli 1865

Abigail saß mit einer Schüssel grüner Bohnen im Schoß auf der Veranda und sah zu, wie Jeremiah das Vieh für die Nacht in den Stall trieb. Nachdem sie einen Monat lang ihre morgendlichen Übungen gemacht hatten, konnte er jetzt auf seinem verletzten Bein stehen. Die Ferse berührte noch nicht ganz den Boden, aber er machte Fortschritte, und mit jedem Fortschritt nahm seine Ungeduld zu.

Und auch ihre Achtung vor ihm.

Sie brach die nächste Bohne und atmete den frischen, erdigen Duft ein. An ihrem Gefühlsausbruch waren nicht Varinas Anschuldigungen schuld, auch wenn Jeremiah das dachte. Varinas Meinung hatte keinen Einfluss auf Abigail. Ihre Tränen waren vielmehr darauf zurückzuführen, dass Jeremiah sie verteidigt hatte. Obwohl ihre Entscheidung zu bleiben ihm Unannehmlichkeiten bereitete, hatte Jeremiah sich gegenüber einer Nachbarin auf ihre Seite gestellt.

Er lehnte seine Krücke an den Zaun und hielt sich stattdessen am Tor fest, als er es schloss und verriegelte. Abigail lächelte. Sie hatte noch nie einen so entschlossenen Patienten gehabt. Wenn Rachel doch nur halb so viel Bereitschaft zeigen würde.

Wie aufs Stichwort ging hinter ihr die Tür auf. Ma bedeutete Rachel voranzugehen. „Ist das nicht ein schöner

Abend? Ich habe Rachel gesagt, sie würde sich hier wohler fühlen als oben in den heißen Zimmern. Und sie wird sicher die angenehmen Abendtemperaturen an der frischen Luft genießen."

Abigail überließ Rachel den Schaukelstuhl und setzte sich auf die Treppe. „Das macht mir nichts", erwiderte sie auf Mas Protest hin. Ma setzte sich auf den alten Stuhl an der Wand, von wo aus sie alle im Blick hatte.

Sie saßen in friedlicher Stille da, lauschten den Fröschen unten am Fluss und beobachteten die Glühwürmchen, die im dunklen Wald aufleuchteten. Sie wünschte sich, dass dieser Abend nie enden würde.

Als das letzte Huhn im Stall und das letzte Schwein im Pferch war, kam Jeremiah zu ihnen herüber. Seine Silhouette wirkte stattlich im Mondlicht, wenn da nicht das Bein gewesen wäre.

Er ließ sich neben ihr auf der Treppe nieder und saß einfach da. Abigail fuhr mit den Fingern durch die Schüssel, um zu sehen, ob lange Bohnen darin waren, die sie noch brechen musste. Aber sie richtete ihre Aufmerksamkeit nicht mehr so stark darauf. Die Nacht schien so voller Leben – es war ein Zirpen, Summen und Quaken. Hier saßen sie vor ihrem winzigen Zufluchtsort, der sie gegen all die Kreaturen schützen sollte, die da draußen herumliefen, -krochen und -flogen. Sie nannten es zwar ihr Land, aber das überwältigende Zirpen der Zikaden stellte diese Behauptung lautstark infrage.

„Wie sah dein Zuhause aus?", fragte Ma von ihrem Platz an der Wand.

Abigail ließ den Kopf hängen. Zuhause. Sie hatte kein Zuhause mehr. Es gab keinen Ort, an dem sie dazugehörte. An den sie zurückkehren könnte und wo sie freundlich aufgenommen wurde. „Bei uns gibt es auch Hügel, aber sanfter als hier. Sie laden dazu ein, erkundet zu werden, statt ein unüberwindliches Hindernis zu sein."

Jeremiah pflückte ein Kleeblatt und drehte es zwischen den Fingern. Wenn ihm aufgefallen war, dass sie einer persönlichen Antwort auswich, dann sagte er es nicht. „Deshalb lieben wir diese Berge. Sie sind wie ein Schutzwall, der Menschen davon abhält einzudringen."

„Aber das hat nicht funktioniert." Rachels Rock raschelte auf dem Schaukelstuhl. „Wir haben uns nur um unsere eigenen Angelegenheiten gekümmert, aber die Gewalt hat trotzdem den Weg zu uns gefunden."

Abigail wollte keinen Streit, aber sie konnte auch nicht zulassen, dass die Männer aus ihrer Heimat, die ihr Leben gegeben hatten, um für den Erhalt der Union zu kämpfen, schlechtgemacht wurden. Ihr Opfer musste in Ehren gehalten werden. „Diese Soldaten wollten nicht gegen euch kämpfen. Aber was blieb ihnen anderes übrig, als diese Region hier gegen die Bundesregierung rebellierte?"

„Rebellierte?" Jeremiah sprach das Wort mit aller Vorsicht aus. „Ist es Rebellion, wenn man sein Zuhause verteidigen will? Seine Familie beschützen? Die Milizen aus dem Norden haben hier ihr Unwesen getrieben und behauptet, das würden sie wegen der Vorfälle in Kansas tun. Aber es war keiner von unseren Leuten, der Kansas überfallen hat." Er schüttelte den Kopf. „Als dann der Krieg losging, wurden genau diese Leute Soldaten des Nordens, und weil wir unser Land gegen sie verteidigt haben, wurden wir zu Aufständischen erklärt – zu ganz gewöhnlichen Wegelagerern, die man aufhängen konnte, wenn man sie fand. Kein Gerichtsverfahren, kein Waffenstillstand, nicht die wohlwollende Behandlung von Kriegsgefangenen."

Ma schob ihren Stuhl ein Stück nach vorn. „Dann kam der Aufruf, dass jeder waffenfähige Mann sich in Springfield melden sollte. Die gleichen Leute, die behaupteten, an die Freiheit zu glauben, befahlen unseren Söhnen, sich zu melden, sonst würden sie erschossen."

Jeremiah warf das Kleeblatt weg. „Weit von hier entfernt mag es gute Männer mit ehrbaren Motiven geben, aber diese Ehrbarkeit war ein sehr rares Gut, als die Angreifer in diese Berge kamen."

Abigail hatte Mühe, diese Bitterkeit mit den bewegenden Reden über Freiheit und Gottes Wille in Einklang zu bringen, die sie so oft gehört hatte. Seit sie in die Ozark Mountains gekommen war, hatte sie nirgends etwas von der Sklaverei gesehen, die diese Menschen angeblich verteidigten. Ihr gefiel dieses Gefühl der Unsicherheit nicht. Es war einfacher zu glauben, dass die eine Seite gut und edel war und dass alle, die sich ihr entgegenstellten, zu verdammen waren.

„Na, na." Ma beugte sich vor und klopfte ihr auf die Schulter. „Wir wollen dir nicht die Schuld geben, vor allem nicht, wo du dich um unsere verwundeten Männer gekümmert hast."

Bei dem Gedanken an Alan spannte Jeremiah sich an. Aber das war eine Sorge, die sie gemeinsam hatten.

„Ich habe viele gute Männer kennengelernt", sagte sie, „und alle waren zutiefst betrübt darüber, dass dieser Konflikt einen so hohen Preis forderte."

„Was du alles gesehen haben musst ...", sagte Ma. „So viel Leid."

Abigail spürte einen Kloß im Hals. „Sie hatten sich voller Zuversicht gemeldet und dachten, sie seien unbesiegbar. Und dann nahm ihr Leben so ein abruptes Ende."

Rachel stieß mühsam zwischen zusammengebissenen Zähnen hervor: „Nicht nur die Soldaten müssen mit dem sicheren Tod vor Augen leben. Aber wenigstens ist ihr Krieg jetzt vorbei und sie können weiterleben. Sie wurden begnadigt." Aber für Rachel gab es keine Begnadigung. Ihr Ende war gewiss.

Ein Opossum tappte über die Wiese und sein grauer, buckliger Rücken wackelte im Licht des Vollmondes hin und her. Abigail schloss die Augen und dachte an Romeo. Was würde er wohl wollen, dass sie jetzt zu seiner Julia sagte? Sie betete um Gottes Führung, während sie nach den richtigen Worten suchte.

„Ich habe am Bett vieler Sterbender gesessen, Rachel, auch an dem von Alan. Weißt du, was ich beobachtet habe? Wenn der Tod näher kommt, lassen wir schwachen Menschen alle Masken fallen. Wir erkennen klarer, wozu Gott uns auf diese Erde gestellt hat. Vielleicht war es unser Ziel, zu kämpfen oder die Wahrheit zu verkünden oder zu beschützen. Aber niemand stirbt, ohne versucht zu haben, diese Aufgabe zu erfüllen. Sich auf den Tod vorzubereiten gehört zum Leben dazu. Das Tragische daran ist nur, dass wir so lange warten, bis wir damit anfangen."

Abigail wollte Rachel ermutigen, aber jetzt fragte sie sich, was ihr eigenes Ziel im Leben war. War es immer schon Gottes Plan gewesen, dass sie hierherkam? Was war mit ihrer eigenen Familie? Wenn sie heute Nacht sterben würde, hätte sie dann das Gefühl, dass noch irgendetwas unerledigt wäre? Sollte sie versuchen, den Kontakt zu ihrer Mutter wieder aufzunehmen? Ihr Gewissen plagte sie.

„Ich gehe ins Bett." Rachel atmete flach, als sie aufstand. „Das war genug Aufmunterung für einen Abend."

Ma erhob sich wortlos, folgte ihr nach drinnen und ließ die Tür hinter sich ins Schloss fallen.

Abigail stand ebenfalls auf und stellte die Schüssel mit den Bohnen auf den leeren Stuhl. Der finstere Wald rief nach ihr. Dort konnte man viel besser nachdenken als in diesen erdrückenden Steinmauern. „Ich gehe spazieren", sagte sie.

Jeremiah stand auf. „Aber nicht allein, auf keinen Fall."

Es zog sie zum Blätterdach des Waldes und so schlenderte sie mit Jeremiah an ihrer Seite los.

„Ich hatte nicht geglaubt, dass sich auch andere Gedanken darüber machen", sagte er. „Ich meine, dass sonst noch jemand so intensiv darüber nachdenkt, wofür Gott uns unser Leben gegeben hat. Meistens ist unser Leid bedeutungslos. Wonach streben wir? Mehr Wohlstand? Mehr Ansehen und Ehre? Aber dann findet man etwas – eine Sache oder einen Menschen –, wofür man sterben würde, und man merkt, dass das das größte Geschenk ist, das Gott einem macht. Denn wer nicht weiß, wofür er bereit wäre zu sterben, der weiß auch nicht, wofür er lebt." Er ging langsam, weil er sich bemühte, sein krankes Bein zu benutzen. Abigail hielt inne, damit er mit ihr mithalten konnte.

„Wenn ich euch allen zuhöre und das Leben hier sehe, dann frage ich mich, woher wir wissen sollen, welches Ziel es wert wäre", sagte sie. „Was wurde nicht schon alles im Namen der Gerechtigkeit getan?"

Als sie die Bäume erreicht hatten, blieb Abigail stehen. Sie streckte die Hand aus und wartete … und wartete … und fing dann mit einer schnellen Bewegung ein Glühwürmchen. Zwischen ihren Fingern blinkte es unermüdlich.

„Danke", sagte er.

Sie sah zu ihm auf. Er sah ihr so intensiv in die Augen, wie er es bis dahin noch nie gewagt hatte. „Sie kommen aus dem Norden. Sie haben Menschen gekannt, die gegen mich gekämpft haben, aber ich danke Ihnen, dass Sie nicht glauben, dass wir alle diesen Krieg wollten."

Abigail war von seiner Ehrlichkeit und seiner Aufrichtigkeit erschüttert und stammelte: „Ich habe noch nie darüber nachgedacht, wie das für Sie sein muss. Es tut mir nicht leid, dass für die Befreiung der Sklaven gekämpft wurde. Das musste passieren. Es ist nur traurig, dass das alles einen so hohen Preis forderte … auf beiden Seiten."

Das Glühwürmchen glitt aus ihrer geöffneten Hand und landete auf Jeremiahs Hemd. Sein kleiner Körper erleuchtete einen kreisrunden Fleck direkt über seinem Herzen.

„Nachdem ich angeschossen wurde, versteckten mich diese Quäker in einem Keller unter einer Falltür. Es hat Wochen gedauert, bis ich begriffen hatte, dass die Farbigen, die mich versorgten, nicht die Sklaven des Farmers waren, sondern entflohene Sklaven, denen er auf der Flucht half."

„Die ‚Underground Railroad'?"

„Ich hatte vorher noch nie mit Farbigen zu tun, aber jetzt lag ich da, und mein Leben war in ihrer Hand. Und als ich hörte, wie sie über ihre Träume von Freiheit und die Hoffnung für ihre Familien redeten, begriff ich es: Ich hatte die gleichen Träume. Es ergab nur keinen Sinn, dass die gleichen Menschen, die ihnen helfen wollten, dazu mein Leben zerstören mussten."

Sie merkte, wie verzweifelt er sich wünschte, dass sie verstand. Er hatte das Unheil, das auch er angerichtet hatte, nicht gewollt. Er hatte nicht töten wollen, aber da er an sein Verständnis von Pflichtbewusstsein gebunden war, hatte er keine andere Wahl gehabt. Und nun stand sie da, stellvertretend für jede Tochter, Mutter und Ehefrau, die einen geliebten Menschen verloren hatte, und Captain Calhoun wollte, dass sie verstand, dass er sich wünschte, nie in die kriegerischen Auseinandersetzungen verwickelt worden zu sein.

Als Abigail das Glühwürmchen erneut fing, strichen ihre Finger über Jeremiahs Brust. „Ich verurteile Sie nicht. Nur Sie selbst kennen Ihre wahren Beweggründe, aber selbst wenn sie falsch waren, ist Gott gnädig. Er bietet uns Vergebung an, wo unsere Herzen uns in die Irre geführt haben."

Das gefangene Glühwürmchen leuchtete durch die Ritzen zwischen ihren Finger hindurch, und sein sanfter Schein spiegelte sich in Jeremiahs Gesicht wider und erhellte seine gequälten Züge. „Ich habe meiner Familie versprochen, sie zu beschützen. Was soll daran falsch sein?"

„Und ich habe einem Mann versprochen, mich um seine Schwester zu kümmern, obgleich die Erfüllung meines Versprechens der Familie, der ich helfen wollte, Schaden zugefügt hat."

„Wir brauchen Sie." Er nahm ihre Hand und öffnete sie, sodass das Glühwürmchen ungehindert hin und her krabbeln konnte. Das pulsierende Licht erleuchtete ihre ineinander verschlungenen Finger. „Ich weiß nicht, wo wir ohne Sie wären." Sein Blick ruhte auf ihren Lippen.

Ihr Herz schlug Alarm. Es war keine gute Idee, so viel Zeit mit ihm zu verbringen. Er gehörte einer anderen.

Und er musste die Warnzeichen ebenfalls gesehen haben.

Jeremiah wandte sich zum Haus um. Abigail folgte seinem Blick zu dem steinernen, vom Mond erleuchteten Gebäude. Die zusammengewürfelte Struktur der Steinwand schimmerte im Schein einer einzelnen Laterne, die man für sie auf der Veranda zurückgelassen hatte.

„Auch ich muss ein Versprechen halten." Er ließ ihre Hand los und straffte seine Schultern. „Morgen bin ich zum Essen bei den Wallaces. Ich bin nicht nur meiner eigenen Familie verpflichtet."

Laurel. Es war nur recht, dass er an sie dachte. Sie mussten beide daran erinnert werden, welches Ziel sie in Wirklichkeit verfolgten. „Sie sind zum Mittagessen nicht da? Dann müssen wir mit unseren Aufgaben früher fertig werden."

„Und die vordringlichste Aufgabe ist die, an diesem Bein zu arbeiten. Wenn ich erst einmal wieder laufen kann, dann kann ich meine Versprechen besser erfüllen … alle."

Und kein einziges dieser Versprechen galt ihr.

Land, das man im Krieg eingenommen hatte, musste gehalten, bewacht und geschützt werden. Vorrücken, zurückziehen, neu formieren und wieder vorrücken. Manchmal wurde über die gleichen Quadratmeter immer wieder Blut vergossen, aber hier konnte er Fortschritte machen. Hier hatte Jeremiah sich festgebissen wie eine Schnappschildkröte, die nicht losließ, es sei denn, sie wurde vom Blitz getroffen.

Dieser Gedanke beschäftigte ihn, als er sich gegen den Futtersack stemmte und ihn vor sich herschob. Der Schweiß lief ihm über die Stirn, bis er sein kragenloses Hemd durchnässte. Endlich bewegte sich sein Fuß, so wie er sollte. Wenn er es belastete, war sein Bein zwar immer noch so unsicher wie das eines neugeborenen Fohlens, aber er hatte es im Griff. Es gehorchte ihm und daran sollte sich nichts mehr ändern.

Wenn er nur sein Verlangen mit der gleichen Willenskraft beherrschen könnte. Er hatte gedacht, er könnte Zeit mit Abigail verbringen und sich seine Gefühle für Laurel aufheben. Offensichtlich lag er falsch, aber das Warum verwirrte ihn. Er wusste alles über Laurel – mit Ausnahme von den wenigen Jahren, in denen sie getrennt gewesen waren. Im Gegensatz dazu war Abigails Vergangenheit ihm ein Rätsel. Niemand kannte ihre Geschichte. Niemand konnte die vagen Erzählungen aus ihrer Vergangenheit bestätigen. Und doch regte das Unbekannte nur seine Neugier an und weckte in ihm den Wunsch, alles zu erfahren.

Er fuhr zusammen, als die Tür aufging.

„Ich bin's nur." Abigail hatte rote Wangen, da es im Juli schon morgens heiß war. Mithilfe dicker Lappen trug sie den Kupferkessel vom Herd.

Jeremiah sank das Herz in die Hose, als ihm wieder einmal auffiel, wie schlank sie war. Warum musste sie so schön sein? Warum konnte sie nicht die Figur einer dicken, kurzbeinigen Kuh haben?

„Was wollen Sie denn mit dem Kessel?", fragte er.

„Ich dachte, wir probieren mal was Neues aus." Lose auf dem Boden herumliegendes Stroh wurde aufgewirbelt, als sie vorbeiging. Mit dem Unterarm wischte sie Staub und Stroh vom Tisch, um Platz zu machen für den Kessel und eine Schüssel, die sie unter dem Arm trug.

Jeremiah kämpfte sich auf die Knie. Mit einem kleinen Satz war er am Tisch und stemmte sich hoch.

„Ich vermute mal, dass ich hier drauf soll."

„Ja. Schauen wir mal, wie weit wir das Bein heute strecken können." Sie raffte ihren Rock zusammen und kletterte neben ihn auf den Tisch.

Jeremiahs Brust spannte sich an. Er wusste, was jetzt kam. Er wusste, dass sie ihm nicht mehr Aufmerksamkeit schenkte als Josephines immer dicker werdendem Bauch. Eher noch weniger. Wenn sie sich um Josephine kümmerte, sang sie ein liebliches Wiegenlied. Wenn sie ihre Hände auf seine Beine legte, gab es keine Lieder. Sie war freundlich und verfolgte gute Absichten, aber ob er ein Mann, eine Frau oder ein Tier war, machte für sie keinen Unterschied.

Und das war ihm auch lieber.

Als sie jetzt mit der Hand unter sein Bein griff und nach dem verhärteten Muskelgewebe tastete, konnte er aufrichtig sagen, dass ihre Nähe nichts an seinen Gefühlen für Laurel änderte. Der Duft des Lavendelwassers in ihren Haaren erinnerte ihn nur daran, dass er eine Frau brauchte wie ein Topf einen Deckel. Ihre Anziehung hatte nichts Persönliches. Überhaupt nichts.

„Sie atmen nicht." Sie biss sich mit ihren weißen Zähnen auf die Lippen. „Tue ich Ihnen weh?"

Er schluckte. Dann öffnete er den Mund, aber es kam kein Ton heraus. Jeremiah wandte den Blick ab.

Sie richtete sich auf und winkelte sein Bein an, um es zu entspannen. „Soll ich lieber aufhören?" Ihre warme Hand rieb an seinem Kinn, als sie es berührte, um sein Gesicht zu sich zu drehen. „Hat es Ihnen die Sprache verschlagen?"

Er räusperte sich. „Sie haben mich beim Tagträumen erwischt."

Abigail nickte und war wieder ganz bei der Sache. „Sie gehen heute zu Laurel, nicht wahr? Kein Wunder, dass Sie zerstreut sind. Wir können gern aufhören. Sie sind sicher schon aufgeregt –"

„Nein. Das ist der wichtigste Teil meines Tages. Ich meine … nur weil ich wieder laufen will. Nicht, weil … nun ja, die Zeit mit meiner Mutter und meiner Schwester ist natürlich genauso wichtig." Er stammelte, als habe er zu viel Whiskey getrunken.

„Natürlich." Sie zog die Augenbrauen hoch. „Ich habe eine warme Kompresse gemacht. Ich dachte, ich lege sie auf die verletzte Stelle, und wir schauen mal, ob wir das Bein heute besser lockern können. Sie müssen allerdings hinterher in eine trockene Hose wechseln."

„Das geht schon." Diese Unterhaltung musste ein Ende haben, bevor sie noch auf seine langen Unterhosen zu sprechen kamen.

„Dann drehen Sie sich bitte um." Sie nahm den dicken, zusammengefalteten Lappen und ließ ihn in die Schüssel gleiten. Jeremiah lag auf dem Bauch und sah zu, wie der Dampf aufstieg, als sie den Kessel über die Schüssel hielt. Er schwang seine Fersen zum Gesäß und wieder zurück und merkte, wie viel ihm noch zur vollen Beweglichkeit fehlte. Sie presste den Lappen aus und klatschte ihn dann auf sein Bein. Die Hitze drang durch das Hosenbein und lockerte die Verspannung, die sich aufgebaut hatte. Er stieß die Luft aus, die er unwillkürlich angehalten hatte.

„Das fühlt sich gut an, und es macht mir nichts aus, das zu sagen."

Sie nahm seinen Stiefel und bog die Ferse zu seinem Körper hin. Die Beugung war zufriedenstellend. Sie summte, als sie sein Bein wieder senkte und es sich durch sein eigenes Gewicht strecken ließ. Jeremiah legte die Hände um die Tischkante. So musste er auch dagelegen haben, als der Quäker sein Bein nach Kugelsplittern abgesucht und es verbunden hatte. Zum Glück konnte er sich nicht daran erinnern. Wenn er später einmal an diese Verletzung zurückdachte, würde er sich lieber daran erinnern, wie er hier lag und die Wärme durch Muskelschichten drang, die seit Monaten nur noch geschmerzt hatten. Er würde sich lieber an die Vorfreude erinnern, Laurel wiederzusehen, und an den wunderschönen Sommermorgen …

Und an den Gesang.

Zum Donnerwetter, sie sang. War das nicht eigentlich den Pferden vorbehalten? Nicht einmal der Schmerz konnte verhindern, dass er sich ihrer Gegenwart immer stärker bewusst wurde. Er drehte den Kopf auf die andere Seite, während sie den Lappen gegen einen frischen, heißeren tauschte. Was sollte er nur tun? Wie konnte er mit ihr unter einem Dach leben, ohne wahnsinnig zu werden? Wie viele Monate waren es noch, bis das Fohlen geboren wurde?

Aber als er so mit sich rang, spürte er, wie sein Zeh gegen die Tischfläche stieß. Er hob den Kopf. „War das mein Fuß?"

Das Singen brach ab. „Allerdings."

„Meine Zehenspitzen haben den Tisch berührt?" Er ließ den Kopf sinken. Ihm war ganz schwindelig vor Erleichterung. „Machen Sie das noch mal."

Mit einer letzten massierenden Bewegung ließ sie seinen Fuß ab. Er zwang seinen Körper, sich zu entspannen. Seine Zehen berührten die hölzerne Tischplatte und er lächelte. Beinahe gestreckt. Beinahe geheilt. Beinahe frei. „Nicht mehr lange, und wir können aufhören, und dann muss ich mich nicht mehr hier mit Ihnen treffen."

Ihre Hände hielten inne. Wortlos ließ sie ihn los und der Lappen verschwand von seinem Bein.

Jeremiah setzte sich auf. Seit wann war er so unhöflich? „Ich will damit nicht sagen, dass ich Ihnen nicht dankbar bin.“ Wie sollte er ihr erklären, was diese mit ihr verbrachte Zeit mit ihm anrichtete? Er wollte es nicht zugeben, nicht einmal sich selbst gegenüber. „Ich freue mich, dass ich bald wieder laufen kann. Das wollte ich sagen. Je früher ich diese Krücke weglegen kann –“

„– umso früher wird alles wieder so sein, wie es vor dem Krieg war.“ Sie schlug ihre hellen Wimpern nieder. „Ich weiß. Sie müssen es mir nicht erklären.“

Das Wasser spritzte, als sie den Rest Wasser aus dem Kessel in einen Trog goss. Ihre sonst so lebhaften Bewegungen erschienen ihm irgendwie langsam. „Soll ich Ihnen ein paar trockene Sachen bringen?“

„Nein. Ich will raus aufs Feld. Das trocknet schon von allein.“ Und je schneller er diese unangenehme Situation hinter sich ließ, desto besser. Er hielt Abigail die Stalltür auf und vernahm ein Kichern. Er hatte die Übeltäter sofort entdeckt. Josiah und Betsy schauten vorsichtig hinter dem Brunnen hervor.

Na, großartig. Wieder eine Gelegenheit für ein Missverständnis. „Worüber lacht ihr?“ Jeremiah warf Abigail einen kurzen Blick zu, aber ihr Gesicht war so undurchdringlich wie eine Maske.

„Über Sie.“ Betsy zwirbelte den Saum ihres kurzen Kleides zwischen den Fingern. „Wir haben uns gefragt, warum Miss Abigail Ihnen den Hintern versohlt hat.“

„Den Hintern versohlt?“ Abigail bekam große Augen. „Nein, Betsy. Ich habe Captain Calhoun nicht den Hintern versohlt.“

„Er musste sich hinlegen, als ob er den Popo vollkriegt“, sagte Josiah, „und dann haben wir gedacht, dass er es verdient hat, weil er in die Hose gemacht hat.“

Der leichte Wind kühlte Jeremiahs Beine. „Ihr habt Glück, dass ich euch nicht fangen kann. Wenn Miss Abigail mich erst mal wieder gesund gemacht hat, werde ich euch fangen, und dann …"

Aber unter lautem Gelächter rannten sie mit ihren schmutzigen Füßen die Einfahrt hinunter und verschwanden im Wald.

Er konnte sich angesichts ihrer Ungezogenheit ein Kichern nicht verkneifen. Aber Abigail sah traurig drein, als hätte sie ihre beste Freundin verloren. Er stieß sie mit dem Ellenbogen an. „He, schauen Sie doch nicht so besorgt drein. Mit mir sind Sie fast fertig. Dann können Sie Ihre Zeit damit verbringen, den beiden ein paar Manieren beizubringen."

Abigail runzelte die Stirn. „Es ist gefährlich hier draußen. Ihre Mutter sollte besser auf sie aufpassen."

„Sie passen jedenfalls gut auf uns auf." Bei dieser Bemerkung röteten sich ihre Wangen. Na, großartig. Vielleicht verstand sie jetzt, warum er sich so unwohlfühlte.

Kapitel 12

Während sie in der Küche herumhuschte, konnte Jeremiah seinen Blick nicht von Laurel abwenden – mit ihren wirbelnden Röcken, ihrem schimmernden, pechschwarzen Haar und ihrem erdbeerroten Mund mit dem strahlenden Lächeln. Als er den Duft von frisch gebackenem Brot roch und Laurels melodischer Stimme lauschte, konnte er die Gedanken an Abigail endlich verbannen. Wenn nur Dr. Hopkins' hässliches Gesicht nicht im Weg gewesen wäre. Jedes Mal, wenn Laurel vom Herd zum Tisch ging, fiel Jeremiahs Blick unwillkürlich auf Dr. Hopkins' spitzes Kinn und seine wütend funkelnden Augen. Er war vielleicht unglücklich, aber sie mussten sich jetzt endlich darüber einig werden, wo das alles hinführen sollte. Der liebe Herr Doktor musste jetzt seinen Hut nehmen.

„Ich glaube, das war alles." Laurel stellte einen Teller mit Brötchen auf den Tisch zwischen die beiden Männer und wischte sich mit dem Handrücken über die Stirn.

Jeremiah erhob sich, um ihr den Stuhl zurechtzurücken, aber sobald er die Hand danach ausstreckte, sprang auch Hopkins auf. Der Tisch wackelte, und Jeremiah drohte das Gleichgewicht zu verlieren. Er musste sich darauf abstützen.

Laurel sah, wie seine Hand Halt suchend nach dem Möbelstück griff, und biss sich auf die Lippe, als sie sich auf ihren Stuhl sinken ließ. Traurigkeit stand in ihrem Blick. Jeremiah spürte ein Brennen in der Brust, als er Hopkins wütend anstarrte. Seine Krücke würde ihm vielleicht doch noch nützlich sein, falls er beschloss, dem Arzt Manieren beizubringen.

„Schade, dass dein Vater nicht hier ist." Hopkins reichte Laurel die Schüssel mit den Bohnen. „Wir haben uns gestern Abend so gut verstanden. Es ist schwer, ihm näherzukommen, aber jetzt, wo wir miteinander warm geworden sind, muss ich sagen, ich hatte noch nie einen besseren Freund."

Jeremiah löffelte etwas Hirse auf seinen Teller. „Tatsächlich? Ich kenne Hiram schon seit meiner Kindheit. Ich habe ihn wohl nie so gesehen, wie ihn ein Fremder sehen würde. Für mich war er immer wie ein zweiter Vater."

Laurel lächelte und sein Herz machte einen Satz. „Seit dem Tod deines Vaters hat er immer versucht, auf dich aufzupassen, Jeremiah."

„Welch unwillkommene Belastung", kommentierte der Arzt und riss ein Stück Hühnerfleisch vom Knochen.

Laurels Augen blitzten auf. So sanft wie ein Blatt glitt ihre Hand auf Hopkins' Arm. „O Newton, du bist ja so amüsant." Er zwinkerte ihr zu. Jeremiah stach mit dem Messer in sein Hühnchen. Er musste die Sprache auf ein anderes Thema bringen. Irgendwie musste er die Gedanken des Arztes von Laurel weglenken.

„Was macht die Heilkunst?"

„Ich … äh, es läuft gut. Sehr gut sogar."

„Das kann ich mir vorstellen. Angesichts des Mangels an Lebensmitteln und Medizin sind Sie wahrscheinlich ganz damit beschäftigt, sich um die Kranken zu kümmern. Wenn dann die Strauchdiebe noch hin und wieder jemanden anschießen, können Sie sich sicher irgendwann ein neues Paar Schuhe leisten."

Hopkins stellte seinen Zinkbecher abrupt ab. „Wie geht es Ihrer Schwester, Jeremiah? Vor Ihrer Rückkehr war Ihre Mutter recht dankbar für meine Hilfe."

Jeremiahs Nackenmuskeln zuckten. Warum musste er das Gespräch auf Rachel bringen? Wenn er an Rachel dachte, war er längst nicht mehr so geistreich.

„Ihr geht es leider nicht besser. So ist das eben. Aber man hat uns ja auch niemals Hoffnung gemacht, dass es ihr noch einmal besser gehen würde."

Jetzt beugte sich Laurel auf seine Seite des Tisches. „Armer Jeremiah. Es muss wirklich schwer für dich sein, sie so leiden zu sehen."

Es war zwar nicht der richtige Zeitpunkt für dieses Thema, aber Jeremiah zuckte nur mit den Schultern. „Du weißt ja, wie das ist. Sie kann es mir nicht verzeihen, dass ich ihr nicht erlaubt habe, Alan zu heiraten. Sie wird ihren Hass auf mich zweifellos mit ins Grab nehmen."

Schweigend vergingen einige Minuten, bis jemand sich gezwungen fühlte, etwas zu sagen.

„Diese Krankenschwester wohnt nun schon eine ganze Weile bei Ihnen", meinte Hopkins und trank einen Schluck Wasser aus seinem Becher.

„Ach ja, Abigail!" Laurel klatschte in die Hände. „Sie ist ja eine ganz Liebe. Als ich sie kennenlernte, wusste ich vom ersten Moment an, dass sie die Art von Mensch ist, dem ich meine tiefsten, dunkelsten Geheimnisse anvertrauen würde. Ich hatte ihr ja versprochen, ihr zu zeigen, wo man am besten Nüsse und Beeren sammeln kann. Du musst ihr unbedingt sagen, dass sie jederzeit vorbeikommen kann."

„Sie hat so viel mit Rachel zu tun und damit, andere Leute zu besuchen, dass ich sie nicht viel zu sehen bekomme. Es ist, als sei sie gar nicht da." Manchmal sah er sie tatsächlich eine ganze Stunde lang nicht.

Hopkins kratzte sich am Kinn. „Korrigieren Sie mich, wenn ich falsch liege, aber sprechen wir hier nicht von Ihrer Frau, Jeremiah? Die hübsche Frau, die behauptet, mit Ihnen verheiratet zu sein?"

„Sie meinen also, sie ist hübsch?", fragte Jeremiah mit hochgezogenen Augenbrauen. „Es überrascht mich, Sie so reden zu hören."

Laurel schüttelte den Kopf. Sie griff nach dem leeren Brötchenteller und zog die schwere Bohnenschüssel zu sich. „Warum geht ihr beide nicht einfach nach draußen und macht Wettspucken mit Melonenkernen? Zu mehr seid ihr beide heute sowieso nicht nütze."

Jeremiah erhob sich. Es waren nur zwei Schritte bis zur Spüle, aber er wusste, er würde es trotzdem nicht schaffen. Noch nicht. Und er wollte nicht noch einmal vor ihr ins Stolpern geraten. Der junge Mann klemmte sich seine Krücke unter den Arm und räumte seinen Teller ab. „Ich glaube, ich gehe jetzt besser nach Hause. Calbert und ich wollen heute die Pferde beschlagen."

„Wie geht es Josephine?", fragte Laurel und spielte mit ihrem Zopf. Er konnte sich vorstellen, wie weich er sich in seiner Hand anfühlen würde.

„Sie vermisst Napoleon sehr", krächzte er.

Laurel war so zierlich. Wenn er seine Arme um sie legte, würde sie fast darin verschwinden. Ihre Wangen erröteten, und Jeremiah stand nahe genug bei ihr, um die Wärme zu spüren.

„Newton?" Sie machte einen Schritt zur Seite und lugte an Jeremiah vorbei. „Newton, willst du Jeremiah nicht mit seinem Pferd helfen?"

Jeremiah stolperte einen Schritt zurück. „Ich brauche keine Hilfe mit meinem Pferd."

„Hopkins ist Arzt", widersprach Laurel. „Er ist es gewohnt, Kranken zu helfen."

Kranken? Dachte sie so von ihm? Jeremiahs Teller landete mit einem Klappern in der Spüle. „Ich kann für mich selber sorgen", sagte er und beugte sich zu ihr. Seine Stimme klang vor Verzweiflung ganz rau. „Und ich könnte auch für dich sorgen, wenn du mich lassen würdest, Abigail."

Abrupt hob sie den Kopf. Hopkins verschluckte sich vor Lachen.

„Was ist?“, raunte Jeremiah verwirrt.

„Sie haben Laurel ‚Abigail‘ genannt.“ Hopkins grinste breit.

„Habe ich nicht.“ Nur ein Dummkopf würde …

Aber Laurel sah ihn an, als hätte sie Ungeziefer im Zucker entdeckt. Er hatte einen Fehler gemacht, und er konnte noch nicht einmal den Yankees die Schuld dafür geben, es sei denn, eine einzelne Yankee-Krankenschwester zählte auch.

„Nun, wenn ich das tatsächlich gesagt habe, dann war es offensichtlich ein Fehler. Niemand würde auf die Idee kommen, euch beide miteinander zu vergleichen.“

Aber Laurels Miene war nun verschlossener als eine Blüte bei Nacht. Dieser Besuch war ein Fehlschlag.

Sein Stolz meldete sich lautstark zu Wort und er hätte am liebsten seine Krücke weggeworfen und wäre hinausgestapft. Aber er konnte seine Verärgerung lange genug unterdrücken, um sich auf sein Pferd zu setzen und vom Hof zu verschwinden. Jeremiah würde nicht zulassen, dass Hopkins ihn bei irgendetwas ausstach, sei es beim Beschlagen der Pferde, der Waschbärenjagd oder Armdrücken. Und er würde ihn ganz sicher nicht diesen Wettkampf gewinnen lassen. Wenn er ihr Zeit ließ, würde Laurel es sich schon noch überlegen. Sie hatte nur Mitleid mit Hopkins und wollte ihm nach all den Jahren nicht sofort einen Korb geben. Wenn sie die Sache überdacht hatte, würde sie sich für Jeremiah entscheiden – auf jeden Fall, garantiert.

Aber wie um alles in der Welt konnte ihm Abigails Name über die Lippen kommen? Als ob es nicht schon schlimm genug war, dass sie sich monatelang als seine Frau ausgegeben hatte, redete er jetzt auch noch seine Angebetete mit ihrem Namen an. Die Leute würden misstrauisch werden.

Irgendwas musste sich ändern. Er konnte Abigail nicht wegschicken, aber er konnte es auch nicht länger ertragen, sie in seiner Nähe zu haben. Er stand kurz davor, verrückt zu werden.

Als Ma hereinkam, legte Abigail die Socke zur Seite, die sie gerade flickte, um eine Vase für die Rosen zu holen, um die Rachel gebeten hatte. Sie hatte die roten Blüten bei den Felsen gesehen, die Ma ihren „Ort zum Nachdenken" nannte, aber sie wusste nicht, dass sie auch geschnitten und ins Haus gebracht wurden. Als die Rosen im Wasser standen, verbarg Abigail ihre Nase darin.

„Warum hast du diese wunderschönen Blumen so weit vom Haus entfernt gepflanzt?"

Ma warf ihren Hut aufs Sofa. „Ich weiß auch nicht. Vielleicht, weil sie etwas Besonderes sind, wenn man ein Stück gehen muss, um sie zu sehen. Wenn sie hier neben der Veranda wachsen würden, würde ich sie längst nicht so schätzen."

So wie wenn man jeden Tag seelenruhig mit einer freundlichen Frau zusammenarbeitet und dann jemanden besuchen geht, der sich nicht um einen schert? Abigail stach sich an einem Dorn.

„Wie geht es Rachel?", fragte Ma.

„Sie hat sich heute Morgen ausgeruht, und es hat ihr nicht geschadet, dass du nicht da warst." Abigail wischte den Blutstropfen an ihrer Schürze ab.

„Gott sei Dank. Ich habe ja kein Recht, mich zu beklagen, aber manchmal muss ich einfach raus aus diesem Zimmer." Ma blieb vor dem Spiegel stehen, um ihr dichtes silbergraues Haar zu richten. „Du weißt gar nicht, wie sehr es sie aufregt, wenn sie nicht ihren Willen bekommt, meine Liebe."

„Oh, ich glaube, ich kann es mir ganz gut vorstellen, aber es hilft ihr auch nicht, wenn wir ihr immer alles recht machen. Du kannst zwar nichts für ihr körperliches Befinden tun, aber du schadest vielleicht auch noch ihrem Geist."

Ma nickte. Wie immer nahm sie Abigails Worte ohne Widerspruch an, aber sie würde sie auch sofort wieder verwerfen, sobald Rachel ihren Unmut zeigte.

Abigail schickte Ma nach oben und überließ sie ihrem Schicksal. Dann nahm sie ihre Schürze ab und eilte aus dem Haus. Draußen auf der Veranda streckte sie die Hände über den Kopf und bog den Rücken durch. Sie hatte schon zu oft erlebt, dass ein verkrüppelter Körper auch den Geist verkrüppelte, und betete, dass Rachel mit ihren hässlichen Gewohnheiten brach, bevor es zu spät war.

In diesem Augenblick sah sie einen Reiter zwischen den Bäumen. Sie lehnte sich an den Verandapfosten und betrachtete Jeremiah aus der Ferne. Er saß aufrecht im Sattel und gab auf Lancaster eine auffallend gute Figur ab. Sein weißes Hemd lag eng an seinen Schultern an und blähte sich dann locker über seinem schlanken Oberkörper, der Gott sei Dank im Krieg vor Verletzungen bewahrt geblieben war. Sein krankes Bein erkannte man immer noch daran, dass es kürzer war und die Muskeln dünner waren, aber der Unterschied fiel nicht sofort ins Auge.

Und der einzige Grund, warum sie ihn beobachtete, war schließlich der, dass sie wissen wollte, wie viel Fortschritt er schon gemacht hatte. Aber wenn sie sein finsteres Gesicht richtig deutete, dann war sein Besuch bei Laurel wohl nicht sehr erfolgreich verlaufen. Er sollte seine schlechte Laune lieber bis zum Abendessen ablegen. Ma machte sich schon genug Sorgen um Rachel und konnte nicht noch mehr Unruhe gebrauchen.

Abigail steckte ein paar lose Strähnen in ihren Zopf zurück, den sie sich um den Kopf geschlungen hatte. Sie würde so tun, als sei sie nur aus dem Haus gekommen, um ihm dabei zu helfen, das Pferd zu striegeln. Vielleicht war ihm dann danach, sich die Last vom Herzen zu reden, während sie zusammenarbeiteten. Wenn nicht, konnte Calbert ihm sicher aus der Nase ziehen, was passiert war, wenn sie zusammen die Pferde beschlugen.

Jeremiah zog gerade den Gurt durch die Schnalle am Sattel, als sie in den Stall kam, aber er sah nicht auf. Seine Krücke lag ein paar Schritte entfernt auf einem Heuhaufen. Kein gutes Zeichen.

„Kann ich Ihnen helfen?“, sagte er.

„Eigentlich bin ich gekommen, um *Ihnen* zu helfen.“

Seine Augen blitzten auf. „Warum sollte ich Ihre Hilfe brauchen?“

Abigail blieb stehen. Sie hatte sich an diesem Morgen schon mit einem anderen Mitglied der Familie angelegt. Sollte sie es noch mit einem zweiten aufnehmen? „In der Vergangenheit haben Sie das durchaus und gestern Abend haben Sie es mir noch gesagt.“

„Nun, mir geht's mit jedem Tag besser.“

Der Gurt war lose und er zog Lancaster den Sattel vom Rücken. Das Gewicht brachte ihn ein wenig aus dem Gleichgewicht, aber Abigail sah, dass sein krankes Bein ihn trug. Bald würde er die Krücke nicht mehr brauchen. Und sie auch nicht.

Er schwang den Sattel über die Zwischenwand, nahm auch die Decke vom Pferd und griff nach einer Bürste. Abigail strich Lancaster auf der anderen Seite mit der Hand über die Schulter und war überrascht, wie feucht er war. Das Pferd war zwar nicht außer Atem, aber Jeremiah musste ihn auf dem Heimritt ziemlich angetrieben haben.

Abigail nahm ebenfalls eine Bürste und half ihm bei seiner Arbeit, wobei sie dafür sorgte, dass sie auf ihrer Seite des Pferdes blieb. Schließlich strich sie mit der Hand über Lancasters Hals und spürte das Spiel seiner Muskeln unter ihren Fingern. Sie hatte schon so lange an Jeremiahs krankem Bein gearbeitet, aber nie sein gesundes näher untersucht. Vielleicht hätte sie dies tun sollen, bevor sie mit der Behandlung anfing? Nur der Augenschein genügte nicht. Wie konnte sie erreichen, dass beide Beine gleich waren, wenn sie nicht wusste, wie seine unverletzten Muskeln sich anfühlten? Sie huschte unter Lancasters Kopf hindurch und betrachtete Jeremiahs Beine. Seine Hose war zwar verschlissen, aber sie hing so lose an ihm herab wie der Kehllappen eines Truthahns. Es war deutlich zu sehen, welches Bein dicker war, aber sie musste sie abtasten, um zu erfahren, wie stark das verletzte Bein verkümmert war.

Als er ihren Blick auf sich spürte, hielt er inne. Sie hob den Kopf, um ihm in die Augen zu sehen. Er sah sie ernst an. Verärgert. Aufgebracht. Abigail strich sich die Haare hinters Ohr. Vielleicht sollte sie doch lieber ins Haus zurückgehen.

„Sie können wohl gar nicht aufhören, mich anzustarren, was?" Er breitete die Arme aus. Sein weißes Hemd hing weit über seine schlanke Taille. „Nur zu, sehen Sie sich satt. Bestaunen Sie meine Verletzung, solange Sie es noch können. Ich werde nicht mehr lange hinken."

Sein schiefes Lächeln hatte etwas Angespanntes. Es schwang eine Herausforderung darin mit.

Und Abigail war noch nie vor einer Herausforderung zurückgeschreckt.

„Wie geht es Laurel?"

Er schmiss den Striegel auf den Tisch und rieb sich die Hände ab. „Laurel ist ein Goldstück. Sie versucht nur, diplomatisch zu sein, aber sie wird den alten Hopkins schon noch aufklären."

Abigail nahm Lancaster am Zaumzeug und führte ihn zu seiner leeren Box. „Hat sie über ihn gesprochen?"

„Das musste sie gar nicht. Er hat mit uns zusammen gegessen."

Ihr blieb der Mund offen stehen und sie hielt inne. „Tatsächlich? Obwohl sie wusste, dass Sie kommen?"

Er nahm ihr das Zaumzeug ab. „Ihr Vater war nicht zu Hause. Sie wollte wahrscheinlich sichergehen, dass wir einen Aufpasser haben." Er gab Lancaster einen Klaps auf den Bauch und schickte das Pferd in seine Box.

War Jeremiah wirklich so blind? Sie trat zur Seite, damit er die Boxentür schließen konnte. „Hopkins ist natürlich der perfekte Aufpasser, denn niemand sonst ist besser geeignet, Sie auf Abstand zu halten, als ein anderer Verehrer."

„Seien Sie vorsichtig, Miss." Er drehte sich auf dem Absatz seines gesunden Beines um und hob das Kinn. „Schließlich sind Sie es, die Ihre Finger nicht von mir lassen kann, also stelle ich wohl eine gewisse Versuchung für Sie dar."

„Werfen Sie mir etwa vor, dass ich mich unschicklich verhalte? Keine Sorge, ich bin nicht eine von den angeblich unzähligen Frauen, die Sie unwiderstehlich finden." Wie konnte er es wagen! Sie versuchte, an ihm vorbeizustapfen, aber er versperrte ihr den Weg.

„Ich bilde mir Laurels Zuneigung nicht ein, wenn es das ist, was Sie sagen wollen. Sie würde alles für mich tun."

„Alles, außer ihrem Bewunderer einen Korb zu geben!", sagte Abigail mit verschränkten Armen. Warum konnte sie die Sache nicht einfach auf sich beruhen lassen? Was machte es ihr schon aus, wenn er sich von Laurel in die Irre führen ließ? Aber es widersprach einfach ihrer Natur, Dummheit nicht aufzudecken. Vor allem nicht, wenn der Mann so siegessicher daherstolzierte und nicht fähig war, seine eigenen Schwächen zuzugeben.

„Sie tun mir wirklich leid." Jeremiah hängte das Zaumzeug an die Boxenwand. „Sie müssen sehr einsam sein, so weit von zu Hause entfernt und ohne einen Verehrer. Oder vielleicht haben Sie ja einen. Ich weiß nicht genau, was ich von Ihnen halten soll."

Sie stemmte die Hände in die Hüften und hob das Kinn, um seinem arroganten Blick zu begegnen. „Wenn mich ein Mann lieben würde, würde ich ihn nicht wie einen Idioten herumhampeln lassen, während ich Zeit mit einem anderen verbringe."

„Halt!" Er kam näher und wirbelte bei jedem Schritt den Geruch frischen Strohs auf. „Dieser Krieg hat mich mein Bein gekostet, meinen besten Freund und beinahe auch meine Farm. Ich werde nicht noch einmal versagen. Ich habe schon zu viel verloren."

Ging es hier wirklich um Laurel oder stand sie nur für etwas anderes? Wollte er sie nur deshalb zurückerobern, weil er den Krieg verloren hatte? Sein dunkles Haar klebte an seiner feuchten Stirn. Sein Gesicht errötete. Armer Jeremiah. Er wollte die Wahrheit nicht hören. Und wenn er verlor? Wie würde er damit fertigwerden?

Er kniff die Augen zusammen. „Ich brauche Ihr Mitleid nicht. Ich bin kein schwächlicher Invalide. Meine Frau wird nichts zu bedauern haben, und wenn Sie mir das nicht glauben, dann ..."

Abigail sah, wie sich sein Brustkorb bei jedem Atemzug hob und senkte. Jeremiahs starrer Blick wanderte zu ihren Lippen und alle Wut wich aus seinem Gesicht.

„Nein", flüsterte er, „ich sollte das nicht tun."

Aber dann tat er es doch.

Jeremiah legte den Arm um ihre Taille und zog Abigail an sich. Wenn er in ihrer Nähe war, kam es ihm immer so vor, als bekäme er keine Luft. Tag und Nacht verwirrten ihn die Gedanken an sie und trübten seinen Blick für das, was er wollte. Er hatte heldenhaft gekämpft, aber jeder Soldat verlor dann und wann eine Schlacht.

Es wurde langsam Zeit, dass sie eine Ahnung von dem bekam, wogegen er ankämpfen musste.

Er hielt sie fest und ihr geschmeidiger Körper wand sich gegen seinen. Seine Nerven waren zum Zerreißen gespannt. Ein einziger Kuss. Das war alles, was er wollte. Ein Kuss, um ihr zu zeigen, dass es Folgen hatte, wenn sie ihn reizte.

Jeremiah presste seine Lippen auf ihren Mund. Ihre erstickten Proteste vibrierten in seinem Körper. Aber sofort wurde sein Bedürfnis nach ihr stärker als der Wunsch, ihr eine Lektion zu erteilen. Er unterdrückte ein Schluchzen und spürte, dass es hier nicht um den Geschmack ihrer süßen Lippen oder den berauschenden Duft ihrer Haut ging. Es ging um sie – Abigail – und darum, wie sehr er von ihr abhängig war. Er erteilte ihr keine Lektion. Er flehte sie an, ihn nicht zurückzuweisen. Ihn nicht abzulehnen. Und sie tat es nicht. Als er über die milchig weiße Haut ihres Nackens strich, kapitulierte sie. Ihre Lippen wurden sanft, ließen ihn gewähren, ja, luden ihn sogar ein.

Seine Hand glitt über ihren Rücken und genoss dabei jede Rundung. Er berührte sie ohne jede Hemmung, so wie sie ihn Tag für Tag berührt hatte, und diese Freiheit machte ihn ganz benommen.

Er brauchte Abigails Liebe. Er brauchte ihren Respekt.

Respekt.

Jeremiahs Hände hielten abrupt inne. Was hatte er bloß getan?

Langsam löste er sich von ihr und trat zurück. Er wich ihrem fragenden Blick aus. Es war totenstill, bis er die Sprache wiedergefunden hatte.

„Es tut mir leid“, murmelte er. Feigling. Ihre Brust spannte sich unter ihrem baumwollenen Arbeitskleid und sie atmete schnell und stoßweise. Er schob die Hände in die Hosentaschen. „Das wollte ich nicht."

Er log. Er hatte es mit jeder Faser seines Seins und seiner Seele gewollt, aber er konnte nicht zulassen, dass ein einziger Nachmittag voll temperamentvoller Leidenschaft jahrelange Planung zunichtemachte. Ein einziger Augenblick der Schwäche. Mehr war es nicht.

Abigail ballte die Fäuste, als sie die Bedeutung seiner Worte erfasste. Mit zitternder Stimme sagte sie: „Sie haben mich benutzt. Laurel wollte Sie nicht, da haben Sie … Sie …" Sie trat auf ihn zu und verpasste ihm eine kräftige Ohrfeige. Als er wieder klar sehen konnte, sah er direkt vor sich ihren ausgestreckten Zeigefinger, der jedes ihrer Worte unterstrich. „Ich habe zu Ihnen gehalten und Sie bei allem unterstützt. Oder etwa nicht? Und Sie behandeln mich mit so wenig Respekt? Ich bin kein Lückenbüßer, Jeremiah Calhoun. Ich bin nicht willens, die Aufmerksamkeiten anzunehmen, die andere abgewiesen haben. Haben Sie mich verstanden?"

Seine Wange brannte, aber bei Weitem nicht so sehr wie sein Gewissen. Wie konnte ihre Freundschaft zu etwas geworden sein, das ihnen beiden wehtat? „Ich verstehe Sie, Ma'am. Es wird nicht wieder vorkommen."

Wie sehr wünschte er sich in diesem Moment, das dichte Haar glatt zu streichen, das er gelöst hatte. Aber er musste Abstand wahren. Er hatte der Versuchung ein Mal nachgegeben. Er konnte es sich nicht leisten, es noch einmal zu tun.

Abigail stolzierte hinaus auf die Weide und stieß einen Pfiff aus. Josephine antwortete mit einem Wiehern und kam schon wenig später angetrottet.

„Wohin gehen Sie?", fragte er.

„Ausreiten."

„Allein?"

„Versuchen Sie nicht, mich aufzuhalten."

Er tat es nicht. Stattdessen sah er zu, wie sie Josephine sattelte. „Denken Sie an das Fohlen, das sie trägt", sagte er.

„Wie könnte ich das vergessen?!" Abigail warf die Pferdedecke auf Josephines Rücken. „Es ist der einzige Grund, weshalb ich noch hier bin."

Kapitel 13

Jeremiah hielt sie nicht auf, aber er ließ sie auch nicht allein gehen. Nicht, solange die Möglichkeit bestand, dass Männer auf seinem Land herumlungerten. Er strich über Lancasters samtweichen Hals. Musste er all den Sorgen, die ihn ohnehin schon plagten, unbedingt noch eine weitere hinzufügen? Er hatte Abigail geküsst – Abigail! – und jetzt war er völlig durch den Wind. Er verscheuchte die Fliegen von Lancasters Augen und ließ das Zaumzeug in sein Maul und über die Ohren gleiten.

Warum hatte er Abigail überhaupt umarmt? Er konnte sich an eine Auseinandersetzung erinnern. Irgendetwas mit Laurel. Seine Zähne knirschten. Laurel war jetzt seine geringste Sorge. Zuerst musste er einmal herausfinden, was er mit dem Wirbelsturm anfangen sollte, den Abigail in ihm entfacht hatte. Seit seiner Jugend hatte er kein Mädchen mehr geküsst. Aber das hier war kein Jugendstreich. Zwischen ihnen war etwas sehr Erwachsenes geschehen, und er hatte nicht beabsichtigt, dass sich dies so entwickelte. Er hatte gedacht – falls er überhaupt von sich sagen konnte, dass er etwas gedacht hatte –, dass sie ihren Mund halten sollte. Von den unzähligen Arten, wie er sie zum Schweigen hätte bringen können, hatte er die einfachste gewählt. Er hatte nur nicht damit gerechnet, so zu reagieren, und auch nicht damit, dass sie so antworten würde.

Aber er konnte es sich nicht leisten, verwirrt zu sein. Und auch nicht, naiv zu sein. Er war ein gesunder Mann.

Sie war eine mehr als ansehnliche Frau – eine Frau, die heißblütiger war, als er erwartet hatte. Was ihn betraf, so war die Zärtlichkeit, die ihn so überrascht hatte, nichts weiter als die natürliche Reaktion, die Gott in seine Geschöpfe hineingelegt hatte, um die menschliche Rasse fortzupflanzen. In diesem Fall hatten seine niederen Instinkte ihn eben überwältigt. So einfach war das. Es beruhigte ihn, eine Ausrede dafür zu haben, dass er so aufgewühlt war.

Als sie ein ganzes Stück von ihm entfernt war, ritt er im Bogen auf der anderen Seite der Lichtung herum. Sie bemerkte ihn, und ihre blonden Haare wehten ihr ins Gesicht, als sie sich immer wieder umdrehte, um ihn zu beobachten. Aber er reagierte nicht. Er wollte nicht mit ihr sprechen. Sie wollten beide das Gleiche – allein sein –, und als sie den Wald erreicht hatten, ließ er sich zurückfallen und überließ sie sich selbst.

Wann immer er wieder Abigails Wärme in seinen Armen spürte, musste er sich selbst daran erinnern, dass er einer anderen Frau versprochen war. Wenn er an die Reaktion ihrer lieblichen Lippen dachte – und sie hatten ganz eindeutig reagiert –, fühlte er sich sicher in dem Wissen, dass sie das nie wieder zulassen würde.

Abigail verließ den Fahrweg und schlug sich ins Gebüsch, um sich den Berg hinaufzukämpfen.

Ohne nachzudenken, lenkte Jeremiah Lancaster wieder in Richtung Farm, wo ein Wildpfad direkt durchs Tal abbog. Wenn sie erst einmal oben auf dem Berg war, würde sie den Fluss sehen, und er wettete, dass sie genau dorthin wollte. Es war ein schöner, ruhiger Ort zum Nachdenken.

Und sie mussten beide nachdenken.

Abigail sah, wie er umdrehte, und normalerweise wäre sie mit ihm geritten, aber nicht jetzt. Und vielleicht nie wieder. Eher hätte sie sich einem Exekutionskommando gestellt, als Jeremiah zu begegnen.

Er hatte sie verhöhnt, sich über sie lustig gemacht. Und was hatte sie getan? Sie hatte ihm ihr Herz offengelegt.

Das Pferd kämpfte sich den steinigen Hang hinauf. Abigail lehnte sich im Sattel vor, vergrub ihr heißes Gesicht in Josephines Mähne und trieb sie immer weiter. Natürlich hatte er es nicht so gemeint. Er liebte Laurel. Nicht sie. Und was sollte sie jetzt tun? Ihm aus dem Weg gehen? Das war unmöglich. So tun, als spiele sie mit seinen Gefühlen, genauso wie er mit ihren gespielt hatte? Sie schauderte. Es gelang ihr vielleicht, die Wahrheit über ihre Familie zu verbergen, aber eine so gute Lügnerin war sie auch wieder nicht.

Auf dem Kamm hielt sie an. Es war schwieriges Gelände. Harter, zerklüfteter Boden und zum größten Teil nicht wert, dass man ihn urbar machte. Es würde noch Generationen dauern, diese Hügel zu roden, und was würde man dann vorfinden? Nur noch mehr Felsen. Diese Schönheit wollte so bewundert werden, wie sie war, nicht für das, was man daraus machen konnte.

Josephine stieg vorsichtig hinab, über herabgefallene Äste und Steine, bis sie einen Pfad fanden, der zum Fluss hinunterführte. Das Pferd stürmte vorwärts, sobald es ebenen Boden unter den Hufen hatte. Abigails Nerven lagen blank und sein Verrat erschütterte sie zutiefst. Er hatte ihre Freundschaft entweiht. Wenn er ihr eine ernsthafte Liebeserklärung gemacht hätte … Aber das hatte er nicht und das würde er auch nie tun.

Der Pfad erreichte schließlich den Fluss, der eigentlich eher ein breiter, seichter Bach war. Kleine Fische flitzten über das steinige Bachbett. Das Wasser war so klar. Es musste Quellwasser sein, also kalt. Vielleicht würde ein kurzes Bad ihr heißes Gesicht kühlen und die Erinnerungen an seine Zärtlichkeiten wegspülen. Vielleicht aber auch nicht. Ihr Schatten glitt über das Wasser und die Fische flitzten davon. Sie wünschte sich, sie könnte genauso einfach verschwinden, aber sie konnte nirgends hin. Trotz seines rüpelhaften Verhaltens saß sie hier fest.

Und auf der anderen Seite des Flusses ritt gerade Jeremiah vorbei. Wo war er hergekommen? Sie biss die Zähne zusammen. Verstand er denn nicht, dass sie allein sein wollte? Konnte er ihr denn nicht ein wenig Zeit lassen, um sich zu sammeln? Oder würde er behaupten, es sei reiner Zufall, dass er in die gleiche Richtung ritt, im gleichen Tempo, am gleichen Fluss entlang? Wenn auch auf der anderen Seite. Sein Pferd zeigte keinerlei Anzeichen von Anstrengung, was bedeutete, dass er irgendeine Abkürzung genommen hatte, um sie hier zu treffen. Ihm waren die Schluchten und Niederungen so vertraut wie einem Erdhörnchen seine Tunnel.

Beide ritten ruhig weiter, und jeder tat, als sei der andere nicht da. Er hatte doch sicher etwas Besseres zu tun, als ihr zu folgen. Und dann dämmerte es ihr: Er machte sich keine Sorgen um ihre Sicherheit, er bewachte sein Eigentum.

Ihre Brust zog sich zusammen. Er vertraute ihr doch nicht. Waren seine freundlichen Worte nach Varinas Vorwürfen nur leeres Gerede gewesen?

Ein plötzliches Geräusch und Josephine verlor den Halt. Abigail klammerte sich an ihre Mähne und Josephine machte einen Satz und bäumte sich auf. Sie buckelte und schlug aus. Abigail sah etwas Metallenes aufblitzen und ihr Blut kochte. Eine Falle? An der Fessel des Pferdes hing eine gemeine Falle aus Metall. Josephine riss die Verankerung aus dem Boden, aber die Bügel saßen fest.

Als Abigail vom Pferd rutschte, schlug Josephine wieder aus und brachte sie aus dem Gleichgewicht. Sie kam ungeschickt auf dem Boden auf und ein stechender Schmerz durchfuhr ihren Knöchel bis hoch zum Knie. Großartig. Sie hatten ohnehin schon zu wenig gesunde Beine auf der Farm. Sie durften nicht noch eines mehr verlieren.

Obwohl sie innerlich kochte, murmelte sie beruhigende, sanfte Worte, als sie an Josephines Seite humpelte. Ein kurzer Blick über den Fluss verriet ihr, dass Jeremiah wieder verschwunden war. Er war wirklich nicht gerade hilfreich.

Abigail verzog das Gesicht beim Anblick der Metallzähne, die sich in Josephines Fessel gebohrt hatten, wickelte sich ihren Rock um die Hände und griff damit zwischen die Bügel. Sie zog mit aller Kraft, und es gelang ihr, die Bügel ein Stück auseinanderzuziehen. Aber das genügte noch nicht und aufgrund ihres schmerzenden Fußgelenks konnte sie das Gleichgewicht nicht halten. Sie ging auf die Knie. Da erklang eine fremde Stimme.

„Was haben wir denn da?"

Einen Augenblick lang dachte sie, Jeremiah sei zurückgekommen, um zu helfen, aber stattdessen stand ein unbekannter Mann über ihr am Steilufer. Sein offener Mantel erinnerte an die braune Uniform der Südstaatenmilizen, aber seine Stiefel und sein Hut gehörten zur Union.

„Ist das etwa Ihre Falle? Sie haben mitten auf dem Weg eine Falle gelegt?", fragte sie mit spitzer Stimme.

Seine Augen funkelten, als er herunterkam. „Gibt es einen besseren Ort, um jemanden zu fangen?"

Ihr lief ein Schauer über den Rücken. Das war kein Zufall. Abigail stand auf, aber sie konnte ihm nicht entkommen. Er kam mit eiligen Schritten herunter und seine Freude wuchs mit ihrer Furcht.

Aber noch bevor er bei ihr angelangt war, kam Jeremiah herangaloppiert. Er stellte sich zwischen sie und den Mann, sodass dieser einen Schritt zurückweichen musste.

„Was erlauben Sie sich da?“, knurrte er den Mann an.

„Ich unterhalte mich nur mit der kleinen Lady. Das geht Sie nichts an.“ Der Mann wich einen Meter zurück und betrachtete Jeremiah abschätzend. „Warum bleiben Sie nicht einfach auf Ihrem Pferd sitzen und lassen mich der Dame helfen? Sie wollen Ihr verkrüppeltes Bein doch nicht noch mehr verletzen?“

Ihr Knöchel stach bei jedem Schritt, aber wahrscheinlich war er nur verstaucht. Das würde schnell wieder heilen – wenn sie diese Begegnung überlebte. Abigail wickelte den Stoff straffer um ihre Hände, umfasste entschlossen die Bügel und zog noch einmal. Die Metallzähne durchdrangen jedoch ihren Rock und rissen ihr die Finger auf.

„Machen Sie sich um mein Bein mal keine Sorgen“, sagte Jeremiah. „Was haben Sie hier zu suchen?“

„Bin nur auf der Durchreise. Ich will Ihnen nichts tun.“ Jetzt hatte sich sogar seine Stimme verändert. Sie klang freundlich, aber Jeremiah gedachte nicht, darauf hereinzufallen.

„Sie wissen nicht zufällig etwas von einer Schwarzbrennerei auf meiner Farm, oder?“

Josephine verdrehte die Augen, bis das Weiße aufleuchtete. Abigail hatte Angst, aber nicht so wie ihr armes Pferd. Sie ignorierte den brennenden Schmerz und hielt die Falle offen, bis Josephine ihren Huf herausgezogen hatte.

„Schwarzbrenner?“, grunzte der Mann. „Das hier ist Ihr Land? Ich bitte um Entschuldigung. Ich dachte, es sei Fowlers Land.“

Abigail untersuchte Josephines Bein. Sie hatte tiefe Kratzwunden bis auf den Knochen, aber die Sehnen schienen unverletzt. Mit blutigen Händen zog sie sich wieder in den Sattel und war überrascht, dass Jeremiah immer noch schützend vor ihr stand.

„Sie kennen Fowler?“ Jeremiah warf ihr einen kurzen Blick zu und sah dann auf Josephines Verletzung. Mit einem Kopfnicken bedeutete er ihr, nach Hause zurückzureiten. Das ließ sich Abigail nicht zweimal sagen.

„Komm, mein Mädchen", trieb sie Josephine an. Beim Klang der Stimme dieses Fremden bekam sie Gänsehaut, aber sosehr sie auch fliehen wollte, so würde sie doch ein trächtiges Pferd mit verletztem Bein nicht zum Galopp zwingen. Sie hatte den Kamm oberhalb der Farm erreicht, als sie Jeremiah herankommen hörte. Vielleicht war es doch keine so schlechte Idee, Josephine zum Galopp zu treiben, aber sie hielt sie in einem ruhigen Tempo, auch wenn sie ihm am liebsten aus dem Weg gegangen wäre.

„Kannten Sie ihn?" Sie konnte sich nicht überwinden, Jeremiah anzusehen, und konzentrierte sich stattdessen darauf, das Tempo zu halten.

„Ich kenne diese Sorte und ich mag sie nicht. Ich hätte vielleicht noch mehr nachgebohrt, aber wenn er sich mir widersetzt hätte, hätte ich zugeben müssen, dass ich keinen Revolver dabeihabe. Ich hätte nicht so hastig von der Farm wegreiten sollen."

„Ich hatte Sie nicht um Ihre Gesellschaft gebeten!" Abigail richtete sich noch weiter im Sattel auf.

„Sie müssen mir verzeihen", sagte er. „Schon wieder."

Abigail hob das Kinn, in der Hoffnung, dass diese Geste ihre Verachtung ausreichend zum Ausdruck brachte. Er hatte ihr vielleicht das Leben gerettet, aber es war schließlich seine Schuld, dass sie überhaupt dort draußen gewesen war.

Jetzt hatten sie die Lichtung erreicht. Durch das Blut an ihren Fingern konnte sie die Zügel nicht richtig halten, und dass ihr Stiefel immer enger wurde, verriet ihr, dass ihr Fuß anschwoll. Mit ihr, Jeremiah und Rachel waren nun drei Bewohner der Calhoun-Farm angeschlagen. Sie könnten genauso gut auch eine Krankenstation einrichten. Vielleicht konnten sie dadurch Dr. Hopkins so sehr beschäftigen, dass Laurel sich die Sache mit Jeremiah noch einmal überlegte. Andererseits mochte Abigail Laurel. Sollte sie ihr wirklich so etwas Böses wünschen?

Als sie den Stall erreichten, sprang Jeremiah herunter und zog Lancaster hinein. Abigail stieg vorsichtig ab, hinkte zur Wasserpumpe und stellte einen Eimer darunter. Die tiefen Schnitte in ihren Fingern waren nichts im Vergleich zu den Wunden in ihrem Herzen. Aber beides musste erst einmal warten, bis sie sich um das Pferd gekümmert hatte. Sie riss ein Stück Stoff von ihrem ohnehin schon ruinierten Kleid, wickelte ihre Hände ein, griff nach der Pumpe, setzte sie in Bewegung und biss bei jedem Schwung die Zähne zusammen.

„Lassen Sie mich das machen." Jeremiah schob sie zur Seite und entdeckte dabei ihre blutigen Hände. Er hielt inne. Um seine Augen erschienen feine Falten. „Haben Sie sich an der Falle verletzt?"

„Ich hatte es eilig." Und sie bedauerte den stechenden Schmerz nicht. Nicht, wenn sie dadurch Josephine gerettet hatte.

Als sie sich bückte, um den vollen Eimer hochzuheben, hielt Jeremiah sie auf. „Halten Sie Ihre Hände unters Wasser."

Sie dachte daran zurück, wie ihre letzte Auseinandersetzung geendet hatte, und gehorchte. Der erste Schwall des eiskalten Wassers brannte. Sie wich zurück, aber er hielt ihre Hand fest.

„Fassen Sie mich nicht an!" Sie wehrte sich gegen seinen Griff.

„Sie brauchen Hilfe."

„Nicht von Ihnen!" Unter seinem festen Griff spürte Abigail den Puls in ihrem Handgelenk, aber er ließ nicht los. Er drehte ihr Handgelenk und öffnete ihre Hand.

„Ich bin für Sie verantwortlich. Wir werden uns zuerst um Sie kümmern und dann um das Pferd." Er strich mit dem Daumen sanft über die Wunde, befreite diese vom

Schmutz und hielt ihre Hände dann wieder unters Wasser. Ob sie wegen des eiskalten Wassers zitterte, das in der Wunde brannte, oder wegen ihm, konnte Abigail nicht sagen. Sie wandte den Blick ab, als er sich über die Wunde beugte, um sie erneut zu untersuchen.

Er nickte zufrieden und ließ sie los. Sie stellte ihren verletzten Fuß auf den Wassertrog und hob ihr zerrissenes Kleid ein Stück an, um einen weiteren Streifen sauberen Stoffs abzureißen und ihre Hände zu verbinden. Mit vor Wut brennendem Blick bückte Jeremiah sich, griff nach der untersten Rüsche und riss sie einfach ab.

Sie dachte, sie würde ohnmächtig werden.

Er nahm ein Ende des Stoffstücks zwischen seine Zähne und riss es in Streifen. Ihr Hals war wie zugeschnürt, als er wieder ihre Hände nahm.

„Ich verstehe, wie Sie sich fühlen", sagte er. „Aber wagen Sie es ja nicht, mir zu verbieten, das jetzt für Sie zu tun – nach allem, was Sie für mich getan haben!"

Es war erniedrigend, dass jemand anderer sie verband, vor allem, da sie diesem Mann noch vor einer Stunde in den Armen gelegen hatte wie eine Dirne.

Je schneller er damit fertig war, desto schneller konnte sie sich um Josephines Bein kümmern. Also ließ sie es geschehen, bis er einen festen Knoten machte und sie losließ. Sie taumelte rückwärts und versuchte verzweifelt, Abstand zu ihm zu bekommen.

Er stemmte die Fäuste in die Hüfte. „Und jetzt zu Ihrer anderen Verletzung …"

Das letzte bisschen Blut, das noch in ihrem Körper war, strömte aus ihrem Kopf in ihren vor Schmerz hämmernden Knöchel. „Sie werden nicht … Sie werden mich nirgendwo sonst anfassen!"

Rote Flecken traten auf seinen Hals. „Das hatte ich nicht vor. Ich wollte nur sagen, wenn Sie nicht laufen können, kann ich Ihnen helfen."

Welche Ironie. Abigail zupfte an ihrem Kragen. „Ich habe ihn mir nur verdreht. Das vergeht wieder."

Aber zuerst musste sie nach Josephine schauen. Abigail richtete ihre ganze Aufmerksamkeit auf diese Aufgabe und kniete sich neben das Pferd. Sie strich ihr mit der Hand von der Schulter über das gesamte Bein, um das schreckhafte Pferd durch die Berührung nicht zu erschrecken. Die Metallzähne der Falle hatten sich schmerzhaft tief in ihre Fessel gegraben, aber glücklicherweise die Sehnen nicht erwischt. Einige kleine Knochensplitter würden sie vielleicht schmerzen, aber alles deutete auf eine vollständige Genesung hin.

„Wer kann einem Pferd so etwas antun?" Abigail schob vorsichtig das verletzte Fell zur Seite, um die Wunde so gut es ging zu säubern.

„Vielleicht der gleiche Mann, der Rankin erschossen und Varinas Pferd gestohlen hat." Jeremiah blickte suchend am Waldrand um die Farm entlang. „Bleiben Sie in Zukunft in der Nähe des Hauses."

Abigail seufzte. Gerade jetzt, wo sie sich nichts sehnlicher wünschte, als von diesem Mann wegzukommen, nahm er sie an die kurze Leine. Dann sollte er sich lieber anständig verhalten, sonst würde er erfahren, dass sie ihm gefährlicher werden konnte als jener andere, dem er heute begegnet war.

Jetzt konnte Abigail Rachel nicht länger die Schuld für die angespannte Atmosphäre im Haus geben. Weil sie fürchtete, dass dieser Mann ein gefährlicher Strauchdieb war, hielt Ma den ganzen Tag Wache an den Fenstern, während Jeremiah draußen allein die Arbeit verrichtete – denn Abigail weigerte sich, ihm über den Weg zu laufen. Ihr verstauchter Fuß konnte nicht mehr lange als Ausrede herhalten, aber sie würde dabei bleiben. Sie war in die Ozark Mountains gekommen, um sich um Rachel zu kümmern, und dieses Betätigungsfeld hatte sie vernachlässigt. Obwohl sie kein Mittel kannte, das die Frau hätte heilen können, wollte Abigail Rachel auf einen friedlichen Abschied vorbereiten. Sie hatte mehr Männer auf ihrem letzten Weg begleitet als jeder Pfarrer, und sie wusste um die Reue, die viele dabei überkam.

Nicht, dass man erst sterben musste, um zu wissen, was Reue war. Sie kippte den Teig aus der Holzschale auf den Tisch. An den langen Abenden, im Zwielicht, nach getaner Arbeit, hatte Abigail genügend Zeit, um sich zu fragen, ob sie irgendetwas hätte anders machen sollen. Vielleicht hätte sie ihre Wut im Zaum halten sollen, als John ihre Pferde verkauft hatte. Aber hätte das etwas geändert? Hatte er nur nach einem Vorwand gesucht, um sie fortzujagen? Was wäre gewesen, wenn sie sich geweigert hätte zu gehen? Hätte ihre Mutter auf sie gehört? Andererseits hatte sie früher schon nach Hause geschrieben und keine Antwort bekommen. Ihr blieb nichts anderes übrig, als das Beste aus ihrer Situation zu machen.

Eine Situation, die sich zusehends verschlimmerte. Obwohl sie so tat, als bemerke sie nichts, war Rachel die Spannung zwischen Abigail und Jeremiah an jenem Abend durchaus aufgefallen, und auch Ma hatte gefragt, ob sie vielleicht krank würden. Dank ihrer medizinischen Ausbildung vermutete Abigail, dass sie es mit einem akuten Fall von Kussreue zu tun hatte – eine schreckliche Krankheit, die den Betroffenen nachtragend und unvernünftig machte. Sie würde sich hoffentlich bald davon erholen und dann immun sein gegen weitere Anfälle. Bis dahin schob sie ihre launische Stimmung auf die bandagierten Hände.

Sanft rollte sie das Wellholz über den Teighaufen und lehnte sich dabei mit ihrem gesamten Gewicht darauf, bis der Teig flach ausgerollt auf dem Küchentisch lag. Sie streute etwas Mehl darauf, drehte den Teigfladen um und rollte ihn von der anderen Seite aus. Es war eine schwierige Aufgabe, da die Verbände, die Jeremiah ihr angelegt hatte, wie Fäustlinge waren. Ma hatte jedoch behauptet, dass Kürbiskuchen Rachels Lieblingsgericht war. Abigail hoffte, dass Rachel ihre Geste zu schätzen wüsste.

„Wenn sie in ihn verliebt ist, warum sitzt sie dann nicht bei ihm auf der Veranda?"

Als sie Betsy Huckabees Flüstern vernahm, hielt Abigail inne, lehnte sich etwas näher zum offenen Fenster und bekam gerade noch mit, was Josiah als Nächstes sagte. „Die haben sich bestimmt verkracht. Pa hat gesagt, dass Jeremiah heute zu Miss Laurel gegangen ist."

„Arme Miss Abigail. Kein Wunder, dass sie einen Bogen um ihn macht."

Immer diese Gerüchte … Seit sie ihr im Stall nachspioniert hatten, hatte Abigail sich vorgenommen, sie ein wenig zu erziehen. Aber sie waren nicht die Einzigen, die sich Dummheiten ausdenken konnten. Sie sah sich in der Küche um, auf der Suche nach etwas, womit sie die beiden überraschen konnte. Einen Krug Wasser aus dem Fenster leeren? Zu offensichtlich. Ein plötzliches „Buh"? Machte ihnen sicher keine Angst. Und dann erkannte sie, dass die Lösung in Reichweite lag.

Schnell stach Abigail zwei Löcher in den Teig. Sie zog sie mit den Fingern ein Stückchen nach unten und machte dann noch eine waagerechte Öffnung, wo der Mund war. Sie strich sich die Haare aus dem Gesicht, obwohl es darauf sicher nicht ankam. Sie würde sich ohnehin schmutzig machen. Aber das war es ihr wert. Sie löste den Teigfladen vom Tisch, legte ihn sich über den Kopf und rückte ihn zurecht, bis die Augen- und Mundöffnungen richtig saßen. Wenn sie es richtig gemacht hatte, würde sie wie ein Monster aus kindlichen Albträumen aussehen, dem das Fleisch von den Knochen hing und dessen Augen und Mund entstellt waren. Sogar ihre verbundenen Hände sahen aus, als sei sie gerade einer Gruft entstiegen.

Abigail hinkte zum Fenster und seufzte theatralisch. Als sie mit ihrer Vorstellung anfing, hörte das Rascheln unter dem Fenster auf. Sie war überrascht, mit welcher Leichtigkeit sie die Gefühlsregungen spielen konnte.

„Ich Arme. Jetzt, wo Captain Calhoun gesehen hat, wie ich wirklich aussehe, wie kann ich da jemals seine Liebe gewinnen? Niemand kann mich ansehen, ohne sich zu fürchten." Es wäre ihr zwar lieber, er würde sie überhaupt nicht anschauen, aber diesmal sollten die kleinen Schlingel nicht wieder davonkommen.

Das Flüstern setzte von Neuem ein. „Psst. Sie ist da drin. Was hat sie gesagt?" Im Pfingstrosenbusch an der Hauswand raschelte es.

„Wenn mich die Fee doch nur nicht verzaubert hätte." Abigail stand mit dem Rücken an die Wand gepresst und beschloss, dass es besser war, Captain Calhoun nicht wieder zu erwähnen. „Wenn ich ihr doch nur nicht meine Jugend für den Liebestrank versprochen hätte." Eine kühle Brise kam herein, aber unter der Teigschicht spürte sie nichts davon. Die beiden Kinder diskutierten flüsternd, bis Abigail hörte, dass sie einen Kompromiss geschlossen hatten.

„Wir gucken einfach beide!"

Sie hörte das Platschen ihrer nackten Füße an der Wand, als sie sich am Fenster hochzogen. Abigail wartete, bis sie sah, wie schmutzige Finger das Fensterbrett umklammerten. Dann sprang sie hervor und streckte ihnen ihr mit Teig bedecktes Gesicht entgegen.

„Aaaahhh!!"

Durch die Löcher in ihrer Teigmaske sah Abigail, wie ihre Münder weit offen standen, ihre Augen hervortraten und die beiden nach Luft schnappten. Betsy klammerte sich ans Fensterbrett und stieß einen Schrei in einer Tonlage aus, von der selbst ein Hund Ohrenschmerzen bekommen hätte. Josiah quiekte erschrocken und ließ sich zu Boden fallen. Er packte seine kleine Schwester und versuchte, sie wegzuziehen, aber ihre Finger wollten das Fensterbrett einfach nicht loslassen.

„Komm schon, Betsy. Lass los! Wir müssen weg! Lass los!", flehte er sie an.

Abigail streckte dem Mädchen ihre bandagierten Hände entgegen. „Jetzt, wo du mein wahres Gesicht gesehen hast, kann ich dich nicht davonkommen lassen."

„Lass los, Betsy!" Er zog an ihren Händen und sie landete mit einem Plumps auf ihm.

„Ihr Gesicht", schrie Betsy. „Was ist mit ihrem Gesicht passiert?"

Wenigstens einen Sieg hatte sie an diesem Tag errungen. Abigail grinste unter ihrem teigigen Leichentuch. Wer hätte gedacht, dass ein einfacher Teigfladen so erschreckend sein konnte? Aber ihre kleinen Widersacher waren noch nicht geflohen. Josiahs Kopf erschien wieder im Fenster.

Den Kopf leicht schräg gelegt, betrachtete er sie mit zusammengekniffenen Augen. „Was ist das?", lispelte er durch seine Zahnlücke hindurch, während Betsy in sicherer Entfernung wartete.

Es würde nicht lange dauern, bis der Junge wieder all seinen Mut zusammengenommen hatte. Oder bis er ihren Trick durchschaut hatte. Abigail zwickte sich ein Stück Teig vom Kinn und stopfte es sich in den Mund. „Geschmolzenes Fleisch. Lecker!"

Der Junge grinste sie streitlustig an. „Jetzt sind wir vielleicht quitt. Aber ich mag nicht quitt sein. Vor allem nicht, wenn Betsy uns jetzt die ganze Nacht mit Albträumen wach hält."

„Sei vorsichtig", sagte Abigail mit hohler Stimme. „Nächstes Mal bist du es vielleicht, der Albträume hat."

Josiah rümpfte seine sommersprossige Nase, ließ sich zu Boden fallen und verschwand. Ihre warme Haut hatte den Teig noch weicher werden lassen. Es würde nicht einfach sein, ihn wieder abzubekommen, aber Betsy und Josiah hatten ihren Spaß. Als sie nach Hause rannten, um neue Pläne zu schmieden, verklang ihr Lachen langsam.

Aber andere Schritte näherten sich und der ungleichmäßige Gang war unverkennbar. Im nächsten Augenblick flog die Küchentür auf und Jeremiah kam herein.

„Ich habe Schreie gehört –"

Beim Anblick ihres Gesichts blieb er abrupt stehen. Seine Krücke entglitt ihm, aber er fing sich mit seinem verletzten Bein und hielt sich am Türrahmen fest. Sein Mund stand offen. Er zeigte mit ausgestrecktem Finger auf sie, blinzelte und zeigte ein weiteres Mal auf sie.

Abigail kam sich hinter ihrer Maske ausgesprochen mutig vor und zwirbelte eine lose Haarsträhne um ihren bandagierten Finger. Der Teig klebte an ihr und bewegte sich mit, wie eine zweite, wenn auch lockerere Haut. „Stimmt etwas nicht?"

„Versuchen Sie gerade, mich zu Tode zu erschrecken?" Er blickte nervös hinter sich und machte dann die Küchentür zu. „Was soll das? Ist das eine Form von Schönheitsbehandlung?"

Abigail begann, den Teig wieder abzurollen und wünschte sich dabei, er würde sie nicht so genau beobachten.

„Die Huckabee-Kinder haben vor dem Fenster herumspioniert. Die werden es sich gründlich überlegen, bevor sie es noch einmal tun." Der Teig ließ sich zwar vom Gesicht entfernen, ein letzter Rest blieb aber in ihren Haaren kleben.

„Und ich werde es mir genau überlegen, ob ich noch einmal einen von Ihren Kuchen esse." Jeremiah streckte die Hand nach einer verklebten Haarlocke aus, ließ sie aber mit einem Stirnrunzeln wieder sinken. „Ist das ein Familienrezept?“

Bei dieser Frage zog sich ihr Brustkorb zusammen. Sie zuckte mit den Schultern und sah zu Boden.

„Wo genau kommen Sie noch mal her?“

Ihr Nacken spannte sich an. Warum wollte er das wissen? „Ohio.“

„Könnten Sie etwas genauer sein?“

„Außerhalb von Chillicothe. Warum?“

Er nahm ihr den Teig aus der Hand und ließ ihn in den Eimer mit dem Schweinefutter plumpsen. „Ich weiß eigentlich nicht viel über Sie, oder?“

Wenn ein Mann Interesse an einer Dame hatte, dann verfolgte er gewöhnlich romantische Absichten. Aber selbst nach ihrem atemberaubenden Kuss bezweifelte Abigail irgendwie, dass das sein Ziel war.

„Wozu die Mühe? Im Frühjahr werde ich wieder gehen, und dann sehen Sie mich nie wieder.“ So wie er sie anstarrte, war sie sicher, dass sie noch Teig im Gesicht hatte. Sie rieb sich die Nase.

Er räusperte sich. „Wenn ich in ein paar Tagen nach Pine Gap gehe, möchte ich Laurel gerne mitnehmen. Ich glaube, es wäre das Beste für alle Beteiligten, wenn ich mehr Zeit mit ihr verbringe.“

Abigail zwang sich, ihn anzusehen. Warum sollte sie sich jetzt beleidigt fühlen? Jeremiah hatte nie mit seinen Absichten hinter dem Berg gehalten, dass er Laurel heiraten wollte.

„Das ist eine wunderbare Idee“, sagte sie schließlich.

„Aber ich kann nicht allein gehen. Hiram wird darauf bestehen, dass wir einen Aufpasser dabeihaben, und Ma will nicht mitkommen. Dann bleiben nur noch Sie übrig.“

Wieder war sie nur die zweite Wahl. „Glauben Sie etwa, dass ich nach Ihrem Verhalten im Stall noch mit Ihnen allein sein will?

Er blickte sie eindringlich an. „Ich möchte mehr über den Mann wissen, den wir heute getroffen haben. Ich hoffe, dass ich dort ihm oder jemandem begegne, der ihn kennt. Außerdem kann man nie wissen, wem man sonst noch so auf einem Markttag begegnet."

Versuchte er etwa, sie zu verkuppeln? Abigail schalt sich selbst. Sie durfte es nicht zulassen, dass ihre Gefühle verletzt wurden. Und außerdem, was machte es schon aus, was dieser Hinterwäldler von ihr dachte? Seine Meinung war nicht einen Konföderierten-Dollar wert.

Kapitel 14

Der klare Morgen verhieß eine wunderschöne Reise. Jeremiah zerteilte sein Spiegelei mit der Gabel und nahm das auslaufende Eigelb mit einem Stückchen Toast auf. Er streute Pfeffer darauf, genoss den köstlichen Duft und summte vor sich hin, während er es gierig verschlang. In letzter Zeit war das Frühstück enttäuschend gewesen. Das Essen war zwar gut, die Stimmung jedoch gedrückt. Nicht, dass sie sich gewöhnlich beim Frühstück angeregt unterhalten hätten, aber er war immer optimistisch vom Küchentisch aufgestanden und hatte sich auf den Tag gefreut.

Vielleicht war es das gemeinsame Arbeiten mit Abigail, auf das er sich gefreut hatte. Er wagte einen Blick auf die hochgewachsene Frau. Als er ihr rosafarbenes Kleid betrachtete, fiel es ihm schwer zu glauben, dass sie in seinem Haus lebte. Warum sollte ein Stadtmensch wie sie ihm helfen? Nun, sie tat es ja nicht mehr. Seit dem Kuss hatte er den Eindruck, dass sie lieber Zeit in einem Bienenstock verbracht hätte, als mit ihm im gleichen Raum zu sein.

Deshalb half sie ihm auch nicht mehr bei seinen Übungen. Deshalb war das Frühstück auch nicht mehr so schön, wie es einmal war. Und deshalb brannte Jeremiah auch darauf, mit Laurel in die Stadt zu fahren.

Er schaufelte den letzten Bissen seines Eis in sich hinein. Die Sache mit dem Aufpasser war natürlich frei erfunden. Aber wenn Laurel sah, wie wunderschön Abigail war, würde sie das vielleicht daran erinnern, dass ihm noch weitere Möglichkeiten offenstanden. Sie sollte erkennen, dass es nicht klug war, einem Kerl den Laufpass zu geben, für den andere Mädchen sich ein Bein ausreißen würden.

Wenn sie ein paar gute Geschäfte abschließen wollten, mussten sie zeitig los. Seine Satteltaschen waren schon vollgepackt mit Säcken voller Bohnenkerne, gut verpackten Honiggläsern und ein paar Rüben. Sie hatten nichts Außergewöhnliches angepflanzt, aber sie brauchten auch nichts. Es waren nur ein paar Extras, von denen er vielleicht ein bisschen hübsche Spitze für Ma oder ein paar neue Schuhsohlen für sich selbst kaufen konnte, falls seine nicht bis zur Gerbsaison hielten.

Er hob den Blick und sah Abigail in die Augen. Dort entdeckte er unverhohlene Ungeduld. Und das war seit Tagen das Höchste, was sie ihm entgegenbrachte. Nun ja, es war schließlich seine eigene Schuld. Er vermisste ihre Freundschaft und bemühte sich, sie zurückzugewinnen, aber das war nicht leicht, da sie Abstand hielt.

„Sei vorsichtig, Jeremiah", sagte seine Mutter, als er sich erhob. „Vergiss nicht, dass sich in den Wäldern ein gefährlicher Mann herumtreibt."

„Deshalb gehe ich ja in die Stadt, Ma. Und ich werde ganz bestimmt aufpassen." Er beugte sich hinunter, um sie auf die Stirn zu küssen. „Vor allem, solange Laurel bei mir ist."

Seine Mutter tätschelte seine Wange. „Genau, dann bist du aber abgelenkt."

Abigail räusperte sich. Als hätte er sie vergessen. Er richtete sich auf. „Gehen wir."

Sie folgte ihm wortlos in den Stall. Er deutete auf den Wallach, und sie fing an, ihn zu satteln, während er sich um Lancaster kümmerte. War ihr aufgefallen, dass er hier im Stall seine Krücke nicht mehr brauchte? Sein Bein war jetzt fast gestreckt, und er konnte es so stark belasten, dass er einen festen Stand hatte – selbst wenn er mit dem schweren Sattelzeug hantierte.

Sie bemerkte es nicht.

Flink schwang sich Abigail auf das große Pferd. Sie holte ein Paar Handschuhe aus ihrer Umhängetasche. Das überraschte ihn so, dass er sein Schweigen brach. „Wo haben Sie die denn her?"

„Die hatte ich schon immer."

„Ich habe sie noch nie an Ihnen gesehen."

„Ich bin ja auch noch nie in die Stadt geritten." Sie zog die Handschuhe glatt, trieb das Pferd mit einem Schnalzen an und lenkte es aus dem Stall. Das Kleid war auch neu. Ein Beweis dafür, dass sie an diesem Tag ganz besonders auf ihre äußere Erscheinung geachtet hatte. Warum auch nicht? Wenn sie die Aufmerksamkeit irgendeines alten Junggesellen oder eines Witwers auf sich zog, dann war er sie endlich los. Das wäre für alle Beteiligten das Beste.

Er schwang sich ebenfalls in den Sattel, was ihm noch nie so leicht gefallen war wie an diesem Tag, und rückte seine Pistole im Gürtel zurecht. Auf dem Weg zu Laurel sollte ihn lieber niemand aufhalten. Sie sollte keinen einzigen Tag länger am Fenster sitzen und sich sehnsuchtsvoll fragen, wo er denn bliebe. Aber er würde Abigail nichts von diesen Gedanken erzählen, denn sie würde wahrscheinlich offen anzweifeln, ob Laurel das überhaupt je getan hatte.

Abigail kannte sie einfach nicht. Sie verstand nicht, wie es für ein Mädchen wie Laurel sein musste, deren Blut im Sommer schnell floss, die sich im Winter aber kaum bewegen konnte und beinahe Winterschlaf machte. Laurel traf ihre Entscheidungen instinktiv. Was sie brauchte, war ein Mann, der ihr zeigte, wo es langging, und das wollte Jeremiah ihr bieten. Sie würden einander guttun.

Auf dem ganzen Weg über den Berg wechselten Jeremiah und Abigail kein Wort miteinander, und je näher sie der Farm der Wallaces kamen, desto weniger war er sich seiner Begleiterin bewusst. Die Hühner flatterten davon, als sie das Haus und den davor haltenden Wagen erreichten. Laurel kam gerade heraus und setzte ihre Haube auf. Sie band das breite Hutband unter ihrem Kinn fest.

„Guten Morgen, Jeremiah. Guten Morgen, Abigail." Ihre Augen funkelten fröhlich.

„Ich bringe mein Pferd in den Stall, wenn du denkst, dass er und Napoleon sich vertragen." Jeremiah nickte Hiram zu, der zu seiner Tochter auf die Veranda getreten war.

„Stell ihn ruhig in den Stall. Ihm wird nichts passieren", sagte Hiram. „Und da wir zwei Säcke Baumwolle haben, hatte ich gehofft, du wärst damit einverstanden, im Wagen zu fahren."

„Absolut." Pflügen, Hacken – alle diese Arbeiten gingen noch langsam voran, aber einen Wagen fahren, das konnte er.

„Ich wusste gar nicht, dass du Miss Abigail mitbringst. Ich hatte schon eine andere Begleitung organisiert."

„Das ist nicht nötig. Ich hatte schon entsprechend geplant, damit Laurel eine angemessene –"

„Macht nichts. Newton bringt gerade sein Pferd in den Stall."

„Newton?" Ihm sank das Herz in die Hose. Laurel weigerte sich, ihm in die Augen zu schauen. Lancaster schnaubte, als er seine Verstimmung spürte.

In diesem Augenblick kam Newton aus dem Stall geschlendert. „Guten Morgen, Mrs Calhoun."

Jeremiah drehte sich im Sattel um und starrte Abigail wütend an. Sie lächelte und amüsierte sich offensichtlich über sein Unbehagen. „Guten Morgen, Dr. Hopkins. Wie ich höre, begleiten Sie uns heute Morgen."

„Ja, Ma'am. Und wie es aussieht, ist es ein schöner Morgen, um in die Stadt zu fahren."

Er zog seine lange Hose ein Stückchen hoch und stieg geradewegs auf den Wagen.

„Aber Sie können nicht auf dem Wagen mitfahren", stotterte Jeremiah. „Auf dem Sitz haben nur drei Personen Platz."

„Ich dachte, ich erspare Ihnen die Mühe abzusteigen." Newton schob seinen Hut in den Nacken und lächelte Jeremiah breit an.

So leicht würde er sich nicht abservieren lassen. „Ich fahre auf dem Wagen mit! Schließlich habe ich Laurels Vater gefragt, ob ich mit ihr in die Stadt fahren kann, und dann werde ich auch mit ihr in die Stadt fahren!"

„Dann werde ich eben auch mitfahren."

„Aber Sie können doch eine Dame nicht reiten lassen." Jeremiah deutete zu Abigail, deren Anwesenheit er plötzlich ausgesprochen nützlich fand. „Sie erwarten doch wohl nicht, dass Abigail reitet, nur damit Sie auf dem Wagen mitfahren können?"

„Warum überlassen Sie ihr nicht Ihren Platz?", fragte Newton.

„Also wirklich, Jungs", mischte sich schließlich Laurel ein, „wenn ihr euch weiter so benehmt, sollte ich wohl lieber zu Hause bleiben. Wie könnt ihr beide erwarten, dass Abigail reitet …"

„Ich reite." Abigail winkte ihr mit ihren schlanken Fingern zu, die in den maßgeschneiderten Handschuhen steckten, und hob die Zügel. „Ich werde nicht im Wagen fahren, wenn ich reiten kann."

Na prima. Damit war der Tag verdorben. Jeremiah lenkte Lancaster zum Stall. Er würde schon eine Gelegenheit finden, um mit Laurel allein zu sein, bevor sie wieder zurück waren. Aber es würde nicht einfach werden, solange Newton sie hütete wie seinen Augapfel.

Das geschah ihm recht. Jeremiah Calhoun behandelte die Menschen, als seien sie Schachfiguren. Er war bereit, alle Bauern zu opfern, um die feindliche Königin zu bekommen. Abigail freute sich zu sehen, dass er seine Suppe selbst auslöffeln musste, während er mit Laurel zwischen sich und Hopkins eingequetscht auf dem Wagen saß. Abigail ritt hinter den dreien und konnte das Schauspiel genießen. Allerdings war ihr Lieblingskleid bis zu ihren Waden hochgerutscht, daher musste sie auch hinter ihnen bleiben, da sie sonst mehr zu sehen bekämen, als ratsam war.

Zwei Verehrer. War das ein Segen oder ein Fluch? Laurel schien die Situation peinlich zu sein, aber Abigail hielt sie nicht für grausam. Die junge Frau hatte versucht, Jeremiah abzuweisen, aber als er darauf bestanden hatte, ihr dennoch den Hof zu machen, hatte sie eingewilligt, ihm eine Chance zu geben. Wie konnte ihr irgendjemand einen Vorwurf dafür machen, dass sie sich ihrer Sache sicher sein wollte? Wenn Jeremiah sich zurückziehen würde, würde Laurel seine Entscheidung wahrscheinlich willkommen heißen, vermutete Abigail – oder besser gesagt, sie würde Dr. Hopkins willkommen heißen. Aber wäre Laurel ebenso zufrieden, wenn Dr. Hopkins sich zurückzöge? Abigail hielt auch das für möglich.

Nein, man konnte Laurel keinen Vorwurf machen. Wenn Jeremiah verletzt wurde, so war nur er selbst schuld daran. Wenn Jeremiah sich einmal etwas in den Kopf gesetzt hatte, dann brauchte es schon eine stärkere Frau, um ihn zurückzuweisen. Selbst sie war schwach geworden, als er ihr seine Aufmerksamkeit …

Abigail räusperte sich. Sie sollte lieber dankbar sein, dass er jetzt ein anderes Opfer ins Auge gefasst hatte. Sonst käme dieser arrogante Kerl vielleicht auf den Gedanken, ihr nachzustellen. Das wünschte sie niemandem, aber wenn Laurel ihn endlich erhörte und einer unschuldigen Frau Ärger ersparte, dann segne sie Gott.

Sie ritt den ganzen Morgen gemütlich hinter dem Wagen her und zog es vor, den Vögeln zu lauschen, statt den gelegentlich bissigen Wortwechseln vor ihr. Je länger sie in den Bergen lebte, desto schwerer fiel es ihr, sich vorzustellen, sie wieder zu verlassen. Gott hatte sie nicht im Stich gelassen, sondern sie in eine fürsorgliche Familie geführt, in der man ihr mit Zuneigung begegnete. Jetzt musste sie nur noch den Rest der Familie davon überzeugen, dass sie hierher gehörte.

In den Tälern, durch die sie kamen, blieb es trotz der Kraft der späten Vormittagssonne kühl. Die zerklüfteten, grünen Berge, die auf den ersten Blick so bedrohlich wirkten, waren ihr vertraut geworden. Die Hufe des Wallachs rutschten hin und wieder auf den losen Steinen, die vereinzelt herumlagen, aber er schritt tapfer weiter die Hügel hinauf und hinunter.

Sie hielten an einer Quelle, um die Pferde zu tränken. Laurel sprang vom Wagen, kniete sich neben die Quelle und schöpfte das kalte Wasser mit der hohlen Hand. Abigail stieg ab, aber noch bevor sie sich neben Laurel knien konnte, nahm Jeremiah sie zur Seite.

Er nahm sie am Arm und zog sie von den anderen weg. „Sind Sie müde?"

Sie verspürte das Bedürfnis, ihn zu ohrfeigen, denn seine Berührung rief unliebsame Erinnerungen in ihr wach. „Ich? Überhaupt nicht."

„Wenn Sie müde werden, können wir gerne tauschen." Er ließ ihren Arm los. „Ich dachte ja, dieser lausige Kerl hätte inzwischen aufgegeben."

Also wollte er nur nett sein? Abigail strich das Mieder ihres Musselinkleides glatt. „Es läuft wohl nicht gut, was?"

„Die ersten zwei Stunden habe ich damit verbracht, Hopkins' Fragen darüber auszuweichen, warum Sie mich im Stall geschlagen haben."

Sie unterdrückte ein Kichern. „Haben die Huckabee-Kinder gepetzt?“

„Natürlich.“ Er sah über die Schulter zu dem Pärchen beim Wagen. „Aber bitte bleiben Sie in meiner Nähe. Ich will nicht, dass irgend so ein Strauchdieb Sie abknallt.“

„Nicht?“, fragte Abigail mit hochgezogener Augenbraue.

„Nun, Sie reiten schließlich auf meinem Pferd.“

Sie sah den Hauch eines Lächelns bei ihm und lachte leise in sich hinein. Nachdem alle etwas getrunken hatten, stiegen sie wieder auf, und schon bald erreichten sie nach einer Biegung den kleinen Ort Pine Gap. Offensichtlich galt eine große Ansammlung von Hütten schon als Stadt, wenn es ein Geschäft, eine Post und etwa ein Dutzend Hunde gab. Nun, das stimmte nicht ganz. Zwischen den Bäumen konnte sie am Hang verstreut weitere Häuser sehen und unter einer neu errichteten Holzkonstruktion wurden grob gearbeitete Bänke für ein Kirchengebäude zusammengestellt. Wenn Abigails Orientierungssinn sie nicht trog, befand sich der Bahnhof gleich hinter der Anhöhe. Aber weil er abseits lag, konnte man davon nichts sehen.

Jeremiah fand einen schattigen Fleck – was nicht allzu schwer war, da der Wald, der die kleine Lichtung umgab, nur darauf zu warten schien, sich das Land zurückzuerobern, das man ihm abgerungen hatte. Maultiere, Pferde, Karren und Wagen standen bei den Gebäuden, und die Menschen schlenderten von Wagen zu Wagen, um zu sehen, welche Tauschgeschäfte sie machen konnten.

Abigail schlang die Zügel ihres Pferdes um eine Wagenspeiche und zog sie fest. Ein paar Grasbüschel lugten zwischen den Felsen hervor, und einige Farmer, die gekommen waren, um das Futter ihrer Weiden gegen Lebensmittel einzutauschen, hatten Heu ausgestreut. Es war genug, dass das Pferd für den Nachmittag zufrieden war.

Jeremiah und Dr. Hopkins stritten miteinander darüber, wer Laurels Arm nehmen durfte. Abigail rückte ihren Spitzenkragen zurecht. Da die beiden beschäftigt waren, würde sie allein herumlaufen müssen. Abigail war zwar nicht schüchtern, aber sie zögerte doch. Bildete sie sich die abweisenden Blicke nur ein? Oder hatten diese Menschen sich schon eine Meinung von ihr gebildet?

Sie klimperte mit den Münzen in ihrer Tasche und ging auf einen Ständer mit Spitze zu, der auf der Ablagefläche eines Wagens stand. Ein zahnloses Mütterchen fuhr sich mit der Zunge über die Lippen.

„Wo kommen Sie her?", wollte die Alte wissen. Sie blickte Abigail mit strahlenden Augen an, doch ihr Gesicht erinnerte eher an einen vertrockneten Apfel.

„Ich? Ich bin aus Ohio. Ich wohne bei Mrs Calhoun."

Die Frau spuckte einen braunen Fleck in den Kies. „Was Sie nicht sagen! Die Calhouns?" Sie legte den Kopf in den Nacken. Abigail folgte ihrem Blick und sah einen unzufrieden dreinschauenden Jeremiah, der sich über sie beugte.

„Was machen Sie da?", fragte er.

„Ich schließe neue Freundschaften und denke darüber nach, ob ich einen neuen Spitzenkragen kaufe."

„Kommen Sie." Er machte auf dem Absatz kehrt und marschierte zu dem Wagen, an dem Dr. Hopkins und Laurel gerade zusammen Süßigkeiten naschten.

„Wir sind doch gerade erst angekommen!" Abigail rannte ein paar Schritte, um ihn einzuholen, während er davoneilte. Auf seine Krücke war er dabei kaum angewiesen.

„Sie dürfen nicht zu diesem Wagen gehen. Mit denen machen wir keine Geschäfte. Die McLouds sympathisieren mit den Nordstaaten."

Abigail blieb abrupt stehen. Jeremiah war schon drei Gespanne weit gegangen, bevor er merkte, dass sie ihm nicht folgte.

„Sie sympathisieren mit den Nordstaaten? Und was wäre, wenn sie jetzt die Nordstaaten sogar unterstützen würden? Wie zum Beispiel als Soldat oder Krankenschwester?“

„Das haben sie auch. Ihr Sohn hat bei Springfield unter General Lyon gekämpft. Die haben schon genug Schaden angerichtet, genau wie Sie. Wie soll ich mich um Laurel bemühen, wenn ich aufpassen muss, dass Sie sich nicht in Schwierigkeiten hineinmanövrieren?“

Allerdings sah Laurel ganz und gar nicht so aus, als würde man sich zu wenig um sie bemühen. Dr. Hopkins schlich um sie herum wie ein liebeskrankes Hündchen. Sie winkte fröhlich, ihr Hut hing in ihrem Nacken und sie hatte ein Gänseblümchen hinterm Ohr.

„Der Krieg ist nun schon lange vorbei, und ich finde es nicht gut, dass Sie immer noch an dieser Trennung festhalten“, sagte Abigail.

„Na schön. Wenn Sie sich unbedingt in die Nesseln setzen wollen: Varina ist bei der Post.“

Abigail biss sich auf die Lippe. „Es würde nichts schaden, wenn ich mich nach ihrem Pferd erkundigen würde.“

„Das würden Sie wirklich tun?“, fragte Jeremiah mit finsterem Blick. „Ich rate Ihnen, lieber nicht –“

„Aber ein klärendes Gespräch wäre doch nicht schlecht. Zumindest soll sie wissen, dass ich ihr ihre Worte nicht nachtrage.“ Abigail zog los, bevor sie noch die Nerven verlor. Sie wollte zeigen, dass Jeremiahs Vertrauen in sie gerechtfertigt war. Sie wollte die Sache bereinigen, damit er sah, dass er keinen Fehler begangen hatte, als er sie verteidigt hatte. Sie bog bei dem winzigen Postgebäude um die Ecke und hätte Varina beinahe über den Haufen gerannt.

„Was wollen Sie denn?“ Bei Varinas erstauntem Ausruf fingen die Küken in dem Käfig zu ihren Füßen nervös an zu piepen.

„Ich wollte nur fragen, ob Sie Ihr Pferd wiedergefunden haben." Abigail lächelte die pausbäckige Frau an, die strickend neben Varina saß. Ihre Mutter? Die Frau wischte sich mit dem Handrücken den Kautabak vom Mund und strickte ungerührt weiter.

„Ich habe mein Pferd nicht verlegt." Varinas Barthaare zuckten, als sie sprach. „Es ist verschwunden."

„Das ist mir klar. Ich habe mich nur gefragt, ob Sie vielleicht jemanden erwischt haben. Das hatte ich jedenfalls gehofft."

„Nein, habe ich nicht." Die aufgeregten Küken beruhigten sich wieder. Varina starrte sie weiter gleichgültig, aber zumindest auch nicht böswillig an.

Abigail zupfte an den Biesen, die ihr Mieder verzierten. „Bitte lassen Sie es mich wissen, wenn Sie es finden. Ich wäre erleichtert."

Sie hatte ihr Bestes getan. Als sie sich zum Gehen wandte, hörte sie die alte Frau fragen: „Wer war das?"

„Sie ist eine Freundin der Calhouns. Eine ganz ordentliche Krankenschwester, wenn du eine brauchst", antwortete Varina.

Ein kleiner Sieg, aber immerhin. Mit einem kurzen Dankgebet ging Abigail auf eine Menschenmenge zu, die sich um eine Art Arena versammelt hatte. Vielleicht war sie ja hier willkommen. Ein grauhaariger Mann stand auf einer improvisierten Bühne aus zusammengenagelten unbehauenen Brettern, die über drei großen Fässern lagen.

Die Worte des Mannes schossen aus seinem Mund heraus wie die Kugeln eines Scharfschützen. Manchmal erinnerten sie an einen Singsang, manchmal an ein Jaulen. Der Tonfall des Auktionators brachte die Menge zum Rufen und Grölen. Abigail reckte sich, um einem Mann in Flanellhemd, Hose und Schlapphut über die Schultern sehen zu können, und entdeckte eine Schar Gänse. Gebote wurden gerufen, bis die Gänse ein neues Zuhause hatten. Geld wechselte den Besitzer und zwei hübsche Maultiere wurden als nächste Verkaufsobjekte herbeigeführt.

Abigail schlenderte weiter, bis sie eine Frau mit Kurzwaren entdeckte. Fingerhüte, Nadeln und Scheren erinnerten sie an Ma. Wenn Abigail mit ihrer Prognose über Rachel richtiglag, würde Ma bald viele Stunden still dasitzen und sich wünschen, die Zeit verginge schneller. Neue Nadeln wären dann wohl sehr willkommen.

Sie ging zu dem kleinen Tisch neben der Frau. Diese kniff die Augen zusammen, als sie die Handarbeit an Abigails Kleid begutachtete. „Das ist eine sehr schöne Näharbeit. Hat das jemand von hier gemacht?"

„Nein, ich habe es mitgebracht."

Die Frau beugte sich vor. „Sie sprechen so komisch." Dann ließ sie ihre Finger über den Griff eines Bowie-Messers gleiten, das sie an ihrer Seite trug.

„Ich bin aus dem Osten."

Wie aus dem Nichts tauchte ein Mann auf. Zumindest kam es Abigail so vor, als er sich plötzlich im hinteren Teil eines Wagens aufsetzte und an seinem Bart zupfte. „*Nord*osten oder *Süd*osten?"

Wo war Jeremiah, wenn sie ihn brauchte? Jetzt wäre die passende Gelegenheit für seinen finsteren Blick. „Ich bin zu Gast bei den Calhouns."

Das war alles, was sie sagen konnte. Wenn das nicht wirkte, hatte sie nichts mehr zu bieten.

„Ach, tatsächlich?" Der Mann kletterte aus dem Wagen. Jetzt konnte sie sehen, dass seine Hose hinten geflickt war. „Sind die Calhouns hier?"

„Jeremiah ist hier." Sie deutete auf den unglücklich dreinschauenden Mann mit dem Sack Baumwolle über der Schulter. Er war bemüht, ihren Hilferuf zu ignorieren, aber als der Mann einen lauten Pfiff ausstieß, ließ Jeremiah seinen Baumwollsack neben Laurel fallen, beugte sich zu ihr, um sich zu entschuldigen, und stolzierte dann zu ihnen herüber.

„Peter." Jeremiah hatte die Lippen grimmig zusammengepresst. „Gibt es ein Problem?"

„Dieses Yankee-Mädchen behauptet, dich zu kennen."

Noch bevor sie dem Mann, der ihre Worte anzweifelte, widersprechen konnte, hob Jeremiah die Hand und brachte sie zum Schweigen.

„Das stimmt. Miss Stuart ist Krankenschwester und kümmert sich um meine Schwester."

„Eine Krankenschwester, sagst du?" Als der Mann sie anstarrte, bekam Abigail eine Gänsehaut. „Und wo bitte hast du eine Yankee-Krankenschwester kennengelernt?"

Jeremiah baute sich vor ihm auf. „Ich schätze mal, das geht dich gar nichts an."

Der Mann betrachtete ihn abschätzend. „Vielleicht nicht. Aber es macht mich neugierig. Vor allem, da du nach Westport verschwunden warst, aber jetzt wieder lebendig bist. Ich meine ja nur, du möchtest vielleicht deinen Namen wieder reinwaschen und den Leuten erklären, warum sie dich nicht für einen Deserteur halten sollen."

Abigail schnappte nach Luft. Jeremiah stand jetzt ganz dicht vor dem Mann. „Ich schulde dir keine Erklärung, aber ich schäme mich auch nicht für meinen Dienst an meinem Staat. Ich wurde in der Schlacht verwundet, wie dir vielleicht aufgefallen ist, und konnte beim Rückzug nicht mithalten. Ich saß hinter den feindlichen Linien fest."

„Und du hattest keine Möglichkeit, dich deinen Truppen wieder anzuschließen. Wie schade." Ein höhnisches Grinsen huschte über das stoppelige Gesicht seines Gegenübers.

„Gehen wir." Ein weiteres Mal zog Jeremiah sie mit sich fort. „Es war ein Fehler, Sie mitzunehmen."

„Ich bin nicht das Problem. Sie sind das Problem … Sie alle hier. Die eine Hälfte der Stadt redet nicht mit der anderen Hälfte. Und sogar Ihre eigenen Leute stellen Ihre Loyalität infrage. Und mit den Leuten, die nicht auf Ihrem Berg leben, kommen Sie gar nicht klar. Sie kommen ja noch nicht einmal mit den Menschen in Ihrem eigenen Haus klar!"

„Das reicht jetzt aber!" Die Adern an seiner Schläfe traten hervor. „Sie sind ja auch nicht gerade scharf darauf, nach Hause zu gehen. Bevor Sie also mit dem Finger auf mich zeigen, sollten Sie vielleicht lieber mal in den Spiegel schauen."

„Das ist etwas anderes."

„Tatsächlich? Glauben Sie ja nicht, ich hätte nicht bemerkt, wie ungern Sie über Ihre Vergangenheit sprechen. Sie wollen Ihre Geheimnisse für sich behalten? Schön. Machen Sie's gut, es gibt eine Dame, die meine Gesellschaft vermisst."

Abigail trat zurück. Was wusste er? Er vermutete zumindest etwas. Vorsichtig sprach sie weiter. „Sind wir nicht hergekommen, um etwas über den Mann herauszufinden, der die Fallen aufstellt? Warum erkundigen Sie sich nicht nach ihm?"

„Es wäre möglich, dass er mit irgendjemandem hier verwandt ist, und dann wäre es töricht herumzuerzählen, dass ich hinter ihm her bin. Hier draußen bekommt man Informationen nur stückweise. Man kann die Leute nicht drängeln und man kann sie auch nicht zum Reden zwingen. Also winken Sie mich nicht mehr zu sich. Sie sind bei dieser Sache nicht gerade eine Hilfe."

Sie zuckte mit der Schulter. „Ich werde mir Mühe geben, ohne Sie zurechtzukommen."

Er drehte sich in Laurels und Hopkins' Richtung. „Alle anderen scheinen wunderbar zurechtzukommen", sagte er und stolzierte davon.

Sie wusste nicht, wo sie hingehen oder was sie tun sollte, aber jetzt verstand sie, was die kleinen Grüppchen überall bedeuteten. Jetzt, wo er ihr die feindseligen Blicke, die die Gruppen miteinander wechselten, erklärt hatte, war ihr klar, dass sie sich in einem gefährlichen Niemandsland bewegte, das immer noch umkämpft war. Die Wagen waren wie Grenzpfähle. Man hatte sein Gebiet abgesteckt, und der einzige neutrale Boden schien die Auktion beim Gemischtwarenladen zu sein.

Abigail ging rasch an den neugierigen Blicken vorbei und wunderte sich über die Feindseligkeit. Wenn sie ihre Nachbarn so hassten, warum blieben dann alle hier? In Missouri waren offensichtlich nicht nur die Maulesel ausgesprochen dickköpfig.

Kinder rannten barfuß zwischen den Erwachsenen hindurch, jagten Grashüpfer, bettelten um Süßigkeiten und beklagten sich über ihre Geschwister. Schreie hallten durch die Menge, als Männer um einen Mastochsen steigerten, der im Ring herumgeführt wurde. Die Gebote kamen immer seltener, der Rhythmus des Auktionators wiederholte sich immer wieder und wieder und wieder, bis er schließlich „Verkauft!" rief und mit seinem Hammer auf eine Pfirsichkiste schlug.

Der Besitzer führte seinen Ochsen aus dem Ring zu dem Meistbietenden. Abigail sah, wie der neue Besitzer ihm ein Goldstück gab. Sie schüttelten sich die Hände und gingen auseinander, jeder auf seine Straßenseite. Wahrscheinlich würden sie einander wieder feindselig anstarren, sobald sie das Geschäftliche erledigt hatten. Abigail verscheuchte eine hartnäckige Fliege. Wenigstens konnten sie mit Tieren handeln, ohne dass es zu einer Blutfehde kam.

Der Auktionator rief das nächste Angebot auf und die Menge machte einen Gang frei. Ein dürrer junger Mann in einer blauen Südstaatler-Hose führte ein Pferd in den Ring und Abigail blieb das Herz stehen.

Das war nicht möglich. Unwillkürlich suchte ihre Hand in ihrer Tasche nach dem Penny, den sie immer bei sich trug.

Selbst in ihren kühnsten Träumen hatte sie nicht damit gerechnet, jemals eines der Pferde ihres Vaters wiederzusehen. Abigail drängelte sich an einem stattlichen älteren Herrn und einem ruppigen Trapper vorbei und stolperte in den Ring zu der kastanienbraunen Stute. Gemeinsam mit ihrem Vater hatte sie die Eltern dieses Pferdes ausgewählt, hatte es zur Welt gebracht und angefangen, es auszubilden, als es alt genug war. Aber ihr Vater hatte nicht lange genug gelebt, um den Abschluss der Ausbildung zu erleben. Abigail zog ihre Hand aus der Tasche und strich der Stute über den Nasenrücken. Diese stupste Abigail an und bewegte den Schweif. Ihre riesigen glänzenden Augen funkelten. Ladymare hatte sie erkannt.

Abigails Stimme zitterte. „Du bist zu mir gekommen, nicht wahr? Obwohl ich mich hier im Feindesland versteckt habe, hast du mich gefunden."

„Gibt es ein Problem, Ma'am?" Der Auktionator tupfte sich mit seinem Halstuch die Stirn ab.

„Das ist mein Pferd. Schauen Sie sich ihren Bauch an. Unten hat sie eine Narbe."

„Jetzt schau mal einer an." Der junge Soldat trat vor. „Dieses Pferd wurde mir in Ohio anvertraut. Wollen Sie etwa sagen, ich sei ein –"

„Ich sage gar nichts." Abigail drückte ihre Wange an den Hals des Pferdes. „Sie wurde an die Armee verkauft, nicht gestohlen. Ich bin nur überrascht, sie so weit weg von zu Hause zu finden."

„Wenn es keine Einwände gibt, werden wir dieses Tier jetzt versteigern."

Sie versteigern? Abigail untersuchte kurz ihren Zustand. Ladymares Hüftknochen standen hervor – ein Beweis für schlechte Ernährung, so wie bei dem Soldaten, der sie gebracht hatte. Wenn man sie so sah, würde niemand auf die Idee kommen, dass sie einen geschmeidigen Gang hatte oder, was noch wichtiger war, von edlem Geblüt war und in den vielen fruchtbaren Jahren, die noch vor ihr lagen, gutes Erbgut weitergeben würde.

Sie konnte sie nicht gehen lassen. Dieses Pferd stand für die Mühen und Träume ihres Vaters und ihres Großvaters. Sie hatten ihren Tierbestand sorgfältig ausgewählt, um dieses Pferd hervorzubringen. Sie würde sie nicht wieder gehen lassen.

Der Soldat führte das Pferd durch den Ring. Männer traten hervor, um sie zu betrachten, während er ihr Maul öffnete, um ihre Zähne zu zeigen.

Abigail flitzte durch die Menge und vergaß jedes bisschen Würde, als sie zum Wagen rannte. Aber Jeremiah war nicht da. Der Baumstamm, auf dem er mit Laurel und Dr. Hopkins gesessen hatte, war leer. Sie sprang die Stufen zu dem winzigen Laden hinauf und platzte hinein. Hopkins fuhr zusammen.

„Wo ist Jeremiah? Ich muss ihn sprechen!" Sie stützte sich mit den Händen auf beiden Seiten im Türrahmen ab. „Schnell! Ich habe keine Zeit!"

Dr. Hopkins schlug mit der Faust auf ein Fass. „Er und Laurel sind verschwunden, und wenn Sie ihn finden, sagen Sie mir besser Bescheid. Ich muss ein Wörtchen mit ihm –"

Doch sie wartete nicht ab, bis er geendet hatte, sondern rannte stattdessen wieder nach draußen. Sie hatte kein Geld, um Ladymare zu kaufen, aber sie würde auf keinen Fall zulassen, dass sie sie erneut verlor. Sie würde nicht zulassen, dass sie an irgendeinen Farmer verschachert wurde, der sie mit einem Esel kreuzte. Sie würde nicht das beste Erbgut, das Chillicothe jemals gesehen hatte, an irgendein Klappergestell verschwenden. Wenigstens Jeremiah sollte sie bekommen. Er würde sie zu schätzen wissen. Lancaster wäre der perfekte Zuchthengst für sie und so würde ihr Erbgut erhalten bleiben.

Aber wie sollte sie den Verkauf verhindern?

Sie sah sich noch einmal um, konnte aber Jeremiah nicht entdecken. Nun, sie wünschte ihm alles Glück der Welt und dass Laurel ihn endlich erhörte, aber sie konnte nicht abwarten, bis er zurückkam. Er kannte sich mit Pferden aus. Er würde es verstehen.

Sie trat zu Jeremiahs Wallach und löste seine Zügel vom Wagenrad. „Komm, komm", trieb sie ihn an, während sie ihn auf die Menschenmenge zuführte. Die Auktion hatte bereits angefangen. Ladymare stellte die Ohren auf, als Abigail näher kam. Der Auktionator hielt inne.

„Wollen Sie ein Gebot abgeben?"

Abigail spürte den kalten Blick der Männer und straffte ihre Schultern. „Es tut mir leid, aber ich habe kein Geld. Ich kann nur dieses Pferd zum Tausch anbieten."

Der Soldat runzelte missmutig die Stirn. „Ich will kein anderes Pferd. Ich brauche Geld."

Der Auktionator klopfte leicht mit dem Hammer auf sein Fass. „Wollen Sie Ihr Pferd vielleicht zuerst verkaufen?"

Aber was, wenn es nicht so ablief, wie sie sich das vorstellte? Was, wenn sie Jeremiahs Pferd verlor und sich Ladymare dann immer noch nicht leisten konnte?

„Nein, ich muss direkt tauschen. Ist irgendjemand bereit, Mittelsmann zu sein?"

Auf ihre Frage hin sah sie nur versteinerte Gesichter. Hinter vorgehaltenen Händen wurde gemurmelt. Wollte ihr denn niemand helfen?

Die Menge teilte sich und Dr. Hopkins trat vor. „Kommt schon. Die Dame braucht Hilfe. Das Pferd hier ist von den Calhouns. Ihr wisst, dass das gute Tiere sind. Ihr wisst, dass es ein Arbeitstier ist und gut ausgebildet. Irgendjemand hier kann dieses Pferd doch bestimmt gebrauchen."

Mit den Händen in den Hosentaschen schlenderte er im Ring herum und forderte mit seinem Blick diejenigen heraus, von denen er dachte, dass sie helfen könnten. Er rief einen Mann an, der weiter hinten stand. Abigail bekam große Augen, als sie ihn erkannte.

„Mr Parrow, selbst wenn Sie kein Pferd brauchen, wissen Sie, das Sie mit diesem Wallach nur gewinnen können. Er ist doppelt so viel wert wie die Stute."

Caesar Parrow. Abigail erinnerte sich daran, dass sie bei ihm eine Brandwunde behandelt hatte. Der Mann warf sich seinen Sack über die Schulter und zog die Lippen des Wallachs auseinander, um seine Zähne zu begutachten. Dann nickte er. „Ich biete für die Stute, aber wenn ich gewinne, bin ich bereit zu tauschen."

Abigail nickte. Caesar rief sein Gebot hinaus, das ein wenig über dem des letzten Bieters lag. Abigail wartete atemlos, während die Bieter einer nach dem anderen aufgaben. Bis zum Schluss nur noch der Trapper und ein anderer Bieter übrig waren. Schließlich trat der Mann mit einem Kopfnicken in die Menge zurück.

„Letztes Gebot für diese schöne Stute. Zum Ersten … zum Zweiten … und zum Dritten!"

Der Hammer fiel. Der Soldat atmete hörbar aus. „Das ist mehr, als ich erwartet hatte."

Caesar gab ihm das nötige Gold, während er den Sattel von Ladymares Rücken nahm. „Ich hätte eigentlich nicht so viel für sie bezahlt, aber jetzt habe ich dieses gute Pferd. Er ist ein Prachtexemplar, wie ich noch keines gesehen hatte, und sein Geld wert."

Abigail half, die Sättel und das Zaumzeug zu tauschen, und ihre Hand zitterte dabei vor Aufregung. Jedes Mal, wenn sie an Ladymare vorbeiging, zauste sie ihre Mähne. Ein Schatz, völlig unerwartet und unvorhersehbar, aber es war ein echtes Geschenk Gottes, als sie am wenigsten damit gerechnet hatte. Selbst wenn sie Jeremiah die Stute hierließ, tat das Wiedersehen mit dem Pferd ihrem Herzen gut. Das Wissen, dass sie jetzt in fähigen Händen war, gab Abigail ein Gefühl von Beständigkeit. Das Erbe ihres Vaters würde hier weiterleben und mit den trittsicheren und ausdauernden Pferden der Calhouns gekreuzt werden.

Das war mehr, als sie sich je erhofft hatte.

Kapitel 15

Er hatte sich mehr erhofft.

Während er auf dem Baumstamm saß und zusah, wie Hopkins Laurel unterhielt, wünschte sich Jeremiah sehnsüchtig, es würde irgendeine Epidemie oder Seuche ausbrechen, sodass sein Nebenbuhler zu beschäftigt wäre, um der jungen Frau weiterhin den Hof zu machen. Als schließlich ein Durchfallkranker auftauchte und auf Hopkins' ungeteilter Aufmerksamkeit bestand, lotste Jeremiah Laurel schnell weg. Er nahm sie an der Hand und zerrte sie kichernd in den Wald. Dabei war er kaum auf seine Krücke angewiesen. Er stolperte, aber sie schlang ihre Arme um seine Mitte, um ihn zu stützen. Es war das erste Mal, dass er dankbar war für seine Verletzung.

Jetzt war sie wieder seine Waldelfe, und ihr Lachen trällerte durch den Wald, während er ihr einen Strauß Wildblumen pflückte. Jetzt waren sie wieder jung, alle Gedanken an Leid und Sorge verschwunden, und dachten, die Sonne würde ewig über ihnen scheinen und sie würden nie müde oder alt oder hungrig sein.

Er pflückte Walderdbeeren, während sie die neuesten Tanzschritte vorführte, und er fragte sich, wen er mehr vermisste: Laurel oder den Jeremiah, der er einmal gewesen war. Die Erdbeeren wurden in seinem Mund zu Brei. Sie waren schon überreif und hinterließen einen unangenehmen Geschmack auf seiner Zunge. Nur mit Laurel war er je so sorglos gewesen, aber die sorglose Zeit war vorüber. Würde sie verstehen, welche Last er trug? Hatte auch sie sich verändert?

Laurel spürte seine finsteren Gedanken, kniete sich neben ihn und breitete ihre Röcke aus. „Wir sollten zurückgehen. Newton wird nicht gerade glücklich sein."

Auf ihrem kleinen Gesicht spiegelte sich Sorge wider. Wie sie es hasste, jemandem Kummer zu bereiten. Vielleicht war das der Grund, weshalb er sie so liebte.

Er lächelte zustimmend. Laurel nahm seine Hand und zog ihn auf die Beine. Die Sonne hatte sich doch Richtung Horizont bewegt. Und die Sorgen waren nicht verschwunden. Sie hatten nur abgewartet, bis er sie wieder schultern würde.

Je näher sie der Stadt kamen, desto schneller gingen sie. Beide sehnten sich danach, die Gedanken an das, was sie verloren hatten, hinter sich zu lassen. Laurels Rock verfing sich in einer Brombeerhecke und bekam einen Riss, weil sie es so eilig hatte, sich loszureißen.

„Wir sollten unsere Geschäfte abschließen und dann nach Hause fahren", sagte Jeremiah. „Ich will nach Einbruch der Dunkelheit ungern noch hier draußen sein."

„Ich schaue mal, wie es Newton in der Zwischenzeit ergangen ist." Sie betrachtete ihren zerrissenen Rock und sah missbilligend drein.

Als sie zum Wagen kamen, waren weder Newton noch Abigail zu sehen. Sein Pferd war ebenfalls verschwunden. Waren Hopkins und Abigail ohne sie nach Hause geritten? Was wäre, wenn die beiden sich näher kämen?

Als er sie dann doch kommen sah, glaubte er beinahe, dass das tatsächlich der Fall war. Und darüber war er nicht so glücklich, wie er gedacht hatte. Abigail strahlte, als hätte sie gerade einen ganzen Trupp verwundeter Männer entdeckt, die ihre Hilfe brauchten, und Newton schaute so selbstzufrieden drein wie ein Hufschmied beim Hufeisen-Wettwerfen.

Laurel eilte dem Arzt entgegen. Sie hakte sich bei Hopkins unter und klimperte mit den Wimpern. Angesichts einer solchen Begrüßung musste jeglicher Ärger, den Hopkins bei ihrem Verschwinden vielleicht empfunden hatte, einfach verschwinden. Und jede Zufriedenheit, die Jeremiah wiederum darüber empfunden hatte, schmolz genauso schnell dahin.

Und dann war da Abigail. Als er über ihr albernes Grinsen hinweg war, bemerkte er endlich das Pferd, das sie mit sich führte. Der magere Gaul hatte wahrscheinlich mehr Lebensgeister in sich als Fleisch auf den Knochen. Sie war vielleicht einmal eine Schönheit gewesen, aber auch bei ihr hatte der Krieg seine Spuren hinterlassen, so wie allen anderen.

„Wo haben Sie das Pferd her?" Zu seinem Leidwesen musste er erkennen, dass Laurel sich genauso vertraut an Hopkins lehnte, wie sie sich gerade noch an ihn gelehnt hatte.

„Das ist mein Pferd. Von zu Hause. Stellen Sie sich das nur mal vor!"

Seine Aufmerksamkeit glitt wieder zu ihr zurück. „Was? Sie kennen dieses Pferd?"

„Das ist ein wahres Wunder, Jeremiah. Sie stammt vom Gestüt der Stuarts und ist mit einem Gefreiten der Konföderierten bis hierhergekommen. Er wollte sie als ganz gewöhnliches Arbeitstier an irgendeinen Farmer verkaufen. Er hatte ja keine Ahnung, was für eine Kostbarkeit er da besaß."

Jeremiah trat zur Seite. Sie hatte eine gute Linie. Ihre Augen blickten intelligent und ihre Beine sahen flink aus, aber ihre Maße waren schwierig einzuschätzen, weil sie so dünn war.

„Wenn sie zunimmt, sieht sie vielleicht ganz passabel aus. Hoffentlich behandelt der Farmer, der sie erstanden hat, sie gut."

Genug des Lobes. Er drehte sich wieder um, um seinen Platz an Laurels Seite zurückzuerobern, aber Abigail hielt ihn zurück.

„Kein Farmer hat sie gekauft, Jeremiah. Ich habe sie gekauft."

„Sie haben sie gekauft? Sie sollten niemals so viel Gold mit sich herumtragen … Moment mal. Woher hatten Sie das Geld?"

„Ich hatte kein Geld … jedenfalls nicht genug. Ich habe sie gegen den Wallach eingetauscht."

„Sie haben was? Sie haben mein Pferd verkauft?"

Abigail warf über die Schulter einen Blick zu der Menschenmenge, trat näher und sprach leise weiter. „Ich habe ihn nicht verkauft. Ich habe ihn getauscht und es war ein guter Tausch. Wie soll Ihnen denn ein Wallach dabei helfen, eine Zucht aufzubauen?" Ihre Worte kamen nun hastiger hervor, leiser und flehend. „Und außerdem ist Lancaster Josephines Vater. Er nützt Ihnen also nichts. Sie brauchen Ladymare."

Aber das stand nur ihm zu. Niemand konnte sein Eigentum verkaufen, ohne ihn um Erlaubnis zu fragen. Er beugte sich zu ihr herab, kam ihrem Gesicht so nahe, wie ihm klug erschien, und schrie: „Sie … haben … mein … Pferd … verkauft?"

Sie wurde kreidebleich. „Bleiben Sie weg von mir, Jeremiah Calhoun. Es ist mir egal, wie wütend Sie sind, aber Sie sollten mich lieber nicht noch mal küssen."

„Du hast sie geküsst?!"

Jeremiah fuhr herum und sah, dass Laurel schockiert eine Hand auf ihren Unterleib gepresst hatte. „Jeremiah, wenn du so empfindest –"

„Nein, ich empfinde *nicht* so!"

Hopkins legte Laurel den Arm um die Schultern. „Ich glaube, ich sollte dich lieber nach Hause bringen, meine Liebe. Du hast heute schon genug mitgemacht."

Jeremiah standen Schweißperlen auf der Stirn. „Ich gehe nirgends hin, solange ich mein Pferd nicht wiederhabe!"

Hilfsbereit versuchte Hopkins, Laurel zum Wagen zu geleiten, aber sie riss sich los. Händeringend stand sie vor Jeremiah und sah mit großen, unschuldigen Augen zu ihm hinauf.

„Jeremiah, wirklich, wenn du etwas für Abigail empfindest, dann habe ich dafür Verständnis."

„Das Einzige, was ich im Moment für Abigail empfinde, ist mörderische Wut und Enttäuschung. Den Kuss kann ich dir erklären. Es war ... nun ja, ich kann es nicht erklären, aber du kannst sie ja selbst fragen. Es war ein Fehler."

Abigail verschränkte die Arme. „Der einzige Fehler, den ich gemacht habe, war, mit Ihnen allein zu sein. Wenn ich geahnt hätte, dass Sie mich küssen –"

„Jetzt reicht es aber!" Jeremiah stieß mit seiner Krücke auf den Boden. „Es hat Ihnen doch gefallen, und tun Sie nicht so, als ob es das nicht getan hätte!"

„Wir gehen jetzt lieber." Hopkins grinste wie ein Honigkuchenpferd. Er hob Laurel in den Wagen und diesmal sträubte sie sich nicht. Sie hatte den Kopf gesenkt und wich ihren Blicken aus.

Jeremiah stapfte auf die Auktion zu, drehte sich dann aber noch einmal zu Abigail um. „Sie sollten lieber mitfahren, sonst müssen Sie zu Fuß gehen."

„Ich lasse Ladymare nicht zurück. Sie ist alles, was ich von zu Hause noch habe. Ich darf sie nicht verlieren."

„Wenn Sie so stolz auf Ihr Zuhause sind, warum gehen Sie dann nicht einfach dorthin zurück?"

Sie riss den Kopf hoch. „Dieses Pferd ist alles, was von meinem Leben noch übrig ist. Sie haben Ihre Familie, Ihre Farm, Laurel ... mehr oder weniger jedenfalls. Ich habe nichts."

„Und dieses Pferd haben Sie auch nicht. Sie hatten kein Recht dazu." Aber er verschwendete nur seine Zeit, wenn er mit dieser starrköpfigen Frau diskutierte. Jeremiah nahm die Zügel der Stute und zerrte sie zu der Menschenmenge. Von seinem Wallach war nichts zu sehen. Er drehte sich um, um Abigail etwas nachzurufen, aber sie folgte ihm bereits auf den Fersen.

„Mit wem haben Sie getauscht?", fragte er.

Sie zupfte sich am Ohr. „Das ist kompliziert. Ein Soldat hatte Ladymare, aber er wollte Bares. Keiner wollte Ihr Pferd, bis Hopkins Caesar Parrow überredet hat –"

„Hopkins?" Seine Kiefermuskeln spannten sich an.

„Wenn ich mir das recht überlege", sagte sie und verzog dabei den Mund, „wollte er vielleicht gar nicht nur behilflich sein."

„Was Sie nicht sagen ..." Jeremiah hielt in der Menge nach Caesar Ausschau. Man musste ihr zugutehalten, dass sie ebenfalls nach ihm suchte, auch wenn er sich nicht vorstellen konnte, warum.

Als der Hammer an diesem Nachmittag zum letzten Mal fiel, ging die dicht gedrängte Menge auseinander und Käufer und Verkäufer schlenderten zu ihren jeweiligen Familien zurück. Mr Ballentine, der Auktionator, sprang von seiner wackeligen Bühne und salutierte vor Jeremiah – eine Gewohnheit, die er seit dem Ende des Krieges vor ein paar Wochen noch nicht abgelegt hatte.

„Captain Calhoun. Ich hätte nicht gedacht, dass ich Sie noch einmal wiedersehe." Ballentine legte seinen Arm um seinen jüngsten Sohn, der an seine Seite gekommen war.

„Hallo, Ballentine. Sie können mit dem Captain-Quatsch aufhören. Ich bin von nichts mehr Captain."

„Aber ich war überaus angenehm überrascht, als ich hörte, dass Sie überlebt haben. Wir dachten, wir hätten Sie bei Westport verloren."

Jeremiahs Nackenmuskeln spannten sich an. Meinte Ballentine seine Worte ehrlich? Aber wenn Ballentine eine Frage hatte, würde er sie ihm geradeheraus stellen. Der Mann war nicht zimperlich.

„Ich konnte mich vor den Yankees verstecken, nachdem ich angeschossen worden war."

„Und Alan? Was ist mit ihm passiert?"

Er spürte mehr, als dass er es sah, dass Abigail näher gekommen war. Ballentine bemerkte es ebenfalls und nickte ihr grüßend zu, wartete aber auf eine Antwort von Jeremiah.

„Er wurde gefangen genommen und starb dann im Gefängniskrankenhaus."

Ballentine senkte den Kopf. Er trat verlegen auf der Stelle. „Das ist jammerschade. Ich habe Alan nicht sehr lange gekannt, aber er war ein feiner Kerl."

„Das war er." Als ob Jeremiah daran erinnert werden musste.

Mit einem sanften Schubs schob Ballentine seinen Sohn Wyatt auf die leere Bühne zu.

„Lad schon mal unsere Sachen auf, Junge." Und dann sagte er an Jeremiah gewandt: „Es wäre schön, wenn wir hier ein richtiges Auktionshaus hätten. Aber darüber wollten Sie sicher nicht mit mir sprechen."

Jeremiah wartete, bis der Junge gegangen war. „Sie haben heute mein Pferd verkauft", begann er.

„Das habe ich. Ein schöner Tausch war das, aber der junge Rawlins hat meine Kommission bezahlt, also ist keine Rechnung mehr offen."

Die Rawlins' waren Anhänger der Union. Sie würden ihm wahrscheinlich nicht helfen, diesen komplizierten Handel rückgängig zu machen. Aber mit Ballentines Hilfe …

„Ich hätte gerne mein Pferd zurück. Es wurde ohne meine Einwilligung verkauft."

Ballentine warf Abigail einen kurzen Blick zu. Seine Augenbrauen zogen sich zusammen. „Ein Handel ist ein Handel, Jeremiah. Das wissen Sie."

„Aber es war mein Pferd und ich habe den Handel nicht abgeschlossen."

„Aber wenn Sie Ihr Pferd weggeben …"

„Es war gestohlen!"

Er hörte, wie Abigail leise nach Luft schnappte. Was hatte sie denn erwartet? Dass er sie mit dem Diebstahl einfach davonkommen ließe?

Ballentine zog eine Augenbraue hoch. „Das sind schwerwiegende Vorwürfe, mein Freund. Wenn tatsächlich jemand Ihr Pferd gestohlen hätte, wäre ich allerdings moralisch verpflichtet, es für Sie zurückzuholen. Aber in diesem Fall haben Sie das Gesetz nicht auf Ihrer Seite. Ihre Frau hat die gleichen Rechte an Ihrem Besitz wie Sie selbst."

Jeremiah holte so tief Luft, dass er eine ganze Staubwolke einatmete. Er warf Abigail einen Unheil verkündenden Blick zu, aber sie hatte sich schon mit verschränkten Armen und erhobenem Kinn abgewandt.

„Diese Frau ist nicht meine Ehefrau."

„Nicht? Ich hörte, dass eine Yankee-Krankenschwester aufgetaucht ist, um sich um Rachel zu kümmern, und dass Sie –"

„Die ganze Sache ist sehr verworren, aber wir haben es geklärt." Er machte der wütenden Frau ein Zeichen. „Erzählen Sie es ihm, Abigail."

Langsam drehte sie sich zu ihm um. Sie schlug die Augen zu ihm auf und sah aus wie die Unschuld in Person. „Du brichst mir das Herz, mein lieber Mann."

Jeremiahs Unterkiefer klappte herunter. „Wollen Sie mich auf den Arm nehmen?" Flehend streckte er die Hände zu Ballentine aus, aber der Mann sah nur amüsiert drein.

„Ich glaube, Sie beide sollten sich erst einmal einigen. Aber meine Arbeit hier ist erledigt. Kommen Sie sicher nach Hause, Jeremiah … und Sie auch, Mrs Calhoun."

Die Nachmittagssonne verbrannte den steinigen Boden unter seinen Füßen. Es war schwül, und kein Lüftchen regte sich, aber der Tag schwand langsam dahin. Er sah noch einmal auf das knochige Pferd, das er am Zügel hielt. Das Tier blickte ihn geduldig an, als wollte es sein Urteil, dass es wertlos sei, hinterfragen. Aber er hatte es sich nicht ausgesucht und Abigail hatte kein Recht dazu gehabt.

Wieder einmal hatte sie seine Pläne durchkreuzt.

Abigail hatte ihm sein Pferd wirklich nicht nehmen wollen – vor allem nicht, nachdem er so freundlich zu ihr gewesen war und sie früher einmal gegen den Vorwurf des Pferdediebstahls verteidigt hatte. Sie rechnete damit, dass es sie viel kosten würde, aber sie war bereit, es wiedergutzumachen. Natürlich, solange alles in einem gewissen Rahmen blieb.

Er zog Ladymare den Hügel hinunter, und wenn man bedachte, wie uneben der Boden war, dann bereitete ihm das Gehen erstaunlich wenig Probleme. Schon bald waren sie am unteren Ende der Lichtung angelangt und der Wald verschluckte sie in seinem engen Schlund.

„Meinen Sie, wir werden Laurel und Hopkins bald erreichen?" Abigail lief ein paar Schritte, um ihn einzuholen.

„Wenn er mich dadurch abhängen kann, wird Hopkins sich zweifellos beeilen."

Sie ließ ihre Finger durch die blühenden Präriekerzen gleiten, die am Wegrand standen. „Ich hatte gehofft, Sie wären über den Tausch erfreut und nicht verärgert."

„Sie sind doch eine gebildete Frau. Fällt Ihnen wirklich kein stärkerer Ausdruck ein als ‚verärgert'?"

Abigail riss die Blüte eines Sonnenhuts ab. „Mal sehen. Wie habe ich mich gefühlt, nachdem Sie im Stall über mich hergefallen sind? Wutentbrannt? Ist das das Wort, das Sie gesucht haben?"

Er verzog sarkastisch grinsend den Mund. „Ich habe Männer schon wegen geringerer Verfehlungen erschossen."

Sie gingen schweigend weiter den Berg hinauf. Jeremiahs Plan, einen angenehmen Tag mit Laurel zu verbringen, war nicht aufgegangen, und Abigail trug nicht gerade dazu bei, seine Stimmung zu heben. Sie fühlte sich schuldig, konnte den Tausch aber nicht bereuen. Dass sie Ladymare gefunden hatte, war ihre Reise nach Missouri wert gewesen. Wenn sie wüsste, wo die anderen Pferde aus ihrer Zucht waren, würde sie auch doppelt so weit reisen, um sie zurückzuholen. Ihr Traum, dem Stuart-Gestüt wieder zu altem Glanz zu verhelfen, schien plötzlich nicht mehr völlig unmöglich.

„Und bevor Sie sich jetzt freuen", sagte Jeremiah, „glauben Sie ja nicht, dass ich Ihnen dieses Pferd gebe."

Ein weiteres Hindernis. „Es ist mir lieber, wenn Sie sie haben, als jemand, der ihren Wert nicht erkennt."

„Und Sie glauben, ich tue das?" Seine Augenbrauen waren fragend hochgezogen.

Abigail hoffte, dass ihr Lächeln bezaubernd war. „Ich glaube an Sie, Jeremiah. Sie werden es schon noch verstehen."

„Sie denken wirklich, dass Sie mich weichkriegen werden? Das wollen Sie damit doch eigentlich sagen."

Sie hielt es für klüger, auf diesen Vorwurf nicht zu antworten.

„Haben Sie irgendetwas über den Mann herausgefunden, der Josephine die Falle gestellt hat?", wich sie aus.

„Es sieht so aus, als wären wir beide die Einzigen, die ihn gesehen haben … und noch leben."

„Und wenn Sie nicht da gewesen wären ..." Abigail schauderte und taumelte einen Schritt zur Seite. Sie stieß mit der Schulter an seinen Arm, bevor sie sich wieder gefasst hatte.

„Jeremiah, dieser Auktionator hat etwas über Alan gesagt, das mich verwundert hat. Er sagte, er habe ihn nicht lange gekannt. Hat Alan denn nicht hier gelebt?"

Jeremiah strich an den Zweigen entlang, die über den schmalen Weg hingen. „Seine Familie kommt aus dem Nordwesten, aus einer Gegend an der Grenze zu Kansas. Er ist vor dem Krieg von dort weggegangen, als die Freischärler der Union aus Kansas herüberkamen und Unruhe stifteten."

„Waren es die Milizen der Union oder die der Konföderation, die Unruhe gestiftet haben?"

Er schnaubte. „Alan war keiner von denen, die in Kansas eingefallen sind, wenn Sie das meinen. Seine Mutter wollte, dass er außer Gefahr ist, also hat sie ihn nach Springfield geschickt, damit er sich dort Arbeit sucht. Ich habe ihn an der Verladerampe eines Bahnhofs getroffen und ihm einen Job angeboten. Damals konnten wir es uns noch leisten, ein oder zwei Leute anzustellen. Die Zeiten waren damals anders."

„Und dann haben er und Rachel sich verliebt."

„Ich weiß nicht, ob ich es Liebe nennen soll." Ein Blick in sein stures Gesicht genügte, um zu erkennen, dass sogar er selbst Zweifel an der Wahrheit seiner Worte hatte.

„Sie haben einander nicht geliebt? Dann ist es ja gut, dass Sie sie voneinander ferngehalten haben, Jeremiah Calhoun. Sonst wäre Rachel noch auf die Idee gekommen, sie wäre glücklich, bevor er in den Krieg zog und starb."

Unter ihren schnellen Schritten spritzten die Kiesel in alle Richtungen. Manchmal gab es keine einfachen Antworten. Manchmal hatte man keine Wahl, aber wenn man eine schlechte Entscheidung getroffen hatte, sollte man es zugeben. Jeremiah allerdings nicht. Er würde niemals zugeben, dass er im Unrecht war.

„Ich habe mich geirrt."

Abigail wäre fast gestolpert. Sie blieb stehen. Ladymare hielt ebenfalls an. „Wie bitte?"

„Wollen Sie, dass ich es noch einmal sage? Na schön!" Er hob eine Hand zum Himmel, als wolle er diesen als Zeugen anrufen. „Ich habe mich geirrt. Ich dachte, der Krieg wäre schnell vorbei und Alan würde wieder nach Hause zurückkehren. Ich dachte, wenn er erst einmal von unserer Farm weg wäre, würde er Rachel vergessen. Ich dachte, dass es sie umbringen würde, wenn sie Kinder bekäme."

„Und das könnte es auch", gab Abigail zu.

„Aber sie wird ohnehin sterben, und anstatt ihr ein paar glückliche Jahre zu lassen, habe ich nur ihre Einsamkeit verlängert. Ich muss immer wieder daran denken, wie viel einfacher das Leben für alle wäre, wenn Alan derjenige wäre, der überlebt hätte, und nicht ich. Hopkins und Laurel wären glücklich. Rachel wäre glücklich. Und Sie … Sie wären wahrscheinlich irgendwo in Kentucky und würden sich dort mit jemandem über eine Pferdefarm streiten."

Er starrte auf die Bäume, die ihren Weg säumten. „Ich hätte sterben sollen, nicht Alan. Rachel hat allen Grund, mich zu hassen."

Der Abend brach schnell herein, und sie hatten noch nicht einmal den Bach erreicht, an dem sie auf der Hälfte des Weges vorbeigekommen waren. Aber der Marsch tat ihnen gut, in jeder Hinsicht.

„Und Sie haben allen Grund, mich zu hassen", sagte Abigail. „Ich bin in Ihr Haus eingedrungen, habe über Ihr Eigentum verfügt und Ihre Schwester maßlos enttäuscht. Und obwohl ich es versucht habe, bin ich keine große Hilfe, wenn es darum geht, Sie und Laurel zu versöhnen. Ich kann verstehen, dass Sie mich loswerden möchten."

Jeremiah sah sie plötzlich an. „Sie machen jede Menge Ärger, das lässt sich nicht leugnen. Aber ich will die Arbeit, die Sie an meinem Bein geleistet haben, nicht schlechtmachen. Es war reine Nächstenliebe."

Abigails Herz machte einen Satz. „Josiah und Betsy sind da vielleicht anderer Meinung."

Seine Augenbrauen zuckten. „Die beiden sind mittlerweile mucksmäuschenstill. Ich wünschte, ich hätte mitbekommen, wie sie geschrien haben, als Sie sie mit Ihrem Teiggesicht überrascht haben." Er lächelte tatsächlich. „Wissen Sie was? Unser Fußmarsch ist eigentlich gar nicht so schlimm. Mir hat schon vor der Heimfahrt mit Hopkins gegraut. Seine Unterhaltung ist langweiliger als eine Grabrede."

Je länger sie unterwegs waren, desto mehr stützte Jeremiah sich auf seine Krücke, und es war noch ein weiter Weg bis nach Hause.

„Sie können ruhig auf dem Pferd reiten", sagte Abigail. „Es macht mir nichts aus zu laufen."

„Das Angebot muss ich vielleicht tatsächlich annehmen. Ich bin regelrecht erschöpft."

Abigail ging zu ihm hinüber und streckte die Hand aus. Er dachte einen Moment lang nach, bevor er ihr die Zügel reichte und aufstieg.

„Viel besser als das erste Mal, als ich Sie gesehen habe", sagte sie.

„Nur zu. Loben Sie sich nur selbst." Er ließ sich im Sattel nieder und fügte dann beinahe flüsternd hinzu: „Hier ist noch Platz für Sie, wenn dieses Klappergestell uns beide tragen kann."

„Dieses Klappergestell kann uns beide Tag und Nacht tragen."

Er streckte seinen Arm zu ihr hinunter. „Dann kommen Sie hoch. Wir werden ja sehen, ob Sie mit Ihrer Angeberei bezüglich der Stuart-Zucht recht haben."

Abigail sah forschend zu ihm auf. Konnte sie ihm trauen? Auf einmal kam ihr die Vorstellung, hinter ihm zu sitzen und die Arme um seinen Körper zu schlingen, sehr leichtsinnig vor. Sie spürte, wie ihr Gesicht errötete.

„Nein danke. Vielleicht, wenn ich außer Atem bin, aber erst einmal laufe ich lieber."

An der Art und Weise, wie er sie ansah, erkannte sie, dass er ihre Worte durchschaut hatte.

„Wir können uns ja abwechseln", sagte er. „Beim nächsten Anstieg lasse ich Sie reiten. Die Sonne wird natürlich untergegangen sein, bis wir bei den Wallaces sind. Wenn es erst einmal dunkel ist –"

Er richtete sich abrupt auf. Ladymare hatte die Ohren aufgestellt und nach vorn gerichtet. Jeremiah legte Abigail die Hand auf die Schulter, um ihr zu verstehen zu geben, still zu sein. Schweigend drehte er sich nach links und rechts und suchte das dichte Unterholz des Waldes ab. Er griff nach der Pistole an seinem Gürtel.

„Kommen Sie rauf", flüsterte er.

Wohin rauf? Aber Abigail kam gar nicht mehr dazu, etwas zu sagen, denn in diesem Augenblick bogen bereits drei Männer um einen Felsvorsprung. Sie brachten ihre Pferde zum Stehen. Sie wartete ab, ob Jeremiah sie grüßen würde, aber dann lief es ihr eiskalt den Rücken hinunter. Der Mann in der Mitte war der, in dessen Falle ihr Pferd getreten war. Nach dem hämischen Grinsen zu urteilen, hatte er sie auch erkannt.

„Sind das nicht der Krüppel vom Fluss und seine Lady?" Er stand in den Steigbügeln und ließ sich wieder in den Sattel sinken. „Ich hatte damals leider nicht die Gelegenheit, dir meine Freunde vorzustellen."

Ihr standen die Haare zu Berge. Der höfliche Tonfall ihrer letzten Begegnung war verschwunden. Die drei waren jetzt in der Überzahl, und Abigail hatte schon genug erlebt, um keine Gnade zu erwarten.

Jeremiahs Griff an ihrer Schulter wurde fester und dann schob er sie hinter sich. Abigail lehnte sich eng an Ladymare, um so weit wie möglich außer Reichweite zu sein. Aber Jeremiah blieb keine Wahl. Er saß aufrecht im Sattel und sah die drei Männer ohne das geringste Anzeichen von Furcht an.

„Ihr seid ganz schön mutig, dass ihr immer noch in diesen Wäldern hier unterwegs seid. Arkansas wäre vielleicht ein gesünderer Ort für euch."

„Nur schade, dass du keine Gelegenheit mehr haben wirst, deinen eigenen Rat zu befolgen. Und jetzt steig vom Pferd, dann werden wir sehen, ob wir heute gnädig gestimmt sind oder nicht."

„Da hätten wir aber ein Problem", sagte Jeremiah. „Dieses dumme Bein. Ich kann nicht ohne Hilfe absteigen." Sein kurzer Blick verriet Abigail, dass er den Fuß absichtlich aus dem Steigbügel gezogen und das Bein gekrümmt hatte. Er hatte einen Plan. Sie wusste zwar nicht, was er vorhatte, aber sie war sich ziemlich sicher, dass sie lieber bereit sein wollte.

„Und was erwartest du von uns? Sollen wir dich wegtragen wie ein Neugeborenes?"

Langsam ritt Jeremiah auf sie zu. Abigail schlich sich vorsichtig zum Wegrand und wollte im Unterholz Zuflucht suchen, aber sie wurde bemerkt.

„Bleib, wo du bist", befahl der gemeine Kerl. Jeremiah kam langsam immer dichter auf sie zu, als Abigail erkannte, wie sie helfen konnte.

„Ich habe eine Pistole", rief sie. „Aber ich werfe sie weg, wenn ihr wollt. Moment, ich hole sie heraus." Ihr Herz klopfte wild, als sie den Rock ein Stückchen hob und ihren Stiefel auf einen großen Felsen am Wegrand stellte. Dann hob sie ihren Rock bis zum Knie und blickte auf, um zu sehen, ob ihre Bemühungen Wirkung zeigten. Die drei Männer hatte sie jedenfalls abgelenkt, aber auch Jeremiah hatte sich im Sattel umgedreht und starrte sie entgeistert an. Er schluckte. Sie sah ihn mit weit aufgerissenen Augen an und er kam wieder zu sich. Er sollte lieber schnell etwas unternehmen, denn weit konnte sie den Rock nicht mehr heben, bis sie zugeben musste, dass sie keine Pistole hatte.

„Hoppla, sie ist ja auf der anderen Seite." Ihr Lachen täuschte die Männer nicht, aber es genügte, um Jeremiah die Zeit zu verschaffen, die er brauchte. Blitzschnell stieß er dem Pferd neben sich seinen kranken Fuß mit aller Macht in die Seite. Das Pferd scheute und rempelte das Pferd daneben an, sodass Jeremiah genug Platz hatte, um hindurchzureiten. Er verschwand wie der Blitz. Abigail duckte sich hinter den Felsen, aber niemand hatte auf sie geschossen – noch nicht. Sie waren zu sehr damit beschäftigt, auf dem schmalen Weg umzudrehen und Jeremiah zu verfolgen. Unter bitteren Flüchen und Befehlen rannte der grimmige Mann hinter ihr her, während die anderen beiden Jeremiahs Verfolgung aufnahmen. Abigail sah suchend den steilen Hang über sich hinauf. Nicht genug Deckung, aber vielleicht gerade genug, um am Leben zu bleiben.

Sie krabbelte den Hang hinauf und war schon ein gutes Stück gekommen, als der Strauchdieb sie entdeckte. Aber wenn hinter dem Hügel nichts war, konnte sie sich nirgends verstecken. Abigail hatte beinahe den Kamm erreicht, als sie das Knacken von Zweigen und Donnern von Hufen hörte. Jeremiah kam regelrecht über den Kamm geflogen und brach durch das trockene Gehölz. Er streckte die Hand aus und packte ihren Arm mit einem schmerzhaft festen Griff. Sie stieß sich so fest ab, wie sie konnte. Es gelang ihr zwar nicht, auf Ladymares Rücken zu klettern, aber mit seiner Hilfe konnte sie zumindest ein Bein über den Rücken des Pferdes schwingen. Sie klammerte sich verzweifelt an Jeremiahs Schulter und hangelte sich hoch. Es gelang ihm, sie hinter sich zu ziehen, ohne dabei selbst aus dem Sattel zu fallen. Abigail vergrub ihr Gesicht an seinem Rücken und klammerte sich mit aller Kraft an ihn, während sie den Kamm entlanggaloppierten.

Er war zu ihr zurückgekommen. Aber das überraschte sie auch nicht. Jeremiah erfüllte seine Pflicht, ob er wollte oder nicht.

Ein Schuss krachte und die Rinde eines Baums neben ihnen splitterte, aber Ladymare rannte weiter und galoppierte flink zwischen den Bäumen hindurch. Abigail dankte Gott, dass sie ihren sicheren Tritt nicht verloren hatte und der Krieg sie nicht vor Gewehrfeuer erschrecken ließ.

Als sie bergab ritten, wurden sie schneller, aber da sie mittlerweile von drei Pferden verfolgt wurden, standen ihre Chancen schlecht. Ihr Vorsprung würde schrumpfen – solange Ladymare beide tragen musste.

Abigail konnte nicht erkennen, wohin sie ritten. Sie spürte nur die hageren Muskeln des Mannes, an den sie sich klammerte, und das ermüdende Pferd unter sich.

„Machen Sie sich bereit", rief Jeremiah ihr zu. „Hinter dieser Kurve springen Sie ab und rennen zum Felsvorsprung."

„Und was wird aus Ladymare?"

Er antwortete nicht.

Sie hatten die Biegung erreicht, und wie er vorhergesagt hatte, ragten schroffe Felsplatten aus dem Berg. Noch bevor Ladymare stehen geblieben war, glitten beide vom Pferd. Jeremiah wickelte hastig die Zügel um einen Ast und deutete auf die Felsvorsprünge. Abigail rannte los, kam aber sofort zu ihm zurück. Er legte seinen Arm um ihre Schulter, ließ seine Krücke liegen, und beide rannten zusammen zur Felswand. Jeremiah schob sie zu einem dichten Dornbusch.

„Reinkriechen“, sagte er.

Sie duckte sich, bemüht, am Busch, der sie verbergen sollte, keine verräterischen Spuren zu hinterlassen, und schlängelte sich hindurch, bis sie die Felswand erreichte. Jeremiah ging direkt hinter ihr. Sie kämpften sich am Felsvorsprung entlang und stießen auf eine dunkle Einbuchtung direkt über dem Weg.

Abigail begann zu zittern. Diese Männer hätten sie töten können. Das würden sie vielleicht immer noch, wenn sie sie fanden. Sie packte Jeremiah am Kragen und zog ihn zu sich herab. „Können Sie sie von hier aus erschießen?“

„Nein, nicht mit dieser Pistole.“

Ihr Herz hämmerte wie wild, als sie suchend über das Tal blickte, in dem es zunehmend dunkler wurde. „Was machen wir dann? Sie werden das Pferd mitnehmen.“

„Wenn sie hier hochkommen, werde ich so viele töten, wie ich kann. Aber wenn nicht, dann sollen sie eben das Pferd haben.“

„Was?“ Abigail fuhr hoch und stieß sich den Kopf am Felsen an. Sofort legte Jeremiah die Arme um sie und legte seine Hand auf ihren Mund.

„Psst!“ Er zog sie an sich und drückte ihren Kopf an seine Brust. „Wenn nötig, sterbe ich, um Sie zu beschützen, aber ich würde lieber in Zukunft noch weiter mit Ihnen streiten.“

Er überließ diesen Verbrechern ihr Pferd? Ladymare? Sie dachte kurz darüber nach, ob sie ihn beißen sollte, überlegte es sich aber anders. Stattdessen lag sie still da, während ihr gesamter Körper bebte. Jeremiah lockerte seinen Griff, sodass Abigail sehen konnte, was sich unter ihnen abspielte. Durch das Gebüsch hindurch sah sie, wie die Reiter sich vorsichtig Ladymare näherten. Abigail griff nach Jeremiahs Hemd und hielt es sich vor den Mund. Mit erhobenen Waffen starrten sie auf die schattigen

Felsvorsprünge und schienen sie direkt anzustarren. Aber nachdem sie sich flüsternd beraten hatten, lösten die Wegelagerer nur Ladymares Zügel und führten sie weg.

Abigails Augen füllten sich mit Tränen. Wieder einmal wurden ihr ihre kostbaren Träume geraubt. Ihr Kinn rieb an seinem Baumwollhemd, während sie flüsterte: „Ich erinnere mich noch daran, wie sie geboren wurde. Mein Vater gab mir zur Feier einen neuen Penny. Das war sein letztes Geschenk an mich. Als ich sie heute gefunden habe, dachte ich, dass vielleicht alles wieder in Ordnung kommen würde. Dass wenigstens etwas Gutes aus meiner Familie überlebt hatte."

Er strich ihr die Haare aus dem Gesicht. Die letzten Strahlen der Abendsonne spiegelten sich in seinen Augen. Es war nicht das erste Mal, dass sie so dicht bei ihm war. Aber das war *davor* gewesen. Jetzt wusste sie, wie es sich anfühlte, von ihm geliebt zu werden. Sie musste auf Abstand gehen, sei es durch Sarkasmus oder durch Wut. Sonst würde er an Stellen in ihrem Herzen vordringen, an die er nicht herankommen durfte – verwundbare Stellen, die besser verborgen blieben.

Sie bohrte ihre Fingernägel in ihre Handflächen und drängte ihre Gefühle zurück. „Was werden wir jetzt tun?"

Er war immer noch nahe genug bei ihr, dass sie seinen Atem auf ihrer Wange spüren konnte, als er flüsterte: „Ich werde diese Männer jagen und sie zurückholen. Wir dürfen nicht zulassen, dass sie hier herumlungern und uns nacheinander fertigmachen."

„Wer wird uns denn helfen?"

„Uns? Seit wann sind Sie denn die Einzige, der ich trauen kann?" Er hob ihr Kinn an. „Ich wünschte nur, Sie würden mir genug vertrauen, um mir zu erzählen, wie Sie in St. Louis gelandet sind."

Die Erkenntnis traf sie unvorbereitet. Sie sah ihm tief in die Augen und wollte es ihm sagen. Sie wollte diese

Last mit jemandem teilen, aber sie schämte sich zu sehr zuzugeben, dass sie nicht einmal von ihrer eigenen Mutter geliebt wurde.

„Wir sollten gehen, bevor es noch dunkler wird", sagte sie stattdessen.

Er antwortete nicht sofort. Wahrscheinlich dachte er immer noch darüber nach, welche schrecklichen Geheimnisse sie vor ihm verbarg. „Nein, wir bleiben heute Nacht hier."

„Was?" Abigail versuchte noch einmal, sich aufzusetzen, und stieß erneut an den Felsen über ihr. „Warum? Die haben das Pferd. Das wollten sie doch." Sie rieb sich den Schädel.

„Das ist noch nicht alles, was sie wollten. Nicht nach Ihrer kleinen Vorstellung."

Sie hätte am liebsten die Arme verschränkt, aber es war nicht genug Platz zwischen ihnen. „Ich habe versucht, sie abzulenken. Und es hätte auch funktioniert, wenn Sie die Gelegenheit genutzt hätten, statt mich auch anzustarren."

Er räusperte sich. „Sie hätten mich warnen sollen."

„Dann warne ich Sie eben jetzt. Wir können hier nicht bleiben."

„Sie haben die Wahl: Sie können die Nacht bei diesen Männern verbringen, die jetzt irgendwo an diesem Weg sitzen und darauf warten, dass wir versuchen, uns vorbeizuschleichen, oder Sie bleiben bei mir, wo es sicher ist."

„Sicher? Bei Ihnen?" Sie blickte ihn finster an. „Darauf würde ich nicht wetten."

„Ich bin schließlich nicht derjenige, der durch die ganze Stadt stolziert und allen erzählt, wir seien verheiratet!"

„Wenn wir hierbleiben, könnten wir das aber gut bald sein."

„Das sind die Opfer, die ich bringe, um Ihre Haut zu retten." Er verschränkte die Arme hinter dem Kopf. Sie spürte seinen Brustkorb, als dieser sich hob.

Plötzlich raschelte es im Gebüsch am Rand des Felsvorsprungs. Blätter fielen auf die feuchte, lockere Erde darunter. Jeremiah hob den Kopf. Sie hielten beide den Atem an, bis schließlich ein Eichhörnchen aus dem Busch gehuscht kam. Jeremiah stampfte mit dem Stiefel auf und es rannte weg.

„Das war übrigens ein ordentlicher Tritt gegen das Pferd." Abigail tastete ihre Umgebung ab, um ein ebenes Fleckchen zu finden, das möglichst weit von ihm entfernt war. Sie hatte beschlossen, auf Distanz zu gehen. Sie war sich ziemlich sicher, dass es nicht gerade klug war, die Nacht allein mit ihm in einer Höhle zu verbringen – und noch weniger, dies liegend zu tun.

„Ich habe mir einfach vorgestellt, es sei ein riesiger Futtersack. Das hat mir meine Krankenpflegerin so beigebracht."

Sie reckte sich in der Dunkelheit nach vorn, um den Rock um ihre Füße zu wickeln. „Das war mein bestes Kleid. Es ist jetzt wohl ruiniert."

„Nun ja, es sah sehr …" Er grunzte. „Sie wollen wirklich in dieser Situation ein Kompliment hören? Schlafen Sie jetzt lieber."

„Wie soll ich denn so schlafen?" Sie klopfte auf seinen Arm, der mittlerweile wie ein Kissen unter ihrem Kopf lag. „Ist Ihnen das nicht unangenehm?"

„Sehr sogar", erwiderte er mit rauer Stimme. „Und genau deshalb möchte ich mich auch nicht die ganze Nacht unterhalten."

Nein, auch wenn bei einer Unterhaltung wenigstens seine Lippen beschäftigt waren. Sie seufzte. „Ich verstehe. Also werde ich so lange so tun, als würde ich schlafen, bis ich wirklich eingeschlafen bin, und wir vergessen einfach beide, in welch misslicher Lage wir uns befinden."

Aber irgendetwas sagte Abigail, dass sie diese Nacht für den Rest ihres Lebens nicht mehr vergessen würde.

Kapitel 16

Eine Drossel landete auf dem Zweig einer Ulme und schüttelte den Morgentau von den Blättern, als sie herumhüpfte. Ihre Lieder ließen Jeremiah erwachen, obwohl er nicht wirklich geschlafen hatte. Der Helligkeit und seinem knurrenden Magen nach zu urteilen, musste es schon später Morgen sein. Er betrachtete die Frau, die sich an ihn geschmiegt hatte. Ihre Wangen waren gerötet, aber ganz sicher nicht von der kalten Luft. Sie hatten es die ganze Nacht recht gemütlich gehabt. Zugegeben, sie hatte ihn hin und wieder erschreckt, als sie im Schlaf zusammenhangloses Zeug geredet hatte – von Pferden, Taschenuhren, ihrem Vater. Einmal hatte sie sogar seinen Namen gerufen. Jeremiah hatte sich zu Tode erschreckt, als sie sich umgedreht und ihren Arm über seine Brust gelegt hatte. Aber er hatte sich schnell wieder beruhigt und stattdessen ihr samtweiches blondes Haar berührt.

Eine Haarsträhne glitt durch seine Finger. Ihre Augenlider zuckten. Ihre Lippen bewegten sich lautlos, und er erinnerte sich daran, wie glücklich er gewesen war, als er sie geküsst hatte. Das durfte nie wieder passieren, aber noch mehr einsame Nächte wie die vergangene, und sein Entschluss würde auf eine harte Probe gestellt. Er wünschte sich so sehr, für jemanden zu sorgen, für eine Frau wie Abigail, die es wert war, sie mit seiner Liebe zu überschütten. Aber sie gehörte nicht zu ihm, und er hatte kein Recht, so zu tun, als täte sie es.

Das Poltern von Wagenrädern hallte durch das Tal. Zweige knackten, als ein Wagen den Berg herunterkam. Er nutzte die Gelegenheit, ein letztes Mal eine Ausrede zu haben, ihre Lippen zu berühren. Ganz sanft strich er darüber, obwohl das warme Gefühl in seinem Bauch ihn davor warnte. Atemlos wartete er, bis sie die Augen öffnete. Dann legte er seine Finger auf seine eigenen Lippen und deutete auf das Gefährt unter ihnen, das gerade um die Biegung kam.

Langsam schien sie die Situation zu erfassen. Wieder versuchte sie, von ihm abzurücken, und wieder konnte sie nirgends hin. Sorgenfalten traten auf ihre Stirn.

Er riss seinen Blick los und betrachtete wieder den Wagen. Er erkannte, dass dieser den Wallaces gehörte. Und tatsächlich hielt Hiram auch die Zügel in der Hand und Hopkins und Calbert saßen neben ihm und suchten sorgfältig beide Seiten des Weges ab.

Jeremiah stieß einen Pfiff aus. Calbert hob die Hand und Hiram brachte das Gespann zum Stehen. Calbert antwortete auf den Pfiff, und Jeremiah quetschte sich langsam an Abigail vorbei, schlängelte sich unter dem Gebüsch hindurch, bis er im Freien stand.

„Wir sind hier oben." Er winkte und die Männer senkten ihre Waffen.

„Wir haben uns gefragt, was aus euch geworden ist." Calbert suchte den Hang weiter nach lauernden Gefahren ab.

„Wir wurden überfallen. Die Mistkerle haben mein Pferd gestohlen."

„Ihr Pferd oder das von Abigail?"

Dieser Hopkins. Er konnte es einfach nicht lassen.

Jeremiah drehte sich um und nahm Abigail an der Hand. Er hob sie aus dem Dornengestrüpp und stellte sie ab, damit sie ihr Kleid ausklopfen konnte. Jeremiah konnte sehen, wie Hirams Lippen sich bewegten, aber er konnte die Worte nicht verstehen. Hopkins' Schultern zuckten vor Freude und Calbert schüttelte ahnungsvoll den Kopf.

„Wir mussten uns verstecken", erklärte Jeremiah. „Wir dachten, dass die Diebe bestimmt irgendwo auf der anderen Seite des Kamms lagern und nur darauf warten, dass wir herauskommen."

„Genau das haben sie auch getan." Calbert zupfte sich am Bart. „Wir haben ihr Lager auf der anderen Seite des Weges gesehen. Sie müssen sich wohl aus dem Staub gemacht haben, als sie uns kommen hörten."

„Wir sind froh, dass ihr da seid." Abigail bahnte sich ihren Weg den Hang hinunter. Jeremiah musste heftig schlucken. Ihr zerzaustes Haar hinterließ definitiv einen ausgesprochen unheiligen Eindruck. Und er wollte verdammt sein, wenn der alte Calbert nicht auf hundert Meter Entfernung erkennen konnte, dass er ein schlechtes Gewissen hatte. Jeremiah war zwei Schritte gegangen, als er merkte, dass er seine Krücke nicht dabeihatte.

„Menschenskind", sagte Calbert betont langsam. „Was auch immer letzte Nacht passiert ist, muss dir gut bekommen sein."

Abigail fuhr herum und stand mit offenem Mund da. „Jeremiah! Ich wusste gar nicht, dass Sie so gut laufen können."

„Nicht wirklich, aber die haben auch meine Krücke gestohlen. Würden Sie mir den Stock da geben?"

Sie bückte sich und hielt ihm dann einen knorrigen Ast hin. Dieser konnte seine Krücke zwar nicht wirklich ersetzen, aber wenn er auch mithilfe eines Stocks gehen konnte, dann Halleluja! Jeremiah schwang sich hinten auf den Wagen zu Calbert und Hopkins, während Abigail sich auf den Kutschbock zu Hiram setzte.

„Passt auf. Es waren drei und sie waren ausgesprochen aggressiv."

„Es wird Zeit, dass wir aufhören, uns zu verstecken", sagte Calbert. „Eigentlich sollten sie sich vor uns verstecken müssen."

Hopkins suchte den Bergrücken oberhalb des Weges ab, der dicht mit Bäumen bewachsen war. „Und ich habe es satt, mich immer umsehen zu müssen, wenn ich zu meinen Patienten reite. Wenn Sie eine Idee haben, bin ich dabei."

Jeremiah dachte wieder an Abigails Pferd, das die Verbrecher ebenfalls gestohlen hatten. An die Tierfalle. An Varina und Mr Rankin. Er straffte die Schultern. Es war endgültig genug. „Lasst uns loslegen."

Sie hatten genug davon, die Beute zu sein. Jetzt gingen sie auf die Jagd. Jeremiah hievte den letzten Scheffel Mais in den Wagen. Sie waren sich einig, dass sie noch einige Tage warten wollten, um ihre Arbeiten zu erledigen, und dann wollten Hiram, Calbert und selbst Dr. Hopkins sich treffen, um die Wegelagerer endgültig aus den Bergen zu vertreiben. Der Gedanke, wieder töten zu müssen, machte ihn traurig. Und es würde Tote geben, wenn sie Erfolg hatten. Kein Pferdedieb würde sich ergeben, denn er wusste, welches Urteil ihn erwartete. Jeremiah konnte sich nicht einreden, dass sie diese Aufgabe ohne Blutvergießen würden erledigen können. Gleichgültig, ob es sein Blut war oder das der Strauchdiebe, er kannte den Preis für diese Art von Gerechtigkeit.

In der Bibel hieß es, dass Gott ein mächtiger Kämpfer war. Gott schenkte Kraft für solche Unternehmungen, und Jeremiah zierte sich nicht, ihn um Hilfe zu bitten. Aber er fragte sich, wie lange es noch dauern würde, bis er sein Schwert zu einer Pflugschar schmieden konnte. Wie lange musste er noch kämpfen, bis er ein Mann des Friedens werden konnte? Wann würde sein Zuhause endlich ein Ort der Ruhe werden und nicht länger nur ein weiterer Bereich sein, den es zu verteidigen galt?

Er schloss die Ladeklappe, hinkte zum Fahrersitz und sah gerade noch Abigail, die mit dem Schweineeimer aus dem Haus kam. Dieser war so schwer, dass sie Mühe hatte, das Gleichgewicht zu halten. Doch sie beklagte sich nie. Und die körperliche Arbeit war noch nicht das Schlimmste. Auch Rachels saure Miene zehrte an der jungen Frau. Selbst Jeremiah sah, wie entmutigt Abigail war, wenn sie sich wieder um seine Schwester gekümmert hatte. Er schnalzte mit den Zügeln und die alte Stute zog den Wagen holpernd aus den tiefen Spuren Richtung Stall. Es fiel ihm schwer zu glauben, dass eine so hübsche Frau wie Abigail keinen anderen Ort hatte, an dem sie lieber wäre. Selbst wenn sie kein Zuhause hatte, würde sie doch sicher freundlichere Menschen finden als seine Familie.

Aber wollte er das auch?

Er verlangsamte den Wagen, bis Abigail den Eimer in den Trog gekippt und den Hof vor dem Stall verlassen hatte. Seit jenem Kuss hatten sie nicht mehr zusammen im Stall gearbeitet. Seit jener Nacht in der Felshöhle hatten sie nicht mehr unter vier Augen miteinander gesprochen. Er vermisste sie. Er wünschte sich so sehr, seine Enttäuschung und seine Sorgen mit ihr zu teilen. Wenn er ihr doch nur zu verstehen geben könnte, was ihre Freundschaft ihm bedeutete, ohne sie auf falsche Gedanken zu bringen. Aber sich in ihre Nähe zu begeben, war, als wollte er einen Fluss auf rutschigen Steinen überqueren. Er würde ausrutschen und bis über beide Ohren …

Laurel und Hopkins standen schon fast neben seinem Wagen, als er sie endlich bemerkte. Laurel zupfte sich ein Veilchen aus ihrem Haar und warf es hinter sich und Hopkins schwang fröhlich seine Arzttasche. „Guten Tag, Jeremiah!"

Jeremiah trieb das Pferd mit einem Schnalzen an und fuhr zu den beiden. „Ich werde erst morgen losreiten."

„Ich weiß." Hopkins' Lächeln verschwand, als würde ihm erst jetzt die Ernsthaftigkeit der bevorstehenden Aufgabe bewusst. „Ich mache vorher noch einige Besuche und dachte, ich sollte vielleicht noch einmal nach Rachel sehen."

„Vielen Dank." Und das meinte er ernst. Wenn ihm etwas zustoßen sollte, so wollte Jeremiah sicher sein, dass er alles in seiner Macht Stehende getan hatte, bevor er starb. „Ma ist im Haus. Klopfen Sie einfach an."

Hopkins zupfte an seiner alten Weste und ging mit langen Schritten auf das Haus zu.

Laurel blieb zurück und betrachtete den Mais. „Brauchst du Hilfe beim Abladen?"

„Das Angebot lehne ich nicht ab", meinte Jeremiah achselzuckend.

Mit gesenktem Kopf lief sie vor ihm her und öffnete die Stalltür. Er lenkte das Pferd in den Stall und stellte den Wagen unterhalb der Falltür zum Dachboden ab. Ihre zerschlissenen Petticoats flatterten, als Laurel auf ihren abgewetzten Stiefeln die Leiter hinaufstieg. Dann wurde die Falltür krachend geöffnet und sie blickte lächelnd von oben zu ihm herab.

Normalerweise war ihr Lächeln herzerwärmend, aber heute machte es ihm nur ein schlechtes Gewissen. Er hasste diese Ungewissheit. Er hasste diese Unentschlossenheit. Ein Mann sollte sich einmal entscheiden und dann sollte die Sache ein für alle Mal erledigt sein. Warum war er nur so verwirrt?

Jeremiah kletterte hinten auf den Wagen und hob den ersten Scheffel hoch. Sie ergriff diesen mit ausgestreckten Armen. „Ich wollte dich nicht einspannen."

„Newton hat gesagt, dass ich besser nicht dabei sein soll, wenn er Rachel untersucht."

Rachel. Noch mehr Schuldgefühle.

Laurels pechschwarzes Haar umrahmte ihr rosiges Gesicht. „Ich mache mir solche Sorgen wegen morgen, Jeremiah. Wird es sehr gefährlich werden?“

„Du weißt, was das für Männer sind, hinter denen wir her sind.“

Ihr Kopf verschwand, und er konnte hören, wie der Scheffel über ihm auf den Dachboden plumpste. Dann erschien sie wieder mit Tränen in den Augen. „Wenn dir irgendetwas passieren würde … oder Newton … wäre ich schrecklich traurig. Ich habe schon einmal gedacht, ich hätte dich verloren. Das könnte ich nicht noch einmal ertragen.“

Als Jeremiah zum ersten Mal in die Gefahr hinausgeritten war, hatte er nicht gewusst, was auf dem Spiel stand. Er hatte nur die Jubelrufe gehört, nicht die Warnungen. Jetzt kannte er die Folgen, genau wie Laurel. Sie war doch reifer geworden.

Sie streckte ihm ihre Arme entgegen, bereit, die nächste Ladung entgegenzunehmen, aber als Jeremiah den Korb zu ihr hochhob, legte sie ihre Hände auf die seinen. „Weißt du noch, als du das letzte Mal weggegangen bist?“, fragte sie. „Ich habe jeden Tag geweint. Aber dann wurden aus den Tagen Monate und aus den Monaten Jahre.“

Ihr Kinn bebte. Sie nahm ihm den Korb ab und stellte ihn beiseite.

„Dein Versprechen war das Einzige, was mir dabei half durchzuhalten“, sagte Jeremiah. „Als ich angeschossen wurde, als ich Alan verloren hatte, wusste ich, dass mich zu Hause nichts mehr erwartet … nichts mehr außer dir.“ Ihre gebräunten Arme lugten unter den verblichenen Ärmeln ihres Kleides hervor. Er streckte den Arm aus, um ihre Hand zu ergreifen, die sie ihm hinhielt.

„Aber ich habe dir immer noch keine Antwort gegeben.“ Sie schlug die Augen nieder. „Ich liebe dich, Jeremiah. Ich muss das nur erst alles begreifen. Wirst du mir noch ein bisschen Zeit lassen? Bitte? Wirst du noch ein Weilchen auf mich warten?"

Würde er warten? Alan hatte er seine Erlaubnis verweigert. Rachel hatte er sie verweigert.

Jetzt bat ihn wieder jemand um eine zweite Chance. Würde er diese Beziehung auch zerstören?

Hoffnungsvoll blickte sie ihn an. Laurel, die nie einer Fliege etwas zuleide tun würde, streckte ihm ihre Arme entgegen, als wollte sie ihn zu sich nach oben ziehen, weg von all dem Schmerz und all den Sorgen. Er konnte sie nicht zurückweisen. Er hatte schon zu viele Menschen zurückgewiesen.

„Ja. Ich werde auf dich warten. Lass dir Zeit."

Er würde ohnehin seine Heimat nicht mehr verlassen. Und bis sie eine Entscheidung getroffen hatte, wollte er weiter alles dafür tun, seine Lieben zu beschützen.

„Ich bin froh, dass Sie mich gerufen haben." Dr. Hopkins kippte den Kaffee hinunter und gab Abigail den Becher zurück. „Sie hat leicht erhöhte Temperatur. Die Herzgeräusche sind deutlich zu hören, und sie leidet unter Schwindelgefühlen, sobald sie aufsteht. Noch ein Schub könnte sie das Leben kosten."

„Das dachte ich auch." Abigail stellte den Becher in die Spüle und warf einen Blick zur Tür hinaus, um sicher zu sein, dass niemand sie hören konnte. „Wenn sie einer meiner Soldaten wäre, würde ich ihr jetzt vorschlagen, Abschiedsbriefe nach Hause zu schreiben. Aber in dieser Situation bin ich nicht sicher, was ich tun soll."

Dr. Hopkins zog seine schmalen Augenbrauen hoch. „Ich würde sagen, sie sollte ihren Frieden machen, bevor sie geht."

Aber würde sie das tun? Rachel wusste seit Jahren, dass sie früh sterben würde, aber sie hatte sich nie bemüht, Frieden mit ihrer Familie zu schließen. „Was haben Sie ihr gesagt?"

„Dass ihre Aussichten nicht gut sind. Dass jeder Fieberschub gefährlicher sein wird als der vorhergehende. Sie hat das Ganze heruntergespielt, wie erwartet. Sie hat mir erklärt, man habe ihr schon seit Jahren ein kurzes Leben vorhergesagt, aber es habe eh schon länger gedauert, als ihr lieb sei."

Abigail strich mit dem Fingernagel über einen Sprung in dem Keramikbecher. Unzählige ernste Gesichter gingen ihr durch den Kopf – von Männern, die um jeden Atemzug gekämpft hatten. Von Männern, die Familien zurückgelassen hatten. Aber ganz gleich, welche Haltung Rachel dazu hatte: Sie würde sterben. Vielleicht war ja ihr Zorn nur ein Schutz, um nicht zu sehr an dieser Welt zu hängen. Jedenfalls fühlte Abigail sich dieser Familie gegenüber verpflichtet. Sie wollte dafür sorgen, dass Rachel in Frieden gehen konnte … und hoffentlich auch Frieden zurücklassen würde.

„Danke, dass Sie gekommen sind und Ma nicht erzählt haben, dass ich Sie gerufen habe. Ich wollte nicht, dass sie verzweifelt ist, vor allem nicht, da Jeremiah morgen loszieht."

„Und außerdem wollten Sie ein letztes Mal mein Fachwissen in Anspruch nehmen, für den Fall, dass ich nicht zurückkomme", erwiderte der Arzt.

„Wir wissen nicht, was Gott für uns geplant hat und was die Zukunft uns bringt, Herr Doktor. Keiner weiß das besser als wir."

Er klopfte auf den Tisch und lächelte spitzbübisch. „Warum heiratet er Sie nicht endlich und macht der ganzen Sache ein Ende? Wir wissen doch alle, dass er es früher oder später tun wird."

„Was? Ich werde nicht heiraten!“ Bei seiner scherzhaften Bemerkung bekam Abigail einen trockenen Mund. Sie wollte nicht, dass irgendjemand glaubte, sie sei hinter Jeremiah her. Sie wusste plötzlich nicht, was sie mit ihren Händen tun sollte, und wischte den nicht vorhandenen Staub vom Tisch.

„Kein Grund, sich zu schämen, Miss Abigail. Er kriegt die Kurve schon noch, aber nicht schnell genug für meinen Geschmack.“

„Schämen Sie sich“, erwiderte sie. „Nur weil man sich etwas wünscht, ist es noch lange nicht wahr.“

„Wünschen Sie es sich denn?“

„Ich habe von *Ihnen* gesprochen.“ Sie hoffte, dass ihrem Gesicht das Entsetzen über seinen Vorschlag abzulesen war und nicht das Unbehagen, das sie bei diesem Gedanken empfand. „Ich verstehe Ihr Dilemma, aber lassen Sie mich da raus.“

Ein Räuspern unterbrach ihr Gespräch. Sie drehten sich um und sahen Jeremiah und Laurel in der Tür stehen.

Die junge Frau strahlte, als Newton sie anblickte. „Bist du mit Rachel fertig?“

„Ich bin fertig, und in Anbetracht dessen, was uns morgen erwartet, sollte ich jetzt lieber gehen.“ Er packte die Ledergriffe seiner Arzttasche. „Dann morgen früh, Jeremiah?“

„Wir treffen uns bei Tagesanbruch bei Calbert.“

„Ich werde dort sein. Und Abigail, ich vertraue meine Patientin Ihren fähigen Händen an. Und was das Übrige betrifft … tun Sie, was immer Sie für nötig halten.“

Ihr Gesicht wurde warm. Dr. Hopkins und Laurel verabschiedeten sich und ließen sie mit Jeremiah allein in der Küche zurück.

Sie nahm die Kaffeekanne vom Ofen und verbrannte sich dabei die Finger. „Rachel geht es nicht sehr gut. Ihr Herz wird nicht mehr lange mitmachen.“

Die Falten um seine Augen vertieften sich. „Wie lange noch?"

„Es hängt viel davon ab, ob sie dem Fieber etwas entgegenzusetzen hat. Aber ihr Herz hat schon Mühe. Das Ende könnte ganz plötzlich kommen oder es könnte noch eine Weile dauern. Auf jeden Fall sieht es nicht danach aus, als würde sie sich noch einmal erholen. Ich habe versucht, sie darauf vorzubereiten. Sie sollte nicht gehen, solange die Dinge noch so stehen wie jetzt."

Er ballte die Faust und man sah die Sehnen auf seinem Unterarm. „Ich habe auch schon versucht, mit ihr zu reden. Sie will meine Entschuldigung nicht hören."

Die Trauer in seiner Stimme schmerzte sie. Wie sie es bei ihren Übungen im Stall tat, legte Abigail auch jetzt ihre Hand auf seine angespannten Muskeln, um sie zu entspannen. „Aber verschließen Sie ihr die Türe nicht. Solange sie noch atmet, kann sie sich ändern."

Er öffnete den Mund. Blickte auf ihre Hand. „Abigail … Ich weiß nicht, was morgen früh passieren wird, und ich will nichts zwischen uns ungeklärt lassen." Er legte seine Hand auf die ihre und seine Wärme durchströmte ihre Adern. „Wenn ich morgen sterbe, bleiben Sie doch hier, oder? Auch wenn Rachel gestorben und das Fohlen auf der Welt ist. Sie wären für Ma ein Trost."

Sie schloss die Augen. Hier war ihr Zuhause. Das hatte sie schon gewusst, bevor Jeremiah zurückgekommen war, aber es gab immer noch einige ungeklärte Fragen. „Und wenn Sie nicht sterben? Bin ich dann immer noch willkommen?"

Er blinzelte. „Um hier bei mir zu wohnen?", entgegnete er stirnrunzelnd. „Das kommt darauf an. Wir sollten Laurels Meinung dazu berücksichtigen."

Abigail versteifte sich. Vielleicht sollte sie sich mit seinem Zugeständnis zufriedengeben, aber es war ihr nicht genug. Ob es nun Newtons Beobachtungen oder ihr eigenes wachsendes Verlangen war – irgendetwas trieb sie dazu, diese Sache nicht ungeklärt zu lassen. „Und wenn Laurel nicht einverstanden ist?"

„Nun, sie hat doch keinen Grund, Sie wegzuschicken. Sie verstehen sich mit ihr – besser als mit Rachel. Außerdem ist das hier mein Haus. Sie müsste auf mich hören."

Abigail entzog ihm ihre Hand und wandte sich zum Fenster. „Jeremiah, der Allmächtige, der allen um sich herum seinen Willen aufzwingt." Vor ihren Augen verschwamm alles. Sie hatte schon einmal ein Zuhause gehabt, wo sie nur geduldet worden war. Sie hatte geglaubt, hier mehr als das gefunden zu haben.

„Was ist mit Ihnen?", fragte Jeremiah.

„Sie wollten mich wegschicken, sobald das Fohlen geboren ist, und jetzt können Sie sich nicht denken, warum Laurel irgendwelche Einwände dagegen haben sollte, dass ich bleibe. Je nach Lust und Laune – bleiben, nicht bleiben. Freund oder Feind. Küssen, nicht berühren. Und wir alle sollen uns den Anordnungen des Captains fügen."

„Abigail …"

Sie spürte seine Nähe und wagte nicht, sich umzudrehen. Er stand zu dicht bei ihr. Sie war zu aufgewühlt.

„Ich entschuldige mich noch einmal", sagte er. „Ich habe Sie nicht fair behandelt, aber was ich Ihnen bieten kann, hat seine Grenzen."

In diesem Moment wusste sie, dass sie niemals mit weniger zufrieden sein würde als mit allem – sie wollte alles von ihm. Abigail rieb den Penny in ihrer Tasche. Doch sie hatte ihren Stolz. Sie würde sich nicht lächerlich machen. Sie hatte schon zu viel gesagt.

„Ich bete, dass Sie wohlbehalten zurückkommen." Sie drehte sich zu ihm und zwang sich zu einem spielerischen Tonfall. „Und ich bete, dass Sie keinen Vorwand finden, um Hopkins etwas zustoßen zu lassen."

Die Falten in seinem Gesicht verschwanden. „Ich würde ihm nie etwas tun. Ich brauche schließlich seine Hilfe, um mein Pferd zurückzubekommen."

„Ihr Pferd?"

Er zog einen Mundwinkel hoch und schmunzelte. „Sie sollten die Stute mal sehen. Sie hat das beste Blut westlich des Mississippi."

Kapitel 17

Wahrscheinlich würden sie die Banditen gar nicht finden, geschweige denn, dass es zu einer Schießerei kommen würde. Jeremiah drehte sich auf den Rücken und kratzte sich am Bauch. Sein fensterloses Zimmer unter der Treppe war im Winter sehr gemütlich, aber in schlaflosen Nächten wie dieser fühlte es sich an wie eine Höhle – oder wie ein Sarg.

Jeremiah setzte sich auf. Er hatte einen Fehler gemacht. In irgendeiner Hinsicht hatte er es gestern vermasselt. Irgendetwas hatte ihn von seinen eigentlichen Plänen abgebracht, aber er konnte nicht sagen, was es war. Warum war er so unruhig? Was hatte er vergessen? Er hatte seine Waffen geladen und Proviant bereitgestellt, den er am Morgen in die Satteltaschen stecken würde. Lancaster war gesund und bereit für den Ritt. Und obwohl Jeremiah noch nicht wirklich rennen konnte, so konnte er doch ohne Hilfen aufsteigen oder im Stehen schießen – dank Abigail.

Abigail. Jeremiah erhob sich und ging in dem kleinen Raum auf und ab. Er hatte sie mit seinem Angebot vom Vorabend glücklich machen wollen. War es nicht das, worauf sie aus gewesen war? Ein Ort, an dem sie dauerhaft leben konnte? Also hatte er diese Sache erledigt. Wenn ihm etwas zustieß, würde sie hierbleiben und seiner Mutter helfen. Und wenn er zurückkäme, nun, dann musste sie vielleicht trotzdem nicht gehen. Seit Alan hatte es niemand mehr gegeben, der ihm so zugehört und ihn so verstanden hatte. Er hatte begriffen, dass man solche Freunde nur schwer fand. Und wenn man sie fand, sollte man die Zügel lieber festhalten und nicht wieder loslassen. Natürlich bestand immer die Gefahr, dass ein anderer Mann Interesse an ihr zeigte. Hübsch genug war sie ja. Was das Aussehen anging, hatte sie gewiss keine Mängel. Ehrlich gesagt konnte man als Mann weitaus schlimmere Fehler begehen, als sie zur Frau zu nehmen. Vorausgesetzt natürlich, Laurel Wallace wartete nicht auf einen.

Der Zweifel nagte immer stärker an ihm. Was für ein Haken es auch immer sein mochte, an dem er hing, Laurel hielt die Angel in der Hand. Das Gespräch mit ihr war ebenfalls gut verlaufen. Er hatte nicht den gleichen Fehler gemacht wie bei Rachel und Alan, indem er die Tür voreilig zugeschlagen hatte. Warum also kam es ihm jetzt so vor, als hätte er einen Fehler begangen? Warum hatte er, angesichts der Möglichkeit zu sterben, das Gefühl, Abigail Unrecht getan zu haben?

Der Hahn krähte. Die lange Nacht war endlich vorüber. Er zog sich sein Baumwollhemd über den Kopf und staunte wieder einmal, wie wertvoll doch etwas so Einfaches wie ein Schlafzimmer sein konnte, in dessen Stille die Seele eines Menschen immer wieder geprägt und geformt wurde.

Durch die Spalte unter der Küchentür drang Licht herein. Er erschrak, als er Schritte auf der Treppe hörte, aber es war nur Rachel. Sie stützte sich schwerfällig auf das Geländer und hielt eine Kerze in ihrer zitternden Hand. Mit unsicheren Schritten kam sie vorsichtig die Treppe herunter.

Rachel war zu ihm gekommen, um sich von ihm zu verabschieden? Er konnte seine Überraschung kaum verbergen. „Guten Morgen."

Die Blässe in ihrem Gesicht erinnerte ihn an Abigails Teigmaske. Sie fuhr sich mit der Zunge über die Lippen, und ihr Brustkorb hob sich angestrengt, als wäre sie einen Kilometer bergauf gerannt. „Sei vorsichtig", sagte sie schließlich.

„Rachel, was machst du denn hier unten?" Ma kam herbeigeeilt, nahm sie am Arm und führte sie zu einem Sessel. „Du solltest so früh noch gar nicht auf den Beinen sein."

Abigail stand nun ebenfalls bei Ma. Ihr Gesicht war frisch gewaschen und rosig.

„Ich wollte dir noch eines sagen, bevor es mit mir zu Ende geht." Rachel drehte sich zu ihm und straffte die Schultern. „Wenn dir irgendetwas zustoßen sollte und du nicht nach Hause kommst ..." Sie fuhr sich mit dem Handrücken über die Lippen. „Wenn du auf wundersame Weise im Jenseits Alan treffen solltest, dann sag ihm, dass du dich geirrt hast und ich ihn immer noch liebe."

Ein Hauch von Zufriedenheit huschte über ihr Gesicht. Ma schnappte nach Luft und Abigails nach unten gezogene Mundwinkel verrieten ihr Missfallen.

Jeremiah bekam eine Gänsehaut. „Ich werde ihm alles ausrichten, was du möchtest, aber ich muss mich bei Alan nicht entschuldigen. Er hat verstanden, dass ich mir nur Sorgen um dich gemacht habe, auch wenn du das nie verstanden hast."

Rachel zitterte, ob vor Wut oder Erschöpfung, das konnte er nicht sagen. „Das ist alles, was ich sagen wollte. Ich gehe wieder in mein Zimmer."

„Lass mich dir helfen." Ma küsste Jeremiah auf die Wange. „Ich sage nicht Lebewohl, weil du zurückkommen wirst. Mehr gibt es nicht zu sagen." Sie legte den Arm um Rachels abgemagerten Körper und schob sie sanft nach oben.

Abigail stand wie angewurzelt in der Küchentür. „Wir haben ein Verpflegungspaket für Sie gemacht." Während er ihr in die Küche folgte, sah Jeremiah, dass ihr dicker Zopf zwischen ihren Schulterblättern baumelte. Es fiel ihm immer noch schwer zu glauben, dass er keine Gehhilfe mehr brauchte. Das Sackleinenbündel scheuerte über den Tisch und baumelte dann herab, als sie ihm den Riemen hinhielt.

Ihre aufgequollenen Augen ließen auf eine schlaflose Nacht schließen. Hatte sie etwa auch wegen ihm nicht geschlafen?

„Jeremiah, letzte Nacht habe ich einen Entschluss gefällt." Sie zog ihren Zopf nach vorn und ließ ihn durch ihre Finger gleiten. „Da ich kein Zuhause und keine Familie habe und deine Gesellschaft sehr genieße, habe ich beschlossen, dass wir heiraten werden, wenn du diese Kerle vertrieben hast."

Seine Finger wollten ihm plötzlich nicht mehr gehorchen und er ließ das Leinenbündel fallen. Abigail zuckte nicht einmal. War sie völlig durchgedreht? Er wusste ja, dass sie furchtlos war, aber ihm einen Antrag zu machen? Irgendetwas stimmte hier nicht.

„Das Letzte, was ich von dir gehört habe, war, dass du nicht mit mir allein sein wolltest. Wie um alles in der Welt kommst du jetzt darauf, dass wir heiraten sollten?"

„Nun, Laurel will dich nicht. Wenn sie wirklich gewollt hätte, hätte sie ausreichend Gelegenheit dazu gehabt, es dir zu sagen. Außerdem weißt du tief in deinem Inneren, dass wir beide besser zusammenpassen. Du hast selbst gesagt, dass du lieber mit mir redest, dass ich deine Ansichten besser verstehe …"

„Das habe ich zu dir gesagt?" Gedacht hatte er das natürlich, aber woher wusste sie es?

Abigail kam auf ihn zu und blickte ihn mit ihren blauen Augen fest an. „Und was ist mit dem Kuss? Er war echt. Er kam von Herzen. Und wir können ihn beide nicht vergessen. In jener Nacht dort unter dem Felsüberhang, als ich in deinen Armen geschlafen habe, konntest du an nichts anderes denken als daran, mich noch einmal zu küssen." Sie hob die Hand und fuhr ihm mit den Fingern durchs Haar. Sie strich es zurück und ergriff seinen Nacken. Er bekam einen trockenen Mund. Er hätte am liebsten die Augen geschlossen und ihre Berührung genossen, aber er war zu sehr damit beschäftigt, ihren Anblick in sich aufzunehmen. „Vielleicht bin ich ja sehr direkt, aber ich will nur sagen, wir sollten es offiziell machen. Hol den Pfarrer, damit wir aufhören können, so zu tun, als würden wir einander nicht beachten und –"

Ein lautes Klopfen an der Hintertür unterbrach sie. Mit klopfendem Herzen trat Jeremiah zurück. Aber sie folgte ihm und ließ nicht zu, dass er sich von ihr entfernte. Er musste die Tür öffnen, aber er wurde den Gedanken daran nicht los, wie samtig diese Haare sich damals angefühlt hatten.

„Jeremiah!" Es war die Stimme seiner Mutter. „Jeremiah, wach auf."

„Ich bin wach, Ma."

Abigail runzelte die Stirn. Ihr Antrag erstaunte ihn, aber er musste zugeben, dass sie überzeugende Argumente hatte.

„Ich denke den ganzen Tag darüber nach, dass ich dich gern küssen würde", flüsterte er, „aber ich dachte, du bist wütend auf mich –"

„Jeremiah", erklang die Stimme seiner Mutter erneut. „Es wird schon fast hell. Du musst dich auf den Weg machen."

Jeremiah drehte sich um und setzte sich dann auf. Wo war Abigail? Er sah sich im Zimmer um. Mit zitternden Fingern zündete er die Talgkerze an, aber es hatte sich keine Frau in seinem Zimmer versteckt. Sie war verschwunden und er war nicht angezogen und stand nicht in der Küche. Und er war spät dran. Jeremiah sprang aus dem

Bett und zog sich sein Hemd über. Er musste Abigail finden. Er wollte die Wahrheit wissen. Warum hatte sie versucht, Dinge vor ihm geheim zu halten? Wann hatte sie erkannt, dass sie ihn liebte? Sein Herz war voller Fragen. Als er mit einem Bein in seiner Hose stand, hielt er inne. Aber hatte sie das wirklich gesagt? Hatte er sich alles nur eingebildet? Das konnte nicht sein. Es war viel zu real gewesen.

Er stolperte aus seinem Zimmer und streifte sich dabei die Hosenträger über die Schultern. Seine Mutter wartete händeringend im Salon auf ihn. Abigail spielte mit ihrem Zopf und ließ ihn durch ihre Finger gleiten.

„Wo ist Rachel?“, fragte er.

Ma runzelte die Stirn. „Sie ist im Bett. Ich habe sie nicht geweckt.“

Auf der Treppe war es dunkel und niemand war zu sehen. Also hatte sie ihn nicht gebeten, Alan einen Gruß auszurichten, falls er starb und diesen im Jenseits traf? Nicht, dass er etwas anderes von ihr erwartet hätte.

„Jetzt gib mir einen Kuss und dann kann ich mich anziehen gehen“, sagte seine Mutter. „Sei vorsichtig. Ich hoffe, ihr könnt sie vertreiben, ohne dass es zu einer Schießerei kommt.“

„Und bringt Ladymare zurück“, fügte Abigail hinzu.

Bei ihrem Anblick schwirrte es in seinem Kopf. Mit ihren rosigen Wagen und den sanften Augen sah sie genauso aus wie in seinem Traum. Aber sah sie irgendwie anders aus als an irgendeinem anderen Morgen? Er gab seiner Mutter einen Kuss, als Abigail sich an den Türrahmen lehnte.

„Wir haben Ihnen ein Verpflegungspaket gemacht.“

Ihm standen die Haare zu Berge. Hatte sie das nicht auch in seinem Traum gesagt? Oder passte sich sein Traum jetzt der Realität an? Was, wenn es gar kein Traum gewesen war, sondern eine Vorahnung?

Er folgte ihr hinkend, begleitet vom leisen Ticken der Uhr im Salon und dem ersten Gesang der Vögel. Er schien alles gedämpft wahrzunehmen. Nur Abigails Stimme drang ganz klar zu ihm durch.

„Jeremiah, letzte Nacht habe ich einen Entschluss gefällt."

Das Herz rutschte ihm in die Hose. Das passierte jetzt nicht wirklich, oder? Er hob abwehrend die Hand. „Sie brauchen nichts weiter zu sagen. Ich weiß es schon." Vorahnung. So wollte er es nennen.

Sie kniff die Augen zusammen. „Sie wissen es? Und? Nehmen Sie den Vorschlag an?"

Ihre Worte hatten in der vergangenen Nacht irgendwie betörender geklungen. Diesmal klang sie beinahe ungeduldig, aber ihm war immer noch keine gute Antwort eingefallen. Wie konnte er jemanden heiraten, der die Wahrheit vor ihm verbarg? Er fuhr sich mit der Hand durchs Haar. „Ich habe jeden Tag über diesen Kuss nachgedacht, aber Sie waren so wütend, dass ich nie gedacht hätte, dass Sie –"

Sie starrte ihn mit offenem Mund an. „Wovon reden Sie da? Was hat das mit Ladymare zu tun?"

Sie strich über ihren blonden Zopf, wie beim ersten Mal. Aber sie warf sich definitiv nicht in seine Arme. „Die Unterhaltung über das Pferd muss warten, bis wir die Sache mit der Heirat geklärt haben."

Ihre Augen traten hervor. „Heirat? Machen Sie mir etwa einen Heiratsantrag?" Das Geräusch, das da aus ihrem wunderschönen Mund kam, klang eher wie ein Schnauben.

„Natürlich nicht." Er richtete sein Hemd. „Sie haben *mich* gefragt."

„Ich?! Sie eingebildeter … Nein, das habe ich nicht! Ich habe nicht im Geringsten daran gedacht, aber Sie offensichtlich."

Jeremiah hielt inne. „Vergessen Sie, was ich gesagt habe. Es war ein Fehler." Er vergrub die Hände tief in den Hosentaschen. Hatte er nicht gerade eine schlaflose Nacht hinter sich, weil er sich Sorgen darüber gemacht hatte, einen Fehler zu begehen? „Ich muss dabei an Laurel gedacht haben."

„Hat Laurel Ihnen einen Antrag gemacht?"

Jede andere Frau wäre so höflich gewesen, das Missverständnis auf sich beruhen zu lassen. Warum musste sie allem auf den Grund gehen?

„Sie haben Verpflegung für mich?"

Abigail packte das Leinenbündel und warf es ihm zu. „Was ich Ihnen sagen wollte, ist, dass ich Ihnen einen Tausch vorschlagen wollte. Ich wäre bereit, nicht bis zum Februar zu warten, wenn das Fohlen zur Welt kommt, sondern Ladymare zu nehmen. Dann hätten Sie das Fohlen, das ja sowieso ein Hochzeitsgeschenk für Sie und Laurel sein sollte, und ich hätte ein ausgewachsenes Pferd, auf dem ich davonreiten und von hier verschwinden könnte. Eigentlich wollte ich Ihnen auch sagen, dass Sie vorsichtig sein sollen, aber ich habe meine Meinung geändert. Ein bisschen Schrot im Hintern würde Ihrer Vernunft vielleicht Beine machen."

„Sie wollen schon gehen?" Februar. Er hatte damit gerechnet, dass sie erst in sechs Monaten gehen würde. In sechs Monaten konnte alles Mögliche passieren. „Aber ich habe Ihr Pferd doch nicht."

„Das werden Sie aber bald."

Er schüttelte das Leinenbündel. Sie durfte nicht gehen. Sie hatten sich doch gerade aneinander gewöhnt, oder nicht? „Ich habe Ihnen doch gesagt, falls mir etwas zustößt –" Aber der Widerwille auf ihrem Gesicht ließ ihn innehalten. Irgendetwas an seinen Worten hatte sie verärgert. Er hatte keine Ahnung, was er ihr noch sagen sollte, und dankte ihr nur für die Vorräte. Dann stapfte er hinaus. Da hatte er ja von den Wegelagerern vermutlich mehr Mitgefühl zu erwarten.

Was sollte sie nur mit diesem Mann anfangen? Einerseits wollte er, dass sie verschwand, sah sie aber gleichzeitig an, als wolle er sie küssen. Dann hatte er gesagt, sie solle bleiben, aber seinem Blick nach zu urteilen, war er sich nicht sicher gewesen. Und jetzt hatte sie ihm mitgeteilt, sie würde gehen, und er sah entsetzt drein. Was entsprach denn nun der Wahrheit?

Abigail blieb aufrecht stehen, bis er durch die Küchentür verschwunden war. Dann sank sie auf einen Stuhl, legte die Ellbogen auf die Tischplatte und vergrub das Gesicht in den Händen. Sie sprach ein kurzes Dankgebet dafür, dass ihr der Pferdetausch eingefallen war. Wenn ihr nicht noch diese Idee gekommen wäre, hätte sie niemals leugnen können, dass sie ihn durchaus heiraten wollte. Und woher kannte er ihre Gedanken, wo sie ihr doch selbst gerade erst bewusst geworden waren? Ihre Bewunderung für ihn war langsam gewachsen. Er drückte sich vielleicht manchmal etwas ungehobelt aus, aber sein Verhalten war immer voller Mitgefühl. Auf dem Weg zum Markt hatte er sich immer wieder zurückfallen lassen, um nach ihr zu sehen. Er hatte sein Leben aufs Spiel gesetzt, damit sie fliehen konnte, hatte sie gegen Varinas Anschuldigungen verteidigt. Jeremiah war oft mürrisch, aber sein Einsatz für andere zeigte, wie es wirklich in seinem Herzen aussah. Aber dieses Herz würde niemals ihr gehören.

Es war Zeit aufzugeben. Es war Zeit, diesen hoffnungslosen Fall Gott zu überlassen und abzuwarten, was er daraus machen würde. Würde Gott ein Wunder tun oder würde er sie in ihrer Enttäuschung trösten? So oder so musste sie sich der Realität stellen.

Jeremiah kannte sie durch und durch. Sie hatten viele Stunden zu zweit verbracht, als sie an seinem Bein gearbeitet, die Pferde trainiert, sich vor Wegelagerern versteckt und über die Farm gesprochen hatten. Wenn er sie jetzt noch nicht liebte, dann konnte sie nichts mehr tun. Sie war, wie sie eben war, und sie war nicht Laurel.

Abigail beschloss, ihrer Mutter noch einmal zu schreiben, bevor sie der Mut dazu wieder verließ. Nachdem ihre Mutter auf ihren letzten – und einzigen – Brief nicht geantwortet hatte, hatte die junge Frau sich geschworen, sich dieses schmerzhafte Warten auf eine Antwort, die dann doch nicht kommen würde, nie wieder anzutun. Der Schmerz der Ablehnung war nicht geringer geworden, aber was blieb ihr anderes übrig? Wenn es auch nur die geringste Möglichkeit gab, dass ihre Mutter sie wieder aufnehmen würde, musste sie es versuchen. Hier konnte sie jedenfalls nicht bleiben.

In gewisser Weise war das Missverständnis mit Jeremiah Gnade gewesen. Es hatte ihm die Gelegenheit gegeben, über eine Heirat mit ihr nachzudenken, und er hatte sich dagegen entschieden. Jetzt wusste sie es. Sie freute sich für ihn und Laurel, aber sie freute sich nicht über seinen Vorschlag, mit den beiden unter einem Dach zu leben.

Jeremiah und Hopkins ritten auf der Nordseite von Fowlers Land entlang und hatten die Ohren gespitzt. Sie lauschten auf jedes Geräusch, das nicht in den Wald gehörte. Calbert und Hiram hatten vor über einer Stunde ihren Pferden die Sporen gegeben und waren nach Süden geritten. Wie es schien, würden sie sich bei Fowlers Hof treffen, und wenn sie in der zwischen ihnen liegenden Höhle irgendjemanden erwischten, würde es einen heißen Kampf geben.

Hopkins hob die Hand. Jeremiah zog an den Zügeln, stellte sich im Sattel auf und staunte erneut darüber, wie gut es sich anfühlte, wieder beide Füße im Steigbügel zu haben. Hopkins neigte den Kopf zur Seite. Ein Wildschwein kam aus dem Unterholz gerannt, gefolgt von dreckigen Frischlingen. Hopkins' Pferd scheute, aber Jeremiahs Pferd stampfte mit den Hufen und verjagte das aggressive Tier.

Widerwillige Bewunderung war in Hopkins' Augen zu lesen. Jeremiah nickte in Richtung Pfad, und sie ritten weiter, wie zwei Hähne, die um dieselbe Henne buhlten. Sosehr es ihm auch widerstrebte, es zuzugeben, aber der gelehrte, angeberische Hopkins ritt hier neben ihm und keiner von den anderen Bergbewohnern. Die meisten von ihnen übertrafen sich eher darin, sich um ihre eigenen Angelegenheiten zu kümmern. Aber wenn man ihre Hilfe brauchte, verkrochen die meisten sich in ihren Löchern und ließen einen im Stich.

Wenn da nur nicht die Sache mit Laurel wäre …

Ein Rascheln vor ihnen riss ihn aus seinen Gedanken. Er und Hopkins näherten sich der Höhle vom tiefer gelegenen Terrain im Norden aus, während Calbert und Hiram von oberhalb kommen würden. Häufige Nutzung hatte den Pfad breiter gemacht. Es gab keine herabhängenden Zweige, die sich in seiner Kleidung verfingen, was bewies, dass in letzter Zeit häufig Menschen hier entlanggekommen waren. Oberhalb der Höhle tauchte eine Gestalt auf. Zwischen den immergrünen Sträuchern schien Calberts Schlapphut zu schweben, als er und Hiram nach den beiden Jüngeren Ausschau hielten.

„Jetzt wird's wohl ernst werden", flüsterte Jeremiah Hopkins zu.

„Meinen Sie, sie sind da drin?"

„Das werden wir gleich sehen."

Kapitel 18

Der hölzerne Kübel stieß gegen Abigails Knie, als sie die Schweineabfälle aus der Küche in den Stall schleppte. Sie hatte den Brief verfasst und sich auch mehr oder weniger gefangen, bevor Ma wieder herunterkam. Der Postmeister sollte bald kommen. Sie würde ihm den Brief mitgeben und beten, dass John und ihre Mutter ihre Bitte akzeptieren oder es ihr zumindest ermöglichen würden, ihre Brüder um Hilfe zu bitten. Hoffentlich würden sie nicht länger darauf beharren, dass sie sie betrogen hatte.

Sie spürte, wie der Schlüssel zum Vorhängeschloss in ihrer Tasche gegen den Penny stieß und ihren Rock nach unten zog. Die Pferde standen sicher unruhig in ihren Boxen und verstanden nicht, warum sie an einem so schönen Tag im Stall bleiben mussten. Und der Kater war nicht sehr erfreut, dass er nach einer langen geschäftigen Nacht ausgesperrt war. Er schlich über die Wiese, als wütende Spottdrosseln im Sturzflug heranflogen und auf ihn einhackten.

„Bist du ihrem Nest zu nahe gekommen?", fragte sie den beleidigten Kater, der sich mit seinem gestreiften Bauch auf den Boden kauerte. Sie leerte den Eimer mit den Küchenabfällen in den Schweinetrog, sehr zur Freude der gierigen Schweine. Der Kater strich um ihre Beine, sodass sie auf dem Weg zur Stalltür beinahe über ihn gestolpert wäre. Sie blieb stehen und strich ihm über den Rücken. Sie wurde schon leicht nostalgisch, obwohl sie noch gar nicht weggegangen war.

Die junge Frau ließ den Eimer fallen und steckte den Schlüssel in das schwere Vorhängeschloss, das nach einer Umdrehung auch gleich aufsprang. Sie zog es aus dem Türhaken, zog den Metallbügel heraus und schob die Tür auf. Abigail bückte sich nach dem Eimer und erstarrte.

Fußabdrücke.

Es waren definitiv die Abdrücke eincs Mannes – und es waren nicht die von Jeremiah. Sie kamen aus dem Wald, hinterließen eine dunkle Spur und tauchten dann auf dem steinigen Boden im Hof vor dem Stall wieder auf. Sie beäugte das schwere Vorhängeschloss, konnte aber keine Einbruchsspuren daran erkennen. Aber das hieß nicht, dass es ihnen nicht beim nächsten Mal gelingen würde.

Sie bekam eine Gänsehaut auf den Armen. Jemand beobachtete sie. Im Schatten des Waldes raschelte das trockene Laub und ein Zweig bewegte sich. Abigail trat hinter die Stalltür, um in Deckung zu gehen. Sie lugte durch den Spalt an der Türangel und beobachtete den Wald. Sie konnte nichts erkennen. Aber jemand war hier gewesen … und immer noch da.

Sie biss die Zähne zusammen. Diese Strauchdiebe würden nicht noch ein Pferd von den Calhouns bekommen. Abigail betete, dass niemand sie angriff, während sie sich umdrehte und zwei Zaumzeuge vom Haken riss. Schnell streifte sie sie Josephine und Jeremiahs altem Schlachtross über und schloss die Schnallen mit zitternden Fingern nur locker. Dabei behielt sie mit einem Auge immer die Tür im Blick. Es gab nur einen Ort, der noch sicherer war als der Stall – einen Ort, den sie noch besser verteidigen konnten.

Sie schüttete drei Schaufeln Hafer in den Schweineeimer und hängte ihn sich über den Arm. Dann kletterte sie auf die Boxentür, schwang ein Bein über Josephines immer breiter werdenden Rücken und griff nach den Zügeln der anderen Stute.

Sie musste nicht weit kommen. Wenn sie sie verfolgten, würde sie die Stute loslassen und beten, dass Josephine in ihrem Zustand schneller war als die Wilderer. Aber sie hoffte dennoch, dass sie den kurzen Weg sicher zurücklegen konnten.

Abigail holte noch einmal tief Luft und trieb Josephine vorwärts, immer in der Erwartung, einen Reiter aus dem Wald galoppieren zu sehen. Vor dem Haus blieb sie dann stehen und rutschte wieder von Josephines Rücken.

„Komm hoch, mein Mädchen. Ist schon in Ordnung", lockte sie vorwärts.

Josephine schnüffelte am Steinboden der Veranda. Mit gesenktem Kopf stieg sie vorsichtig die Stufen hoch und die Stute folgte gehorsam. Abigail musste den Eimer mit dem Hafer abstellen, um die Haustür zu öffnen, hielt ihn dann aber Josephine unter die Nase, um sie über die Türschwelle zu locken.

„Braves Mädchen. Komm rein. Es ist ein bisschen enger, als du es gewohnt bist, aber es ist hier sicherer."

„Ach du meine Güte!" Ma stand auf der Treppe, öffnete den Mund und blähte dann die Wangen auf. Zweifellos unterdrückte sie damit Worte, die eine Dame eigentlich überhaupt nicht kennen sollte.

„Die Pferde sind im Stall nicht sicher." Abigail zog sie zur Treppe und ging um die Tiere herum, um die Tür hinter ihnen zu schließen und zu verriegeln.

„Wir können keine Tiere im Haus halten." Ma stellte sich zwischen Josephine und die Glöckchensammlung in ihrem Kabinett. „Sie werden sie kaputt machen."

„Ma, diese Pferde sind mehr wert als alles andere hier im Haus. Wenn du das Haus nicht ungeschützt zurücklassen und mit Rachel den Stall verteidigen willst, ist das die einzige Möglichkeit."

Die Stute blähte die Nüstern, als sie den Eimer mit Hafer roch. Sie stellte die Ohren nach hinten und wieherte.

„Haben wir etwa ein Pferd im Haus?", rief Rachel von oben.

„Du wirst Rachel damit schaden", flüsterte Ma. „Sie ist dieser Belastung nicht gewachsen."

„Ich bringe sie ja nicht nach oben." Abigail hielt der Stute den Eimer hin. Diese senkte den Kopf und schnaubte dankbar.

„Du fütterst sie hier drin?"

„Sie sind hungrig."

„Mutter!" Abigail bemerkte, dass Rachels Stimme nicht näher gekommen war. Das bedeutete, dass sie sich nicht wohl genug fühlte, um aufzustehen – noch nicht einmal, um Abigails Narretei zu beäugen. „Was ist da los?"

„Mach dir keine Gedanken, meine Liebe. Abigail und ich werden das gleich regeln." An Abigail gewandt sagte sie: „Du musst sie aus dem Weg schaffen. Sie dürfen nicht in die Küche und nicht auf den Teppich im Salon."

Abigail verzog den Mund. Sie konnten nicht nach oben, aber wenn sie auch nicht im Salon oder in der Küche sein durften, dann blieb nur noch ein Raum übrig.

„Und Jeremiahs Zimmer?"

Ma legte ihre Hand auf die Stirn. „Er wird dich umbringen."

„Nicht wenn ich seine Pferde rette." Abigail nahm den schweren Eimer in die andere Hand, damit Josephine ihren Anteil bekam. „Selbst wenn die Männer die Türe aufbrechen würden, würden sie sie vielleicht nicht finden, wenn wir sie unter der Treppe verstecken."

Ma bewegte sich nicht und wiederholte ihren Einwand. „Jeremiah wird das gar nicht gefallen."

Abigail zuckte mit den Schultern. „Dann möge sein Zorn mich treffen. Das tut er ja eh meistens."

Sie ging rückwärts und lockte die Pferde mit dem Hafereimer, ihr in den engen Raum hinter der Treppe zu folgen. Sie drückte die Tür auf und hoffte, dass das Zimmer noch genauso kahl war, wie sie es in Erinnerung hatte. Das Bett war unverändert, ordentlich gemacht und an die Wand geschoben. Sie musste seinen Wasserkrug und die Waschschüssel wegschaffen, bevor Josephine beides mit der Nase von der Kommode stieß. Außer einem Kamm, ein paar Münzen und einem paar Wollsocken war nichts in Reichweite, das in Gefahr war.

Abigail sammelte seine Sachen ein, öffnete die oberste Schublade der Kommode, die für so kurze Zeit die ihre gewesen war, und legte alles hinein. Als ihre Sachen in dieser Schublade gelegen hatten, hatte sie sich noch für Mrs Jeremiah Calhoun gehalten. Gedankenverloren strich Abigail über die beiden abgetragenen Hemden. Sie wusste, dass in der Schublade darunter sein einziger Sonntagsanzug und die Krawatte lagen. Sie sähe ihn nur zu gerne in einer schicken Wolljacke und einer maßgeschneiderten Hose. Es würde ihr solche Freude machen, ihn mit hübschen Sachen zu verwöhnen, die er nicht gewohnt war.

Aber sie hatte für ihn getan, was sie konnte. Ganz gleich, ob ihre Mutter auf ihren Brief antworten würde oder nicht, sie wusste, dass ihre Zeit hier dem Ende zuging.

Sie strich ein letztes Mal über den Hemdkragen und schob die grob geschreinerte Schublade zu. Was hatten diese Berge nur an sich, dass man sich immer nach dem Unerreichbaren sehnte?

Asche wurde aufgewirbelt, als Jeremiah vorbeistapfte. Er konnte spüren, dass sie noch warm war. Es war niemand da, aber die Verbrecher waren noch nicht lange weg. Er hoffte, dass sie die Gegend für immer verlassen hatten, aber es war wahrscheinlicher, dass sie nur einen neuen Unterschlupf gefunden hatten, vielleicht sogar einen, der sich dichter an seiner Farm befand.

Calbert kam vorsichtig mit dem Gewehr im Anschlag um die Ecke.

„Sie sind weg." Jeremiah steckte seine Pistole wieder in den Gürtel.

„Oberhalb sind frische Spuren", sagte Calbert. „Wir sind dafür, ihnen zu folgen."

Hopkins nickte. „Gehen wir."

Sie stiegen auf die Pferde und folgten dem älteren Mann. Den Spuren nach zu urteilen, waren es mehr geworden. Irgendwo hatten die Verbrecher einen oder zwei Esel aufgetrieben. Hoffentlich bedeutete das nur, dass sie nur mehr Tiere gestohlen hatten, so wie Ladymare, und nicht, dass sich ihnen noch mehr Männer angeschlossen hatten. Noch mehr Männer, gegen die sie kämpfen mussten, waren das Letzte, was sie jetzt brauchten.

Als sie an einem Bach ankamen, der zwischen den Bäumen entlangfloss, schien die Nachmittagssonne schräg auf sie herab.

„Hier sind sie hinübergeritten." Calbert deutete auf das mit Kieseln übersäte Ufer. „Der Hang auf der anderen Seite ist ganz schön durchwühlt."

„Sind wir immer noch auf Fowlers Land?", fragte Hiram.

„Wir sind in der Nähe seiner Hütte." Jeremiah trieb Lancaster über den Bach. „Zu nah, als dass er behaupten könnte, er wüsste nichts von ihnen."

Oben auf dem Hügel bellten Hunde. Das Gebell schien aus der gleichen Richtung zu kommen wie die Rauchfahne, die zwischen den Bäumen aufstieg. Jeremiah blinzelte ins Sonnenlicht. Wenn die Eindringlinge hier Unterschlupf gefunden hatten, würde Fowler sich einigen Fragen stellen müssen. Jeremiah hoffte, dass sie friedlich miteinander reden konnten. Er betete, dass er nicht den Krieg zwischen den Bundesstaaten überlebt hatte, um nun bei einer Fehde erschossen zu werden.

Es raschelte im Laub. Hopkins zog blitzschnell die Pistole. Jeremiah spürte den kalten Griff seiner eigenen Waffe, als ein Fuchs über den Weg huschte.

„Ich bin wohl ein bisschen schreckhaft", sagte Hopkins und rümpfte die Nase. „Ich weiß, dass die Fowlers mit ungebetenen Gästen nicht zimperlich sind."

Ja, sie hätten niemals irgendjemanden außer ihrer eigenen Verwandtschaft auf ihrem Grund und Boden geduldet. Aber die Spuren waren immer noch deutlich zu sehen und folgten dem Pfad, der über ihren Berg führte.

„Meint ihr, wir sollten einfach zu ihrer Hütte reiten?", fragte Hiram.

„Vielleicht wäre es sicherer, Fowler eine Nachricht zukommen zu lassen und ihm zu sagen, dass wir mit ihm sprechen möchten."

Jeremiah knirschte mit den Zähnen. Er hatte gehofft, die Sache auf die eine oder andere Weise bis Sonnenuntergang geregelt zu haben. Es behagte ihm gar nicht, die Konfrontation noch einen Tag hinauszuschieben. Er drehte sich zu Hiram um und sah gerade noch, wie der Baumstamm neben ihm zersplitterte.

Er sprang vom Pferd, landete mit beiden Beinen auf dem Boden, rannte los und zog Lancaster hinter einen Felsblock. Erst dann hatte er Zeit, sein Gesicht und seinen Hals auf der Suche nach Verletzungen abzutasten. Als er sich hinter den Felsen duckte, sah er, wie auch Hiram, Calbert und Hopkins in Deckung gingen, obwohl keine weiteren Schüsse fielen.

Von der anderen Seite des Weges sah Hopkins ihn mit bleichem, schweißüberströmtem Gesicht an. Er hatte Angst, war aber immer noch bei Sinnen. Er hielt einen Finger hoch. Ja. Ein Schuss. Das sah nicht nach dem Werk der Banditen aus, die sie verfolgten.

„Fowler?" Jeremiahs Stimme hallte von den Felsen wider.

„Wer will das wissen?"

Hopkins nickte bestätigend, als Jeremiah seine Pistole über den Kopf hielt und sie am Finger baumeln ließ.

„Sie wissen ganz genau, wer das wissen will. Sie haben mich deutlich genug gesehen, um auf mich zu schießen."

Schweigen. Jeremiah stand langsam auf. Er ging um den Felsen herum und betete, dass sein Bein jetzt nicht nachgab und ihn das Leben kosten würde, weil er eine plötzliche Bewegung machte. „Wir verfolgen ein paar Strauchdiebe, ehemalige Milizen."

„Ausgerechnet Sie, Calhoun." Seine Stimme hallte zu ihnen herunter. „Sie standen doch auf deren Seite."

In seiner Brust spürte er ein vertrautes Brennen. „Ich hab nicht im Untergrund gekämpft. Sie wissen, dass ich offiziell mit der Armee gekämpft habe."

„Eine Armee, die die Waffen auf ihre eigenen Landsleute richtet, ist keine richtige Armee. Es ist eine Armee von Verrätern."

„Würden Sie das auch von George Washington behaupten? Ihn nennen Sie doch einen Patrioten ..."

„Jeremiah!", rief Calbert warnend, als auch er sein Versteck verließ. „Fowler, wir sind nicht hier, um mit Ihnen zu diskutieren. Wir verfolgen ein paar Männer, die vor Kurzem hier den Fluss überquert haben. Es ist sehr wahrscheinlich, dass es die Gleichen sind, die in der Gegend schon so viel Unheil angerichtet haben."

Fowler trat aus dem Wald. Er war ein Baum von einem Mann. „Verschwindet von meinem Land."

„Rankin hat mit den Konföderierten gekämpft. Wollen Sie ihn nicht rächen?"

Calbert griff nach seinem Arm. „Komm schon. Das bringt uns nicht weiter."

Aber Jeremiah war noch nicht fertig. „Was ist mit Ihren Nachbarn? Diese Leute haben Menschen getötet. Es sind Mörder, Fowler."

„Welche Beweise habt ihr dafür?“

„Drei Männer haben mich auf dem Heimweg von Pine Gap gestellt und mir mein Pferd gestohlen. Davor haben sie auf meinem Land eine Eisenfalle aufgestellt und ein anderes meiner Pferde darin gefangen. Fragen Sie sie selbst, woher sie ihre Tiere haben. Bitten Sie doch Varina, Ihnen ihr Pferd zu beschreiben, wenn Sie mir nicht glauben.“

Der Hüne verzog den Mund. „Gut, ich habe Sie ausreden lassen. Verschwindet jetzt. Ich werde sehen, ob ihr die Wahrheit gesagt habt.“

„Aber jetzt sind wir hier“, protestierte Jeremiah. „Woher sollen wir wissen, dass Sie sie nicht warnen und davonkommen lassen?“

Fowler zog die Augenbrauen zusammen. „Ich schätze mal, wir müssen einander einfach vertrauen, oder? Verschwindet jetzt.“

Das war doch lächerlich. Jeremiah war zu tief in Gedanken versunken, um Hopkins prüfenden Blick zu bemerken. Er stapfte zu seinem Pferd zurück, stieg auf und ritt auf den Fluss zu, um ihn so schnell wie möglich zu überqueren. „Was er da gerade getan hat, ist schändlich. Banditen zu helfen …“

„Aber wenn du dich mit Fowler anlegst, legst du dich mit seiner ganzen Sippe an“, erwiderte Calbert. „Dann würden unschuldige Menschen auf beiden Seiten verletzt werden. Geben wir ihm eine Chance.“

Hätte das ein anderer gesagt, hätte Jeremiah ihn für einen Feigling gehalten. Aber Calbert sagte nur, was sie alle wussten. Fowler hatte ihn weder überfallen noch sein Pferd gestohlen. Wenn er nicht gewusst hatte, was diese Männer im Schilde führten, dann konnte man ihn auch nicht verantwortlich machen. Aber jetzt wusste er es.

Die Spannung legte sich, als ihnen klar wurde, dass sie keine Auseinandersetzung erwartete. Jedenfalls nicht heute. Und vielleicht fand Fowler die Beweise, die sie suchten. Sie hielten an der nächsten Quelle, um ihre Feldflaschen zu füllen und den Proviant in ihren Satteltaschen zu essen.

„Ich muss schon sagen, dass ich beeindruckt bin, wie gut Sie sich erholt haben, Jeremiah." Hopkins biss krachend in einen grünen Apfel. „Irgendwann einmal müssen Sie mir verraten, welche Medikamente Sie verwendet haben."

Jeremiah trank gierig das kalte Quellwasser aus seiner Flasche. „Es waren keine Medikamente. Abigail hat das Bein bearbeitet, bis die Muskeln sich wieder gelockert hatten."

„Sie hat Ihr Bein massiert?" Hopkins ließ den Apfel sinken und beugte sich nach vorn. „Erzählen Sie mir mehr davon."

Jeremiah streckte sein Bein. Er genoss es, die wiedergewonnene Kraft zu spüren, aber der erwartungsvolle Ausdruck in Hopkins' Augen behagte ihm gar nicht. Es war seltsam, dass er Laurel für sich gewinnen wollte, sobald Hopkins in seiner Nähe war, aber wenn Hopkins nicht da war, dachte er mehr an Abigail.

Er räusperte sich. „Abigail hat mir versichert, dass das Ganze nicht unschicklich sei."

Hopkins zog die Augenbraue hoch. „Abigail mag dabei zwar keine unschicklichen Gedanken gehabt haben, aber ich bezweifle, dass das auch auf Sie zutrifft." Er lachte über seinen eigenen Witz. „Keine Angst. Es interessiert mich aus rein wissenschaftlichen Gründen. Vielleicht wäre sie ja bereit, die gleiche Behandlung an mir durchzuführen, nur damit ich es besser verstehe."

In Jeremiahs Innerem fing es langsam an zu brodeln, wie ein Topf Hirsebrei auf dem Herd. Der Gedanke daran, dass Abigail Zeit mit Hopkins verbringen könnte, brachte seine Welt ins Wanken. „Das würde sie nicht tun."

„Nicht? Warum nicht? Abigail will doch Menschen heilen. Wenn sie das mit Ihnen machen konnte, sollte sie es auch mit jedem anderen Mann, jeder Frau –“

„Aber nicht mit Ihnen!“ Jeremiah schraubte den Verschluss seiner Feldflasche mit unnötig viel Kraft zu. Calbert und Hiram lachten leise. Er konnte es nicht ändern, dass es zwischen ihm und Hopkins Spannungen gab. Sie hatten es beide auf den gleichen Siegespreis abgesehen. Einer würde gewinnen und einer würde verlieren. Er hatte nicht vor, je wieder zu verlieren, und wenn er dafür …

Jeremiah erhob sich. Seine Beine waren steif, aber sie funktionierten gut genug, um ihn von der Quelle wegzutragen. Er lief gegen einen Baumstumpf und blieb stehen, während der Gedanke endlich Form annahm. Laurel zu gewinnen hatte einen Preis. Wenn er weiter um sie kämpfte, weiter versuchte, den Arzt auszustechen, dann würde er die eine Frau verlieren, die ihn verstand, die Frau, die er am meisten schätzte. Er würde Abigail verlieren.

Wie lange liebte er Abigail schon? Ein Teil seines Verstandes – der Teil, der nicht von seiner Dickköpfigkeit gefangen gehalten wurde – hatte versucht, es ihm zu zeigen. Jener Traum an diesem Morgen hatte seinem Herzen einen Stoß in die Richtung gegeben, in die der andere Teil seines Verstandes ihm nicht erlaubt hatte zu gehen. Abigail als seine Ehefrau? Aber anstatt ihr das Angebot zu machen, hatte er gezögert. Er war immer noch nicht sicher, was sie vor ihm verbarg.

Jeremiah fuhr mit den Händen über die schuppige Rinde der Kiefer. Sie hatte ihre Geheimnisse, aber wenn er das nicht ertragen konnte, dann hatte er kein Recht auf ihre Zuneigung. Abigail schützte einen wunden Punkt, und Jeremiah wusste nur zu gut, wie sich das anfühlte.

Er wusste auch, wie sehr er es schätzte, dass Abigail ihm zuhörte, wenn er ihr von seinen Verletzungen erzählte. Er hatte zwar bisher jede Begegnung vermasselt, aber diese Prüfung würde er sicher bestehen.

Wenn Jeremiah einmal ein Ziel vor Augen hatte, konnte er kaum noch an etwas anderes denken, und in diesem Moment war es die wichtigste Sache in seinem Leben, Abigail von seiner Entdeckung zu berichten. Er liebte sie. Was auch immer sie von ihm brauchte – Verständnis, Geduld, ein mitfühlendes Ohr –, er wollte es ihr geben. Wenn sie ihn nur ließe.

Kapitel 19

Die Sonne war zwar schon hinter den Bergen verschwunden, aber Abigail blieb noch etwa eine halbe Stunde Tageslicht. Sie rieb sich die brennenden Augen und versuchte, die Gedanken an die Spuren vor dem Stall zu vertreiben. Sie hatte den ganzen Tag Ausschau gehalten und keinen Hinweis auf die fremden Männer gefunden. Die junge Frau legte das Gewehr in den Schoß und streckte sich. Jeremiah sollte eigentlich inzwischen zurück sein. Er würde sie nicht über Nacht allein lassen, nicht freiwillig. Was ging da draußen im Wald vor sich? Sie beneidete die Männer, die in die Welt hinausziehen und ihren Feinden Auge in Auge gegenübertreten konnten. Alles wäre ihr lieber gewesen als dieses angespannte Warten auf der Farm.

Ein Pferd wieherte und das Geräusch hallte von den Wänden wider. Abigail unterdrückte ein Lächeln. Jeremiah musste wohlbehalten zurückkommen, sonst würde er niemals erfahren, dass sie die Pferde in seinem Zimmer untergestellt hatte. Anfangs hatte sie ein schlechtes Gewissen gehabt, weil sie wusste, dass gut gefütterte Pferde das Zimmer innerhalb weniger Stunden verschmutzen würden. Aber im Laufe des Tages fand sie es immer lustiger.

Wie konnte er es nur wagen zu denken, dass sie ihn heiraten wollte? Dieser Schuft. Er mochte vielleicht vor Sehnsucht nach jemandem vergehen, der nicht die Bohne an ihm interessiert war, aber das hieß noch lange nicht, dass es ihr genauso ging. Nein, es war ihr egal, was er dachte. Es musste ihr egal sein.

„Abigail!“, rief Rachel von oben.

Die junge Frau sprang auf und rannte zur Treppe. „Was ist?“

„Da ist jemand. Gerade sind zwei Menschen über die Wiese zur Rückseite des Hauses gerannt.“

Ihr Magen zog sich zusammen. Sie wollte also ihren Feinden Auge in Auge gegenübertreten? Jetzt hatte sie die Gelegenheit dazu. Abigail wischte sich die Hand am Rock ab, bevor sie den Gewehrschaft ergriff. Die Läden waren zugezogen, aber sie ging trotzdem sehr vorsichtig am Fenster vorbei.

„Soll ich herunterkommen?“, flüsterte Ma, aber Abigail konnte nicht antworten, weil sie vor der Tür ein Rascheln vernahm.

Konnte das Jeremiah sein? Nein. Er würde sich nicht zur Hintertür schleichen. Sie legte die Hand auf den Türgriff und hielt das Ohr an die Holzbretter.

Kichern. Sie kniff die Augen zusammen und presste ihr Ohr noch fester an die Tür. Das waren definitiv keine Männer. Es hörte sich eher an wie …

Sie stieß die Läden auf, steckte den Kopf hinaus und sah in Josiahs und Betsys erstaunte Gesichter.

„Was macht ihr da?“ Ohne auf eine Antwort zu warten, legte sie das Gewehr auf den Küchenschrank, stieß die Tür auf, packte die beiden an ihren Kleidern und zerrte sie herein.

„Sie tun mir weh“, jammerte Josiah.

„Was ist das da an deinen Füßen? Sind das etwa die Schuhe deines Vaters?“, fragte Abigail.

Betsy sah ihren Bruder strahlend an. „Ist er nicht schlau? Er hat heute Morgen die großen Fußabdrücke vor dem Stall gemacht. Sie hätten sehen sollen, wie erschrocken Sie geschaut haben, als Sie sie entdeckt haben.“

Josiah lächelte mit schmerzverzerrtem Gesicht. Abigail schüttelte ihn. „Du hast diese Fußabdrücke gemacht? Das Ganze war nur ein Scherz?"

„Ich habe doch gesagt, das gibt Rache. Ich hätte aber nie gedacht, dass Sie die Pferde ins Haus holen", platzte er lachend heraus. „Was wird Mr Jeremiah wohl dazu sagen?"

Abigail ließ ihn los, damit er sich in Sicherheit bringen konnte, bevor sie ihm die Ohren lang zog. Plötzlich war es keine sehr heldenhafte Tat mehr, Josephine und die Stute in Jeremiahs Zimmer zu verstecken. Und das Ganze wurde noch schlimmer, als sie Schritte vor der Haustür hörte.

„Ihr beiden macht besser, dass ihr nach Hause kommt." Sie versetzte ihnen einen leichten Schubs und schob sie hinaus. „Ihr solltet lieber nicht hier sein, wenn Jeremiah sein Zimmer sieht."

Sie rannten davon und selbst die viel zu großen Schuhe hielten Josiah kaum auf. Abigail sah ihnen nach, bis sie hinter den Bäumen verschwunden waren, verschloss die Tür und bereitete sich dann auf die Zurechtweisung vor, die sie zweifellos erwartete. An der Unruhe vor dem Haus erkannte sie, dass Jeremiah unversehrt heimgekehrt war. Sie fuhr sich mit den Händen übers Haar und ging zu den Männern hinaus.

Jeremiah schien nach ihr Ausschau gehalten zu haben. Über den Kopf seiner Mutter hinweg und trotz ihrer wiederholten Frage nach seinem Befinden winkte er Abigail zu sich.

Er wusste nichts von seinem Zimmer. Wenn er es täte, würde er sie nicht so seltsam erwartungsvoll anschauen. Abigail ging zögernd auf ihn zu. Stallgeruch stieg ihr in die Nase. Es war ein Wunder, dass er noch nichts davon gemerkt hatte. Sie presste ihre Hände aufeinander.

„Abigail." Er klang ernsthafter als sonst. Sein Blick war fest auf sie gerichtet und schien sie anzuflehen, nicht wegzusehen.

„Jeremiah." War etwas passiert? Wollte er ihr etwas sagen, das er ihr in Gegenwart seiner Mutter nicht sagen konnte? Beim Anblick seines erschöpften Gesichts schämte sie sich, dass sie sich insgeheim darüber gefreut hatte, sein Zimmer so zugerichtet zu haben. Wenn sie es doch nur noch schnell sauber machen könnte, bevor er es entdeckte.

„Es tut mir leid, aber wir haben Ladymare nicht gefunden. Die Strauchdiebe waren schon weg, als wir ihren Unterschlupf fanden. Fowler hat versprochen, uns wissen zu lassen, wenn sie noch auf seinem Land sind, aber hoffentlich hören wir nichts mehr von ihnen."

Ladymare war also weg? Sie lächelte tapfer. „Ich bin froh, dass niemand verletzt wurde."

„Riechst du das, Jeremiah?" Rachel hatte es endlich die Treppe heruntergeschafft. Ihr gerötetes Gesicht sah im roten Abendlicht noch schlimmer aus. „Dieser Gestank kommt nicht aus dem Stall."

Er rümpfte die Nase. „Meine Stiefel sind sauber. Ich habe nichts hereingeschleppt …" Er wandte den Kopf und sah an der Treppe vorbei zu der geschlossenen Tür seines Zimmers. „Ma?"

Seine Mutter zerknäulte mit zitternden Händen ihre Schürze. „Heute Morgen haben wir vor dem Stall fremde Spuren gefunden. Wir wussten, dass wir Stall und Haus nicht gleichzeitig bewachen konnten, also …"

Er schoss an ihr vorbei.

„Ma war das nicht. Ma hat versucht, sie aufzuhalten!", rief Rachel ihm nach.

Schweigen. Das machte Abigail noch mehr Angst als das Gebrüll, das sie erwartet hatte.

Er drehte sich mit versteinertem Gesicht und aufgeblähten Nasenflügeln um. „Hast du das gesehen?" Josephine streckte den Kopf zur Tür heraus und beschnüffelte seine Hand. „Was für ein dummer Unfug", murmelte er.

„Womit hast du Abigail so wütend gemacht, dass sie das getan hat?“, fragte Rachel.

Abgesehen davon, dass er ihr vorgeworfen hatte, ihm einen Antrag gemacht zu haben?

„Das war keine Rache“, sagte Abigail, „obwohl ich schon lächeln musste bei dem Gedanken, dass …“

Jeremiah zog die Augenbrauen hoch.

Wann würde sie endlich lernen, den Mund zu halten? „Ich hole eine Schaufel.“ Mit gesenktem Kopf eilte Abigail zum Stall. Das Klirren des Zaumzeugs hinter ihr verriet ihr, dass Jeremiah mit den Pferden nachkam. Als sie den Schlüssel aus ihrer Tasche hervorkramte, holte er sie ein. Er hielt das Schloss so, dass das letzte Tageslicht auf das Schlüsselloch fiel.

„Ganz ruhig“, sagte er.

Aber es war seine Schuld, dass ihre Hände so zitterten.

Die junge Frau öffnete die Tür so weit, dass die Pferde hindurchkonnten. Sie würde alles tun, um die Unordnung wiedergutzumachen.

„Ma hat gesagt, es seien Männer hier gewesen“, sagte er. „Waren es die gleichen, die Ladymare gestohlen haben?“

Abigail bohrte ihre Schuhspitze in den Staub. „Heute Morgen habe ich Stiefelabdrücke vor der Stalltür gefunden. Sie waren frisch und es waren nicht Ihre. Da habe ich wohl panisch reagiert. Ich habe die Pferde ins Haus gebracht, und da sie nicht nach oben konnten und auch nicht in die Nähe der Glöckchensammlung Ihrer Mutter oder ihrer Teppiche kommen durften …“

„… war mein Zimmer der naheliegendste Ort, der Ihnen eingefallen ist.“ War er wütend oder müde? Sie wusste es nicht.

„Am meisten tut es mir leid, dass ich sie überhaupt ins Haus gebracht habe. Es hat sich nämlich herausgestellt, dass Josiah und Betsy die Spuren gemacht haben. Ich habe sie mit Calberts Stiefeln erwischt, wie sie ums Haus geschlichen sind und Spuren gemacht haben, um mich zu erschrecken."

Jeremiah schüttelte den Kopf. „Es wird Zeit, dass ihr Vater die beiden besser in den Griff bekommt."

„Sind Sie wütend?"

„Ich werde es verkraften." Er senkte den Blick. „Aber wenn Sie mir anbieten würden, beim Saubermachen zu helfen, würde ich nicht Nein sagen."

Abigail schnappte sich einen Eimer und eine Schaufel. „Auf jeden Fall. Und ich bleibe auch auf, um Wache zu halten, wenn Sie wollen."

„Ich glaube nicht, dass das nötig ist. Es ist wahrscheinlich das Beste, wenn wir heute Abend alle ins Bett gehen." Er räusperte sich plötzlich, als hätte er ein herumfliegendes Strohteilchen eingeatmet, und wandte sein gerötetes Gesicht ab, als er die Boxentüren schloss.

Er war auf jeden Fall nachdenklich. Vielleicht hatte er auf dem Heimweg Laurel besucht. Hatte sie ihn zum Nachdenken gebracht? Es war auch egal. Finley hatte Abigails Brief mitgenommen und das Schreiben an ihre Mutter war unterwegs.

Sie trugen Eimer und Schaufeln zum Haus. Abigail blieb abrupt stehen, als sie zu seinem Zimmer kamen. Überall zwischen Bett und Kommode lag Pferdemist auf dem Boden. Auf der auf seinem Bett liegenden Decke befand sich darüber hinaus ein großer dunkler Fleck, der darauf schließen ließ, dass auch die Matratze durchgeweicht war.

„Sie haben den Mist so richtig in den Boden getrampelt." Abigail kratzte sich an der Nase.

„Sie hätten wenigstens Stroh auslegen können."

„Ich dachte doch, dass mich diese Wegelagerer verfolgen. Da war Stroh nicht so wichtig."

Er brummte eine Antwort und stieg über die Haufen. „Es gibt nur einen Weg, wie ich Ihnen das vergeben kann.“ Er drehte sich um und sah sie an. Sein Blick war Vertrauen erheischend. „Während wir dieses Zimmer sauber machen, erzählen Sie mir von Ihrer Familie.“

Abigail zog nervös die Zehen in ihren Stiefeln an. „Diese Geschichte würde ich lieber für mich behalten.“

„Und ich würde lieber keinen Mist aus meinem Schlafzimmer schaufeln, aber wenn man etwas ins Reine bringen will, kostet das Arbeit.“ Er fuhr mit der Schaufel über den Boden. Dann ließ er den Mist in den Eimer plumpsen.

Wie viel konnte sie ihm erzählen? Würde sie es überstehen, ihm von den erlebten Erniedrigungen zu erzählen? Von den Anschuldigungen ihrer eigenen Familie?

Mit vorsichtigen Schritten ging sie zu seinem Bett und zog den Kopfkissenbezug ab. Sie ließ das Kissen auf die Kommode fallen und sammelte die schmutzige Bettwäsche ein. Abigail war sich sicher, dass sie gleich würgen musste, entweder von dem Gestank der Leinentücher oder von ihrem eigenen Unbehagen. Sie trug die Tücher in den Flur und ließ sie dort fallen.

„Wann immer Sie so weit sind“, rief Jeremiah ihr nach.

Er ließ ihr also keine Wahl.

Sie schleppte sich zurück ins Zimmer und er lud sie mit einer Geste ein anzufangen.

„Mein Vater war der wichtigste Mensch in meinem Leben.“ Es war nicht gerecht, dass sie demjenigen, der es verdient hatte, so lange schon keine Ehre mehr erwiesen hatte. Ihre Worte kamen nun schneller aus ihr heraus. „Er hat mich wie seinen Partner behandelt. Er hat mich nach meiner Meinung gefragt, wenn es darum ging, welches Pferd wir kaufen, welches wir decken lassen oder für wie viel wir ein Pferd verkaufen sollten. Nicht, dass er meine Meinung nötig gehabt hätte. Alles, was ich wusste, hat er mir beigebracht, und er hat mir das Gefühl gegeben, wichtig und klug zu sein.“ Ihr Kiefer spannte sich an. „Er starb, als ich sechzehn war. Ich war verloren, aber ich machte da weiter, wo er aufgehört hatte. Er war ein guter Lehrer gewesen und es ging weiter bergauf mit uns. Meine älteren Brüder sagten meiner Mutter, was für ein Glück sie hatte, mich zu haben. Wenigstens sie wussten es."

Er wartete. Der Schatten seiner breiten Schultern erfüllte das kleine Zimmer. Sie hatte ihn noch nie untätig und geduldig wartend gesehen. Er war immer eifrig, in Bewegung, versuchte, etwas zu erreichen. Aber jetzt stand er still da. „Und Ihre Mutter?"

Die Übelkeit kehrte zurück. „Wir müssen die Matratze ausleeren. Sie ist ganz durchnässt", sagte sie.

Er rümpfte die Nase. „Diese Pferde haben gründlichere Arbeit geleistet als die Artillerie der Yankees. Schaffen wir sie raus."

Jeremiah lehnte die Schaufel an die Wand und ergriff das andere Ende der Matratze. Gemeinsam schleppten sie sie ins Freie. Staub und Stroh flogen auf, als sie sie fallen ließen. Abigail eilte in die Küche zurück. Sie war froh, dass Ma und Rachel oben waren. Atemlos pumpte sie Wasser in einen Eimer, gab einen Klecks Seifenlauge hinein und holte die Waschbürste. Als sie wieder ins Zimmer kam, war Jeremiah schon dort.

„Ich habe meinen Vater auch verloren", sagte er. „Ich weiß, wie schmerzhaft die Erinnerungen daran sein können, aber bitte erzählen Sie mir mehr von Ihrer Mutter. Wann ist sie gestorben?"

Abigails Hände fingen an zu zittern. Der Eimer landete auf dem Boden und das Wasser spritzte. „Ich ... ich habe nie gesagt, dass sie gestorben ist ..."

Er bekam große Augen. Der Ausdruck der Enttäuschung auf seinem Gesicht war schlimmer als jede Anschuldigung. „Sie haben mich angelogen?"

„Ich habe nicht gelogen."

Er wandte sein Gesicht ab.

„Jeremiah, ich habe nicht gelogen. Ma hat mich falsch verstanden und ich habe sie nie korrigiert. Ich weiß, ich hätte es tun sollen, aber ich wusste nicht, wie, nachdem sie es Ihnen erzählt hatte."

Er stand mit den Händen in den Hüften und dem Gesicht zur Decke gewandt da. Abigail hatte sich selbst eingeredet, dass es ihr vollkommen gleichgültig war, was er über sie dachte. Noch nie in ihrem Leben hatte sie sich so getäuscht.

„Ihre Mutter lebt also und wohnt in …"

„Ohio."

„Ach ja, Ohio." Er biss die Zähne zusammen. Sie hatte schon früher mit angesehen, wenn er mit sich rang. Abigail erkannte die Anzeichen dafür, dass Jeremiah litt, aber sie hatte sich noch nie so verantwortlich gefühlt. Sie trug die Schuld an seinem Schmerz. Schließlich seufzte er und drehte sich wieder zu ihr. „Es muss doch noch mehr hinter dieser Geschichte stecken. Die Abigail, die ich kenne, würde niemals ihre verwitwete Mutter alleine lassen."

Es schnürte ihr die Kehle zu. „Zumindest nicht freiwillig." Sie ging auf die Knie, tauchte die Bürste in den Eimer, zog sie wieder heraus und verspritzte das Wasser überallhin. Die Bürste in den Händen, schrubbte sie mit aller Kraft, bis sie den Mut fand weiterzuerzählen. „Zwei Jahre nach Vaters Tod heiratete Mama einen anderen Mann – John Dennison. Mit Ausnahme meines jüngsten Bruders waren alle meine Geschwister schon verheiratet. Sie meinten, ich solle mich für Mama freuen, aber sie mussten ja nicht mit dem Mann unter einem Dach leben." Sie spülte die Bürste im Wasser aus und machte sich dann wieder über den Boden her. „Sie mussten nicht zusehen, wie er in Papas Sessel saß und Mamas Hand hielt. Sie ignorierten seine Versuche, alle Erinnerungen an meinen Vater auszulöschen." Sie warf ihm einen kurzen Blick zu, um seine Reaktion zu sehen.

„Nur weiter.“ Sein Gesicht verschloss sich und man konnte nichts mehr darin lesen.

„Auf den ersten Blick war er ganz nett. Ich weiß, dass ich ihn mit meiner Einstellung verärgert habe, aber Mama zuliebe sagte er nichts. Dann kam der Krieg. Mein jüngerer Bruder ging zur Armee und so waren nur noch ich und die beiden übrig. Die beiden wären ohne mich glücklicher gewesen. Das wusste ich. Aber das gab ihm noch lange nicht das Recht, das zu tun, was er dann getan hat.“

Jeremiah versteifte sich. „Was ist passiert?“

Er war aufs Äußerste gespannt. Abigail wusste nicht, was sie von ihm halten sollte. Ein falsches Wort und er würde womöglich bis nach Ohio reiten und auf John losgehen. Sie wählte ihre Worte sehr vorsichtig.

„Ich hatte einige unserer Tiere verkauft. Die Männer zogen in den Krieg und Pferde waren sehr gefragt. Aber ich wollte auch einige behalten. Die Preise würden sicher noch steigen. Eines Tages kam ein Major mit seinen Männern die Auffahrt heraufgeritten. Sie suchten nach Pferden. Ich sagte ihnen, wir hätten keine zu verkaufen. Da wollten sie meinen Vater sprechen.“ Sie verzog den Mund. „Die Pferde gehörten mir. Ich war diejenige, die sie ausgesucht, sie gepflegt und verarztet hatte, wenn sie krank waren oder Fohlen bekamen.“

Sie fand nicht den Mut, Jeremiah anzusehen. Was würde er von ihr denken? Würde er sie wegen ihrer Dummheit schelten, oder konnte er ihre Wut verstehen, weil er selbst um sein Eigentum gekämpft hatte?

„Er hat sie verkauft?“

„Nicht nur die, die ich noch behalten wollte, sondern er hat den ganzen Stall verkauft. Unsere Zuchttiere – Tiere mit langen Stammbäumen – wurden als Kanonenfutter verkauft. Er hat das Erbe meines Vaters verschleudert. An jenem Tag gingen Generationen von Pferden verloren. Und wenn Ladymare weg ist …“

Jeremiah senkte den Kopf. Er rieb sich gedankenverloren die Finger. „Und deshalb sind Sie weggelaufen."

„Nur eine Nacht lang. Ich bin zu meinem Bruder gegangen, aber er wollte mir nicht zuhören. Er hatte seine eigene Farm und war zu sehr mit dem Krieg beschäftigt. Am nächsten Morgen bin ich zurückgegangen, aber John hat mich beschuldigt, ich hätte seine Taschenuhr gestohlen. Stellen Sie sich nur vor. Er verkauft alle meine Pferde und hat dann noch den Nerv, mich eine Diebin zu nennen. Er hat gesagt, ich könnte nur wieder bei ihnen wohnen, wenn ich mich entschuldigte."

„Und was hat Ihre Mutter gesagt?"

„Sie hat sich nicht für mich eingesetzt. Sie stand daneben und ließ ihn ..." Die Worte blieben Abigail im Hals stecken. Sie schüttelte den Kopf, damit sie herauskämen. „Wenn ich noch nicht einmal die Unterstützung meiner Mutter hatte, konnte ich auch nicht wieder zu meinem Bruder gehen. Also beschloss ich, nach Westen zu gehen. Ich wollte mich einer Wagenkolonne anschließen, vielleicht als Gouvernante, als Begleiterin oder irgendetwas anderes. Ich war bis St. Louis gekommen, als ich die Gelegenheit bekam, als Krankenschwester zu arbeiten. Papa hat immer gesagt, ich hätte heilende Hände bei Pferden, also dachte ich, das könnte doch passen."

„Wie konnte Ihre Mutter Ihnen das antun? Sie hätte Sie doch besser kennen müssen." Jeremiahs Brustkorb hob sich mit einem Seufzen. „Ich wünschte, Sie hätten mir genug vertraut, um mir das gleich zu erzählen. Wenn irgendjemand verstehen kann, was Sie für Ihre Pferde und das Gut empfunden haben, bin das doch ich."

Abigails Herz war wie befreit. Er verurteilte sie nicht. Sie tunkte die Bürste wieder in den Eimer.

„Ich habe meiner Mutter geschrieben, als ich nach St. Louis kam, habe aber keine Antwort bekommen. Dann habe ich es heute noch einmal versucht."

„Heute?“ Warum schrie er sie so an? „Was hat Sie veranlasst, gerade heute zu schreiben?“

So verständnisvoll er auch in Bezug auf ihre Familie war, sie wollte gar nicht, dass er das hier verstand.

„Ich glaube nicht, dass ich noch lange hierbleiben werde.“

Jeremiah lehnte die Schaufel an die Wand. „Wegen unserer Unterhaltung von heute Morgen?“

Abigail hielt den Kopf über dem Eimer gesenkt. Es war besser zu schweigen, als zuzugeben, dass sie ihn liebte und wie schmerzhaft das war.

„Ich verstehe.“ Die Bodendielen knarrten unter seinen Füßen. „Heute Morgen habe ich Sie grob behandelt, Abigail. Aber wenn Sie mich lassen, würde ich es gerne wiedergutmachen. Vielleicht sollten wir das hier zuerst fertig machen und alles putzen. Es gibt Dinge, die ein Mann einer Frau nicht neben einem Eimer voll Mist sagen will.“

Wollte er ihr erneut das Angebot unterbreiten hierzubleiben? Sie wäre dankbar, aber seine Großzügigkeit schmerzte auch. „Je nach dem, was Sie mir sagen wollen, wäre ein Eimer voll Mist vielleicht die angemessene Umgebung“, murmelte sie und ließ ihre Bürste in den Eimer fallen.

Sie kam nicht wieder herunter. Jeremiah löschte die letzte Lampe und zog sein Hemd aus. Abigail war nach oben gegangen, um sich zu waschen. Seine Bitte, danach noch einmal herunterzukommen, hatte sie kaum wahrgenommen. Er wollte nicht bis zum Morgen warten, um mit ihr zu sprechen, aber die Stille im oberen Stock verriet ihm, dass sie schon zu Bett gegangen war. Er ließ seinen müden Körper auf das Lager auf dem Boden sinken und zog die Decke bis zu den Schultern hoch. Bis sie seine Matratze gewaschen und mit frischem Stroh gefüllt hatten, würde er im Salon schlafen und das Zimmer eine Weile auslüften lassen.

Er war immer noch erschüttert bei dem Gedanken, dass Abigail eine große Familie in Ohio hatte. Er hatte immer gedacht, sie sei ganz allein auf der Welt. So wie er sie kennengelernt hatte, verwunderte es ihn nicht, dass sie das Ganze am liebsten vergessen wollte, nachdem sie von zu Hause weggegangen war. Unentschlossenheit gehörte nicht zu ihren Schwächen.

Aber er musste sie ermutigen, den Graben zu ihrer Familie zu überbrücken. Abigail bedeutete ihm etwas – sie bedeutete ihm sehr viel –, und er wusste, wie schmerzvoll es war, wenn es in einer Familie Unstimmigkeiten gab. Er würde alles tun, um es in Ordnung zu bringen, aber seines Wissens war das eigentliche Problem bereits behoben. Ihre Beziehung zu ihren Eltern war vielleicht noch nicht in Ordnung, aber was ihre Beziehung zu ihm anging, hatte er keinerlei Zweifel mehr. Und darüber wollte er mit ihr sprechen, sobald sie ihn ließ.

Nackte Füße kamen die Holztreppe heruntergetapst. Jeremiahs Sinne waren hellwach. Von seinem Lager aus beobachtete er, wie Abigail lautlos durch den Salon schlich. Sie wollte nicht zu ihm. Stattdessen verschwand sie in der Küche. Wasser plätscherte in einen Topf. Wenn sie schlafwandelte, dann hätten sie am nächsten Morgen vielleicht auch in der Küche ein gewaltiges Problem.

Was tat sie da? Stand sie jede Nacht um diese Zeit auf oder träumte er wieder? Und trug sie diesen schicken grünen Umhang jede Nacht?

Jetzt war Jeremiah hellwach und neugierig und griff nach seinem Hemd. Was auch immer sie da machte, sie ging nicht nur einfach hinaus zum Abort. Er zog sich den kühlen Baumwollstoff über den Kopf, schlüpfte in die Ärmel und stand auf. Nur gut, dass er seine Hose nicht ausgezogen hatte. Er stopfte sein Hemd zur Hälfte hinein, gab dann auf und stolperte in die Küche.

Abigail war zu Tode erschrocken. Ihre Brust hob und senkte sich, als sie versuchte, wieder zu Atem zu kommen. „Ich hatte gerade zum Fenster hinausgeschaut und an diese Banditen gedacht …", sagte sie kopfschüttelnd. „Sie haben mich erschreckt."

Der glänzende Stoff ihres Umhangs schien so gar nicht in diese einfache Küche zu passen. Abgesehen von ihrem zerrissenen rosa Kleid hatte Jeremiah Abigail noch nie in so schicken Kleidern gesehen. Er sah an seinem zerknitterten Baumwollhemd hinunter, das aus der Hose hing, und runzelte missbilligend die Stirn. „Ich hatte nicht mehr damit gerechnet, dass Sie noch einmal herunterkommen, und bin ins Bett gegangen. Entschuldigung."

Im Schein des Herdfeuers konnte er erkennen, dass sie ihn besorgt anblickte. „Ich dachte, Sie wären schon schlafen gegangen. Und ich wollte Sie nicht wecken."

Sie wandte sich zum Herd und rührte mit einem Holzkochlöffel im Topf. Der harzige Duft weckte seine Sinne.

„Kochen Sie immer um Mitternacht Wacholderbeeren?", fragte er.

„Wenn Sie das noch nicht wussten, müssen Sie einen tiefen Schlaf haben." Sie verzog den Mund. „Aber natürlich haben Sie das. An dem Tag, an dem Sie aus dem Krieg zurückgekehrt sind, haben Sie schon geschnarcht, da hatte ich das Zimmer noch nicht verlassen."

Die schöne Fremde, die in sein Leben hineingeplatzt war. Wie lange das schon her zu sein schien. Ihr Haar hing zwischen ihren Schulterblättern und war noch feucht, weil sie es gewaschen hatte. Der glänzende grüne Umhang war eng um ihre Taille geschnürt und betonte ihre Kurven. Wie sehr sehnte er sich danach, sie in die Arme zu nehmen und ihr zu sagen, wie ihr Leben weitergehen würde. Aber wie würde es denn weitergehen? Alles in seinem Kopf schien sich zu drehen. Gleich würde er es herausfinden.

„Wofür ist der Tee?"

Sie beäugte den Topf, als könnte er Beine bekommen und davonlaufen.

„Für Rachel. Sie kann nachts nicht gut schlafen, was nicht verwunderlich ist, da sie ja tagsüber nichts macht. Der Tee beruhigt sie und lindert die Gelenkschmerzen." Ihre Wangen röteten sich von der Wärme des Ofens.

„Es ist erstaunlich, wie Sie sich um sie kümmern. Sie ist meine Schwester, und trotzdem bereitet es mir Mühe, mit ihr auszukommen."

Sie zuckte mit den Schultern. „Ich versuche, in ihr den Menschen zu sehen, den Gott in ihr sieht. Den Menschen, für den Jesus gestorben ist. Und ich hoffe, dass irgendjemand mich auch so sieht."

„Und was sehen Sie in mir?", fragte er.

Sie senkte den Kopf. „Von dem Moment an, in dem ich um die Biegung kam und Sie versuchten, auf Ihr Pferd zu steigen, habe ich Ihre Entschlossenheit gesehen. Ich wusste, dass ich Sie nicht zum Feind haben wollte."

„Aber genau das bin ich geworden."

Sie hielt inne und drehte ihm den Kopf zu. Ihre samtige Haut schimmerte im schwachen Licht. „Sind Sie das immer noch?"

„Im Gegenteil", erwiderte er. Ihr hochgeschlossener Spitzenkragen strich über ihr Gesicht. Jeremiah nahm allen Mut zusammen, streckte die Hand aus und strich ihr mit dem Finger über die Wange. Abigails Mund öffnete sich. Er schluckte. „Mein erster Gedanke bei Ihrem Anblick war Gefahr. Ich wusste, wie sehr ich dagegen ankämpfen musste, mich zu Ihnen hingezogen zu fühlen, und weil Sie meine Farm für sich beanspruchten, habe ich Ihnen nicht vertraut. Das war ein Kampf, den ich nicht verlieren durfte."

Sie senkte den Blick, als er ihr übers Kinn strich. „Was den Brief angeht … Ich weiß nicht einmal, warum ich ihn überhaupt abgeschickt habe. Beim ersten Mal hat meine Mutter auch nicht geantwortet. Aber ich weiß, dass ich erst mit mir selbst im Reinen bin, wenn die Sache geklärt ist. Auch wenn ich nicht nach Hause zurückgehe, möchte ich gerne etwas von ihr hören."

„Gehen Sie nicht."

Der Tee siedete im Topf. Abigail rührte sich nicht. „Und warum soll ich nicht gehen?"

Kapitel 20

Die gepressten Beeren drehten sich in der kochenden Flüssigkeit. Vom harzig riechenden Dampf wurde der Holzlöffel ganz feucht. Aber es war sein Blick, von dem es ihr innerlich ganz heiß wurde. Er nahm ihre Hand und drehte sie zu sich.

„Abigail, als ich nach Hause kam und Sie hier vorfand, fürchtete ich mich davor, Sie hierbleiben zu lassen. Aber ich brauchte Sie. Ich konnte einfach mit den Pferden, der Farm und Rachel ohne Ihre Hilfe nicht fertig werden. Dass ich Ihnen erlaubt habe zu bleiben, war reine Selbstsucht. Ihre Hilfe war praktisch und ich habe nur an mich gedacht."

Der Kragen seines Hemdes stand offen, sodass sie sehen konnte, wie heftig sein Puls über dem Schlüsselbein pochte. Ihr Blick wanderte von ihrer Hand über sein unrasiertes Kinn zu seinen vollen Lippen. Aber höher konnte sie nicht schauen. Der Löffel entglitt ihrer Hand und fiel polternd auf den Boden. Sie musste die Hände frei haben – vielleicht, um ihn zu halten, vielleicht aber auch, um ihm eine Ohrfeige zu geben, wenn sein neuestes Angebot so nichtssagend war wie das von diesem Morgen.

„Hierzubleiben war auch für mich praktisch", sagte sie. „Sie müssen sich dafür nicht entschuldigen."

„Aber die Dinge haben sich verändert, oder? Ich kann jetzt laufen. Ich brauche keine Hilfskraft mehr auf dem Feld oder im Stall und trotzdem …" Er nahm auch ihre zweite Hand und verflocht seine Finger mit ihren. „Und trotzdem brauche ich Sie …“

Er presste seine Handfläche gegen ihre, bis nichts mehr zwischen ihnen war. „Ich will das alles nicht ohne Sie machen, Abigail. Ich kann mir diesen Ort nicht mehr ohne Ihren Mut, Ihre Schönheit und ohne Ihren Kampfgeist vorstellen. Ich kann mir *mich* nicht mehr ohne Sie vorstellen. Bitte geben Sie mir eine Chance. Gehen Sie nicht.“

Aufrichtig. Ernsthaft. Überzeugend. Ihre Gegenwehr bröckelte mit jedem seiner Worte. Aber sie würde ihr Herz nur jemandem schenken, der es auch wirklich ganz wollte.

„Ich muss wissen, wie Sie zu mir stehen, Jeremiah.“ Sie betrachtete ihre Finger, die mit seinen verschlungen waren. „Keine Unklarheiten mehr.“

„Ich schäme mich für das, was an jenem Tag im Stall passiert ist.“ Seine tiefe Stimme passte perfekt zu den nächtlichen Geräuschen von draußen. „Ich habe Sie geküsst, bevor mein Herz davon überzeugt war, dass das richtig ist. Ich verspreche Ihnen, dass das nicht wieder vorkommen wird.“

Sie sah zu ihm auf. „Sie werden mich nie wieder küssen?“ Sie rief die Frage beinahe heraus.

„Nein.“ Er ließ ihre Hand los, um seine Hand an ihre Wange zu legen und ihr Ohrläppchen zu streicheln. „Ich werde Sie nicht wieder küssen, bis ich sicher bin, dass ich Sie liebe und nur Sie.“

Langsam zog er sie an sich. Diesmal konnte er nicht behaupten, ein Impuls habe ihn überkommen – nicht, wenn er sie so bewusst in die Arme nahm. Er legte seine Stirn an ihre. Ihre Nasen berührten sich. Er strich mit seiner Wange über ihre und wartete auf wer weiß was. Aber mit einer ganz sanften Drehung fanden seine Lippen die ihren. Und dann eine unendlich sanfte Berührung. Und mehr noch, viel mehr als das. Zeichen von Liebe, nicht von Wut. Eine

Wärme, die sie erschauern ließ. Geduld und das Wunder, dass seine zärtlichen Berührungen ihren Puls noch mehr zum Rasen brachten als der feurige Kuss vom letzten Mal.

„Du sollst zu mir gehören, Abigail, bitte." Sein Daumen strich über ihre Wange. Dann über ihre geschwollenen Lippen. „Ohne dich bin ich verloren."

Hätte er sie nicht mit seinen warmen Händen festgehalten, wäre sie womöglich davongeschwebt. „Ich glaube, ich habe schon immer zu dir gehört. Ich habe zu Jeremiah Calhoun gehört, bevor ich ihn je gekannt habe."

Der Tee begann zu blubbern und zu brodeln. Oder vielleicht bekam sie es auch jetzt erst mit.

Widerwillig entzog sie sich seinem Griff und starrte auf den Topf mit den Beeren. Sie konnte es immer noch nicht begreifen. Er liebte sie? Jeremiah Calhoun liebte sie? Warum hatte er so lange gebraucht?

„Rachel wird sich fragen, wo ich bleibe." Ihre Stimme klang hohl und wie aus weiter Ferne.

„Ist das alles, was du dazu zu sagen hast?" Seine Augen lächelten.

„Was hattest du erwartet? Ich kann mitten in der Nacht keine Lieder dichten."

„Gehen wir hoch und sagen es Rachel zusammen. Wir könnten auch Ma aufwecken, aber sie wird wahrscheinlich nicht überrascht sein."

Abigail bekam große Augen. „Willst du es jetzt allen erzählen? Was werden denn die Leute denken, nachdem wir schon so lange zusammengelebt haben?"

„Sie werden das Gleiche denken wie ich: dass es auch langsam Zeit wurde."

Sie würde ihn erst zum Frühstück wiedersehen. Er war draußen beim Melken und Füttern. Also hatte sie ein wenig Zeit, sich vorzubereiten. Abigail krempelte die Ärmel hoch und ging in die vom hellen Morgenlicht durchflutete Küche. Mitten auf dem Tisch lag ein Strauß Wildblumen, die mit einer Schnur zusammengebunden waren, und ein Stück Papier.

Abby,
wenn ich letzte Nacht nur geträumt habe, dann sag es mir bitte. Aber ich bete, dass es nicht so ist.

Jeremiah

Sie drückte das Blatt Papier an ihre Lippen und beruhigte die Schmetterlinge in ihrem Bauch. Ihre Erinnerungen waren nicht mit der Dunkelheit verschwunden. Hier hatte sie etwas Greifbares, etwas Eindeutiges. Sie faltete das Blatt auseinander und überprüfte noch einmal die Namen. Ja, der Brief war von ihm an sie gerichtet. Kein Irrtum. Und diesmal war sie sich hundertprozentig sicher, dass der Mann auch wirklich Jeremiah Calhoun war.

Sie steckte den Zettel in ihre Tasche, zum Penny ihres Vaters. Wenn Jeremiah gerne Liebesbriefe schrieb, musste sie ein gutes Versteck dafür finden. Da sie im gleichen Zimmer schlief wie seine Mutter, blieb ihr nicht viel Privatsphäre.

Abigail füllte einen Blechkrug mit Wasser und arrangierte die Blumen, so gut sie konnte, bevor sie den Frühstücksspeck briet. Als das Frühstück brutzelte, brach sie einen blühenden Zweig aus dem Strauß ab und steckte ihn ins Knopfloch ihrer Bluse. Als sie die Küche betrat, bemerkte Ma die Blumen auf dem Tisch sofort.

„Guten Morgen, Abigail. Das ist aber ein schöner Strauß."

„Nicht wahr? Ich habe ihn heute Morgen hier gefunden."

„Tatsächlich?“ Ihr Blick wurde sanft. „Dieser Jeremiah. So ein rücksichtsvoller Junge. Denkt immer an seine Mutter.“

Abigail senkte den Kopf über die Pfanne und dankte Gott für Menschen, die immer das Beste von anderen dachten.

„Ich hoffe, du warst letzte Nacht nicht zu lange auf.“ Ma nahm das Geschirr aus dem Ständer, wo es trocknete, und räumte es ins Regal. „Ich habe dich gar nicht kommen hören.“

Jeremiah war nicht der Einzige, der so tief schlief. Oder schnarchte. „Nein, es war nicht sehr spät. Aber mach dir keine Sorgen. Die Zeit war gut angelegt.“

Sein Schatten erschien am Fenster auf der Rückseite des Hauses, bevor die Tür aufging. Er hatte rote Wangen von der kühlen Morgenluft, aber seine Augen strahlten, als er den Blütenzweig an ihrer Bluse sah. „Guten Morgen, Abigail.“

„Guten Morgen.“ Wie konnte sie mit ihm unter einem Dach leben, wenn ihr schon beim Klang seiner Stimme schwindelig wurde? „Möchtest du etwas Wacholdertee zum Frühstück?“

Die Tür fiel hinter ihm ins Schloss. Er kam zu ihr, und ihre Schultern berührten sich, als er die Hände über den warmen Ofen streckte. „Auf jeden Fall. Vor allem mit dem ganz besonderen Süßstoff, den du dranmachst.“

Seine Mutter gab ihm einen Klaps auf den Arm. „Du, ein Teetrinker? Wenn du mir nicht die Blumen gebracht hättest, würde ich jetzt mit dir schimpfen, weil du Unfug redest.“

Er bekam große Augen. Abigail zwinkerte ihm schelmisch zu und trug den Teller mit den heißen Pfannkuchen zum Tisch.

„Für dich tue ich doch alles, Ma.“ Er rückte ihren Stuhl zurecht und tat dann das Gleiche für Abigail.

„Vielleicht machen wir ja doch noch einen Gentleman aus ihm.“ Ma steckte sich ihre Serviette in den Kragen, was jeder Benimmregel widersprach, die Abigail kannte.

„Ich mag ihn lieber so, wie er ist.“

Jeremiahs Gabel erstarrte. Sein schelmisches Lächeln wich ungläubigem Staunen, als er zu ihr herübersah. „Kannst du mir heute im Stall helfen?“

Abigail spürte, wie ihr Gesicht heiß wurde. „Das könnte ich. Ich meine … Wobei brauchst du denn Hilfe? Meinst du, das ist … klug?“

„Auf keinen Fall.“ Er kaute auf seinem Essen, während er sie weiter so intensiv anstarrte, dass er ihr Herz zum Rasen brachte. „Ich sollte Calbert fragen, ob er mir einen Tag lang helfen kann. Wir müssen die Ernte einbringen. Würde es dir etwas ausmachen, uns dabei zu helfen?“

„Ich kann bei Rachel bleiben“, sagte Ma. „Wir sollten das Gemüse im Keller einlagern, solange das Wetter hält.“

Innerhalb einer Stunde war Jeremiah mit Calbert zurückgekommen. Dieser berichtete, dass Fowler am Morgen bei ihm gewesen war. Ob seine „Gäste“ gestohlene Pferde dabeihatten, konnte oder wollte er ihm nicht sagen, aber er hatte Calbert versichert, dass er ihnen von den Anschuldigungen gegen sie berichtet hatte. Als sie hörten, wer auf der Suche nach ihnen war, hatten sie beschlossen, zu packen und sich auf den Weg zu machen.

„Fowler hat ihnen also erzählt, dass wir hinter ihnen her sind?“

„Das hat er.“ Calbert nahm seinen Hut ab, um seine strubbeligen Haare zu kratzen. „Mir wäre es lieber, er hätte unsere Namen nicht erwähnt, aber wenn sie ohne viel Aufhebens gegangen sind, dann waren es vielleicht doch nicht die Gleichen, die Rankin getötet haben.“

„Ich würde hoffen, dass sie es sind“, sagte Abigail. „Mir wäre es lieber, sie wären verschwunden, als dass ich mir wegen eines möglichen anderen Mörders Sorgen machen muss.“

„Sie waren es“, beharrte Jeremiah. „Wir müssen den Sheriff informieren. Er könnte wenigstens ein Mal seine Arbeit tun, ein Aufgebot an Männern zusammenstellen und sie verfolgen.“

„Jedenfalls sind sie weg und ich bin erleichtert.“ Calbert zog seinen Hut tief in die Stirn. „Ich habe Besseres zu tun, als mir um diese Verbrecher Gedanken zu machen … zum Beispiel euer Gemüse ernten. Machen wir uns an die Arbeit.“

Schon bald pflückten die drei Okra und Bohnen und gruben Süßkartoffeln aus. Zwischen den ernsthaften Gesprächen über die Banditen fing Calbert immer wieder an zu singen, während er die Süßkartoffeln umgrub. Jeremiah stimmte mit seinem Tenor so enthusiastisch mit ein, dass Abigail kichern musste. Sie hatte ihn noch nie so sorglos erlebt. Die junge Frau hielt inne, um ihn zu beobachten. Sein Hemd klebte an seinem Rücken, als er einen weiteren Eimer mit Süßkartoffeln auf den Wagen hievte. Verschwunden waren die Krücke. Der Gehstock. Und die Sorgen, die ihn belastet hatten. Natürlich war Rachel immer noch krank, und vielleicht lauerten irgendwo noch Plünderer, aber einen Augenblick lang erlebten sie einen Hauch reiner Freude. Sie machte sich keine Gedanken um ihre Familie und sie machte sich keine Gedanken um Ladymare. Sie hatte einen guten Mann, der sie liebte, und sie liebte ihn auch.

Abigail erhob sich und strich über ihren Rock. Sie ging zwischen den Bohnen hindurch zum Wassereimer und nahm einen kräftigen Schluck der kühlen Flüssigkeit. Sie trank noch einen zweiten Schöpfer voll und ging zu Jeremiah.

Er beobachtete sie bei jedem Schritt. Sie hielt ihm die Schöpfkelle hin, und er legte seine Hand um ihre Finger, als er sie nahm, und ließ nicht los.

„Bist du glücklich?", fragte er.

Wie sehr sie sich wünschte, dieses lächelnde Gesicht zu berühren. „Ich war noch nie glücklicher."

Jeremiah sah sich kurz nach Calbert um, der am anderen Ende des Gartens war. „Warum willst du das mit uns geheim halten?"

Sie kam näher. „Ich weiß nicht. Vielleicht, weil es so vollkommen ist. Es fühlt sich ganz besonders an, wenn nur wir es wissen."

Sein Griff um ihre Hand wurde fester. „Schau mich doch an. Ich würde mich selbst im Spiegel nicht wiedererkennen, so sehr habe ich mich verändert. Alles ist anders. Das kann man unmöglich übersehen."

Seine Augen sprühten vor Leben, wie sie es nie zuvor getan hatten, seit sie ihn kannte. Entschlossen war er schon immer gewesen, aber jetzt sah sie auch Hoffnung und Freude.

„Ich bin so dankbar." Und das war sie wirklich. Wahrscheinlich steckte Gott hinter Alans Plan, denn dieser konnte unmöglich vorhergesehen haben, wie perfekt sie und Jeremiah sich ergänzen würden.

Jeremiah stand wie ein Zinnsoldat vor ihr und sah Abigail wortlos und glücklich in die Augen. Aber schließlich ließ sie die Kelle los und ging zu ihrem Bohneneimer zurück. Er warf sich die Schaufel über die Schulter, schlenderte zu Calbert und grub neben ihm weiter.

„Was hältst du von diesem Unsinn, den sich Alan mit Miss Abigail hat einfallen lassen?", fragte Jeremiah. „Sollte sie das wieder rückgängig machen?"

„Meinst du die Heirat?“ Calbert grub langsamer. „Der Mann, den sie geheiratet hat, ist tot. Aber Jeremiah Calhoun nicht. Vielleicht solltest du die Sache bereinigen. Miss Laurel würde es nicht sehr schätzen, auf die Annullierung warten zu müssen, wenn sie sich endlich einmal entschieden hat.“

Am anderen Ende des Feldes machte Abigail eine rasche Bewegung und schlug nach einem Insekt, das ihr zu nahe gekommen war. Jeremiah lächelte. „Andererseits bin ich nach dem Gesetz schon mit Abigail im heiligen Bund der Ehe vereint.“

Calbert grinste breit. „Darüber muss ich, glaub ich, nachdenken. Aber denk ja nicht, dass du Miss Abigail mit so einer fadenscheinigen Ausrede um einen Ausflug zum Pfarrer bringen kannst.“

„Das würde ich nie wagen, aber der Gedanke, dass es irgendwo ein Dokument gibt, auf dem wir schon verheiratet sind, stört mich.“ Wie lange es wohl dauern würde, es zu annullieren und neu auszustellen? Und wozu? Das Datum stimmte vielleicht nicht, aber die Namen waren richtig.

Calbert nickte weise. „Du hättest sie einfach vom ersten Tag an, als du nach Hause gekommen bist, deine Frau nennen sollen. Wie ich dich kenne, wirst du keine Zeit verlieren und sie wahrscheinlich noch vor Ende des Monats heiraten.“

Jeremiah sog die frische, kühle Morgenluft in seine Lungen. Ende dieses Monats? Abigail als seine Frau? Für immer an seiner Seite?

Er wandte sich wieder seiner Arbeit zu. Er hatte noch nicht darüber nachgedacht, was es bedeuten könnte, mit Abigail verheiratet zu sein. Sie kochte ohnehin schon für ihn, wusch seine Kleidung, leistete ihm Gesellschaft und war schon gewissermaßen ein Teil seiner Familie. Aber neben den intimen Aspekten der Ehe hätte er dann auch jemanden, dem er sein Herz ausschütten konnte. Jeremiah hatte jahrelang versucht, seine Mutter vor den harten Tatsachen des Lebens zu beschützen und jegliche Schwäche vor Rachel zu verbergen. Abigail war für ihn ein sicherer Ort, an dem er über seine Träume, Ängste und Zukunftspläne sprechen konnte. Hatte sie nicht schon bewiesen, dass sie das war? Hatte sie ihn nicht schon durch die dunkelsten Tage seines Lebens begleitet? Und nach dem zu urteilen, was er über ihre familiäre Situation wusste, brauchte sie genauso dringend einen Partner wie er.

Ende des Monats? Jeremiah grub seine Hände in die Erde und riss ein paar Süßkartoffeln heraus. Die Möglichkeit war verlockend.

Calbert stand nicht länger über den Erdhügel gebeugt da, sondern sah prüfend zur Straße.

„Was ist?", fragte Jeremiah.

„Da kommt ein Wagen, und sehr schnell." Calbert griff instinktiv nach dem Gewehr, das er immer in der Nähe hatte.

„Abigail", rief Jeremiah, „geh ins Haus."

Sie stand auf, aber noch bevor sie davonlaufen konnte, kam Laurels Wagen aus dem Wald gerast. Ihr Hut hing an den Bändern in ihrem Nacken und ihr Rock war bis zu den Knien hochgeweht. Ein Blick in ihr Gesicht verriet Jeremiah, dass etwas nicht stimmte. Er rief ihren Namen, und sie lenkte den Wagen auf den Garten zu, bremste aber erst, als sie am Rand angekommen war.

„Kommt mit", sagte sie atemlos, mit tränenüberströmten Wangen. „Beide. Pa braucht euch."

Ein schneller Blick zu Calbert verriet Jeremiah, dass er auf seine Mutter und Rachel aufpassen würde. Er fasste Abigail am Ärmel und half ihr auf den Kutschbock, bevor er selbst hinaufstieg und Laurel die Zügel abnahm.

Laurel sank in Abigails Arme. „Pa wurde angeschossen. Ihr müsst ihm helfen. Es geht ihm schlecht."

„Schhh." Abigail legte ihre Arme um das weinende Mädchen.

Jeremiah blickte suchend die Straße entlang. „Wer hat deinen Vater angeschossen?"

„Die haben ihn überfallen, als er auf dem Feld gearbeitet hat. Ich habe den Schuss gehört und ihn am Boden liegend gefunden. Napoleon war weg. Ich konnte ihn noch ins Haus bringen, aber dann ist er zusammengebrochen."

Jeremiahs Kiefer arbeiteten. „Sein Blut klebt an Fowlers Händen. Wenn er uns angelogen hat ..."

„Jeremiah", flehte Abigail ihn an. „Nicht jetzt."

Er klatschte dem Pferd die Zügel auf den Rücken. „Abigail ist eine gute Krankenschwester, Laurel. Sie hat schon viele Schussverletzungen gesehen. Und Hopkins wird auch dafür sorgen, dass er die beste Pflege erhält."

„Hopkins", Laurel schluckte, „Hopkins ist auch verschwunden."

„Verschwunden?" Abigail packte Laurel am Handgelenk. „Wurde er umgebracht?"

„Nein, er hat mich verlassen. Nach einem Streit ist er gegangen. Ich kann ihn jetzt nicht um Hilfe bitten."

Nach den Falten auf ihrer Stirn zu urteilen, war Jeremiah genauso verwirrt wie Abigail. Sicherlich übertrieb Laurel nur. Sobald er Abigail bei Hiram abgeladen hatte, würde er den Arzt aufsuchen. Hopkins würde sich niemals von einem Streit unter Verliebten davon abhalten lassen, Hirams Leben zu retten.

Nach einigen angespannten Meilen holperte der Wagen über die letzte Anhöhe und raste auf das Haus zu. Er klapperte mittlerweile, als würde er jeden Moment auseinanderfallen. Noch bevor Jeremiah den Wagen zum Stehen gebracht hatte, sprang Abigail herunter und konnte gerade noch den Rädern ausweichen. Laurel folgte ihr auf den Fersen, als sie ins Haus rannten. Jeremiah band das Pferd an.

Er suchte die Lichtung um die Weide herum ab. Ob sie wohl noch beobachtet wurden? Würden die Banditen zwischen den Bäumen herauskommen und auch dieses Pferd noch mitnehmen? Das Sicherste war, es angeschirrt zu lassen. Mit dem Wagen konnten sie nicht schnell davonkommen, wie er soeben bewiesen hatte.

Alles in ihm wollte die Diebe verfolgen, aber wenn sie geflüchtet waren, waren sie schon zu weit entfernt. Und wenn sie sich versteckt hielten, würde er ihnen noch früh genug gegenüberstehen.

Auf der Veranda war Blut. Die Spur führte ins tiefere Gras und dann in den Garten. Aber sie war nicht verwischt. Irgendwie hatte Laurel es geschafft, ihren Vater ins Haus zu schaffen, was ein gutes Zeichen war.

Aber sie hatte es nur bis zur Haustür geschafft. Jeremiah sah die Sohlen von Hirams Stiefeln, als er auf die Veranda trat. Abigail kniete neben dem Verletzten, hatte sein Hemd geöffnet und untersuchte seinen Brustkorb. Das Rot des Blutes stand in krassem Gegensatz zu seiner blassen Haut. Laurel kauerte in der Ecke und hatte die Faust auf den Mund gepresst.

„Zwei Einschüsse." Abigail presste ihren Handballen auf die untere Wunde. „Eine Kugel ist nicht wieder ausgetreten, die andere schon. Wir brauchen Dr. Hopkins."

„Ich werde ihn suchen", sagte Jeremiah.

„Danke", krächzte Hiram. „Danke, dass ihr gekommen seid."

Abigails Blick wanderte von ihm zu Laurel. „Bevor du gehst, hilf bitte Laurel, Verbandszeug zu finden. Sie schafft es nicht alleine und wir müssen die Blutung so schnell wie möglich stoppen."

Arme Laurel. Sie war alles andere als eine Hilfe. Er nahm sie am Arm und zog sie in die Küche. „Geschirrtücher, Laurel. Wir brauchen Geschirrtücher. Oder auch Wäsche. Habt ihr irgendwo einen Wäschekorb?"

„O Jeremiah." Sie blickte ihn mit tränenverschmiertem Gesicht an. „Es tut mir so leid, was du wegen mir alles durchgemacht hast. Ich weiß nicht, wie ich jemals auf die Idee kommen konnte, Newton könnte deinen Platz einnehmen."

Jeremiah verstand, dass dieses Gespräch wichtig war, aber nicht so wichtig, wie ihrem Vater das Leben zu retten.

„Wir sprechen später darüber." Er riss die Türen der Schränke auf. „Wo sind eure Geschirrtücher?"

„Aber bevor du zu Newton fährst, musst du wissen, dass ich ihn zurückgewiesen habe. Ich habe ihm ins Gesicht gesagt, dass ich ihn nie wiedersehen will, weil ich dich heiraten werde."

Jeremiah hielt inne. „Was wirst du?"

„Ich sage Ja, Jeremiah. Ich entscheide mich für dich. Ich wollte dir das bei einem fröhlicheren Anlass sagen, aber jetzt weißt du, warum du Pa helfen musst. Du darfst Hopkins nicht holen."

„Zu spät. Ich bin schon da." Hopkins kam mit großen Schritten herein und betätigte kampfeslustig die Wasserpumpe, bis Wasser herausgespritzt kam. „Ich war heute Morgen bei dir, um dir zu gratulieren. Aber Calbert hat mich hierher geschickt." Er tauchte seine Hände ins Wasser und schrubbte sie wild. „Entschuldige mich, Laurel, aber ich muss versuchen, deinen Vater zu retten." Dann stürmte er wieder zu Hiram hinaus.

Als Jeremiah die Geschirrtücher endlich ausfindig gemacht hatte, schnappte er sich eine Handvoll davon und durchquerte den Raum, immer noch geschockt über das, was gerade geschehen war.

Laurel hielt ihn zurück. „Pa weiß es schon. Du musst ihm nichts erklären."

Mit schweren Schritten ging er davon, er war nicht in der Lage, irgendetwas zu erwidern. Hatte er ihr nicht gesagt, er würde auf sie warten? Hatte er ihr nicht seine absolute Hingabe versprochen? Stand er nun zu seinem Wort oder nicht?

Und dort hockte Abigail, die keine Ahnung hatte, dass Laurel eine Entscheidung gefällt hatte. Er reichte ihr die Tücher. Sie sah ihm voller Bewunderung in die Augen. Mit blutverschmierten Fingern nahm sie die Tücher und setzte Hopkins über die Verletzungen in Kenntnis. Jeremiah würde ihr sein Leben anvertrauen. Sie hatte ihm schon seine Gesundheit zurückgegeben, sodass er sein Bein wieder gebrauchen konnte. Aber hatte er ihr irgendetwas zu bieten?

„Helfen Sie mir, ihn zum Tisch zu tragen", sagte Hopkins. „Dann sollten Sie Laurel aus dem Haus führen, bis ich hier fertig bin."

Hiram stöhnte, als sie ihn hochhoben. Das Blut lief ihm wie dünner Sirup aus der Seite. Abigail zwängte sich mit ihnen durch die Tür, ohne den Druck auf die beiden Wunden zu verringern. Sie befahl Laurel, den Tisch abzuräumen, bevor sie ihren Vater auf die glatten Bretter legten.

„Laurel, komm, sprich mit deinem Vater, während ich den Äther aus meiner Tasche hole", sagte Hopkins. Dann zog er Jeremiah beiseite und flüsterte ihm zu: „Sorgen Sie dafür, dass sie ihm sagt, was gesagt werden muss. Es könnte ihre letzte Gelegenheit sein."

Aber Laurel schien auch so zu begreifen. Sie nahm die Hand ihres Vaters und hatte scheinbar endlich die Kraft, sich seinen Verletzungen zu stellen.

„Ich liebe dich, Papa."

„Ich liebe dich auch, mein Mäuschen. Und du weißt, dass alles gut werden wird. Du hast ja Jeremiah. Er wird für dich sorgen."

Jeremiah kniff die Augen zusammen. Er konnte nicht zu Abigail hinübersehen, die um das Leben des Mannes kämpfte. Laurel nahm seine Hand. „Mach dir keine

Sorgen um mich. Wir sorgen dafür, dass es dir wieder besser geht."

Das hatte er sich immer gewünscht. Vier lange Kriegsjahre hatte er davon geträumt, diese Worte von ihr zu hören, und jetzt hatte er das Gefühl, sich übergeben zu müssen.

Hiram sah ihn an. „Wenn mir etwas zustößt, dann vertraue ich auf dich, Jeremiah."

Was sollte er sagen? Er hatte schon zu viele Versprechen gegeben.

Kapitel 21

Wenn seine Genesung genauso erfolgreich verlief wie die Operation, würde Hiram überleben. Abigail ließ die blutigen Lappen in eine Schale fallen und drehte den Kopf nach links und rechts, um ihren Nacken etwas zu lockern. Bevor sie heute Abend ins Bett gehen würde, wollte sie selbst einige von Dr. Lings Gymnastikübungen machen.

Hopkins ließ sein Skalpell in die Schale fallen.

„Ich bin beeindruckt", sagte sie. „Ich habe noch nie so gute Arbeit gesehen."

Sein fahles Gesicht zeugte von der Belastung. „Das war schlimmer als alles, was ich im Krieg zu operieren hatte. Es ist etwas ganz anderes, wenn man jemanden operiert, den man kennt."

„Wie zum Beispiel Ihren zukünftigen Schwiegervater?"

„Nein, so ist das nicht." Er trocknete sich die Hände ab. „Sosehr ich das auch gehofft hatte, aber so ist es nicht."

„Laurel fängt sich schon wieder. Sie ist nur durcheinander. Wenn sie erst einmal weiß …"

„Hat er es Ihnen noch nicht gesagt?" Hopkins hielt inne, als er sich die Ärmel runterkrempelte. „Wahrscheinlich hatte er noch keine Zeit dazu. Laurel und ich werden uns nicht mehr treffen. Sie heiratet Jeremiah."

Abigail schnaubte verärgert, als hätte ein Maultier sie getreten. Sie wusste nicht, worüber er mit Laurel gestritten hatte, aber Hopkins konnte nicht wirklich glauben, dass es vorbei war. Ihr Magen zog sich zusammen.

Abigail wrang gerade die letzten Lappen aus, als ein leiser Zweifel in ihr aufstieg. War sie nur die Alternative, solange er gedacht hatte, er könne Laurel nicht haben?

Nein. Jeremiah würde nicht mit ihr spielen. Er hatte sie monatelang auf Abstand gehalten. Das mit ihr war für ihn keine Liebelei, um die Zeit totzuschlagen. Und doch sehnte sie sich danach, dass er ihr genau das bestätigte.

Erst jetzt spürte sie Hopkins' Blick. Er seufzte. „Es tut mir leid, Abigail. Ich hätte nachdenken sollen, bevor ich das gesagt habe. Aber Sie müssen wissen, dass Laurel sich entschieden hat."

Abigail war sich nicht sicher, ob sie ihre Beziehung mit Jeremiah leugnen sollte oder ob sie abstreiten sollte, dass er so wankelmütig war. Sie war zu aufgewühlt für jede weitere Diskussion und winkte seine Entschuldigung nur ab.

„Laurel wartet sicher schon darauf, etwas von ihrem Vater zu hören", sagte sie stattdessen.

Er sah nervös zur Haustür. „Ich würde jetzt lieber nicht hinausgehen. Bitte schicken Sie Jeremiah herein. Wir müssen besprechen, was wir mit Hiram machen. Jeremiah ist jetzt für ihn verantwortlich."

Abigail drehte sich um und blieb mit dem Fuß an der Teppichkante hängen. Die alte Verletzung an ihrem Knöchel zwickte. Sie rückte den Steinguttopf zurecht, der beinahe vom Tisch gefallen wäre, und begutachtete aus reiner Gewohnheit ihr Kleid, bevor sie weiterging. Man sollte kein Blut von einem Ort an den nächsten übertragen, aber diesmal hatte sie keine Schürze und keinen Kittel zum Wechseln gehabt. Die dunkelroten Flecken fügten sich in das Karomuster ein, sodass Laurel sie hoffentlich nicht als solche wahrnehmen würde.

Hiram lag friedlich auf dem Küchentisch. Sein Gesicht war so weiß wie Mutter Calhouns Spitzendeckchen, aber er atmete gleichmäßig. Im Operationssaal fühlte sie sich zu Hause. Jetzt nahm sie allen Mut zusammen und ging zur Haustür. Sie legte die Hand auf den Türknauf und sah durch die Glasscheibe hinaus. Jeremiah und Laurel saßen auf den Stufen der Veranda, mit dem Rücken zu ihr. Laurel hatte sich bei Jeremiah eingehakt und schmiegte sich eng an ihn.

Er tröstet sie, das ist alles. Ihre Freundschaft reichte zurück bis in ihre Kindheit. Ihr Vater wäre beinahe gestorben. Natürlich hielt Jeremiah ihre Hand und ließ zu, dass sie ihren Kopf an seine Schulter lehnte. Er verhielt sich nur, wie ein Gentleman es sollte.

Als sie den Türknauf drehte, spannte sich Jeremiahs Körper an. Laurel drehte sich um und sah sie mit tränenverschmiertem Gesicht erwartungsvoll an. Sie sprang auf und lief zu Abigail.

„Wie geht es ihm?" Ihr Blick wanderte an Abigail vorbei, auf der Suche nach einem Zeichen.

Abigail verdrängte ihre Sorgen. „Newton hat die zweite Kugel herausgeholt. Es scheint, als seien keine inneren Organe verletzt. Wenn wir eine Infektion verhindern können, sollte er wieder gesund werden."

Laurel umarmte Abigail. „Kann ich ihn sehen?"

„Er ist noch bewusstlos, aber du kannst hineingehen." Laurel eilte vorbei und ließ Jeremiah stehen.

„Er hat überlebt?" Jeremiah öffnete seine geballten Fäuste. „Ich wusste, er ist in guten Händen."

Abigail sah blinzelnd zu ihm auf. Hopkins irrte sich wahrscheinlich. Er musste sich irren. „Hopkins braucht deine Hilfe. Ihr müsst entscheiden, wo ihr Hiram hinlegt. Er hätte ihn gerne gelagert, bevor er zu Bewusstsein kommt."

„Natürlich." Aber es gab keinerlei Verständigung zwischen ihnen, nicht das leiseste Anzeichen der Kameradschaft zwischen ihnen, wie bei der Arbeit auf dem Feld. Stattdessen senkte er den Kopf und eilte hinein.

Eine schreckliche, dunkle Furcht wuchs in ihrem Innern. Warum sah er sie nicht an? Sie konnte einfach … einfach nicht glauben, dass die Liebe, die er ihr gestanden hatte, so plötzlich verschwunden sein konnte. Aber warum war er so abwesend? Sollte sie sich auf das Schlimmste vorbereiten oder ihm vertrauen?

Vor ihr erstreckte sich das grüne Tal bis zu den bewaldeten Hügeln, die es umgaben. Der Abend würde bald die Sonne verschlucken. Der himmlische Tag mit Jeremiah war allzu schnell vorübergegangen, und sie fragte sich, ob es wohl jemals noch einen weiteren geben würde.

Noch nie zuvor waren Jeremiah jeder Stein und jede Baumwurzel auf dem Weg von der Farm der Wallaces zu seiner eigenen aufgefallen. Als sie auf dem Land der Calhouns ankamen, ließ Hirams Betäubung langsam nach. Hinten im Wagen murmelte Laurel ihrem Vater tröstende Worte zu und versuchte erfolglos, seine Schmerzen zu lindern. Es war eine beschwerliche Fahrt, aber er musste zu den Calhouns gebracht werden. Er brauchte Abigails Pflege, und es war nicht sicher genug, die beiden Frauen allein auf der Farm der Wallaces zu lassen.

„Bald haben wir ihn gelagert. Dann kann er sich erholen“, sagte Hopkins.

Hopkins. Er kauerte im Wagen neben seinem Patienten. Für einen Mann, der verschmäht wurde, war er aufrichtig besorgt um Hiram. Nicht, dass Jeremiah etwas anderes erwartet hätte. Durch die Zeit, die er mit Hopkins verbracht hatte, hatte er eine bessere Meinung von ihm bekommen. Wenn nur Laurels Achtung vor dem Arzt auch gewachsen wäre.

Abigail stand auf der Veranda und erwartete ihre Ankunft. Ihr kariertes Kleid verlor sich beinahe in dem unruhigen Muster der bunten Steinwand hinter ihr, aber ihr Haar leuchtete wie ein Signalfeuer. Seine körperliche Reaktion zog ihn zu ihr hin. Es war eine Sehnsucht, die so stark war, dass sie ihn beinahe aus dem Wagen in ihre Arme gezogen hätte.

Zuhause. Endlich verstand er, was das bedeutete. Es war nicht das Haus oder das Grundstück, das man als das eigene ausweisen konnte. Nein. Ein Zuhause war der Ort, nach dem man sich sehnte. Und das nicht nur zusammen mit Menschen, die man liebte. Liebe war schön, aber sie ließ auch viel Raum für Enttäuschungen und Schmerz. Liebe war eine Verpflichtung, die man erfüllen musste. Das Zuhause war der Ort, an dem die Seele zur Ruhe kam, weil dort jemand wartete, dem man vertraute. Jemand, mit dem man sich Seite an Seite darum bemühen würde, all diese Verpflichtungen gegenüber denjenigen zu erfüllen, die man liebte.

Und auf Abigail konnte er sich verlassen. Sie war immer wieder treu gewesen. Sie hatte die Stürme mit ihm durchgestanden, seine Launen ertragen und war in jedem Konflikt immer wahrhaftig gewesen. Zuhause: ein Ort und ein Mensch, in dessen Arme man sich fallen lassen konnte, der einen auffing und der einem half, bis man wieder heil war.

Er hatte endlich ein Zuhause gefunden und musste dann erfahren, dass er nie wieder dorthin zurückkehren konnte.

Laurel hatte ihre Meinung geändert. Sie hatte beschlossen, sein Angebot anzunehmen, und sie hatte das Recht dazu. Er war der Narr. Er hätte niemals Abigail sein Herz öffnen sollen, solange die Sache mit Laurel nicht geklärt war. Und er würde sich niemals vergeben können, was er Abigail damit antat. Was würde sie von ihm halten? Und was noch schlimmer war: Würde sie sich selbst anders sehen? Würde sie denken, sie sei ein weiteres Mal von einem Menschen, den sie liebte, zurückgewiesen worden? Würde sie verstehen, dass es nichts mit dem zu tun hatte, was er eigentlich wollte?

Sie rollten vor die Tür und er zog die Bremse.

Abigail kam zum Wagen und öffnete die hintere Ladeklappe. „Ich habe dein Zimmer für ihn hergerichtet."

„Danke." Er ging nach hinten zu Hopkins, um Hiram herauszuheben, während Laurel um sie herum huschte. Abigail lief voraus, um die Tür aufzuhalten. Sie lächelte nüchtern, als er an ihr vorbeiging. Es war eine Geste, die nur ihm galt, aber sie beruhigte ihn nicht, sondern schmerzte, als er daran denken musste, dass sie ihm nie wieder solche Blicke zuwerfen würde, wenn er ihr die Sache erst erklärt hatte.

Abigail hatte schon die Decke zurückgeschlagen und einen Krug mit frischem Wasser und einen Becher für Hiram auf seine Kommode gestellt. Jeremiah bemerkte, dass seine Kleidung und sein Kissen auf einem Stapel in der Ecke lagen, damit er sie mitnehmen konnte. Sein Herz verkrampfte sich bei dem Gedanken daran, dass Abigail seine Kleidung durchgesehen und ihm herausgelegt hatte, was er morgen anziehen sollte. Die Aufgabe einer Ehefrau. Sein Hals schnürte sich zu.

Laurel sah ihn an. „Papa wird wieder gesund werden, Jeremiah. Mach dir nicht so viele Sorgen."

Seine Mutter kam, um ihnen mitzuteilen, dass sie das Abendessen für sie warm gehalten hatte. Hopkins entschuldigte sich, gab Abigail einige Anweisungen und machte sich dann ohne ein Wort zu ihm oder Laurel auf den Heimweg. Verübelte Hopkins ihm seinen Sieg? Wenn der Mann doch nur wüsste, wie bitter dieser für ihn war.

Erst als er die Kartoffeln und Zwiebeln schmeckte, merkte Jeremiah, dass seine Mutter ihn irgendwie zum Tisch gebracht hatte, um zu essen. Der Blechteller auf seinem Schoß war scheinbar aus dem Nichts erschienen.

Abigail und Laurel unterhielten sich leise und waren sich offenbar des Konflikts nicht bewusst, den die jüngsten Ereignisse verursacht hatten. Der Raum war zu klein für alle. Das Haus war zu eng. Wieder ein verschämtes Lächeln von Laurel und Jeremiah hatte das Gefühl zu ersticken. Abigail schien verstimmt über diese Botschaft und senkte den Kopf über ihren Teller. Sie musste es erfahren. Er musste es schnell hinter sich bringen. Da die Entscheidung gefallen war, war es sinnlos, die Sache hinauszuschieben.

Jeremiah stand auf und ließ seinen Teller in die Spüle fallen.

„Was ist los, mein Sohn?" Mas Gabel fiel klimpernd auf den Teller.

„Ich muss noch arbeiten."

Laurels Geplapper hörte auf. „Soll ich dir helfen?"

Er konnte sie nicht ansehen. Wenn er aus dem Stall zurückkam, würde er ihr gehören, aber nicht jetzt.

„Du bleibst besser drinnen, falls dein Vater dich braucht. Abigail?"

Erleichterung breitete sich auf ihrem Gesicht aus. Ohne zu zögern, leerte sie ihren noch halb vollen Teller in den Schweineeimer, ohne zu ahnen, was sie erwartete. Er schnappte sich eine Laterne und sie gingen zur Küchentür hinaus.

Abigail blieb auf der Veranda stehen und betrachtete die Hügel, die sie umgaben. „Es ist schwer zu glauben, dass das Böse sich hinter dieser Schönheit verbirgt."

„Komm", drängte er sie.

„Warum so eilig?"

Er wusste nicht, was er sagen sollte, fasste sie am Arm und zog sie halb hinter sich her zum Stall.

Sie hielt mit ihm Schritt, während er schnell über den unebenen Boden hinkte. Seine Finger strichen über die Innenseite ihres Armes, und er hoffte und betete, dass sie sich für ihn freuen konnte, ja, dass er sich selbst freuen konnte. Aber wenn er sein Wort halten wollte, führte kein Weg daran vorbei. Ein Mann musste zu seinem Wort stehen, er konnte eine Frau nicht einfach ungeliebt zurücklassen, aber genau das würde er jetzt tun. Aber Laurel hatte von den beiden einfach die älteren Rechte. Er musste zu den Gefühlen zurückfinden, die ihn im Krieg am Leben erhalten hatten, aber er hatte Angst, dass es eben auch nicht mehr gewesen war als genau das. Als er nach Hause gekommen war, hatte er schließlich begriffen, dass sein Traum von Laurel nicht der Wahrheit entsprach. Und er hatte eine Zukunft gefunden, die viel besser zu ihm passte.

Und auch die würde zerstört werden.

Als sie im Stall waren, schloss er die Tür hinter sich. Er war zu verzweifelt, um hinter den Fenstern nach kleinen Huckabee-Spionen Ausschau zu halten, sondern stellte die Laterne wortlos auf den Arbeitstisch und drehte sich zu Abigail.

Ihre Kleidung zeigte wie immer Spuren ihrer täglichen Arbeit – diesmal waren Blut und Schmutz darauf vermischt. Sie betrachtete eindringlich sein Gesicht, sichtlich verwirrt darüber, dass er zögerte, etwas zu sagen.

Was sollte er auch sagen?

Ohne Vorwarnung hatte er sie plötzlich in seine Arme genommen und ihren Kopf an seine Brust gedrückt. Er vergrub seine Finger in ihrem Haar. Und Abigail umarmte ihn nicht weniger innig, wenn auch nicht so verzweifelt.

„Was wirst du tun, Jeremiah?“

Er legte seine Arme enger um sie. Er konnte sie nicht gehen lassen. Aber er musste es tun. Sie musste es erfahren. Er betete innerlich um Vergebung und begann zu sprechen: „Abigail, ich gebe dir mein Ehrenwort, dass ich dir niemals absichtlich wehtun würde.“

Ihr Brustkorb dehnte sich, dann stieß sie einen langen Seufzer aus. Ihre Finger wanderten über seinen Rücken, als sie langsam zurückwich. „Ich verstehe." Sie ging einen Schritt zurück und befreite sich aus seinem Griff. Ihre Stimme bebte. „Ich nehme an, dass ich dir dann gratulieren kann." Ihr Kinn zitterte.

„Ja. Nein." Er hob die Arme über den Kopf. „Es ist das, was ich mir jahrelang gewünscht habe. Laurel zu heiraten war während des gesamten Krieges mein Ziel. Es war der Siegespreis, der mich nach der Schlacht erwartete."

„Du musst es mir nicht erklären. Ich wusste es ja die ganze Zeit."

„Aber jetzt liegt die Entscheidung nicht mehr in meiner Hand. Ich kann nicht zwischen euch beiden wählen, denn wenn ich das könnte, dann …" Er schritt die ganze Länge des Stalls ab und drehte dann um. „Als ich ihr sagte, ich würde auf sie warten, dachte ich nicht, dass mir je Zweifel kommen könnten. Ich hatte es nicht für möglich gehalten. Aber ganz gleich, was ich jetzt empfinde, sie hat ihre Beziehung mit Hopkins meinetwegen beendet. Ich kann mein Versprechen jetzt nicht zurücknehmen." Jeremiah räusperte sich. „Ich habe dich nie belogen. Du darfst nicht einen Augenblick daran zweifeln, dass ich jedes Wort wirklich so gemeint habe, jeden Augenblick …"

„Und mehr wird es auch nie geben?"

Der schmerzliche Ausdruck auf ihrem Gesicht durchfuhr ihn wie ein Schwerthieb. Er streckte den Arm nach ihr aus, aber sie wich zurück.

„Es ist schon spät", flüsterte sie und wischte sich über die Nase. „Mr Wallace braucht mich vielleicht."

„Warte …"

„Worauf?" Mit erhobenem Kopf ging sie wie ein tapferer Soldat hinaus. „Was könntest du noch sagen, um es besser zu machen?"

Nichts. Er senkte den Blick und sah erst wieder auf, als sie sich umgedrehte hatte und zum Haus getrottet war, die Arme eng um ihren Körper geschlungen. Wie verwundbar sie aussah. Wie gemein er sich fühlte und wie leid es ihm tat. Jeremiah trat gegen einen Eimer, der scheppernd gegen die Wand flog. Die Pferde schreckten auf. Er hatte so oft den Umständen die Schuld gegeben – den Wegelagerern, die in der Gegend Gewalt ausübten, der Wehrpflicht, die sie zwang, im Krieg zu kämpfen, Rachels Krankheit, die zu seiner falschen Entscheidung bezüglich Alan geführt hatte. Aber diesen Schlamassel hatte er sich selbst eingebrockt. Er konnte niemandem die Schuld geben außer sich selbst.

Wenn er sich je eine harte Schale zulegen und das Beste aus einer katastrophalen Situation machen musste, dann jetzt. Er musste Rückgrat zeigen wie noch nie zuvor in seinem Leben. Er hatte endlich sein Ziel erreicht und wollte nicht undankbar sein. Laurel hatte eine glückliche Ehe verdient, und er war verpflichtet, ihr genau das zu geben. Und er würde genauso treu dafür sorgen, dass Abigail bekam, was ihr zustand. Auch sie sollte von ihm und seiner Familie fair behandelt werden.

Er hatte sie in jeder Hinsicht im Stich gelassen. Für ihre Zukunft zu sorgen war das Einzige, was er jetzt noch tun konnte.

Verraten. Abigail hatte Mas Schnarchen den Rücken zugekehrt und weinte still vor sich hin. Es war schon wieder passiert. Als ihre Mutter und John sie von zu Hause verbannt hatten, hatte Abigail sich geschworen, niemals wieder so verletzt zu werden. Niemand würde sie je wieder so verletzen, weil sie nie wieder so lieben würde. Aber jetzt liebte sie.

Sie tupfte sich mit dem zerknitterten Taschentuch in ihrer Faust das Gesicht ab. Sie wäre am liebsten weggelaufen. Weg, bevor die Sonne aufging und sie ihn wiedersehen und damit leben musste, dass er sie so tief verletzt hatte und sie ihn trotzdem liebte.

Und das tat sie. Wie konnte sie ihn auch nicht lieben? Abigail vergrub ihr Gesicht im Kissen. Wenn er seine Pflicht nicht erfüllte – auch wenn es die war, die ihn mit Laurel verband –, wäre er nicht der Mann, den sie so bewunderte. Sosehr sie sich auch wünschte, er würde Laurel verlassen, konnte sie doch nicht anders, als seine Opferbereitschaft zu bewundern. Wenn es doch nur nicht bedeutet hätte, dass sie diejenige war, die geopfert wurde.

Sie musste darauf vertrauen, dass sie ohne ihn glücklicher sein würde. Gott konnte etwas Besseres aus dieser schrecklichen Situation machen. Und vielleicht würde Jeremiah mit Laurel glücklicher werden.

Aber das würde er nicht. Abigail setzte sich leise im Bett auf. Er liebte sie. Er hatte es gesagt und er hatte ihr immer die Wahrheit gesagt. Er wollte Laurel nicht heiraten. Konnte es sein, dass sie dafür sorgen musste, dass er es nicht tat? Sie war von zu Hause weggegangen, statt gegen die Anschuldigung ihres Stiefvaters anzukämpfen. Aber jetzt fürchtete sie, dass sie zu schnell gegangen war. Das würde nicht noch einmal geschehen. Abigail würde Jeremiah nicht kampflos aufgeben.

Sie kaute auf ihren Fingernägeln, während sie ihr Spiegelbild im dunklen Spiegel der Kommode begutachtete. Sie konnte ihre List nicht gegen Jeremiah einsetzen. Er hielt nur sein Wort und sie wollte sich ihm nicht entgegenstellen.

Aber Laurel hingegen …

Kapitel 22

September 1865

Abigail hängte ihren Hut an einen Haken und betrat den Salon. Zwei Wochen waren vergangen und immer noch gab es kein Zeichen von den Banditen. Nach ihrem Überfall auf Hiram schienen sie im Morgennebel verschwunden zu sein, der in den Tälern lag. Die Männer hatten die Suche nach ihnen eingestellt, blieben aber trotzdem wachsam. Die Frauen hielten sich in der Nähe des Hauses auf und nur noch die Huckabee-Kinder streunten furchtlos durch die Wälder.

Hiram saß im Schaukelstuhl, das Hemd hing lose über seinem bandagierten Oberkörper. Er kratzte sich an den Koteletten und stieß immer wieder entzückte Rufe aus, während er in Mas Frauenjournale vertieft war.

„Meine Güte! Nie hätte ich gedacht, einmal aus erster Hand einen Bericht über eine Reise nach Ägypten zu hören. Ich schäme mich ja richtig, dass ich hier sitze und Geschichten über den Orient genieße, während der arme Hopkins sich auf meinen Feldern abrackert. Aber was soll ich auch tun?"

„Sie müssen gesund werden", sagte Ma. „Das ist Ihr oberstes Ziel, und wenn meine Zeitschriften Sie daran hindern, dass Ihr Geist träge wird, dann soll es eben so sein."

Sein Schaukelstuhl knarrte, als er schallend lachte. „Ein gesunder Geist wohnt in einem gesunden Körper. Aber jetzt zurück zu der Geschichte. Wie nennen sie doch die Märkte dort drüben?"

Mas Schaukelstuhl quietschte vergnügt. „Mal sehen. Ich glaube, man nennt sie Bazar. Ja, hier steht es: ‚Der Bazar ist das perfekte Babel, ein unerträgliches Gewirr. Die Verkäufer halten ihre Waren hoch, darunter Schwerter, Pistolen, Pfeifen, Kaschmirschals, Jacken, Hosen und anderes. Sie drängen sich durch das Gewühl und rufen laut den Preis aus, den sie dafür verlangen.'"

Rachel lag auf dem Sofa und sah zu Abigail herüber. „Schade, dass du dich nicht die ganze Zeit um Mr Wallace kümmerst", sagte sie. „Ma liest lieber ihm vor, als mir Gesellschaft zu leisten."

Zu Abigails Überraschung protestierte Ma nicht, sondern lehnte sich über die Armlehne ihres Schaukelstuhls und zeigt Hiram einen weiteren Artikel in ihrer Zeitschrift.

Abigail nahm den Teekessel vom Haken über dem Kaminfeuer, um nachzusehen, ob noch Wasser darin war. „Vielleicht würde es ja helfen, wenn du ein wenig liebenswürdiger zu ihr wärst."

„Der einzige Mensch, zu dem ich je liebenswürdig war, wurde fortgeschickt", erwiderte Rachel. „Außerdem solltest du lieber deinen eigenen Rat befolgen. Offensichtlich schätzt Jeremiah deine Gesellschaft auch nicht."

Unbeabsichtigt wanderte ihr Blick zum Fenster hinaus. Von der Veranda aus sah sie Josephine auf der gelblich werdenden Herbstweide grasen. Ihr Bauch wurde immer runder und füllte sich zusehends mit der Verheißung für Abigails Zukunft – einer Zukunft, die sie eines Tages von diesen mit Sorgen beladenen Bergen wegführen würde, die sie so lieben gelernt hatte.

Die Wärme des Teekessels drang durch ihren Rock. Sie hob ihn schnell hoch, bevor sie sich noch verbrannte. Ganz gleich, was Jeremiah über ihre Launen dachte, er hatte ja Laurels Gesellschaft. In den beiden Wochen, seit sie und ihr Vater bei den Calhouns eingezogen waren, hatte Jeremiah kaum ein Wort mit Abigail gewechselt. Sie arbeiteten nicht mehr zusammen im Stall. Sie stritten und neckten einander nicht mehr. Es war, als existiere sie gar nicht. Jede Nacht, wenn sie in die Küche ging, kam sie an Jeremiah vorbei, der im Salon schlief, seit Hiram sein Zimmer belegt hatte, aber er schlummerte immer tief und fest. Er leistete ihr keine Gesellschaft mehr, während sie Rachels Nachttrunk zubereitete.

Sie hielt den Teekessel ausgestreckt vor sich und ging durch die Küchentür nach draußen. Laurel fuhr herum und sah sie an. Jeremiah senkte den Kopf und sah zu Boden.

„Entschuldigt, dass ich störe." Abigail stellte den Kessel in die Schüssel unter der Pumpe. Als sie den Schwengel betätigte und das Wasser das heiße Metall berührte, zischte es.

„Ich bin froh, dass du kommst", sagte Laurel. „Jeremiah ist in so düsterer Stimmung und ich kann ihn einfach nicht aufheitern. Vielleicht kannst du ihn ja zum Lachen bringen."

Der Teekessel lief über und das Wasser floss die Abflussrinne entlang. Wenn das Paar sich gerade über Jeremiahs Missstimmung unterhielt, dann sollte Abigail dankbar sein, dass die beiden ihr aus dem Weg gegangen waren. „Das Problem wirst du schon selbst lösen müssen. Es gibt nichts, was ich sagen könnte, das ihm gefallen würde."

Laurel verzog das Gesicht. „Ich kann mit so einem Miesepeter auch nichts anfangen. Dann gehe ich eben zu den Alten und überlasse ihn dir."

Sie verließ den Raum beinahe hüpfend. Bevor die Tür hinter ihr zuging, sah Abigail noch, wie sie ihren Vater fröhlich umarmte.

„Warum kann sie nicht etwas sanfter mit ihm umgehen?", murmelte Abigail. „Sie wird dafür sorgen, dass seine Wunden wieder aufreißen."

Jeremiah ging zur Hintertür. Er nahm den Holzlöffel aus dem irdenen Krug, in dem die Küchenutensilien steckten, und rieb ihn zwischen den Fingern. „Sie ist eben leidenschaftlich. Zurückhaltung liegt nicht in ihrer Natur."

Wer fühlte sich jetzt unwohler – Jeremiah, weil er Laurel in Schutz nehmen musste, oder Abigail, weil sie missverstanden wurde?

„Ich wollte sie nicht kritisieren", entgegnete sie. „Ich sorge mich nur um meinen Patienten."

„Ich weiß." Er hielt sich den Holzlöffel unter die Nase und atmete tief ein. „Wacholderbeeren?"

Ihre Blicke trafen sich. Er steckte den Löffel unsanft in den Krug zurück und stieß diesen dabei um. Schneebesen, Schöpflöffel und Messer fielen klirrend zu Boden. Abigail kniete sich neben ihn, um die verstreut herumliegenden Sachen einzusammeln. Als sie nach dem Schöpflöffel griff, berührten sich ihre Hände auf dem kühlen Metallgriff.

Sie hob den Blick und sah ihn an. Sehnsucht. Blanke Sehnsucht. Hatte sie ihm wirklich seit seiner Entscheidung nicht mehr in die Augen gesehen? Er konnte seine Gefühle nur dadurch vor ihr verbergen, dass er sich von ihr fernhielt. Sie wusste, dass sie den Blick abwenden sollte, aber sie konnte es nicht und sog den Anblick in sich auf. Seine Augen sprachen Bände, aber er hatte keine Worte für sie. Kein Versprechen, keine Hoffnung.

Abigail wollte tun, was in ihrer Macht stand, um ihn von seinen Gefühlen für sie zu befreien, aber was sollte sie tun? Wenn Dr. Hopkins nur weniger Hausbesuche machen würde. Sah er denn nicht, dass Laurel sich nach seiner Aufmerksamkeit sehnte?

Sie richtete sich auf und nahm den randvollen Teekessel. „Rachel braucht eine Tasse Tee", sagte sie. „Die Wärme tut ihr gut."

Er antwortete nicht. Warum erklärte sie es ihm?

Als sie in den Salon ging, schraken Ma und Mr Wallace zusammen. Sie warfen sich heimlich Blicke zu und kicherten. Rachel brauchte mehrere Anläufe, um sich auf dem Sofa aufzusetzen. Mit erhobenem Haupt fragte sie Abigail: „Kannst du mir nach oben helfen? Für heute Abend habe ich genug von ihrem Frohsinn."

Abigail hängte den Teekessel übers Feuer und nahm Rachels Arm. Diese verzog schmerzverzerrt das Gesicht.

„Entschuldigung", sagte Abigail. „Tut dein Ellbogen weh?"

„Jedes Gelenk tut weh. Ich glaube, das Fieber kommt zurück."

Abigail half ihr die Treppe hinauf, setzte sich neben sie aufs Bett und legte ihr die Hand auf die Stirn, um die Temperatur zu fühlen.

„Nun sag mir, Schwester Abigail, ist das Ende nah?" Rachel ließ sich in die Kissen sinken.

Abigail nahm ihre knotige Hand in ihre. „Möglich. Wie geht es dir damit?"

„Ich war meiner Familie schon, seit ich gerade alt genug war, um mithelfen zu können, keine wirkliche Hilfe. Stattdessen mussten sie alles für mich tun. Jedes Mal, wenn mir jemand eine Mahlzeit bringt oder mir die Treppe hinaufhilft, hasse ich es. Ich hasse mich selbst. Ich will, dass es zu Ende ist."

„Wenn du immer noch hier bist, dann will Gott vielleicht, dass du noch etwas tust. Du bist noch nicht fertig." Abigail ließ ihre Hand los, holte ihr Taschentuch heraus und tauchte es in die Schüssel auf dem Waschtisch. „Der letzte Patient mit Fieber, dem ich die Stirn gekühlt habe, war Alan. Wusstest du das?"

„Erzähl mir davon", bat Rachel.

Abigail kramte in ihren Erinnerungen – sah wieder den schmutzigen Raum vor sich, die Hoffnungslosigkeit und Alans Gewissheit, dass Gott immer noch bei ihm war. „Er war mir der liebste Patient. Er wollte gesund werden. Er kämpfte stärker gegen die Infektion an als alle anderen, die ich betreut habe, und er machte keinen Hehl daraus, dass er weiterleben wollte, um zu seiner Verlobten zurückzukehren."

Rachel lächelte. „Wir waren nicht verlobt. Nicht wirklich."

„Nach dem, was er erzählte, wart ihr es. Aber ganz gleich, wie sehr er sich danach sehnte, weiterzuleben, so war er doch nie verzweifelt. Er vertraute Gott im Leben ... und im Tod. Er war ein bemerkenswerter Mann. Es wundert mich nicht, dass du dich in ihn verliebt hast."

Rachel schwieg einen Augenblick und sagte dann: „Ich wollte ihn nicht lieben. Was für eine Ehefrau wäre ich schon geworden? Als wir es uns endlich eingestanden, waren er und Jeremiah schon weg. Er hatte meine Briefe. Das war alles, was er von mir bekam." Sie schaute zu dem vergoldeten Rahmen mit Alans Bild. „Ma würde ich das so nie sagen, aber irgendwie bin ich froh, dass Alan nicht hier ist und mich so sieht. Du darfst mich nicht falsch verstehen. Ich würde alles geben, um ihn zurückzubekommen. Aber wenn er jetzt hier neben mir säße, wäre es so schwer loszulassen. Nun ja, so bin ich einfach froh, wenn es vorüber ist. Ma wird frei sein, und Laurel ... na ja, den Schlamassel müsst ihr selbst hinkriegen."

„Und was ist mit Jeremiah?", fragte Abigail. „Wie wird es ihm gehen, wenn du stirbst?"

Rachel zog sorgenvoll die Augenbrauen zusammen. „Ich habe mir eingeredet, dass mir das gleichgültig ist. Schließlich ist er ja derjenige, der mich ins Unglück gestürzt hat."

„Hat er das wirklich?“ Abigail spielte mit dem Tuch zwischen ihren Fingern. „Du bist vielleicht unglücklich, aber während ich hier bin, war Jeremiah immer für dich da und hat dich beschützt.“

Rachel verzog den Mund. Sie schien noch tiefer in die Kissen zu sinken. „Ich habe ihn dafür verantwortlich gemacht, dass er Alan weggeschickt hat. Aber für alles, was seither passiert ist, bin ich wohl selbst verantwortlich.“

„Entschuldige dich, wenn du willst“, sagte Abigail, „aber noch mehr als das will er deine Vergebung.“

„Es wird wohl Zeit dafür.“ Rachel starrte zur Decke. „Ich werde mit ihm reden.“

„Wann?“ Abigail konnte nicht zulassen, dass sie die Sache hinausschob.

„Wenn ich ihn das nächste Mal sehe. Keine Angst, Abigail. Ich verstehe, dass du es eilig hast. Ich werde dich nicht enttäuschen.“

Sie zog die Türe hinter sich zu und schlich auf Zehenspitzen zur Treppe. Rachels Bett knarrte. Offensichtlich schlief sie nicht fest, aber Abigail fürchtete, dass sie nicht viel gegen ihr Unwohlsein tun konnte, außer ihr Medizin zu verabreichen. Sie musste wirklich große Schmerzen haben, wenn sie endlich bereit war, Jeremiah zu vergeben.

Abigail ging auf Zehenspitzen, damit ihre Absätze auf den hohlen Treppenstufen nicht widerhallten. Sie war fast unten angelangt, als Laurel um die Ecke gerannt kam und sie aufhielt.

„Ich habe auf dich gewartet.“ Laurel sah über die Schulter zu Ma und ihrem Vater. Sie sprach leise weiter. „Ich brauche wirklich deine Hilfe. Was soll ich nur mit Jeremiah machen? Er ist in letzter Zeit nicht er selbst. Ich dachte, du hättest vielleicht eine Idee. In deiner Gegenwart scheint er sich nie danebenzubenehmen."

Wenn sie wüsste …

Abigail lehnte sich an das Treppengeländer und dachte nach. „Wie hast du denn Dr. Hopkins glücklich gemacht?"

Laurels Blick wurde sanft. „Bei Newton musste ich nie darüber nachdenken, was ich sagen sollte, oder mir meine Worte überlegen."

„Und das ist bei Jeremiah anders?" Abigail war überrascht. Sie hatte Jeremiah nie für übermäßig sensibel gehalten.

„Nur bei bestimmten Dingen, wie zum Beispiel seinem Bein. Wenn ich erwähne, dass er hinkt, wird er ganz mürrisch. Wenn ich anbiete, ihn zu stützen, lehnt er es ab. Es macht einfach nicht mehr so viel Spaß mit ihm wie früher."

Unglaublich. Abigail taten sie beide leid. „Aber mit Hopkins hattest du diese Probleme nicht?"

„Erst ganz zum Schluss."

„Was genau ist eigentlich zwischen euch beiden vorgefallen?", fragte Abigail.

Laurels Mundwinkel sanken nach unten. „Er sagte, er wäre mein Herumgedruckse jetzt endgültig leid. Wenn ich mich nicht bald entscheiden würde, wäre sein Angebot vom Tisch. Kannst du dir das vorstellen? Er sagte, er würde schon eine Frau finden, die wüsste, was sie will."

„Und das hat dich wirklich überrascht?"

Laurel bekam große Augen. „Natürlich war ich überrascht. Ich dachte, er liebt mich. Wie konnte er mir da eine Frist setzen und –?"

Eine Explosion verschluckte ihre nächsten Worte. Gewehrschüsse und Glassplitter. Laurel warf sich auf den Boden, erwischte Abigail an den Beinen und schubste sie zurück auf die Treppe. Mas Schrei zerriss die Luft.

Abigail krabbelte über Laurel und kroch in den Salon. Ein weiteres Fenster zerbarst, und Staub rieselte auf ihren Kopf, als eine zweite Salve krachte.

Hiram hielt den Arm über Mas Schulter und drückte sie zu Boden.

„Ist sie verletzt?“, rief Abigail ihm zu.

Aber eine Stimme von draußen unterbrach seine Antwort.

„Ihr wolltet uns jagen und habt uns Ärger gemacht. Jetzt jagen wir euch.“ Die prahlerische Stimme wurde von lautem Grölen begleitet.

Abigail hob den Kopf gerade hoch genug, um durch das zerstörte Fenster die drei Männer zu erkennen, die Jeremiah und sie überfallen hatten. Und der Anführer ritt Ladymare.

„Nimm dich lieber in Acht, Calhoun. Und sag deinen Kumpels, das gilt auch für sie.“

Sie vergrub den Kopf unter den Armen, als eine weitere Salve an der Hausmauer abprallte. Als die Männer im Wald verschwanden, rappelte Abigail sich auf. Auf dem Fußboden lagen überall Glasscherben und Mas Tisch mit den Zeitungsausschnitten war umgestoßen worden. Abigail rutschte auf den Papierfetzen aus und hätte beinahe Hiram zur Seite geschoben, weil sie es so eilig hatte, zu Ma zu kommen.

„Ihr geht es gut“, sagte er. „Sie hat höchstens ein paar kleine Schnitte vom Glas.“

„Wo ist Jeremiah?“, fragte Rachel, die ebenfalls herbeigeeilt war.

Abigail blieb beinahe das Herz stehen. Wenn er überrascht worden war … Sie konnte nicht mehr klar denken und reagierte instinktiv. Doch Rachel war an der Haustür, bevor Abigail sich von Ma lösen konnte.

„Nicht, Rachel!“, rief Abigail. „Sie könnten immer noch da draußen sein.“

„Aber Jeremiah auch."

Abigail huschte geduckt durch den Raum und nahm Rachels Arm. „Geh in die Küche und bleib unten. Uns geht es allen gut, aber die Aufregung ist nichts für dich. Warte da drin."

Rachel gehorchte widerspruchslos, aber das änderte nichts an dem unguten Gefühl in Abigails Brust. Wo war Jeremiah?

Sie ließ ihren eigenen Rat außer Acht, kniete sich an die Haustür und öffnete sie einen Spaltbreit. Dort lag er auf der Veranda, mit dem Gesicht nach unten und den Armen über dem Kopf.

„Jeremiah!" Sie rannte zu ihm, und es kümmerte sie nicht, ob die Banditen noch das Haus beobachteten. Aber es war nicht Jeremiah, der ausgestreckt dalag. Es war Hopkins.

Der Arzt hob den Kopf. „Sind sie weg?", fragte er und blickte sich hektisch um.

Dann tauchte Jeremiah auf. Abigail sank neben Hopkins zu Boden, als Jeremiah aus dem Stall gerannt kam. „Geht nach drinnen", rief er, aber Abigail war unfähig, sich zu bewegen. Sie saß einfach nur da und sog den Anblick in sich auf. Jeremiah war unverletzt!

Hopkins zuckte zusammen, als er sich hinkniete. „Los, kommt." Er und Jeremiah kamen sich in die Quere, als beide gleichzeitig versuchten, Abigail aufzuhelfen und sich in Sicherheit zu bringen.

Wenn es falsch war, Jeremiahs Aufmerksamkeit zu genießen, dann wollte sie nie wieder das Richtige tun. Als erst einmal alle im Haus waren, drückte Jeremiah die Tür hinter sich zu und schloss ab. Ma fing erneut an zu weinen, als Jeremiah hereinkam, wenn auch diesmal vor Erleichterung. Als sie Hopkins sah, brach Laurel ebenfalls in Tränen aus.

„Dein Rücken", sagte Laurel. „Was ist passiert?"

Abigail hätte sich lieber weiter über die Tatsache gefreut, dass Jeremiah unverletzt war, aber die Pflicht rief. Sie zog Hopkins' blutigen Ärmel hoch und strich mit der Hand über seine Lederweste.

„Das sind nur Holzsplitter", sagte er. „Sie haben den Verandapfosten erwischt und dadurch haben mich ein paar Splitter erwischt. Aber meine Weste hat das meiste abgefangen. Dann konnte ich mich flach genug hinlegen, um mich auf der Veranda zu verstecken. Wie geht es euch anderen?"

„Ich bin auf meinen Arm gefallen", sagte Hiram, „aber ich glaube nicht, dass die Wunde wieder aufgerissen ist."

„Seht euch nur meinen Salon an", jammerte Ma, was bewies, dass sie nicht wirklich verletzt war.

„Sie sind vielleicht der Einzige, der verletzt ist", sagte Abigail zu Hopkins. Ihr kam eine Idee. „Aber ich bringe Ma besser ins Bett, bevor sie einen hysterischen Anfall bekommt. Laurel kann Ihnen helfen, die Kratzer zu reinigen. Ziehen Sie das Hemd aus. Ich bringe Ihnen von oben etwas zum Einreiben und einen sauberen Verband."

Wenn Jeremiah nicht einverstanden war, ließ er sich jedenfalls nichts anmerken. Er stand am Fenster Wache.

„Sieh nach Rachel, wenn du nach oben gehst", sagte er.

„Sie ist in der Küche", erklärte Abigail ihm.

Unter seinem Stiefel knirschten die Glassplitter. Er öffnete die Küchentür und blieb erstarrt stehen.

„Hier ist sie nicht", sagte er. Und als er Abigails Gesichtsausdruck sah, rannte er los.

Jeremiah stürmte in die Küche. Rachel hockte nicht neben dem Herd. Sie saß nicht am Tisch und lag auch nicht darunter. Sie war verschwunden und außer durch den Salon gab es nur einen anderen Weg aus der Küche.

Die Tür nach draußen schwang noch in den Angeln. Und dann sah er Rachel der Länge nach im Gras liegen.

Das durfte nicht geschehen. Nicht auf seiner eigenen Farm. Nicht zu Hause, wo alle in Sicherheit sein sollten. Ohne an seine eigene Sicherheit zu denken, rannte Jeremiah zu ihr und drehte sie auf den Rücken.

„Nein", schrie er. „Nein."

Abigail kam ebenfalls angerannt, kniete sich neben ihn und legte Rachel ihren Schal um die Schultern.

Rachels blaue Lippen waren fest zusammengepresst, als sie versuchte, ihr Stöhnen zu unterdrücken.

„Warum? Warum bist du nach draußen gelaufen?", wollte er wissen.

Er konnte sehen, dass ihre Kraft sie verließ. Sie rang nach Luft und antwortete: „Du hast immer gut für mich gesorgt, großer Bruder. Ich wollte mich zur Abwechslung einmal um dich kümmern."

Ein Schauer durchlief seinen Körper. Er hatte gedacht, er sei auf ihren Tod vorbereitet, aber nicht so. Er war in den Krieg gezogen, um seine Familie zu schützen, und jetzt hatte sie ihr Leben geopfert, um ihn zu retten.

Jedenfalls fast. Sie war noch nicht tot.

„Kann ich sie hochheben?", fragte er Abigail.

Die junge Frau überprüfte bereits Rachels Puls. „Wie fühlst du dich, Rachel?", fragte sie. „Können wir dich nach drinnen bringen?"

„Ich bin noch nie gestorben, ich kenne mich also nicht damit aus, aber ich wäre lieber im Haus."

Sanft schob Jeremiah seine Arme unter ihre Knie und Schultern. Sie keuchte bei jedem Schritt. Er wusste nicht, ob er ganz vorsichtig oder so schnell wie möglich ins Haus gehen sollte, damit sie etwas gegen ihre Schmerzen unternehmen konnten. Er entschloss sich zu einem zügigen Tempo, aber nur so schnell, dass Abigail an seiner Seite bleiben konnte.

Rachels Augenlider zuckten. Einer ihrer Hausschuhe glitt zu Boden, und ihre Hände hingen schlaff herunter, aber sie atmete noch. Was hatte sie sich nur dabei gedacht, einfach nach draußen zu laufen? Sie hatte kaum genug Kraft, um vom Salon in die Küche zu gehen. Natürlich konnte sie es da nicht bis in den Stall schaffen.

Als sie den Salon betraten, erstarrte Laurel, während ihre Hand über Hopkins' entblößter Schulter schwebte. „Was ist mit Rachel passiert?"

Ma, die am Boden kniete, richtete sich auf. Ihre Kehrschaufel mit den Glasscherben fiel zu Boden. „Wurde sie angeschossen?"

„Es ist ihr Herz." Abigail fing Ma ab, um Jeremiah den Weg freizuhalten, damit er Rachel nach oben bringen konnte. „Bleibt einen Augenblick hier unten", sagte sie. „Sie muss sich erst wieder beruhigen, bevor ich nachsehen kann, wie es ihr geht."

Aber Hopkins knöpfte schon sein Hemd zu. „Hol meine Arzttasche, Laurel. Wie ist ihr Puls?"

Sollten sie doch ihr Fachchinesisch sprechen. Jeremiah dachte nicht an Puls, Herzklappen oder Rheumatismus. Er machte sich Sorgen um seine Schwester und war immer noch aufgebracht darüber, dass sie sich für ihn so in Gefahr begeben hatte.

„Was kann ich tun?", fragte er.

Abigail und Hopkins stürzten sich auf die Kranke, öffneten Knöpfe, fächelten ihr Luft zu, hielten eine Kerze an ihr Gesicht und zogen ihre Augenlider hoch.

Rachel stöhnte. „Dafür sorgen, dass die beiden aufhören – das kannst du tun."

Hopkins wich zurück. Er sah zu Abigail und schüttelte ganz leicht den Kopf, als er seine Arzttasche schloss. „Ruhe ist das Beste, was wir ihr bieten können. Wollen Sie bei ihr bleiben?"

Jeremiah nickte.

Abigail zog Rachel ihren zweiten Hausschuh aus und deckte sie zu. „Ruf einfach, wenn du etwas brauchst." Sie ließ ihre Hand auf seine Schulter sinken, drückte sie und folgte dann Hopkins nach unten.

Die Verspannung in seinem Nacken ließ langsam nach. Vielleicht würde sie ja doch überleben. „Ich glaube, du wirst dich wieder erholen", tröstete er sie.

Rachel lag reglos auf der Matratze und atmete schnell und flach. „Ich habe nicht mehr viel Zeit. Das kann ich spüren."

In ihrem schmalen, fleckigen Gesicht konnte Jeremiah immer noch die Rachel von damals erkennen, als sie noch ein kleines Kind gewesen war. „Hast du Angst?"

„Nein, Angst nicht. Eher … Reue? Wut? Es gibt so vieles, von dem ich mir heute wünsche, dass es anders gewesen wäre." Sie hielt inne, um wieder zu Atem zu kommen. „Ich wollte das nicht und es wird nicht mehr besser. Das ist nicht fair."

Auf ihrer Stirn standen kalte Schweißtropfen. *Nicht fair. Nicht fair*. Wie oft hatte er diese Worte in seinem Kopf gehört? Aber was war fair daran, dass Männer in Reih und Glied standen und sich gegenseitig abschossen? Konnte man irgendeinen Sinn darin erkennen, wer starb, wenn alle zwischen Leben und Tod schwebten? Und warum hatten Pa und Rachel Rheuma und er und Ma nicht?

„Ich weiß es nicht, Rachel. Guten und schlechten Menschen passieren schlimme Dinge. Hinter all dem ist Gott am Werk. Aber wenn du nicht mehr viel Zeit hast, willst du sie dann wirklich damit verbringen, nach dem Warum zu fragen?"

„Ein letztes Warum habe ich und das war nicht Gottes Werk." Sie öffnete die Augen und das Weiß darin war kränklich gelb verfärbt. „Warum hast du Alan von mir ferngehalten? Er hat mir geschrieben und mir erzählt, dass du ihm verboten hast, mir seine Liebe zu gestehen.

Warum hast du das getan? Was hat es denn geschadet, dass wir zusammen waren?"

Wie sehr er Alan vermisste. Seinen besten Freund. Er war ihm treu gewesen, auch wenn er dafür Rachel aufgeben musste.

„Es war falsch von mir, Rachel. Welche Entschuldigung auch immer ich dafür vorbringen kann, sie ist wohl kaum von Bedeutung. Ich hätte mich nicht einmischen dürfen. Ich habe gedacht, ich wüsste es besser. Ich dachte, ich könnte vorhersehen, wie eure Beziehung enden würde."

„Und wie wäre das?"

„In Kummer und Leid. Du warst nicht gesund genug, um zu heiraten. Ich konnte mir nicht vorstellen, dass Alan seine Jugend damit verbringt, zuzusehen, wie du früh ins Grab gehst. Und vergiss den Krieg nicht. Warum solltest du dein Herz an einen Mann binden, der in den beinahe sicheren Tod ging? Ich dachte einfach, dass ihr ein Risiko eingeht."

„Aber es war nicht deine Entscheidung."

Seine Schultern wurden schwer. „Das weiß ich jetzt. Als er mir sagte, dass er dich liebt, bekam ich Angst. Ich sagte ihm, er solle bis nach dem Krieg warten, damit er dir nicht noch mehr Leid zufügt."

„Aber er konnte es nicht verbergen, auch nicht in seinen Briefen. Ich wusste, was er fühlte, weil ich das Gleiche empfand. Und als er es leugnete, habe ich gefragt, was ich getan hatte, um ihn zu verärgern, oder ob es eine andere gab. Schließlich gab er nach und erzählte mir alles." Sie lächelte ihn schelmisch an, und ihre Augen funkelten, was sie nur sehr selten taten. „Ich kann sehr hartnäckig sein, wenn ich etwas will."

Obwohl es im Zimmer kalt war, stand ihr der Schweiß auf der Stirn. Jeremiah nahm ein Tuch vom Waschtisch.

„Seine letzten Gedanken galten dir. Er hat Abigail hergeschickt, damit sie sich um dich kümmert. Er hat sich nicht einmal einen Grabstein mit seinem eigenen Namen gegönnt, sondern hat seinen Namen aus allen Büchern verschwinden lassen – für dich."

„Mach nicht noch mal so einen Unsinn, Jeremiah."

Er kniff die Augen zusammen und sah sie irritiert an. „Was meinst du?"

Sie legte sich ihre geschwollene Hand auf die Brust und keuchte. „Du mischst dich schon wieder ein. Du warst hinter Laurel her, hast sie angefleht, dich zu nehmen. Jetzt hat sie es getan und du bist doch nicht glücklich. Ich weiß, was los ist und warum du Trübsal bläst. Das darfst du nicht tun. Laurel und Abigail sind keine Schachfiguren, die du nach Belieben herumschieben kannst. Du hast ein Angebot gemacht, jetzt musst du auch dazu stehen. Hör auf, mit ihnen zu spielen. Schick Abigail nach Hause. Es bringt sie um, wenn sie dich mit Laurel sieht."

Die Schuld schnürte ihm den Hals zu. Er konnte Abigail nicht gehen lassen. Wer würde für sie sorgen? Wer würde für ihn sorgen?

„Ich weiß nicht, was ich tun soll." Er legte das Tuch neben Alans Bild auf den Waschtisch.

„Das ist das Problem. Du versuchst immer, etwas zu tun. Du benutzt Abigail, damit sie dich gesund macht, für dich sorgt und die Farm unterhält. Du hast deine Zeit damit verbracht, Laurel zu gewinnen, und jetzt, wo du sie hast, verhältst du dich wie ein Dummkopf, um sie wieder zu vertreiben. Erwartest du, dass sie genauso wankelmütig ist wie du? Hör auf, etwas zu tun. Hör auf, Dinge zu regeln, und lass den Garten einfach wachsen. Es wird genau das wachsen, was du gesät hast."

Erschöpft sank sie noch tiefer in die Kissen und schloss die Augen. „Jetzt geh. Jetzt, wo wir die Huckabee-Kinder endlich so weit haben, dass sie uns nicht mehr belästigen, kommen Banditen und schießen die Scheiben kaputt. Ich kann mich alleine besser ausruhen."

Er sah seine kleine Schwester noch einmal an und versuchte, sich vorzustellen, wie ihr Leben wohl ohne diesen verfluchten Körper verlaufen wäre. „Ich werde alle bitten, etwas leiser zu sein."

Er erhob sich und wandte sich zum Gehen.

„Ach, Jeremiah …", sagte sie.

„Was?"

„Ich habe mein Leben riskiert, um dich zu retten. Aber nur für den Fall, dass du zu blöd bist, es zu merken … ich vergebe dir."

Ein ausgesprochen unmännlicher Knoten schnürte ihm die Kehle zu. „Du hast recht. Ich wäre mir vielleicht nicht sicher gewesen. Danke, dass du es gesagt hast." Er hatte gehört, was er hören musste. Und da er nicht wollte, dass die Situation durch noch mehr sentimentalen Blödsinn für beide peinlich wurde, schloss er die Tür hinter sich.

Kapitel 23

Weil die schmalen Pfade in den Bergen, die Abigail bislang zu faszinierenden Entdeckungen eingeladen hatten, jetzt gefährlich waren, war es längst nicht mehr so abwechslungsreich, Josephine zu bewegen. Die einzige Aufgabe, die noch schlimmer gewesen wäre, als mit jedem Pferd eine Stunde lang um die Koppel zu laufen, war, Jeremiah und Laurel bei dem zu helfen, was auch immer sie an diesem Tag machten. Es schien, als wäre es Laurels einzige Aufgabe, wie ein beschwipster Schmetterling über das Grundstück zu schlendern, der einen Platz zum Landen suchte. Und obwohl sie Jeremiah zwar eigentlich nicht beobachten wollte, war ihr aber doch aufgefallen, dass sein Bein ihm scheinbar beim Holzhacken wieder Probleme bereitete.

Wenn er sie um Hilfe bitten würde, würde sie ihm helfen, aber er fragte nicht. Er hielt sich an das Versprechen, das er Laurel gegeben hatte. Und Abigail wiederum tat alles, was sie konnte, um Laurel von ihrer Entscheidung für Jeremiah abzubringen. Sie hatte gehofft, dass es die Zuneigung der beiden wieder entfachen würde, wenn Laurel Hopkins' Wunden verband, aber dann hatte Rachels Anfall ihrer Zweisamkeit ein Ende bereitet. Abigail hatte keine Idee, wie sie dafür sorgen konnte, dass Hopkins noch einmal verletzt wurde, ohne dass sie dabei erwischt wurde. Wenn sie doch nur eine Situation herbeiführen könnte, in der Laurel den Arzt gesund pflegen musste.

Solche dramatischen Situationen waren besonders gut geeignet, um das Herz einer Frau zu erweichen. Zumindest hatte sie das gehört.

Aber solange die Banditen so unverfroren waren und offen herumritten, verließ niemand die Farm. Niemand außer Josiah und Betsy.

Josiahs Hosenbeine waren so kurz, dass sie nur die Wade bedeckten und Betsys Kleid war verschlissen. Abigail würde dafür sorgen müssen, dass sie im Winter wärmere Kleidung bekamen – wenn sie bis dahin noch hier lebte. Sie ritt Josephine in den Stall und sattelte sie ab, während die Kinder ihr zusahen.

„Schauen Sie mal, was ich habe." Betsy drückte ein kleines Bündel an ihre Brust.

„Pass auf, dass du dem Pferd nicht so nah kommst", sagte Abigail. „Warte, bis ich sie in die Box geführt habe."

„Wie wäre es, wenn wir im Haus auf Sie warten?", meinte Josiah. „Ma hat uns eingemachte Feigen für Miss Rachel mitgegeben."

„Das ist gut." Abigail nahm dem Pferd die Satteldecke ab und rieb ihm das feuchte Fell auf dem Rücken und an den Beinen ab. An diesem Nachmittag würde sie noch genug Zeit haben, um die Stute zu striegeln, vorausgesetzt, dass Jeremiah sich nicht draußen herumtrieb.

Im Moment kämpfte er gerade mit einer Ladung Brennholz, die er ins Haus tragen wollte. Was sich als ausgesprochen schwierig entpuppte, wenn er in einer Hand einen grob geschnitzten Stock hielt. Er ging wieder mit Stock? Sie wäre zwar jetzt lieber nicht hineingegangen, aber sie hatte die Kinder bereits vorausgeschickt und wollte sie nicht warten lassen. Sie sollte einfach kurz Betsys neues Kätzchen bestaunen und die Sache hinter sich bringen. Abigail betrat den Salon genau in dem Moment, in dem Jeremiah das Brennholz an die Feuerstelle fallen ließ.

„Meine Güte!“, lachte Hiram. „Versuchst du, mich so zu erschrecken, dass ich hier freiwillig verschwinde?“

Laurel sprang aus ihrem Sessel auf. „Es wird auch höchste Zeit, dass wir gehen! Ich will wieder nach Hause.“

„Setz dich, Laurel.“ Ma sah von ihrem Frauenjournal auf. „Du kannst nicht gehen, bevor dein Vater nicht wieder putzmunter ist.“

„Nun, es geht mir schon viel besser, und ich glaube, ohne Ihre Kochkunst wäre ich nicht annähernd so gesund.“ Hiram tätschelte seinen Bauch und zwinkerte Ma zu. „Da ich nun schon einmal stehe, wäre ich Ihnen sehr dankbar, wenn Sie mir einige Ihrer Geheimnisse verraten würden.“

„Pah!“ Ma gab ihm einen Klaps auf den Arm. „Wenn ich Ihnen meine Geheimnisse verraten würde, hätten Sie ja keinen Grund mehr, wiederzukommen und mit uns zu essen.“

Rachel, die diesem Wortwechsel von ihrem angestammten Platz auf dem Sofa aus folgte, verdrehte die Augen und stöhnte hörbar.

Hiram folgte Ma in die Küche und zwinkerte. „Ich finde schon einen Grund, um wiederzukommen“, sagte er. „Nur keine Sorge.“

Dann wurde die Tür hinter den beiden Verschwörern geschlossen. Josiah und Betsy standen an der Haustür und starrten Rachel entsetzt an.

„Ich denke, es geht ihm gut genug“, sagte Rachel.

„Der Meinung bin ich auch.“ Widerstrebend ließ Laurel sich wieder in den Sessel sinken. „Newton hat auf unsere Farm aufgepasst. Aber jetzt, wo es Pa besser geht, können wir nicht erwarten, dass er das weiter tut. Wir sollten nach Hause gehen.“

„Ja, bitte, bevor das noch länger so weitergeht.“ Rachel verzog das Gesicht, als aus der Küche Mas entzücktes Lachen zu ihnen drang.

Jeremiah kniete sich an der Feuerstelle hin, kehrte die Asche in einen Eimer und bemühte sich, die Unterhaltung zu überhören.

„Stell dir nur vor …" Abigail wartete, bis Laurel sich zu ihr umgedreht hatte. „Du und Jeremiah, ihr könntet eines Tages Geschwister sein."

Laurel runzelte die Stirn und schüttelte den Kopf. Abrupt drehte sie ihren Sessel ein Stück herum und starrte aus dem Fenster. Beobachtete sie die Straße? Wartete sie darauf, dass Hopkins vorbeikam?

Aus dem Augenwinkel nahm Abigail eine Bewegung wahr. Betsy versuchte krampfhaft, das kleine Bündel festzuhalten, das sich aus ihrem Arm befreien wollte.

„Schon gut, Betsy", sagte Abigail, „zeig mir dein Kätzchen und dann macht ihr euch am besten auf den Heimweg."

Aber Betsy schüttelte den Kopf. „Wenn ich es mir recht überlege, Ma'am, dann bringe ich es besser einfach nach draußen."

„Ach Besty", sagte Josiah, „deshalb sind wir doch hier. Wir wollen ihnen dein neues … Kätzchen zeigen."

„Ich habe aber nicht gewusst, dass Miss Rachel auch im Salon ist." Eine kleine schwarze Pfote lugte aus dem Bündel hervor. „Ich will sie nicht aufregen."

Rachel stöhnte. „Was macht das schon? Ich habe die Aufregung mit den Banditen überlebt und glaube nicht, dass Betsys Kätzchen mich umbringen wird."

„Hab ich dir doch gesagt!" Unter Betsys Protest riss Josiah ihr das Bündel aus dem Arm und legte es auf den Boden.

Augenblicklich begann Laurel zu kreischen. Rachel drehte sich zur Seite und hielt sich die Hand vors Gesicht. Und dann sah Abigail, dass sich in dem Bündel doch kein Kätzchen verbarg. Die zwei Unruhestifter hatten ein Stinktierjunges freigelassen.

„Drangekriegt, Miss Abigail!", trällerte Josiah, während Laurel aus dem Zimmer eilte.

„Josiah Huckabee!" Jeremiah schwang den Feuerhaken. „Schaff das Tier auf der Stelle hier raus."

Das Tier rannte unters Sofa. Abigail hielt sich Mund und Nase zu. Sollte sie versuchen, es zu fangen, und riskieren, dass es seinen Gestank überall im Raum verteilte?

Betsy schlug ihren Bruder. „Ich hab dir doch gesagt, dass das nicht lustig ist." Sie drehte sich mit Tränen in den Augen zu Jeremiah. „Es ist noch ganz jung. Bitte tun Sie ihm nicht weh."

Das kleine Stinktier schien durch die Vorgänge nicht verängstigt zu sein. Mit der Nase am Boden schnüffelte es um die Sofabeine herum.

„Heb es langsam hoch", sagte Abigail, „und schaff es hinaus, bevor Ma etwas mitbekommt."

Das Stinktier hob den Kopf und stellte seinen Schwanz auf. Das Sofa wackelte.

„Rachel", sagte Abigail, „bekommst du einen Anfall?"

Aber Rachel hatte keinen Anfall. Sie lachte aus voller Kehle. „Ein Stinktier im Haus? Das ist noch besser als die Pferde. Die Kinder sollten öfter vorbeikommen."

Jeremiah trat näher. „Du wirst es nicht mehr so lustig finden, wenn du das Vieh erschreckst." Er bedeutete Betsy, zu ihm zu kommen. „Los. Heb es auf."

Betsy schlang ihre Hände um den Bauch des Tieres und nahm das neugierige Stinktier hoch. Sie presste es an ihren schmalen Körper, schnappte sich das Tuch und warf ihrem Bruder dabei einen bitterbösen Blick zu.

Rachel lächelte immer noch und winkte Betsy zu sich. „Ich weiß nicht, wann ich das letzte Mal so herzhaft gelacht habe. Darf ich dein Haustier einmal sehen?" Betsy kam langsam näher und zog das Tuch vom Kopf des Tieres. Zwei schwarze Augen glänzten über einer kleinen Nase, die neugierig schnüffelte.

„Wir haben in einem Haufen trockener Zweige einen ganzen Wurf davon gefunden", sagte Betsy. „Zuerst hatte ich Angst, aber dann habe ich eines gefangen. Ich will es zähmen."

„Was für ein mutiges Mädchen du bist." Mit einem Finger streichelte Rachel den Kopf des Tieres. „Lass dich nie aus Angst von einem Abenteuer abhalten, kleine Miss Huckabee. Hörst du?"

„Ja, Ma'am."

Rachel lächelte, als das Stinktier an ihren Fingern schnüffelte. „Meinst du, du könntest mich mal wieder besuchen kommen, wenn deine Mutter und dein Vater einverstanden sind?"

Betsy druckste ein wenig herum. „Das würde ich schrecklich gerne. Ich meine, bis Sie tot sind. Ich will schließlich keine Tote besuchen."

Jeremiah warf Abigail einen entsetzten Blick zu. Er öffnete den Mund, um etwas zu sagen, aber Rachel lachte nur. „Das kann ich verstehen. Tote machen keinen Spaß, nicht wahr? Sie liegen nur da. Solange ich lebe, werde ich auch versuchen, mich so zu verhalten."

„Dann bin ich einverstanden."

„Du gehst jetzt wohl besser, bevor Ma das Tier in ihrem Haus sieht. Und so ungern ich es auch zugebe, aber ich muss mich jetzt ausruhen. Nächstes Mal will ich versuchen, eine bessere Spielgefährtin zu sein."

Josiah hielt Betsy die Tür auf. Er blickte in Abigails Richtung und berührte selbstbewusst die Krempe seines abgetragenen Hutes. „Wieder ein Sieg für mich", sagte er.

Abigail kniff die Augen zusammen und warf ihm einen, wie sie hoffte, drohenden Blick zu. Wie sie erwartet hatte, war der Junge darüber nur umso mehr erfreut.

„Es grenzt an ein Wunder, dass das Vieh keinen von uns angespritzt hat." Rachel zog den Zipfel der Decke über sich. Sie lachte noch einmal auf, schloss die Augen und schlief ein.

Aber das Wunder, das Jeremiah und Abigail sprachlos dastehen ließ, hatte nichts mit dem Stinktier zu tun.

Nach Ansicht von Abigail begann ein perfekter Morgen damit, dass sie die Pferde bewegte. Anschließend würde Hopkins vorbeikommen und um ihre Hilfe bei einem schwierigen Fall bitten. Aber noch bevor sie sich auf den Weg machen würden, würde er beschließen, Laurel zu helfen bei was auch immer Laurel an diesem Morgen tun wollte, und Abigail würde den Patienten allein besuchen. Ach ja, und Jeremiah würde beschließen, dass es für sie zu gefährlich sei, allein zu gehen, und würde sie begleiten.

Das wäre ein perfekter Morgen.

Dieser Morgen verlief zwar nicht ganz perfekt, aber doch so, dass Abigail sich nicht beklagen konnte. Als sie mit den Pferden fertig war, war Hopkins in der Tat vorbeigekommen, um sie um ihre Hilfe bei einer werdenden Mutter zu bitten. Allerdings blieb er nicht bei Laurel zurück – obwohl Abigail es ihm vorgeschlagen hatte –, und das war wahrscheinlich auch gut so, denn im Gefängniskrankenhaus hatte sie keine Babys zur Welt bringen müssen.

Es zeigte sich aber, dass es viel einfacher war, ein gesundes Baby zur Welt zu bringen als ein Fohlen. Nachdem sie einen ganzen Tag lang Wehen gehabt hatte, ruhte sich die Mutter jetzt aus, während der frischgebackene Vater sich um sie kümmerte, und Abigail und Hopkins machten sich wachsam auf den Rückweg zu den Calhouns. Die Pferde spürten ihre Anspannung und trabten argwöhnisch über jede Lichtung, als spürten sie die Augen des Waldes auf sich gerichtet. Dr. Hopkins hatte Abigail zu ihrer guten

Arbeit beglückwünscht, aber nachdem sie die Hütte verlassen hatten, schwiegen beide, um keine Aufmerksamkeit zu erregen, während sie so ungeschützt waren.

Aber Abigail hatte es nicht eilig, zur Farm zurückzukehren. Zusehen zu müssen, wie Laurel sich an das Leben an Jeremiahs Seite gewöhnte, war zu schmerzhaft. Sie hatte nichts gesagt, als Laurel Mas Spinnrad auf die Veranda hinausgestellt hatte. Sie hatte sich auf die Zunge gebissen, als Laurel Jeremiahs Kommode ausgeräumt hatte, um Platz für ihre Kleider zu schaffen. Sie hatte sich abgewandt, als Laurel unvorsichtigerweise eines von Mas Glöckchen vom Regal gestoßen hatte. Bis jetzt hatte noch niemand den Sprung bemerkt und sie würde sie nicht verraten.

Der einzige Hoffnungsschimmer in der ganzen Angelegenheit war die Veränderung bei Rachel. Endlich hatte Abigail ein wenig Erfolg gehabt. Ob Rachel die Krankheit überleben würde oder nicht, blieb noch abzuwarten, aber Abigail hatte ihr Versprechen gegenüber Alan gehalten. Rachel hatte ihre Familie und brauchte keine Fremde mehr, die sie dazu ermutigte, das Richtige zu tun.

Wenn Abigail nur wüsste, wohin sie gehen sollte, nachdem ihre Zeit bei den Calhouns vorüber war. Vielleicht würde sich ihr ja eine neue Gelegenheit bieten. Sie sagte sich immer wieder, dass sie nur so lange bleiben würde, bis das Fohlen geboren war, aber das Fohlen würde nicht wirklich etwas an ihrer Lage ändern.

Als die Farm der Calhouns in Sicht kam, trieb Abigail ihr Pferd an. Die Stalltür stand offen und so trabte sie hinein und hätte beinahe Laurel über den Haufen geritten.

„Entschuldige, ich hatte dich hier im Dunkeln nicht gesehen." Abigail lenkte das Pferd in den hinteren Bereich der Scheune.

„Ich habe auf dich gewartet." Laurel warf einen schnellen Blick nach draußen. „Bist du alleine zurückgekommen?"

Noch bevor sie zu einer Antwort ansetzen konnte, kam das Objekt von Laurels … Begierde schon in Sicht. „Warten Sie, ich helfe Ihnen, das Pferd abzusatteln, und dann muss ich nach Hause", sagte Hopkins.

Abigail stieg ab. „Gehen Sie nur. Ich kann mich selbst um mein Pferd kümmern."

Laurel wippte auf den Zehenspitzen. „Jeremiah hat mich gebeten, dich nach drinnen zu schicken, sobald du wieder da bist. Ich werde Newton mit deinem Pferd helfen."

Das war noch besser. Aber was wollte Jeremiah wohl von ihr? Abigail übergab Hopkins die Zügel und wunderte sich dabei, wie er Laurels liebeskranke Blicke übersehen konnte, die sie ihm trotz ihrer Entscheidung für Jeremiah zuwarf. Sie eilte ins Haus und rannte dabei genauso leichtfüßig übers Gras wie Josephine, wenn sie trabte.

Als sie den Salon betrat, herrschte dort eine unangenehme Stille. Rachel wischte sich mit dem Handrücken über ihre rote Nase und warf ihr einen neugierigen Blick zu. Abigail knöpfte ihren Umhang auf und hängte ihn an den Haken.

„Was ist los?", fragte sie. „Was ist passiert?"

Ma verließ Hirams Seite und kam zu ihr. Dabei stieß sie an den Beistelltisch und einige Zeitungsausschnitte flatterten zu Boden. „Ich verstehe das nicht, meine Liebe. Da muss ein Irrtum vorliegen …"

„Es war mein Fehler." Der Schein des Feuers fiel auf Jeremiahs Gesicht. Er blickte besorgt. „Abigail hat mir schon vor Wochen von ihrer Mutter erzählt. Sie hat wahrscheinlich angenommen, dass ich es euch schon gesagt hätte."

Ihre Mutter. Abigails Magen zog sich zusammen. Es war so viel passiert, seit sie Jeremiah von ihrer Familie erzählt hatte. Er hatte ihr seine Liebe gestanden und das Geständnis dann zurückgenommen. Hiram war angeschossen und das Haus überfallen worden. Rachel war zusammengebrochen und dann stärker denn je wieder aufgestanden. In all diesen Veränderungen hatte Abigail nicht mehr daran gedacht, Ma zur Seite zu nehmen und ihr zu gestehen, was sie bisher vor ihr verborgen hatte.

„Ich bin froh, dass du es ihnen erzählt hast, Jeremiah." Abigail sah auf ihre Stiefel. „Ich wollte es nicht unter den Tisch fallen lassen, aber –"

„Ich habe es ihnen nicht gesagt", unterbrach er sie. „Gib ihr den Brief, Ma."

In Abigails Ohren fing es an zu brausen. Sie starrte auf den elfenbeinfarbenen Umschlag mit der Handschrift ihrer Mutter. So schnell schon eine Antwort? Aber was schrieb sie?

„Wenn ich gewusst hätte, dass deine Mutter lebt …" Ma rollte ihre Zeitschrift fest zusammen. „Ich habe ein schlechtes Gewissen, weil du die ganze Zeit hier bei uns warst. Wusste sie, dass du hier bist?"

Abigail schüttelte den Kopf. „Ich habe ihr erst kürzlich geschrieben."

Ma runzelte die Stirn. „Sie muss ganz krank gewesen sein vor Sorge. Warum hast du ihr nicht …"

Aber Abigail konnte die Fragen nicht beantworten. Nicht jetzt. Ihre eigene Frage war wichtiger. Der Umschlag zerknitterte in ihrer bebenden Hand, als sie damit zum Fenster ging. Ganz gleich, wie schlimm es sein würde, es war nicht das Ende. Sie würde es noch einmal versuchen, auch wenn sie sie nicht dazu ermutigten.

Abigail fuhr mit dem Fingernagel die Kante entlang und riss das Siegel auf.

Liebe Abigail,
ich kann nicht in Worte fassen, wie sehr wir uns dafür schämen, wie wir dich behandelt haben …

Ihr standen Tränen in den Augen, als sie die Entschuldigung las. Man hatte die Uhr ihres Stiefvaters bei einem der Stallknechte gefunden. Sie hatten zu spät erkannt, dass Abigail unschuldig war. Ihre Mutter war jahrelang krank vor Sorge um sie gewesen. Der Gedanke, dass sie Abigail vertrieben hatten, obwohl diese John gar nicht bestohlen hatte, hatte sie ganz krank gemacht. Und Abigails erster Brief, den sie während des Krieges geschrieben hatte, war nie bei ihnen angekommen.

Die junge Frau drückte den Brief an ihre Brust. Sie würde alles tun, um den Schmerz ihrer Mutter zu lindern, aber es wäre gelogen zu behaupten, dass ihre Rechtfertigung sich nicht auch gut anfühlte. Nach all den schrecklichen Anschuldigungen hatte sie ihr Geständnis, dass sie im Unrecht gewesen waren, einfach verdient.

Und nach so langer Zeit hatte sie endlich die Erlaubnis, nach Hause zurückzukehren. Das Pferd war jetzt wirklich nicht mehr wichtig. Wenn Jeremiah wollte, konnte er es zu ihr nach Ohio schicken. Sie vertraute darauf, dass er sie gerecht behandeln würde, aber es gab keinen Grund mehr, weshalb sie noch bleiben sollte. Aber konnte sie auch gehen? War sie bereit, Jeremiah aufzugeben?

„Was steht in dem Brief?“ Als sie ihre Tränen sah, runzelte Ma erneut besorgt die Stirn. „Geht es allen gut?“

„Ja, ich …“ Abigail konnte sich nicht vorstellen, Jeremiah zu verlassen – ihn nie wiederzusehen. Nie wieder seine Stimme zu hören oder mit ihm zu lächeln. Aber Laurel war nicht bereit, ihn aufzugeben. Wie lange würde es noch dauern, bis Abigail sich die Niederlage eingestand? „Ich muss hier raus …“

Sie rannte nach draußen und stolperte durch die Dunkelheit.

„Ich kann mir einfach nicht vorstellen, wie es geschehen konnte, dass Abigail so von ihrer Familie entfremdet ist", sagte Ma. „Was ist passiert?"

Jeremiah ballte die Hände zu Fäusten. Er hatte nicht beabsichtigt, es geheim zu halten, aber er wollte nicht, dass Abigail dabei schlecht wegkam. „Ihre Mutter ist noch am Leben. Sie hat nach dem Tod von Abigails Vater wieder geheiratet, und ihr Stiefvater hat sich alle Mühe gegeben, sie loszuwerden."

„Das arme Kind." Ma faltete die Hände vor der Brust. „Kein Wunder, dass sie über so schmerzhafte Erinnerungen nicht sprechen wollte."

Jemand sollte nach ihr sehen. Natürlich nicht er, aber irgendjemand. Jeremiah stieß mit der Schulter an den Kamin, als er nach seinem Mantel griff. Was stand in dem Brief? Hatte ihre Mutter die Anklagen wiederholt? War sie deshalb so verstört gewesen?

Als er in den Stall kam, wichen Hopkins und Laurel hastig auseinander, aber er bemerkte es kaum. Er streifte Lancaster das Zaumzeug über den Kopf, während Laurel sich verabschiedete und ins Haus eilte.

„Haben Sie gesehen, wo Abigail hingegangen ist?", fragte Jeremiah.

„Sie ist den Berg hinaufgegangen." Hopkins stieg in den Sattel. „Wohin wollen Sie?"

„Sie suchen."

„Jetzt noch?", fragte Hopkins mit hochgezogenen Augenbrauen.

„Ja, und Sie kommen mit."

„Wozu brauchen Sie mich? Um Sie vor den Banditen zu beschützen?"

Vor den Banditen brauchte Jeremiah keinen Schutz. „Nein, aber Abigail hat gerade etwas Schweres erlebt und braucht jetzt einen Freund." Hopkins stellte keine weiteren Fragen.

Schweigend ritten sie durch den Abendwald, während kleine Tiere vor ihnen davonsprangen. Dann hörten sie Geräusche von etwas Größerem. Von dem Hügel über ihnen rollten Steine herab. Das Pferd drehte den Kopf zu dem Geräusch hin.

„Da oben ist sie“, sagte Hopkins. „Wollten Sie alleine gehen?“

„Ja … nein.“ Jeremiah seufzte. „Vielleicht machen Sie das besser.“

Beide stiegen ab und kletterten das letzte Stück den Hügel hinauf. Von der kahlen Stelle ganz oben sahen die Baumwipfel aus wie große Wattebäusche, die sich im starken Wind bewegten. Und dort auf dem Felsen, von dem aus man das weite Tal überblicken konnte, saß Abigail. Sie zog die Knie an, schlang die Arme um ihre Beine und wartete.

„Es ist kalt“, sagte Hopkins. „Warum kommen Sie nicht zurück ins Haus?“

Abigail schien seinen Vorschlag gar nicht wahrzunehmen. Jeremiah konnte es nicht ertragen, sie frieren zu sehen. Er öffnete hastig die Knöpfe seines Mantels und riss ihn sich vom Leib. „Hier. Geben Sie ihn ihr.“

Gehorsam nahm Hopkins den Mantel entgegen und hielt ihn dann der jungen Frau hin. Abigail tat, als bemerke sie es nicht. Achselzuckend gab Hopkins ihn Jeremiah zurück.

„Ich habe gesagt, Sie sollen ihn ihr geben“, fuhr Jeremiah ihn an.

„Sie nimmt ihn nicht.“

„Dann legen Sie ihn ihr um die Schultern.“

Hopkins verdrehte die Augen, kletterte die Felsen hinauf und ließ ihr den Mantel auf die Schultern fallen. Dann zog er ihn vorne zusammen, damit er nicht herunterfiel, und ging wieder zu Jeremiah.

„So, jetzt erfriert sie nicht“, sagte Hopkins.

„Wir können sie nicht einfach hierlassen. Reden Sie noch mal mit ihr."

Hopkins räusperte sich. „Abigail, Jeremiah meint, ich solle noch einmal mit Ihnen reden. Am besten frage ich ihn auch noch, was ich Ihnen sagen soll."

Jeremiah versetzte ihm einen Schubs. „Witzbold. Sie wissen genau, was Sie sagen sollen. Sagen Sie ihr, dass Sie ihr zuhören werden, wenn sie reden will."

„Abigail, wenn Sie reden wollen, werde ich Ihnen zuhören."

Jeremiah stieß ihn noch einmal an. „Machen Sie sich über sie lustig?"

Hopkins drehte sich zu Jeremiah um und stellte sich breitbeinig vor ihn hin. „Nein, ich mache mich über *Sie* lustig. Warum gehen Sie nicht da rauf und sagen ihr, was Sie sagen wollen? Sie kann Sie ohnehin hören."

Jeremiah starrte ihn finster an. Er sehnte sich danach, mit ihr zu sprechen, aber konnte er das, ohne Laurels Vertrauen zu missbrauchen?

„Bitte, Hopkins. Sagen Sie ihr, ganz egal, was ihre Mutter ihr geschrieben hat, es ändert nichts an Ihrer Meinung über sie. Dass Sie immer für sie da sein werden."

Abigail hatte sich zu ihm gedreht. Jeremiah kam zwischen den Bäumen hervor. „Sagen Sie ihr, dass sie einen Platz in dieser Familie hat und dass sie von uns allen geliebt wird."

Abigails Kinn zitterte. „Dr. Hopkins, würden Sie Mr Calhoun bitte mitteilen, dass meine Mutter mich um Vergebung gebeten hat? Meine Unschuld ist bewiesen, und sie bittet mich, nach Hause zu kommen."

Nach Hause? Jeremiah schüttelte den Kopf. Das konnte sie nicht.

Ihr dunkelblaues Kleid hob sich deutlich von dem weißen Felsen ab. Mit einem riesigen Satz, den er nur machen konnte, weil sein Bein wieder gesund war, kam Jeremiah zu ihr auf den Felsen. Er bemerkte nur am Rande, dass Hopkins sich zurückgezogen hatte. Jeremiah ließ sich mit dem Rücken an dem Felsen hinuntergleiten und setzte sich neben sie.

„Ich wünschte, du würdest bleiben“, sagte er.

„Was nützen schon Wünsche?“ Das Abendlicht schien silbern auf ihr Gesicht. „Wenn wir hier nicht so viele Probleme gehabt hätten, hätte ich vielleicht nie den Mut gefunden, meiner Familie noch einmal zu schreiben. Meinen ersten Brief hat Mutter nie bekommen und sie war krank vor Sorge um mich. Kurz nachdem ich weg war, haben sie einen der Stallknechte mit Johns Uhr erwischt. Sie hat die ganze Zeit darauf gewartet, etwas von mir zu hören. Ich hätte schon längst wieder nach Hause gehen können.“

„Was ist mit deinem Stiefvater? Bist du dir sicher, dass du mit ihm unter einem Dach leben willst?“

„Ich weiß nicht, wie er mich behandeln wird, aber sie sind meine Familie. Sie müssen sich um mich kümmern. Du musst das nicht.“

Lancaster wieherte. Hopkins war nirgends zu sehen. Er hatte ihn im Stich gelassen. Jeremiah legte die Arme auf seine Knie. Hopkins war vielleicht gegangen, aber er würde die junge Frau nicht im Stich lassen.

Die ersten Sterne funkelten am klaren Abendhimmel. Jeremiah folgte ihrem Blick nach oben. „Als ich in der Armee war, habe ich nachts auf meinem Lager gelegen und zugesehen, wie die Sterne über den Himmel wandern. Vor jeder Schlacht habe ich alles in Gottes Hand gelegt. Aber sobald ich auf dem Weg nach Hause war, habe ich alle Sorgen wieder an mich genommen und Gott zu verstehen gegeben, dass ich mich ab jetzt selbst darum kümmern würde. Doch es hat sich gezeigt, dass das, was ich unter Kontrolle zu haben meinte, in einer Katastrophe endete. Die Dinge, die ich Gott anvertraut hatte – mein Bein,

Rachels Zustand –, darum hat er sich auch gekümmert." Seine Hand lag neben ihrer auf dem Felsen. „Und offenbar hat er dir auch einen Weg geebnet."

Ja, ihr Weg lag klar vor ihr. Nichts hielt sie mehr in den Ozark Mountains. Und jetzt musste sie nur noch die Sorgen darüber, wie ein gedemütigter John Dennison sie wohl empfangen würde, an Gott abgeben. Sie musste ja nicht für immer bei ihnen leben. Nach dem Wiedersehen konnte sie entscheiden, wie es weiterging. Vielleicht würden sie sie ermutigen, weiter als Krankenschwester zu arbeiten. Vielleicht würde sie jemanden kennenlernen, der die Stelle ausfüllen konnte, die im Moment noch der Mann einnahm, der neben ihr saß und seinen Mantel um ihre Schultern gelegt hatte. Vielleicht aber auch nicht.

„Wir sollten nicht alleine hier sitzen." Sie zog sich an der Felskante hoch. „Ist Ma sehr enttäuscht?"

„Sie liebt dich, Abigail. Du hast sie besser behandelt als ihre eigenen Kinder."

Unter seinem wachsamen Blick zupfte sie unruhig am Mantel herum. Wortlos glitt er den Hang hinunter, nahm Lancasters Zügel und winkte sie zu sich.

Wo der Weg breit genug war, ging sie neben ihm, bis sie zur ebenen Weide kamen. Abigail schlug den Kragen von Jeremiahs Mantel hoch, um sich vor dem kalten Wind zu schützen. Im Stall wieherte Josephine Lancaster zur Begrüßung zu.

„Ich werde nach Hause reisen", beschloss Abigail. „Und wenn ich mich auf den Weg mache, dann sollte ich das besser vor Wintereinbruch tun. Was das Fohlen angeht – schick mir einfach meinen Anteil zu, wenn es so weit ist. Ich wünschte, ich könnte es dir ganz überlassen, aber ich weiß nicht, wie es finanziell um meine Familie bestellt ist …"

„Sprich doch nicht so", sagte er kopfschüttelnd. „Natürlich musst du zu deiner Familie gehen – aber dann komm zurück. Wir brauchen dich."

Was hätte sie im Sommer nicht dafür gegeben, diese Worte zu hören! Aber jetzt war es zu spät.

„Ich gehöre nicht hierher. Nicht mehr. Ich bin dir nicht böse, Jeremiah, aber du musst das verstehen – ich brauche mehr, als du mir geben kannst. Hier gibt es nichts für mich."

Er öffnete den Mund, um ihr zu widersprechen, ließ dann aber die Schultern hängen. „Ich kann dir nicht sagen, was du tun sollst. Ich schätze, du kannst das am besten beurteilen."

Er wollte ihr nicht sagen, was sie tun sollte? Vielleicht hatten sie sich wirklich beide verändert. Und das erinnerte sie an ein letztes Vermächtnis, das sie noch weiterzugeben hatte. Sie schob den schweren Mantel zur Seite, um die Hand in eine Tasche ihres Kleides zu stecken. Ihre Finger umfassten die kühle Kupfermünze.

„Ich habe noch etwas für dich." Sie blieb unmittelbar vor dem Stall stehen. Jeremiah drehte sich resigniert zu ihr. „Es ist von meinem Vater. Ich habe es die ganze Zeit aufbewahrt, aber ich will, dass du es jetzt nimmst. Ich will dir etwas dalassen, das dich an mich erinnert."

Jeremiah betrachtete ihre geöffnete Hand. „Ich werde dich nicht vergessen, Abigail. Ich werde keinen einzigen Augenblick unserer gemeinsamen Zeit vergessen, ganz gleich, wie sehr ich mir das auch vielleicht wünschen werde." Seine Finger strichen über ihre Handfläche, als er die Münze nahm. „Ich werde sie in Ehren halten. Ich bewahre sie für dich auf, in der Hoffnung, dass du eines Tages wiederkommst, um sie dir zu holen."

Mit einem verschmitzten Lächeln drückte er die Münze an seine Lippen und folgte ihr dann ins Haus, wo ihre Pflichten auf sie warteten.

Kapitel 24

Es war der bislang kälteste Tag, regnerisch und stürmisch. Doch Abigail wollte nicht länger warten. Sie durfte nach Hause und nichts konnte sie davon abhalten. Der Melkeimer schnitt in Jeremiahs vor Kälte ganz steife Finger, als er vom Stall in die warme Küche stiefelte. Selbst Rachel hatte sie angefleht und beteuert, dass sie sich ohne Abigail wieder in eine missmutige, selbstsüchtige Tyrannin verwandeln würde, aber was sie sagte, bestätigte Abigails Eindruck nur: Rachel hatte sich verändert. Medizinisch konnte Abigail ihr nicht helfen und in emotionaler Hinsicht hatte sie ihre Aufgabe erfüllt.

So war er in der vergangenen Nacht wach geblieben, aus Angst, ihren nächtlichen Gang in die Küche zu verpassen. Er hatte sich auf seinem harten Lager im Salon hin und her gewälzt und lag schließlich reglos da, als er ihre Schritte auf der Treppe hörte. Ihr grüner Umhang raschelte. Die Dielen knarrten unter ihren nackten Füßen. Sie ging an ihm vorbei, und er malte sich zu jedem Klappern und jedem Rauschen, das er aus der Küche vernahm, aus, wie sie Tee kochte.

Dann kam sie wieder vor, mit zerzausten Haaren, verquollenen Augen. Treu ging sie auch kurz vor ihrer Abreise noch ihren Aufgaben nach, während der Rest des Hauses schlief.

Jetzt stellte er den Melkeimer auf den Küchenboden und rieb seine Hände aneinander, damit das Blut wieder zirkulierte. Als er sein Gewehr in der Ecke stehen sah, erinnerte er sich daran, dass er noch für eine sichere Fahrt beten sollte. Er wäre froh, wenn die Bedrohung durch die Banditen endlich vorbei wäre und er sich nur noch um Pumas, Bären und Wildschweine Sorgen machen müsste. Er wünschte sich so sehr, Abigail hätte die Berge ohne diesen Hass kennengelernt.

Er hörte, wie jemand die Treppe herunterkam. Als er in den Salon trat, sah er, dass Laurel Abigails Koffer herunterschleppte.

„Ich kann gar nicht glauben, dass sie heute abreist", sagte sie. „Ich werde sie so vermissen."

Jeremiah schnürte es den Hals zu. Er nahm den Koffer. „Ich stelle ihn an die Tür."

Laurel war noch dabei, ihre Ärmel zuzuknöpfen, als sie ihm nach draußen folgte. „Jeremiah, ich wollte schon länger mit dir reden und ich sollte es wirklich nicht länger hinausschieben." Ihre frisch geflochtenen dunklen Zöpfe glänzten im Licht des Morgens.

„Lass uns nach drinnen gehen. Es ist kühl heute Morgen …"

„Nein. Ich möchte lieber hier draußen reden." Sie ging auf der Veranda auf und ab. „Ich habe über etwas nachgedacht, das Abigail letzte Woche gesagt hat. Sie meinte, wenn unsere Eltern heiraten würden, wärst du mein Bruder." Ihre Wangen erröteten und ihre Augen strahlten. „Ich weiß, dass sie nur Spaß gemacht hat, aber der Gedanke hat mir nicht so viel ausgemacht, wie er es sollte. Er hörte sich sogar gut an. Er hörte sich natürlich an. Warum solltest du auch nicht mein Bruder sein? Ich habe immer zu dir aufgesehen. Ich habe dich geliebt wie meine eigene Familie. Du neckst mich und passt auf mich auf, und ich würde alles für dich tun – wie eine gute Schwester."

Plötzlich machte ihm die Kälte nichts mehr aus. „Meinst du etwa …"

„Newton hat damals darauf bestanden, dass ich dich fallen lasse, aber das konnte ich nicht. Ich konnte nicht zusehen, wie du verletzt wirst, also dachte ich, ich sollte dich heiraten. Aber jetzt frage ich mich, ob das die richtige Entscheidung war. Ich hasse es, so hin- und hergerissen zu sein, und wenn du jetzt sagst, dass dir eine Trennung das Herz bricht, werde ich dich nicht verlassen." Sie beugte sich vor und nahm seine Hand. „Ich will, dass du glücklich bist, ganz egal, was es mich kostet. Ich bin bereit, deine Gefühle an die erste Stelle zu stellen."

Jeremiah ging auf die Knie. Noch nie hatte er so viel für Laurel empfunden wie in dieser Sekunde.

Laurels Augen weiteten sich vor Schreck. „Willst du heiraten? Wenn du darauf bestehst, sage ich Ja …"

„Nein, Laurel." Er lächelte von einem Ohr bis zum anderen. „Du musst mich nicht heiraten. Wir haben beide so sehr Rücksicht aufeinander genommen, dass wir beinahe einen schlimmen Fehler begangen hätten."

„Es macht dir nichts aus, wenn ich Newton heirate?"

„Als ich nach Hause kam, war ich eifersüchtig. Aber jetzt erkenne ich, dass er der bessere Mann für dich ist. Ihr werdet einander sehr glücklich machen."

Ihre Knie wurden weich und sie ließ sich schwerfällig in den Schaukelstuhl sinken. „Du weißt gar nicht, wie erleichtert ich bin, das zu hören." Sie fächelte sich Luft zu, obwohl es kühl war. „Aber was ist, wenn er schon eine andere gefunden hat? Ich habe mir sogar Gedanken darüber gemacht, ob etwas zwischen ihm und Abigail ist."

Jeremiah nahm ihre Hand, küsste sie von Herzen und sprang dann auf. „Das müssen wir eben verhindern, nicht wahr?"

Seine Lunge prickelte von der kalten Luft, die er einatmete. Ihm war ein großer Stein vom Herzen gefallen. Laurel war seine Freundin und würde es immer sein, aber sie würde nicht seine Frau werden. Er wirbelte herum und sah sie an. „Bist du dir auch ganz sicher? Du gibst mir ein für alle Mal einen Korb?“

„Ganz sicher. Von jetzt an wirst du für mich immer ein Bruder sein, ganz gleich, was aus unseren Eltern wird.“

Er war so glücklich, dass er sie in seine Arme riss, hochhob und auf der Veranda herumwirbelte.

Sie quiekte vergnügt. „Gute Güte, du musst doch nicht gleich so übermäßig erleichtert sein.“

Jeremiah ließ sie herunter und versuchte, nicht weiter wie ein Honigkuchenpferd zu grinsen. „Ich will nur nicht, dass du ein schlechtes Gewissen hast. Du hast die richtige Entscheidung getroffen.“

„Newton kommt doch heute Morgen her, oder?“

„Ja.“ Er und Calbert wollten vorbeikommen, um sich von Abigail zu verabschieden.

„Dann kann ich ihn vielleicht mit einem Wort unter vier Augen beglücken, wenn er mich lässt.“

„Das wäre ja noch schöner, wenn er das nicht wollte.“ Aber er hatte keine Zeit, Laurels Plänen zu lauschen. Er musste etwas gegen Abigails Pläne unternehmen.

Als Abigail im Salon am Fenster vorbeiging, sah sie einen wirbelnden Rock. Laurels fröhliches Lachen drang durch die Hauswand und Jeremiahs tiefe Stimme war zu hören. Es brauchte keine Worte mehr.

Nichts war mehr von der melancholischen Stimmung vom Vorabend zu spüren. Abigail schob sich mit Nachdruck eine letzte Haarnadel in ihren Dutt und kratzte sich dabei an der Kopfhaut. Hatte er jetzt, wo ihre Abreise unmittelbar bevorstand, beschlossen, nicht mehr so zu tun, als sei er unglücklich? Wenn er entschlossen war, Laurel zu heiraten, sollte er sich ruhig darüber freuen, dachte sie. Sein Trübsinn hatte niemandem weitergeholfen.

Die Küchenstühle standen noch unberührt um den Tisch. Der mit einem Tuch abgedeckte volle Melkeimer stand schon da. Abigail nahm den Eierkorb und stellte die Rührschüssel auf den Tisch. Das Frühstück würde ihre letzte Mahlzeit mit der Familie sein, die sie so liebte. Sie wollte, dass alle glücklich waren, aber vielleicht konnte sie selbst sich über das Glück der Familie aus einigen Hundert Meilen Entfernung mehr freuen.

Jeremiah kam hereingestürmt und unterbrach ihren Gedankengang. Er wippte auf den Zehenspitzen und grinste von einem Ohr zum anderen. „Guten Morgen."

Warum war er so aufgeregt? Zu dumm, dass sie sich nicht die schlechte Angewohnheit zugelegt hatte, Pfeife zu rauchen. In diesem Augenblick verspürte sie das Bedürfnis, ihm eine Rauchwolke ins Gesicht zu blasen.

„Ich habe den Milcheimer gesehen. Hast du das Vieh schon gefüttert?" Mit übertriebener Härte schlug Abigail das Ei am Rand der Schüssel auf, sodass es in ihrer Hand zerbrach.

„Ich … nein, habe ich noch nicht. Laurel hat mich auf dem Weg in den Stall abgefangen und dann habe ich es ganz vergessen."

Abigail hatte sich richtig entschieden. Obwohl er ständig behauptete, Laurel nur aus Pflichtgefühl zu heiraten, wirkte er doch sehr überzeugend. Er sollte Schauspieler werden. Sie wischte ihre Hand, an der etwas Eigelb hing, an einem Geschirrtuch ab. „Mir ist heute nicht nach Kochen. Wie wäre es, wenn ich mich ein letztes Mal um die Pferde kümmere und du machst das Frühstück?"

Bevor er die Gelegenheit hatte, ihr zu sagen, warum Laurel ihn so überglücklich machte und sein Herz zum Singen brachte, hatte Abigail sich schon ihren Umhang geschnappt und war zur Hintertür hinausmarschiert. Es war jedenfalls leichter gewesen, Verständnis für seine Zwangslage zu haben, als er noch Trübsal geblasen hatte.

Schwere Wolken hingen am Himmel, sodass man unmöglich sagen konnte, wie hoch die Sonne schon stand. Graues Licht erfüllte das Tal und vertrieb die Schatten. Sie musste sich beeilen, wenn sie rechtzeitig zum Frühstück fertig sein wollte. Sie konnte nur hoffen, dass Laurel nicht so verwirrt war wie ihr Liebhaber und dass sie ihm helfen würde, das Essen auf den Tisch zu bekommen, damit sie ihren Zug nicht verpasste.

Die Schritte, die hinter ihr im trockenen Laub knirschten, waren ihr so vertraut wie ihr eigener Herzschlag. Als sie mit den Übungen begonnen hatte, hatte sie nicht damit gerechnet, dass er sich so anstrengen würde. Vielleicht hätte sie ihm alles gar nicht beibringen sollen. Dann wäre er jetzt nicht in der Lage gewesen, sie so leicht einzuholen.

Er überholte sie, öffnete das Vorhängeschloss und hielt ihr die Stalltür auf. „Bist du wütend?"

Sie schnappte sich den Futtereimer und marschierte zum Hafersack. Die Pferde bekamen große Augen und sie blieb abrupt stehen. Abigail holte tief Luft und versuchte, ihre Erregung zurückzudrängen.

„Ich wollte dich nicht anfahren." Aber wie sollte sie ihm erklären, dass seine Freude sie wütend machte?

Jeremiah schloss die Stalltür hinter sich. „Du musst dich nicht entschuldigen. Du hast es fünf Monate mit mir ausgehalten und da hast du dir einen Tag mit schlechter Laune durchaus verdient."

Sein sanfter Tonfall verwirrte sie. Statt sich darüber lustig zu machen, ging er genauso achtsam mit ihr um wie sie mit den schreckhaften Pferden.

„Aber ich habe keinen Grund, schlecht gelaunt zu sein. Du schuldest mir schließlich nichts. Ich gehöre nicht zu deiner Familie. Ich bin in keiner Weise an dich gebunden …"

Er hob die Hand. „Wir sind aneinander gebunden, Abigail Stuart Calhoun. Du kannst nicht so tun, als wären wir es nicht."

Als er sie mit seinem Nachnamen ansprach, bekam sie große Augen. Wie konnte er nur so grausam sein? Sie so zu quälen, wo er ihre Zuneigung doch nicht erwidern konnte?

„Freust du dich etwa darüber", erwiderte sie stotternd, „dass ich dir in meiner Dummheit mein Herz geschenkt habe? Glaube ja nicht auch nur einen Moment lang, dass es mir noch etwas ausmachen würde. Ich habe einen Fehler gemacht, aber ich habe mich schon lange davon erholt."

„Das hoffe ich nicht." Als sie nach Luft schnappte, kam er zu ihr. „Du solltest mich zumindest ausreden lassen."

„Und du solltest deine Zeit lieber mit dem Füttern der Tiere verbringen." Sie drückte ihm den Eimer in die Hand und stieß ihn dann noch einmal kräftig von sich weg.

Jeremiah trat zur Seite und versperrte ihr den Weg. Er stand dicht vor ihr, etwas zu dicht für ihren Geschmack. „Ich würde nicht so mit dir reden, wenn ich nicht die Freiheit dazu hätte."

Freiheit? Hoffnung stieg in ihr auf wie eine Seifenblase. Was wollte er damit sagen? „Jeremiah Calhoun, ich warne dich …"

Er ließ den Eimer scheppernd zu Boden fallen. Abigail wich einen Schritt zurück. Jeremiah machte einen Schritt nach vorn.

„Laurel und ich haben uns unser gegenseitiges Desinteresse aneinander gestanden." Seine Hosenträger spannten sich auf seiner Brust, als er die Schultern straffte. „Es würde mich nicht wundern, wenn sie bis zum Abendessen verlobt ist."

„Sie hat sich für Hopkins entschieden?"

„Das hat sie und ich bin der glücklichste Mann auf Erden."

War es möglich? Abigail raffte mit einer Hand ihren Rock hoch. „Aber es ist zu spät. Ich werde gehen."

„Das glaube ich dir nicht." Als sie sein streitlustiges Grinsen sah, hätte sie ihm am liebsten eine verpasst – ob mit der Hand oder dem Mund stand noch nicht fest. „Du kommst schließlich nicht ohne Wagen zum Bahnhof und warum sollte ich dir helfen wegzulaufen?"

Sie hob irritiert die Augenbrauen. „Aber du warst heute Morgen so fröhlich …"

„Ich will nur dich, Abigail." Er sah ihr in die Augen, während er auf sie zukam. „Wenn ich morgens aufwache, fängt mein Tag erst richtig an, wenn ich dein Gesicht sehe. Draußen bei der Arbeit denke ich an all die Dinge, die ich mit dir besprechen möchte. Ich denke darüber nach, wie du wohl antworten wirst und wie schön du bist, wenn du mit mir streitest." Abigail stieß gegen die Steinwand und konnte nicht weiter zurückweichen. Jeremiah nahm ihre Hand. „Ich will, dass du deine Familie besuchst, aber erst, wenn ich mit dir kommen kann. Ich will nicht, dass du je wieder allein bist." Er strich mit dem Daumen über ihre Knöchel. „Bitte bleib bei mir."

Irgendwo zwischen dem warmen Geruch von Stroh und Pferden atmete sie den Duft seiner Rasierseife ein. Was auch immer jetzt gerade mit ihrem Herzen geschah, es konnte einfach nicht gesund sein. Ihr Kopf drehte sich, und sie empfand ein angenehmes Schwindelgefühl bei dem Gedanken an das, was er vielleicht als Nächstes tun würde – was er hoffentlich tun würde. Er war ein gut aussehender Mann und er gehörte ihr. Diese beiden Tatsachen konnte sie nicht länger ignorieren.

„Heirate mich", sagte sie.

Aus seinem zufriedenen Grunzen wurde ein Kichern. „Ich wusste es. Der Traum war tatsächlich eine Vorahnung." Er strich die Haare zurück, die sich aus ihrem Dutt gelöst hatten, und streichelte über ihr Ohr. „Nur um eines festzuhalten: Ich hätte dir auch einen richtigen Antrag gemacht."

Als er an ihrem Ohrläppchen zupfte, konnte sie es bis hinunter in ihre Fußspitzen spüren. Um das Gleichgewicht nicht zu verlieren, packte Abigail ihn am Arm und versuchte erst gar nicht, ihre Bewunderung für seinen muskulösen Bizeps zu verbergen.

„Wann?“, krächzte er.

„Heute. Jetzt.“

Er zog die Augenbrauen hoch. „Ich denke mal, das könnte gehen, aber wir müssten erst noch jemanden aus dem Bett schmeißen. Hiram wird sicher wieder nach Hause gehen, wenn wir ihm erklären, wofür wir das Zimmer brauchen.“

„Ich glaube, so weit hatte ich nicht gedacht.“ Sie folgte seinem Blick zu ihrer Hand, die seinen Arm so fest umklammert hielt, dass ihre Knöchel weiß hervortraten. Nur widerstrebend lockerte sie ihren Griff. „Ich wollte die Sache nur geklärt haben, bevor die Sonne wieder untergeht. Ich habe es satt, mit einem Mann verheiratet zu sein, der eigentlich nie in die Heirat eingewilligt hat. Ganz gleich, was die Zukunft bringt, ich will mich ihr als deine Frau stellen. Und dabei hilft ein sichtbarer Beweis, den niemand infrage stellen kann.“ Sie lächelte verführerisch.

„Das ist keine schlechte Idee. Außerdem müsste ich, wenn wir endlich richtig verheiratet wären, wegen all der Dinge, die ich gern mit dir tun würde, kein schlechtes Gewissen haben.“ Ihre Finger packten wieder fester zu. Er schlang seine Arme um sie und drückte ihr einen langgezogenen Kuss auf die Stirn. Sein Mund strich über ihr Haar. „Sobald Calbert und Hopkins da sind, um auf das Haus aufzupassen, suchen wir uns einen Pfarrer und erledigen das bis heute Abend … wenn du noch so lange warten kannst.“

Vielleicht sollte der Pfarrer lieber direkt in den Stall kommen, denn es würde ein ganzes Regiment brauchen, um Abigail aus Jeremiahs Armen zu lösen.

Oder jemanden, der die Stalltür aufriss.

Abigail versuchte, über Jeremiahs Schulter zu spähen, während er sie hinter sich schob, bereit, sich dem Eindringling zu stellen. Aber es war nur Josiah, der keuchend und schnaufend auf sie zu gestolpert kam.

„Sie haben Pa."

Kapitel 25

„Sie müssen kommen, Mr Jeremiah." Während er versuchte, zu Atem zu kommen, kamen Josiahs Worte nur stoßweise aus ihm heraus. „Sie haben Pa auf dem Kamm überfallen. Betsy hat sich in der Höhle versteckt, aber ich bin weggerannt."

Bevor er noch weiter darüber nachgedacht hatte, hatte Jeremiah schon Lancasters Box geöffnet. „Was haben sie mit ihm gemacht?"

„Noch nichts. Sie haben gesagt, sie frieren, und weil Pa sie aus ihrem Unterschlupf vertrieben hat, wäre es nur gerecht, wenn sie jetzt bei uns wohnen dürften. Pa hat gesagt, dass Ma das nicht erlauben würde. Da haben sie ihre Pistolen gezogen und gesagt, wenn sie klug wäre, hätte sie nichts gegen ein wenig Gesellschaft."

Diese dreckigen Hunde bei Calberts Familie? Jeremiahs Herz schlug ihm bis zu Hals. „Josiah, bring mir meine Waffen und meinen Mantel. Und sag Hiram, ich treffe ihn bei eurem Haus. Sag ihm, er soll sich leise von der Quelle her anschleichen, wo man ihn nicht sehen kann. Hast du verstanden?"

Josiah rannte davon, bei jedem Schritt flogen Dreckbrocken in alle Richtungen. Am anderen Ende des Stalles schob Abigail der Stute das Zaumzeug über den Kopf.

„Was machst du da?" Jeremiah hatte Lancaster das Zaumzeug angelegt und stieg ohne Sattel auf.

„Ich hole Betsy. Sie muss Todesangst haben."

Die Vorstellung gefiel ihm nicht. Seine Abigail sollte sicher am Feuer sitzen und warten, dass er zurückkam, und sich nicht auf die Spur der Banditen begeben. „Wenn du sie gefunden hast, reitest du sofort nach Hause, hörst du?“ Lancaster tänzelte auf sie zu, begierig darauf, endlich losgaloppieren zu können.

„Ich komme so schnell wie möglich zurück“, sagte sie. „Ich will die anderen hier nicht schutzlos zurücklassen.“

Die Frau seines Lebens, die sich um seine Familie kümmerte. „Du bist eine gute Frau. Komm her.“

Sie zog noch den Gurt durch die Schnalle, bevor sie zu ihm ging. Jeremiah lehnte sich herab, legte ihr die Hand in den Nacken und zog sie an sich. Er gab ihr einen Kuss, der sie bei ihrem Einsatz warm halten sollte. „Womit habe ich dich nur verdient?“

Ihre Hand lag auf seinem Oberschenkel. „Sei vorsichtig, Jeremiah. Ich weiß, dass du mutig bist. Ich weiß, dass du stark bist. Aber sei vorsichtig und komm zu mir zurück.“

Es schnürte ihm die Kehle zu. Im Stillen hatte er sich vor jedem Kampf vorgestellt, wie Laurel diese Worte zu ihm sagte. Jetzt war ihm bewusst, wie viel wertvoller es war, sie von Abigail zu hören. „Mach dir keine Sorgen. Ich komme zurück.“

Er zwickte sie sanft in die Wange, um ihr ein letztes Lächeln zu entlocken, bevor er aus dem Stall galoppierte.

Hiram wartete am Tor mit seinen Waffen auf ihn. „Gib mir noch einen Augenblick, um das Pferd zu satteln, dann bin ich bereit.“

„Ich hoffe, dass wir so nah wie möglich ans Haus herankommen, ohne dass sie uns sehen. Allerdings weiß ich noch nicht, was wir dann tun sollen. Wir können schließlich nicht drauflosballern, solange Mrs Huckabee mit den Kleinen drinnen ist.“ Jeremiah steckte die Pistole in seinen Gürtel und legte das Gewehr über Lancasters Widerrist.

„Vielleicht sollten wir warten, bis sie rauskommen. Das bringt mich auf einen Gedanken: Wir sollten etwas zu essen mitnehmen. Wir könnten eine Weile dort sein."

Jeremiah warf einen Blick zum Stall. „Ich bete, dass wir das nicht sind." Aber Gott hatte oft andere Pläne als er.

Lancaster spürte seine Ungeduld und stampfte auf den Boden. Jeremiah schnalzte mit der Zunge, und das Pferd preschte davon und wurde auch nicht langsamer, als der Weg schmaler wurde. Der junge Mann lehnte sich nach vorn, als das Pferd vom Weg abbog und zwischen den Bäumen hindurchrannte. Sie galoppierten zu der Quelle bei Calberts Haus. Eiskalte Wassertropfen spritzen auf seinen Hut und seinen Mantel, als er die Zweige streifte. Aus Lancasters Nüstern stieg Dampf auf, aber sie waren gerade an der Quelle angekommen, als das Pferd seine volle Geschwindigkeit erreicht hatte.

„Hooo." Jeremiah glitt von Lancasters Rücken und band ihn außer Sichtweite des Hauses an. Er nahm sein Gewehr und huschte lautlos den Bach entlang zur Blockhütte. Von seinem Versteck hinter einem Berg von trockenen Ästen aus sah die Hütte unverdächtig aus. Aus dem Kamin drang Rauch. Die Hunde lagen unter der Veranda. Die Vorhänge waren zugezogen. Sollte das etwa wieder einmal einer von Josiahs Streichen gewesen sein? Aber im heller werdenden Morgenlicht entdeckte Jeremiah etwas, das sein Blut erstarren ließ.

Drei Pferde waren an der Veranda angebunden und eines davon war Ladymare. Selbst mit Hiram an seiner Seite waren sie in der Unterzahl.

Er begutachtete seine Deckung. Die Zweige schützten ihn zwar davor, gesehen zu werden, aber sie würden ihn nicht vor Kugeln schützen. Doch von hier hatte er die beste Sicht auf das Haus. Er würde sich verstecken müssen, bis es Zeit war zu handeln. Er lehnte sich gegen die Zweige, um zum Schutz vor dem Wind eine Mulde zu machen, hielt aber inne, als es raschelte. Irgendein Tier hatte den Platz schon in Anspruch genommen. Er hoffte, dass es bereit war zu teilen.

Er brach einen Ast ab, um den Gewehrlauf daraufzustützen und ihn auf die einzige Tür von Calberts Haus zu richten. Die Tatsache, dass es nur eine Tür gab, machte es leichter, das Haus zu bewachen, aber gleichzeitig hatten die Huckabees keine Möglichkeit, sich hinauszuschleichen. Erneut raschelte es unter den Zweigen. Dann erklang ein Fiepen. Es waren mehrere Tiere – irgendein Nest.

Jeremiah hoffte, dass sie sein Versteck nicht verrieten, aber er konnte Calbert und seine Familie nicht lange diesen Männern überlassen. Sie hatten Hiram erwischt und waren Calbert zu seinem Haus gefolgt. Niemand war in ihren Händen sicher.

Aber wie sollte er sie herauslocken? Wenn er einen Schuss hörte, würde er sofort angreifen, ganz gleich, was passierte. Was konnte er darüber hinaus tun? Er musste sie irgendwie trennen. Aber wie? Wenn er draußen Krawall machte, würde einer von ihnen drinnen bleiben, um die Familie zu bewachen. Er musste also gleichzeitig irgendwie ins Haus gelangen.

Schnell durchdachte Jeremiah jede Möglichkeit – die Fenster, die einzige Tür, den Kamin. Soweit er wusste, gab es keine Falltür, aber wenn die Hunde nicht anschlugen, würde er unter die Veranda kriechen und sich umsehen.

Ein seltsamer Vogelruf hinter ihm machte ihn darauf aufmerksam, dass Hilfe eingetroffen war. Hiram versteckte sich hinter dem Räucherhaus, gute zwanzig Meter entfernt. Mit seiner freien Hand winkte er Jeremiah heran, aber in diesem Moment ging die Tür auf. Ein Fremder kam heraus, einer von denen, die Ladymare gestohlen hatten. Der Mann suchte die Umgebung ab, zog sich den Hut ins Gesicht, wickelte sich in seinen Mantel und eilte zum Toilettenhäuschen. Ein kurzer Blick verriet Jeremiah, dass Hiram bereit war. War das die Gelegenheit, auf die er gewartet hatte? Wenn sie diesen Mann außer Gefecht setzten, konnte Jeremiah vielleicht an seiner Stelle das Haus betreten. Wenn er Mantel und Hut dieses Mannes trug, hatte er vielleicht genug Zeit, um sich schützend zwischen die Huckabees und die Banditen zu stellen.

Wann würden sie eine noch bessere Chance bekommen?

Der seltsame Vogel schrie erneut. Warum konnte Hiram nicht einfach den Ruf einer Eule nachmachen? Die Augen des alten Mannes traten fast hervor, als er nach links deutete.

Ein Stinktier wie das von Betsy, nur größer und streitsüchtiger, watschelte durch das nasse Gras und wollte nach einer draußen verbrachten Nacht in sein Nest zurück. Das Fiepen unter den Zweigen wurde lauter. Jeremiah zog sich der Magen zusammen. Es waren ihre Jungen, mit denen er sich sein Versteck teilte.

Mama Stinktier hatte ihn entdeckt. Ihre Nase zuckte. Ihre Kleinen riefen.

Seit der Schlacht bei Westport war Jeremiah nicht mehr in einer so gefährlichen Lage gewesen. Er wünschte sich zwar, nicht in Reichweite eines schussbereiten Stinktieres zu sein, aber es war vielleicht noch das kleinere Übel.

Hiram zwitscherte ein weiteres Mal. Jeremiah musste sich entscheiden. Er deutete mit dem Kopf in Richtung Toilettenhäuschen. Ja. Sie mussten den Mann erwischen, bevor er wieder das Haus betreten hatte.

Das Stinktier kroch weiter. Wenn es sein Nest erreichen konnte, würde es sich sicher fühlen. Aber seinem aufgestellten Schwanz nach zu urteilen, traute es ihm nicht und er ihm auch nicht.

Hiram kroch auf das Häuschen zu. Jeremiah hatte keine Zeit mehr.

Jeremiah hielt den Atem an, als er hinter dem Haufen Äste hervorsprang. Die Stinktiermutter trat mit den Vorderpfoten auf, als er auf sie zu gerannt kam. Die Tür des Toilettenhäuschens ging auf. Er hatte keine Zeit, um einen großen Bogen um das Tier zu machen. Er hoffte nur, dass es nicht schnell reagierte.

Er hatte kein Glück.

Das Tier fuhr herum und aus seinem Hinterteil schoss ein Schwall der übelriechendsten Flüssigkeit, die der allmächtige Gott erschaffen hatte. Der Schwall traf ihn direkt unterhalb des Knies. Er würgte, rannte aber weiter, bis er sich auf den Wegelagerer stürzte. Hiram stopfte dem Mann blitzschnell einen Lappen in den Mund, machte einen Satz zur Seite und hielt sich die Nase zu.

„Hilf mir", zischte Jeremiah, als er auf dem Rücken des Mannes lag und ihn zu Boden drückte. „Wir müssen ihn außer Sichtweite bringen, ohne dass er irgendeinen Ton von sich gibt."

Hiram verzog das Gesicht, zog seine Pistole und hielt sich den Finger an die Lippen.

Dem Banditen standen die Tränen in den weit aufgerissenen Augen und er drehte angewidert das Gesicht von Jeremiah weg.

Hiram warf Jeremiah einen Strick zu, aber der Mann schien gar nicht in der Stimmung zu sein, sich zu wehren. Jeremiah verstand, warum. Der Stinktiergeruch hatte auch ihm jeden Kampfgeist genommen, aber er musste es trotzdem tun. Drinnen waren noch zwei Männer, mit denen er fertigwerden musste. Wenn der hier nicht zurückkam, würden sie nach ihm schauen.

Sie zerrten den Mann in den Wald und durchsuchten ihn nach Waffen. Jeremiah versuchte, mit einer Handvoll nassem Laub seine Hose abzureiben, was den Geruch aber nur verstärkte. Würde sein Plan noch funktionieren? Würde der Stinktiergeruch ihn vereiteln?

„Zieh deinen Mantel aus.“ Jeremiah krümmte sich, bis die Übelkeit wieder nachließ. Er konnte nur hoffen, dass es den anderen bei dem Gestank genauso erging.

„Es ist kalt hier draußen“, jammerte der Strauchdieb, aber mit Hirams Pistole vor der Nase fügte er sich.

Jeremiah zog seinen Mantel aus und warf ihn dem Mann zu. „Zieh den an.“

„Nein danke. Lieber erfriere ich.“

„Wie du willst.“ Jeremiah zog den Mantel des Banditen an und tauschte den Hut mit ihm. Er zog den Kopf ein, schlang den Mantel eng um sich und sah zu Hiram. „Wie sehe ich aus?“

„Besser, als du riechst.“

„Hoffen wir mal, dass der Gestank sie abschreckt.“ Schluss mit Reden. Jedes Mal, wenn er den Mund öffnete, schmeckte es nach Stinktier.

Er nahm den Strick und half Hiram, den Mann an einen Baum zu fesseln. Nachdem einer aus dem Weg war, standen ihre Chancen besser. Er hätte nichts gegen einen Kampf gehabt, wenn da nicht die Geiseln gewesen wären.

„Versuche, dich so nah wie möglich ans Haus zu schleichen“, sagte Jeremiah.

„Wo wirst du sein?“, fragte Hiram.

„Drinnen.“

Er knöpfte alle Knöpfe am Mantel zu und bedeckte sein Gesicht. Er musste nicht einmal so tun, als sei ihm schlecht. Er taumelte zur Hütte und platzte hinein.

„Was zum Kuckuck ist los?“ Der Anführer sprang auf und hielt sich die Hand vors Gesicht. „Raus mit dir!“

Calbert. Er sah ein wenig mitgenommen aus, saß aber dort auf dem Bett und hatte den Arm um Mrs Huckabee gelegt, die wiederum zwei ängstlich dreinschauende Kleinkinder umschlungen hielt.

„Stinktier.“ Jeremiah hielt sein Gesicht bedeckt und dämpfte seine Stimme. „Helft mir.“

Die Huckabees rührten sich nicht. Die beiden Banditen hatten Pistolen, schienen aber keinen Gebrauch davon machen zu wollen. Jeremiah drehte sich so, dass die Familie aus der Schusslinie war, wenn es so weit war.

„Ich bleibe nicht mit dem hier drin", keuchte einer der Banditen, „egal, wie kalt es draußen ist." Er schlenderte lachend zur Tür hinaus, wurde aber sofort von Hiram zum Schweigen gebracht.

Bevor der Anführer Zeit hatte zu reagieren, hatte Jeremiah schon die Pistole gezogen und auf ihn gerichtet. Der Verbrecher erstarrte. Langsam hob er die Hände. „Wen haben wir denn da?"

„Nimm ihm die Waffe ab, Calbert." Aber Calbert brauchte keine Anweisung. Er schlug ihm die Pistole aus der Hand und hatte den Mann in Rekordzeit gefesselt.

„Darauf habe ich schon den ganzen Morgen gewartet. Wo sind Josiah und Betsy?"

„Sie sollten inzwischen bei uns in Sicherheit sein. Abigail kümmert sich um sie. Wie ich sehe, haben diese Mistkerle ihr Pferd."

„Ich habe gehört, wie sie von einer hübschen Herde gesprochen haben, die sie beiseitegeschafft haben und auf dem Markt verkaufen wollten."

Eine ungeheure Kraft durchströmte Jeremiah. Er hatte Abigail. Das war das Wichtigste. Aber auch die Banditen waren gefangen. Wenn sie jetzt noch die gestohlenen Pferde zurückholen konnten, war der Tag vollkommen.

Zum ersten Mal seit langer Zeit fiel die Last der ganzen Welt von seinen Schultern.

„Eine Menge Menschen werden sich freuen, dass wir die Pferde gefunden haben." Sie konnten die Nachricht verbreiten ... zusammen mit der Neuigkeit von seiner Heirat mit Abigail.

Ohne Betsys Hilfe hätte Abigail die getrockneten Beeren schneller gerieben, aber sie musste das Kind beschäftigen, um es vom Fenster fernzuhalten. Im Salon hatten Laurel und Hopkins alle Hände voll damit zu tun, Josiah im Auge zu behalten, der sich nichts mehr wünschte, als seinem Vater zu Hilfe zu eilen. Abigail konnte ihn gut verstehen. Wenn die Kinder nicht gewesen wären, wäre sie wahrscheinlich auch schon zu den Huckabees hinübergeschlichen. Aber Rachel brauchte sie. Sie lag mit geschwollenen Gelenken und einem Ausschlag auf dem Oberkörper auf dem einzigen Sofa im Salon. Abigail hatte noch nie erlebt, dass es Rachel so schlecht ging. Sie machte einen heißen Umschlag aus den Beeren und nickte Betsy zu.

„Schauen wir mal, ob es Miss Rachel damit besser geht."

Betsys zerzauste blonde Locken hingen ihr über den Rücken und ins Gesicht. Heute lächelte das Kind nicht. Es folgte Abigail ernst in den Salon, ohne Ma zu beachten, die vor dem Kamin auf und ab ging, oder Hopkins und Laurel, die Josiah die aufregendsten Bilder aus Mas Zeitschriften zeigten.

Abigail zog einen Stuhl zu Rachel. „Ich habe hier einen warmen Umschlag. Wo soll ich ihn hinlegen?"

Rachels Augenlider zuckten. „Auf die Brust, bitte. Mein Herz tut weh." Sie streckte Betsy die Hand hin und lächelte, als das Mädchen sie nahm. „Wie geht es deinem Stinktier?", erkundigte sie sich.

Betsy seufzte dramatisch. „Ma hat gesagt, es muss draußen bleiben, und da ist es ins Gebüsch zurückgerannt. Seither habe ich es nicht mehr gesehen."

Rachel nickte unmerklich. „Dann ist es bei seiner Familie, und das ist gut. Niemand mag dein Stinktier so wie seine eigene Familie."

Hopkins löste sich von Laurel und legte Rachel die Hand auf die Stirn. „Soll ich mein Stethoskop holen?"

„Ich denke, wir wissen, was los ist", sagte Rachel. „Ich will mich einfach nur ausruhen."

Laurel hakte sich bei Hopkins unter und es schien ihn nicht im Geringsten zu stören. „Wie wäre es, wenn wir Lebkuchen backen, Betsy? Meinst du, Josiah wird uns helfen?"

Betsy wartete auf Rachels Erlaubnis und schlich mit den beiden auf Zehenspitzen in die Küche.

Abigail unterdrückte ein Lächeln und legte Rachel den Umschlag unter ihrem weiten Nachthemd auf die Brust. „Der arme Hopkins platzt gleich. Solange wir nicht wissen, ob die Huckabees in Sicherheit sind, kann er seine Freude nicht zeigen. Aber wenn er sie nicht bald herauslässt, platzt er wirklich."

„Also hat Laurel sich endlich entschieden." Rachel atmete keuchend durch die Nase. „Und du hast Jeremiah endlich weichgekriegt."

„Wenn du nicht so krank wärst, würde ich dir jetzt den Hintern versohlen", neckte Abigail sie. „Du weißt ganz genau, dass dein Bruder hinter mir her war."

„Der mit seinem verkrüppelten Bein? Du musst ganz schön langsam gelaufen sein."

Abigail hatte keine Zeit, etwas zu erwidern, weil Ma einen leisen Schrei ausstieß. Sie legte sich die Hände aufs Herz und deutete zum Fenster. „Sie sind da."

Aus dem Wald kamen zwei Männer mit stolzgeschwellter Brust angeritten. Die Küchentür wurde aufgestoßen und Josiah und Betsy rannten wie der Wirbelwind an ihr vorbei. Rachel versuchte, sich aufzusetzen.

„Möchtest du nach draußen gehen?", fragte Abigail.

Rachel hielt inne. „Geht es ihnen gut?"

„Ja, ich glaube, allen geht es gut." Der siegessichere Ausdruck auf Hirams und Calberts Gesicht war nicht zu verkennen, aber wo war Jeremiah? Abigail hatte schon die Hand an ihren Hals gelegt, als ihr wieder Rachels geschwächter Zustand einfiel. „Bleib doch hier, Rachel. Sie werden gleich hereinkommen."

Wie in Trance ging Abigail nach draußen. Ladymare spitzte die Ohren, aber sie war immer noch an Hirams Sattel gebunden. Calbert verteilte großzügig Küsse an seine beiden Ältesten, die ihm in die Arme gelaufen waren. Hiram erzählte Laurel, Hopkins und Ma von ihrem Abenteuer.

Ma? War sie so sehr in Hiram verliebt, dass das Schicksal ihres eigenen Sohnes sie nicht kümmerte? Abigails Rock wickelte sich um ihre Beine, als sie von der Veranda stolperte. Die freudige Geschäftigkeit um sie herum brachte ihr Blut zum Kochen. Hatten sie ihn denn vergessen?

Abigail steckte ganz undamenhaft zwei Finger in den Mund, holte tief Luft und stieß einen Pfiff aus, bei dem einem Pferd die Mähne zu Berge stand.

Die Unterhaltungen hörten abrupt auf, alle drehten die Köpfe und sahen sie mit großen Augen an.

„Was ist, Miss Abigail?", fragte Calbert, der auf den Knien saß und Josiah und Betsy im Arm hielt.

Sie versuchte, mit ruhiger Stimme zu sprechen. „Wo ist Jeremiah?" Das war alles. Eine ganz einfache Frage.

Hiram zog die Augenbrauen hoch. Calbert lächelte sanft. „Er ist noch nicht hier? Nun, wir haben die Banditen ins Gefängnis gebracht, und ich dachte, er wäre vor uns daheim. Es hat wohl doch länger gedauert ..."

„Wo ist er?", fragte sie noch einmal.

„Und er hat Ihr Pferd zurückgeholt", fügte Calbert hinzu. „Die Kerle hatten Ihres, die von Varina, Hiram und noch eine ganze Reihe anderer Pferde. Auf dem Heimweg haben wir die, die wir kannten, mitgenommen, aber einige Leute hatten wohl nicht gedacht, dass sie ihre Pferde jemals wiedersehen würden."

„Wo – ist – Jeremiah – Calhoun?" Wenn Calbert diese einfachen Worte nicht verstand, würde sie es ihm im

Notfall auch mit Zeichen erklären. Irgendwer musste doch ihre Frage beantworten.

„Oh, er hat einiges abbekommen. Er ist unten am Fluss und versucht, sich wieder herzurichten."

Schon im nächsten Augenblick saß sie auf Ladymares Rücken und rauchte vor Wut. Wie konnten sie Jeremiah allein lassen, sodass er seine Wunden selbst verbinden musste?

„Miss Abigail, gehen Sie lieber nicht zu ihm." Calbert stand auf. „Wenn man bedenkt, in welchem Zustand er ist …"

Aber sie trieb Ladymare an, bevor er sie aufhalten konnte. Sie war Krankenschwester. Nie im Leben würde sie Jeremiah allein leiden lassen. Wie konnten alle nur so grausam sein?

Ladymare flog förmlich den Weg entlang. Sie trieb sie über den Bergkamm und dann hinunter zum Flussbett. Wäre Abigail ruhiger gewesen, hätte sie vielleicht gefragt, wo genau am Fluss sie Jeremiah gelassen hatten, aber sie hatte keine Zeit gehabt. Sie würde einfach den Fluss entlang zu Calberts Haus reiten. Irgendwo zwischen hier und dort musste er sein.

Sie wurde langsamer, als sie das Ufer erreichte. Was, wenn er bewusstlos war? Was, wenn sie an ihm vorbeiritt und kostbare Zeit verlor? Warum hatte sie nicht darauf bestanden, dass Hopkins mit ihr kam?

Direkt vor ihr vernahm sie ein Platschen. Ladymare richtete die Ohren auf das störende Geräusch. Abigail rieb sich die schweißnassen Hände an ihrem Rock ab und betete, dass der Mann auf der anderen Seite des Gebüschs nicht noch ein Bandit war.

Vorsichtig lenkte sie Ladymare weiter. Der Mann drehte sich langsam um und ein Lächeln ließ sein Gesicht erstrahlen.

„Jeremiah!"

Sie ließ sich vom Pferd fallen wie ein nasser Sack und rannte zu ihm. Er hatte kein Hemd an, seine Schuhe waren weg. Eigentlich war das einzige Stück Stoff, das ihn bedeckte, eine viel zu kurze Hose, die zudem noch ein wenig zu eng war.

„Wo bist du verletzt?" Sie packte ihn an den Unterarmen und drehte ihn herum. „Am Brustkorb ist nichts zu sehen. Ist es wieder dein Bein?" Abigail kniete sich hin und tastete mit den Händen erst das eine und dann das andere Bein ab.

„Was machst du da?" Er wich zurück, aber sie folgte ihm.

„Ich kann einfach nicht glauben, dass die Männer dich alleingelassen haben." Sie sah keinerlei Blutspuren. Die einzige Verletzung, um die sie sich kümmern musste, war eine Schürfwunde am Schienbein, die unter seiner kurzen Hose herausschaute. „Warum ist die Haut hier abgeschürft? Hast du noch weitere ähnliche Verletzungen?" Sie zog an seinem Hosenbein und rollte es hoch.

„Abigail, bitte, steh einfach auf, dann …"

„Das ist also Ihre Zukünftige." Beim Klang der fremden Männerstimme landete Abigail auf dem Hintern, sodass das Wasser in der kleinen Lache am Flussufer aufspritzte. Sie rappelte sich hastig auf, als ein junger Mann aus dem Wald geritten kam.

„Wo ist deine Pistole?", flüsterte sie Jeremiah zu und breitete ihre Arme aus in dem verzweifelten Versuch, ihn vor dem Eindringling zu beschützen.

Jeremiah fasste sie an den Schultern. „Das ist der Pfarrer, Abigail. Du hattest mich doch gebeten, ihn zu holen. Erinnerst du dich?"

Abigail war fest davon überzeugt, dass ein Geistlicher nicht so belustigt dreinschauen sollte.

„Ich hielt Ihre Bitte um eine schnelle Vermählung schon für außergewöhnlich, Captain Calhoun, aber ich glaube, Ihre Braut hat es noch eiliger."

Ihr Gesicht errötete. Er hatte gesehen, wie sie Jeremiah untersucht hatte. Aber dann erinnerte sie sich wieder an Jeremiahs Verletzung.

„Dein Bein. Was ist damit passiert? Und was ist mit deinen Kleidern passiert? Und hier ist irgendwo ein Stinktier. Puh. Lass uns nach Hause gehen."

Jeremiah hielt ihr Handgelenk fest. „Entschuldigen Sie bitte, Reverend. Ich muss dieses Mundwerk irgendwie stopfen, wenn wir heute noch fertig werden wollen." Und noch bevor sie sich über seine Arroganz beschweren konnte, packte er sie, zog sie an sich und drückte ihr einen leidenschaftlichen Kuss auf den Mund.

Ein weiteres Mal glitten ihre Hände über seine nackte Haut, und das vor den Augen des Pfarrers!

„Ich liebe es, dich zu unterbrechen." Seine Augen blickten sie leidenschaftlich an, und sie wünschte sich von Herzen, dass der Pfarrer verschwinden würde. Aber nein, sie brauchten ihn ja noch. Egal.

„Und jetzt ..." Jeremiah hielt mit hochgezogenen Augenbrauen inne und Abigail nahm widerstrebend ihre Hände von ihm. „Und jetzt zum Stinktier ... das bin ich oder besser gesagt meine Kleidung. Mrs Huckabee hat mich mit einer von Calberts alten Hosen, Seifenlauge, Natron, einem großen Glas Tomaten und einem Liter schwarzgebranntem Schnaps losgeschickt. Erzähl bloß niemand, dass der Pfarrer den Schnaps getragen hat! Ich habe mich gerade an diesem eiskalten Fluss geschrubbt, bis mir fast die Haut abgefallen ist, weil ich nicht nach Hause kommen wollte, solange ich wie Betsys kleines Stinktier rieche."

Abigail rümpfte die Nase. „Du bist vollgespritzt worden?"

Jeremiah verschränkte seine gebräunten Arme vor der blassen Brust. „Zieh nicht so ein Gesicht. Du riechst nur meine Kleidung und die nehme ich nicht mit nach Hause.

Nie wieder. Ich weiß allerdings noch nicht, was ich mit meinen Stiefeln machen soll …"

„Aber du bist nicht verletzt?"

„Nein, Ma'am."

„Und der Pfarrer? Wird er uns wirklich trauen?"

Seine Miene erhellte sich. „Heute noch."

Abigail starrte ihn nur an. Heute Morgen hatte sie ihre Sachen gepackt und war bereit gewesen, für immer Lebewohl zu sagen, und jetzt …

„Ich bin froh, dass du nicht tot bist", sagte sie.

„Ich auch."

„Und dass Laurel ihre Meinung nicht noch einmal geändert hat."

„Oh ja."

„Und dass Rachel beschlossen hat, sich zusammenzureißen …"

„Äh, Abigail? Es ist ziemlich kalt, wenn man hier so halbnackt steht." Als ob ihr das nicht aufgefallen wäre. „Könnest du mit deiner Auflistung zu Hause weitermachen?"

Der Pfarrer wagte es erneut zu lachen. „Kommen Sie", sagte er. „Bringen wir es hinter uns. Ich kann es mir nicht leisten, Ihnen meinen ganzen Tag zu opfern."

Abigail ergriff Jeremiahs Hand und sie gingen zu den Pferden. Sie hatte den ganzen Tag Zeit. Sie hatte den Rest ihres Lebens Zeit.

Epilog

„Komm schon. Du schaffst das", ermutigte Jeremiah sie. „Noch einmal pressen, dann ist es da."

Abigail umklammerte seine Hand und drückte sie fest. Monate hatten sie auf diesen Tag gewartet. Schließlich schoss das Fruchtwasser heraus und die letzten beiden Hufe glitten zu Boden. Das schwarze Fohlen lag benommen, aber wunderschön auf der Seite.

„Braves Mädchen", sagte Abigail in leisem Singsang zu Josephine. „Du hast es geschafft."

Josephines Nüstern blähten sich auf, als sie versuchte, den Geruch dieses seltsamen Wesens aufzunehmen, das da aus ihr herausgekommen war. Das Fohlen versuchte unsicher, näher an seine warme Mutter heranzurutschen.

„Das hat mir gerade noch gefehlt", sagte Jeremiah. „Noch eine Frau auf der Farm." Aber er schlang seine Arme um Abigails Schultern und zog sie an seine Seite.

Abigail legte ihren Kopf an seine Brust und sah zu, wie Josephine ihr Fohlen beschnupperte. Vor einem Jahr hatte sie fast alles, was sie besessen hatte, für dieses Fohlen ausgegeben. Es hatte Zeiten gegeben, da hatte sie sich vor diesem Tag gefürchtet, weil sie wusste, dass die Geburt des Fohlens das Ende ihrer Zeit auf der Farm bedeuten konnte. Aber Gott hatte einen anderen Plan gehabt.

„Was für ein Geschenk Alan mir da gemacht hat." Sie atmete Jeremiahs Geruch tief ein – saubere Baumwolle und Kiefer. „Wenn er es doch nur erlebt hätte."

„Rachel hat es ihm bestimmt schon erzählt, wenn er es nicht ohnehin schon weiß." Jeremiah neigte den Kopf und legte ihn auf ihren. „Ich vermisse sie", sagte er. „Ich bin froh, dass ihre Leidenszeit vorbei ist, aber ich vermisse sie."

Rachels Tod war ein friedlicher, heiliger Moment gewesen. Sie hatte noch einige Wochen Gnadenfrist bekommen, in denen sie ihre Beziehungen in Ordnung gebracht und ein paar neue Freunde gefunden hatte, zu denen nicht zuletzt auch die kleine Betsy Huckabee gehörte, die bis zum Ende an ihrer Seite blieb.

Abigail legte ihren Arm auf seinen Rücken und schob die Hand unter seinem Hosenträger hindurch. „Auf unserem Weg nach Ohio nehmen wir ein paar von Rachels Rosen mit und pflanzen sie auf Alans Grab."

„Ob der neue Grabstein wohl schon steht?"

„Ich denke schon. Jetzt liegt kein Jeremiah Calhoun mehr dort begraben."

Er rieb sein stoppeliges Gesicht an ihrer Stirn. „Auf gewisse Weise war es eine Ehre, dass mein Name auf dem Grab eines solchen Mannes stand, aber Alan hat die Anerkennung für sich selbst verdient."

Das Pferd stand jetzt auf seinen Beinen. Das Fohlen taumelte, während seine wackeligen Beine langsam ihre Bestimmung entdeckten.

„Vor nicht allzu langer Zeit bin ich genauso gelaufen", sagte Jeremiah.

„Bei dir war es nicht ganz so schlimm." Abigail tätschelte seinen Bauch. „Hast du keinen Hunger? Schauen wir mal, ob Ma uns etwas vom Abendessen aufgehoben hat."

Aber er hatte es nicht eilig, den warmen Stall zu verlassen. Er summte ein Wiegenlied, während Josephine sich um ihr Fohlen kümmerte. „Als ich erfuhr, dass Alan dich hierhergeschickt hat, dachte ich, er wollte mein Leben ruinieren."

„Und wer hätte gedacht, dass ich mich in meinen vertauschten Bräutigam verlieben würde?"

Lachend riss er sie in seine Arme und trug sie nach draußen. Immer wieder küsste er sie. Die Luft war so kalt, dass die Atemluft in Wölkchen aufstieg. Der Februarwind raschelte in den kahlen Zweigen über ihnen und blies über den Berg, auf dessen anderer Seite Laurel und Hopkins ihren ersten gemeinsamen Winter genossen und in der Zweisamkeit schwelgten, die die neue Hütte ihnen bot. Und wenn Abigail richtig lag, dann würde Hiram sich schon bald trauen, Ma einen Antrag zu machen, damit sein Haus nicht länger so leer war.

Sie kuschelte sich in die Arme ihres Mannes. Sie wären schneller am Abendbrottisch, wenn er sie losließe, aber er genoss es, seine Kraft zu demonstrieren, und sie genoss seine Stärke.

Gemeinsam mit Jeremiah hatte sie viele Veränderungen erlebt. Sie hatten ihre Versprechen eingelöst, ihre Pflichten erfüllt. Jetzt war es ihre oberste Pflicht, das Versprechen, das sie einander gegeben hatten, zu halten. Sie wollten nichts voreinander verbergen und nichts aus der Vergangenheit sollte ihr gegenwärtiges Glück oder ihre Zukunft trüben.

Sie hatten eine grausame Zeit überlebt, aber mit jedem weiteren Jahr heilten die vom Krieg geschundenen Herzen mehr und mehr. Sie würden die Ereignisse niemals vergessen, aber genau wie alle anderen im Land beschlossen sie, nach vorn zu schauen.

FSC® MIX
Papier aus verantwortungsvollen Quellen
FSC® C014496
www.fsc.org

Verlagsgruppe Random House FSC® N001967

Originally published in English under the title
A Most Inconvenient Marriage
by Bethany House, a division of Baker Publishing Group,
Grand Rapids, Michigan, 49516, U.S.A.

1. Auflage 2016
Bestell-Nr. 817121
ISBN 978-3-95734-121-1

Umschlagmotiv: John Hamilton Design
Umschlaggestaltung: Björn Steffens
Satz: DTP Verlagsservice Apel, Wietze
Druck und Verarbeitung: GGP Media GmbH, Pößneck
www.gerth.de